Oetinger

Antonia Michaelis arbeitete in Südindien, Nepal und Peru. In Greifswald studierte sie Medizin und begann parallel dazu, Geschichten und Stücke zu veröffentlichen. Nach mehreren Jahren Ehrenamt in der Theaterpädagogik lebt sie zurzeit als freie Schriftstellerin mit vier Töchtern, Mann, Hühnern, Katzen und Chamäleons in Madagaskar, wo sie an einer kleinen Dorfschule mitarbeitet und u.a. ein Kinderfilmprojekt leitet. Sie hat zahlreiche Romane für Kinder, Jugendliche und Erwachsene veröffentlicht. »Der Märchenerzähler« wurde für den Deutschen Jugendliteraturpreis nominiert, »Niemand liebt November« gewann den Phantastikpreis der Stadt Wetzlar.

Antonia Michaelis

DER MÄRCHENERZÄHLER

Verlag Friedrich Oetinger · Hamburg

MIX
Papier aus verantwortungsvollen Quellen
FSC® C002795
FSC
www.fsc.org

1. Auflage

Diese Ausgabe ist ursprünglich erschienen in:
Oetinger Taschenbuch in der Verlag Friedrich Oetinger GmbH
Einband von Kathrin Schüler unter Verwendung eines Fotos
von plainpicture/fStop
Satz: Dörlemann Satz GmbH, Lemförde
Druck und Bindung: Livonia Print SIA, Jūrkalnes iela 15/25,
LV-1046 Riga, Lettland
*Printed 2022/3
ISBN 978-3-7512-0270-1

www.oetinger.de

Für Anna K. und den Leuchtturmwärter,
deren Namen ich geliehen habe.

Für Charlotte R., Bea W. und Fine M.,
die mehr oder weniger bald 18 sind.

Für Kerstin B., Beate R. und Eva W.,
die irgendwann 18 waren.

Und für all jene, die es niemals sein werden.

Ballad For The Young

My child I know you're not a child
but I still see you running wild
between those blooming trees
your sparkling dreams, your silver laugh
your questions for the stars above
are just my memories
and in your eyes the ocean
and in your eyes the sea
the waters frozen over
with your longing to be free

yesterday when you'd awoken
the world seemed incredibly old
this is the age you are broken
or turned into gold

you had to kill this child, I know
to break the arrow and the bow
to shed your skin and change
the trees are flowering no more
there's blood upon the marble floor
this place is dark and strange
I see you standing in the storm
holding the curse of youth
each of you with your story
each of you with your truth

some words will never be spoken
some stories never be told
this is the age you are broken
or turned into gold

I didn't say the world was good
I hope by now you understood
why I could never lie
I didn't promise you a thing
don't ask my wintervoice for spring
just spread your wings and fly
though in the hidden garden
down by the green, green lane
the plant of love grows next to
the tree of hate and pain

So take my tears as a token
they'll keep you warm in the cold
this is the age you are broken
or turned into gold

You've lived too long among us
to leave without a trace
you've lived too short to understand
a thing about this place

some of you just sit there smokin'
and some are already sold
this is the age you are broken
or turned into gold
this is the age you are broken
or turned into gold

Zuerst

Blut.

Überall ist Blut. An seinen Händen, an ihren Händen, auf seinem Hemd, seinem Gesicht, auf den Fliesen, in Schlieren verschmiert, auf dem kleinen runden Teppich, es tränkt ihn, dunkel, schwarz beinahe, der Teppich war einmal blau, er wird nie mehr blau sein.

Auf dem Weiß der Fliesen ist das Blut rot. Er kniet im Blut. Er hat nicht gewusst, dass es so rot ist, so hellrot: große herabgefallene, zerborstene Blutstropfen gleich Mohnblumen. Sie sind schön, schön wie ein Frühlingstag auf einer sonnigen Wiese, draußen beim Wald … der Frühling ist fern. Die Fliesen sind kalt und weiß, weiß wie Schnee, und es ist Winter.

Es wird immer Winter bleiben.

Unsinniger Gedanke, warum sollte es immer Winter bleiben?

Er muss etwas tun. Etwas gegen das Blut. Ein Meer aus Blut, ein rotes, unendliches Meer, purpurne Wogen, karminrote Gischtkämme, spritzende Farbe. All diese Worte in seinem Kopf!

Wie lange kniet er schon so da, mit den Worten im Kopf? Das Rot beginnt zu trocknen, Ränder zu bekommen, etwas von seiner Schönheit zu verlieren, die Mohnblumen verwelken, vergilben wie die Worte, wenn man sie auf Papier schreibt …

Er schließt die Augen. Reiß dich zusammen. Denk jetzt der Reihe nach. Was muss getan werden? Was zuerst? Was ist das Wichtigste?

Das Wichtigste ist, dass niemand etwas erfährt.

Handtücher. Er braucht Handtücher. Und Wasser. Einen Lappen. Die Spritzer an der Wand gehen schlecht ab, in den Zwischenräumen der Fliesen werden sie bleiben. Wird jemand es sehen?

Seife. Seine Fingernägel haben dunkle Ränder. Eine Bürste. Er schrubbt, bis seine Hände rot sind, von einem anderen Rot, einem warmen, schmerzenden, lebendigen Rot.

Sie sieht ihm nicht zu. Sie hat den Blick abgewandt, aber sie hatte immer den Blick abgewandt, sie hat so gelebt – mit abgewandtem Blick. Er wirft die Handtücher in die Waschmaschine.

Sie sitzt da, gegen die Wand gelehnt; weigert sich, mit ihm zu sprechen.

Er kniet sich noch einmal vor sie, auf den Fußboden, der wieder weiß ist, nimmt ihre Hände in seine. Flüstert ihr eine Frage zu, ein einziges Wort: »Wohin?«

Und er liest die Antwort in ihren kalten Händen:

Weißt du noch? Der Wald? Es war Frühling, und diese kleinen weißen Blumen blühten überall unter den Buchen … wir gingen Hand in Hand, und du fragtest mich, was für Blumen das wären … ich wusste es nicht … Der Wald. Der Wald war unser einziger gemeinsamer Ort, und damals war unsere einzige gemeinsame Zeit, unsere einzige wirklich gute Zeit, nur wir beide, weißt du noch, weißt du noch, weißt du noch …

»Ich weiß«, flüstert er. »Ich erinnere mich. Der Wald. Buschwindröschen. Ich habe später jemand anderen gefragt, wie sie heißen. Buschwindröschen …«

Er hebt sie auf seine Arme wie ein Kind. Sie ist schwer und leicht zugleich. Sein Herz pocht im Rhythmus der Angst, als er sie trägt, hinaus in die Nacht. Halt dich doch fest. Hilf mir doch. Hilf mir doch ein einziges Mal!

Die Kälte schlägt ihm entgegen, draußen, er riecht den Frost in der Luft, den kommenden Frost.

Noch ist der Boden nicht gefroren. Er hat Glück. Es ist ein seltsamer Gedanke, Glück zu haben, in dieser Februarnacht. Es ist nicht weit zum Wald hinaus. Es ist zu weit. Er blickt sich um.

Niemand ist da. Niemand sieht. Niemand weiß und niemand wird sich erinnern.

Und im Wald blühen keine kleinen weißen Blumen. Der Boden ist ein einziger braun-schlammiger, aufgeweichter Sumpf. Die grauen Buchen tragen keine Blätter. Er nimmt dies alles nur schemenhaft wahr, es ist zu dunkel. Es ist gerade dunkel genug. Hier gibt es keine Straßenlaternen mehr. Die Erde gibt nur widerwillig nach, der Spaten ist stumpf. Er flucht, lautlos. Sie sieht ihn noch immer nicht an. Sie sitzt an einen der dunklen Bäume gelehnt und scheint in Gedanken versunken. Und plötzlich packt ihn die Wut.

Er kniet zum dritten Mal in dieser Nacht vor ihr, er schüttelt sie, versucht, sie auf die Beine zu ziehen, er will sie anschreien, er schreit sie an, nur in Gedanken, stumm, mit offenem Mund.

Du bist das selbstsüchtigste, gedankenloseste Geschöpf, das ich kenne! Was du getan hast, ist unverzeihlich. Du weißt, du weißt doch, was geschehen wird! Du hast natürlich nicht darüber nachgedacht, oh nein, du nicht, deine Gedanken kreisten nur um deine eigene, erbärmlich kleine Welt. Du hast eine Lösung für dich gefunden, nur keine Lösung für mich, für uns, du hast keine Sekunde daran gedacht … Und dann weint er, weint wie ein Kind, an ihrer Schulter.

Sie streicht ihm über den Kopf, sachte, sachte. Aber nein, es ist nur ein Ast.

1

Anna

Es war der erste wirklich kalte Tag des Winters, an dem Anna die Puppe fand.

Ein blauer Tag, hoch und klar wie eine Glaskuppel über der Stadt. Sie zog die Handschuhe an, ehe sie auf ihr Rad stieg. Auf dem Weg zur Schule dachte sie, dass sie ans Meer fahren würde, gleich mittags, um zu sehen, ob es an den Rändern zugefroren war. Es würde zufrieren, wenn nicht heute, dann in ein paar Tagen.

Das Eis kam immer im Februar.

Und sie atmete die kalte Luft mit einer Art kindischer Vorfreude, schob den Schal vom Gesicht, streifte die Mütze von ihren dunklen Haaren und betrank sich an der Kälte, bis ihr schwindelig war. Sie fragte sich, in welcher der vielen Kisten im Keller ihre Schlittschuhe waren und ob es schneien würde und ob ihre Langlaufskier auch im Keller auf sie warteten oder auf dem Dachboden und ob sie Gitta überreden könnte, den alten Schlitten herauszuholen, den mit dem roten Band. Wahrscheinlich, dachte sie, würde Gitta sich zu alt fühlen. Mein Gott, wir sind achtzehn, würde sie sagen, oder du bist es jedenfalls fast, willst du dich wirklich auf einen alten Schlitten mit rotem Band setzen und dich komplett lächerlich machen? Du machst im Sommer Abitur, mein Kind, du solltest wirklich über andere Dinge nachdenken. Anna lächelte, als sie ihr Fahrrad vor der Schule abstellte. Gitta nannte sie von jeher »mein Kind«, es war ein wenig, als hätte man eine große Schwester, obwohl Gitta nur ein halbes Jahr älter war. Aber sie tat all die Dinge, die man tat, wenn man erwachsen war oder glaubte, es zu sein, all die Dinge, die Anna nie tun würde. Sie verbrachte die Freitagabende beim Tanzen im Fly In. Sie fuhr seit zwei Jahren mit dem Moped zur Schule, und sie würde es in ein Motorrad umtauschen, sobald sie das Geld dafür hatte. Sie trug nur Schwarz, sie trug Tangas, sie schlief mit den Jungen – mein Kind, wir sind achtzehn, lange, lange alt genug, du solltest dir langsam Gedanken machen –, sie lehnte mit Hennes an der Schulmauer und rauchte.

Anna stellte sich dazu und sah den Wolken nach, die ihr warmer Atem in die Luft malte.

»Na«, sagte Hennes, »fängst doch noch an, was?«

Anna schüttelte den Kopf. »Keine Zeit.«

»Ist auch besser so«, meinte Gitta freundlich und legte einen Arm um Annas schmale Schultern. »Wenn du einmal anfängst, kannst du nicht wieder aufhören. Das ist die Hölle, mein Kind, merk dir das. Bleib du lieber bei deinen Luftwolken.«

»Im Ernst«, sagte Anna. »Ich wüsste nicht, wann ich rauchen sollte. Es gibt genug andere Dinge zu tun.«

Hennes nickte. »Die Schule, was?«

»Ach ja«, sagte Anna leichthin, »die auch.«

Und sie wusste genau, dass Hennes nicht begriff, was sie meinte, aber es war ihr völlig egal. Sie konnte Hennes nicht erklären, dass sie zum Meer musste, um nachzusehen, ob es zugefroren war. Und dass sie über Gittas Schlitten mit dem roten Band nachgedacht hatte. Er hätte es nicht begriffen. Gitta würde sich zieren, den Schlitten rauszurücken, aber sie verstand Anna ganz gut. Und wenn niemand zusah, wirklich niemand, würde sie mit Anna Schlitten fahren und sich aufführen wie eine Fünfjährige; sie hatte es im letzten Winter getan und vorletzten Winter. Genauso wie alle Winter davor.

Und Hennes und alle anderen würden über der Vorbereitung der nächsten Kursarbeit sitzen.

»Es ist Zeit«, sagte Hennes und sah auf die Uhr. »Wir sollten gehen.« Er drückte seine Zigarette auf der Mauer aus und blies sich das rötliche Haar aus der Stirn. Golden, dachte Anna, rotgolden. Und sie dachte, dass Hennes vermutlich zu Hause vor dem Spiegel jeden Morgen übte, sich dieses Haar aus der Stirn zu pusten. Hennes war perfekt, Hennes war groß, er war schlank, er war klug, er hatte die Winterferien mit Snowboarden verbracht, irgendwo in Norwegen. Er hatte ein »von« im Nachnamen, das er beim Unterschreiben wegließ, was ihn noch perfekter machte. Es gab durchaus Gründe dafür, dass Gitta gerade mit Hennes an der Mauer stand und rauchte, Gitta verliebte sich ständig neu, und jedes dritte Mal in Hennes.

Anna konnte seinen Mund nicht leiden; dieses leicht ironische Lächeln, mit dem er seine Umwelt bedachte. Wie jetzt. Genau jetzt.

»Wollen wir unserem polnischen Kurzwarenhändler Bescheid sagen?«, fragte Hennes und nickte zu den Fahrradständern hinüber, wo eine Gestalt in grüner Militärjacke hockte, geduckt, die schwarze Strickmütze tief ins Gesicht gezogen, die Stöpsel eines alten Walkmans in den Ohren. Die Zigarette in seiner Hand war beinahe verglüht, und Anna fragte sich, ob er es nicht merkte. Und ob er nicht hätte herüberkommen können, zu Gitta und Hennes, zum Rauchen.

»Tannatek!«, rief Hennes. »Acht Uhr. Kommst du mit rein?«

»Vergiss es«, sagte Gitta. »Der hört dich nicht. Lebt in seiner eigenen Welt. Gehen wir.«

Gitta beeilte sich, Hennes' langen Schritten die Treppe hinauf zur gläsernen Eingangstür zu folgen, sie waren im gleichen Englischkurs, doch Anna hielt sie auf.

»Hör mal … es ist wahrscheinlich eine dumme Frage«, begann sie, »aber …«

»Es gibt nur dumme Fragen«, antwortete Gitta gutmütig.

»Bitte«, sagte Anna ernst. »Erklär mir den Kurzwarenhändler.«

Gitta sah zu der Gestalt mit der schwarzen Wollmütze hinüber. »Den kann dir niemand erklären«, sagte sie. »Die halbe Abiturstufe fragt sich, weshalb der in der Elften hergekommen ist. Er ist doch im Deutschkurs 1, genau wie du …«

»Erklär mir das *Wort*«, beharrte Anna. »Warum heißt er bei allen so? Der polnische Kurzwarenhändler? Ich habe bisher nie darüber nachgedacht.«

»Liebes Kind.« Gitta seufzte. »Ich muss wirklich gehen. Die Siederstädt kann Unpünktlichkeit in ihrem Leistungskurs nicht leiden. Und wenn du dein kluges Köpfchen ein wenig anstrengst, kommst du schon darauf, was unser polnischer Freund verkauft. Ich gebe dir einen Tipp: keine Rosen.«

»Stoff«, sagte Anna und merkte, wie lächerlich das Wort aus ihrem Mund klang. »Bist du sicher?«

»Du meine Güte, die ganze Schule weiß das«, erwiderte Gitta, ein wenig ungeduldig jetzt. »Anna. Natürlich bin ich mir sicher.« Sie drehte sich in der Tür noch einmal um und zwinkerte. »In letzter Zeit ist er teurer geworden«, sagte sie. Dann winkte sie und verschwand durch die Glastüren nach drinnen.

Anna blieb allein draußen stehen und kam sich dumm vor. Sie

wollte wieder an den alten Schlitten mit dem roten Band denken, aber stattdessen dachte sie das Wort »Seifenblase«. Ich lebe, dachte sie, in einer Seifenblase. Die ganze Schule weiß Dinge, die ich nicht weiß. Aber vielleicht will ich sie gar nicht wissen. Und ich werde doch ans Meer fahren, ganz allein, ohne Gitta. Und ich habe es satt, dass sie mich »liebes Kind« nennt, denn im Gegensatz zu ihr weiß ich, was ich will, im Gegensatz zu ihr weiß ich, dass ich nach dem Abi nach England gehe, ich weiß, was ich studieren werde. Und es ist viel kindischer, in schwarzen Klamotten herumzulaufen und sich einzubilden, man würde dadurch schlauer aussehen.

Und dann, nach der sechsten Stunde, nach einem absolut tödlichen Biokurs, fand sie die Puppe.

Später dachte sie oft darüber nach, was geschehen wäre, wenn sie sie nicht gefunden hätte. Nichts, wahrscheinlich. Alles wäre für immer so geblieben, wie es war, sie in ihrer Seifenblase, einer schönen und irgendwie auch eigensinnigen Seifenblase – aber kann denn irgendetwas so bleiben, wie es war, wenn man beinahe achtzehn ist? Natürlich nicht.

Die Kollegstufe besaß einen eigenen Raum, einen schäbigen Raum mit zwei ausrangierten Tischen, einer Menge zu kleinen Holzstühlen und einem alten Sofa sowie einer ständig kaputten Kaffeemaschine. Anna war die Erste, die in dieser Mittagspause ins Kollegstufenzimmer kam. Sie hatte in der Pause versprochen, auf Bertil zu warten, der irgendeinen Zettel von ihr kopieren wollte, irgendetwas wegen Deutsch. Bertil war der typische Zettelverlierer, er war ständig etwas zerstreut, und seine unkleidsam dicke Brille nützte ihm dabei nichts. Anna dachte, dass er vermutlich auch in einer Seifenblase lebte, aber seine war von innen beschlagen.

Sie hätte die Puppe nicht gefunden, wenn sie nicht auf Bertil gewartet hätte. Sie hätte die Puppe nicht gefunden, wenn sie ihre Sachen nicht ausgepackt hätte, um Bertils Zettel zu suchen, und wenn dabei ihr Bleistift nicht unter das Sofa gerollt wäre und wenn –

Anna bückte sich, um den Bleistift hervorzuholen.

Und da lag die Puppe.

Sie lag ganz hinten an der Wand, zwischen Staubflusen und Kaugummipapieren, ein wenig verloren. Anna versuchte, das Sofa von der Wand abzurücken. Es war zu schwer. Unter den durchgesessenen Polstern musste es aus Stein sein, ein Marmorsofa, oder ein Sofa voller schwarzer Weltraumlöcher mit unendlichem Gewicht. Sie legte sich davor auf den Bauch, streckte ihren Arm aus – bekam die Puppe zu fassen und zog sie hervor. Und einen Moment lang war sie allein mit der Puppe, ehe die anderen kamen.

Sie hielt sie im Staub vor dem Sofa auf dem Schoß und sah sie an, und es war, als erwiderte die Puppe ihren Blick. Sie war so groß wie Annas Hand, leicht, ganz aus Stoff. In das Gesicht zwischen den dunklen Zöpfen waren zwei blaue Augen gestickt, ein roter Mund, eine winzige Nase. Die Puppe trug ein geblümtes kurzes Kleid – blaue Blumen auf weißem Grund –, dessen unterer Saum ein wenig ausfranste, und eine Art Hose, die jemand, der nicht besonders gut nähen konnte, aus einem alten Stück Jeansstoff gemacht hatte. Die Blumen auf dem kurzen Kleid waren beinahe völlig verblichen, ein verschwundener Garten, nur noch zu erahnen. Die blauen Stickgarn-Augen waren abgewetzt, als hätten sie schon zu viel gesehen, sie blickten müde und ein wenig ängstlich. Anna entfernte die Staubflusen aus den Haaren der Puppe.

»Woher kommst du?«, flüsterte sie. »Was tust du hier? Welches Kind hat dich verloren?«

So saß sie auf dem Boden, als der erste Schwall der anderen hereinströmte, und sie hatte für einen Moment das seltsame Gefühl, die Puppe vor ihren Blicken schützen zu müssen. Natürlich war das Unsinn. Sie stand auf und hielt sie in die Höhe.

»Gehört die jemandem?«, fragte sie, so laut, dass die Puppe zusammenzuzucken schien. »Ich habe sie unter dem Sofa gefunden. Hat einer von euch sie da verloren?«

»Klar«, sagte Tom, »das ist meine Lieblingspuppe, Mensch, die suche ich schon seit Tagen!«

»Quatsch, das ist meine!«, rief Hennes. »Die nehm ich jeden Abend mit ins Bett! Ohne die kann ich gar nicht einschlafen.«

»So, so«, sagte Nicole, »na ja, andere Leuten machen es mit Hunden, warum also nicht mit Stoffpuppen …«

»Lass mal sehen, vielleicht ist es auch meine«, mischte sich Jörg ein und nahm Anna die Puppe aus der Hand. »Ach nein, meine hatte eine rosa Unterhose. Diese hier hat gar keine Unterhose … das ist ja sehr unziemlich.«

»Gib sie mir mal!«, rief irgendwer, und dann flog die Puppe durch die Luft, während Anna dastand und zusah, wie sie sie hin und her warfen. Wie sie über sie lachten. Und etwas in ihr zog sich krampfhaft zusammen. Sie ballte die Fäuste, aber sie sagte nichts. Es war, als wäre sie sechs Jahre alt, als wäre es ihre Puppe, und sie sah wieder die Angst in den abgewetzten, müden blauen Augen vor sich.

»Hört auf!«, rief sie schließlich. »Hört auf damit! Sie gehört irgendeinem Kind und ihr könnt nicht … wenn sie kaputtgeht … irgendwem gehört sie doch! Ihr benehmt euch wie in der ersten Klasse!«

»Das ist der Stress vor dem Abi, davon wird man unerhört kindisch«, sagte Tom entschuldigend. Aber er ließ die Puppe nicht los. »Fang sie doch«, sagte er und klang wirklich, als wäre er sechs Jahre alt. Anna fing die Puppe nicht, Bertil tat es, Bertil mit seinen zu dicken Brillengläsern. Er gab sie ihr schweigend zurück. Sie gab ihm schweigend das Blatt, das er kopieren wollte. Und die anderen vergaßen die Puppe.

»Die Putzfrau«, sagte Bertil, ehe er ging. »Vielleicht hat die Putzfrau ein Kind … könnte doch sein.«

»Könnte sein«, sagte Anna und lächelte ihn an. »Danke.«

Aber als er ging, dachte sie, dass sie nicht hätte lächeln sollen. Bertil hatte diesen flehenden Hundeblick hinter seinen Brillengläsern, wenn er sie ansah, und sie wusste genau, was er bedeutete.

Nachdem die anderen alle gegangen waren – zu ihren Nachmittagskursen, zur Bäckerei im Einkaufscenter, nach Hause –, nachdem das Kollegstufenzimmer wieder leer und still war, saß Anna noch immer auf dem Sofa, allein, die Puppe auf den Knien. Draußen war der Tag noch immer blau. Der Raureif an den Bäumen glitzerte silbern. Doch, sicherlich fror das Meer.

Sie ließ ihren Blick über die Reihe der Bäume gleiten, die vor der Siebzigerjahre-Fensterwand draußen standen, sah ihre Äste winken, schwer von Eiskristallen. Und dann blieb ihr Blick an einer Gestalt hängen, die auf der Heizung an der Fensterwand saß, und sie erschrak.

Sie hatte die Gestalt vorher nicht bemerkt.

Es war Tannatek, der polnische Kurzwarenhändler, und er sah sie an. Er musste mit den anderen gekommen sein und seitdem dort sitzen, sie hatte ihn nicht bemerkt. Anna schluckte.

Er trug immer noch die schwarze Wollmütze, auch drinnen, genau wie im Deutschkurs, in dem er wie immer kein Wort gesagt hatte. Unter dem offenen Militärparka sah man ein Böhse-Onkelz-Logo auf seinem schwarzen Pullover. Seine Augen waren blau.

Anna wusste nichts über ihn, nur dass er nach der Zehnten hergekommen war, ein Quereinsteiger von der Realschule. Im Moment fiel ihr nicht einmal sein Vorname ein. Sie war ganz allein mit ihm. Es war sehr still. Und auf einmal hatte sie Angst. Ihre Hände krallten sich um die Puppe.

Er räusperte sich. Und dann sagte er etwas, das Anna nicht erwartet hatte.

Er sagte: »Sei vorsichtig mit ihr.«

»Wie?«, fragte Anna, perplex.

»Du hältst sie zu fest. Sei vorsichtig mit ihr«, wiederholte Tannatek.

Anna sah auf ihre Hände, die noch immer in den Stoff gekrallt waren, begriff und ließ die Puppe los. Sie fiel auf den Fußboden. Tannatek schüttelte den Kopf. Dann stand er auf, kam auf Anna zu – sie saß ganz steif da, versteinert, gefroren – und bückte sich nach der Puppe. Er hob sie auf und trat einen Schritt zurück.

»Ich war es«, sagte er. »Ich habe sie verloren. Verstehst du?«

»Nein«, sagte Anna ehrlich.

Er schüttelte wieder den Kopf. »Natürlich nicht.«

Tannatek sah die Puppe einen Moment lang an, er hielt sie wie etwas Lebendiges. Dann setzte er sich wieder auf die Heizung, bückte sich nach seinem Rucksack, der dort stand, und legte sie hinein, oben auf die Bücher und Ordner. Dann setzte er sich wieder auf die Heizung, holte eine einzelne Zigarette aus der Tasche, erinnerte sich offenbar, dass er hier nicht rauchen durfte, zuckte die Achseln und steckte die Zigarette wieder ein.

»Tja«, sagte Anna, und ihre Stimme klang noch immer zu ängstlich. Sie stand vom Sofa auf. »Tja, wenn die Puppe wirklich dir gehört … dann ist ja alles in Ordnung. Dann kann ich ja jetzt gehen. Ich hab heute nichts mehr. Keine Kurse.«

Tannatek nickte. Doch Anna ging nicht. Sie stand mitten im Raum, als hielte etwas sie dort fest, und dieser Moment gehörte zu denen, die sie später nicht erklären konnte, sich selbst nicht und auch niemand anderem. Was geschah, geschah einfach.

Sie blieb so lange stehen, bis er etwas sagen musste, und er sagte: »Danke.«

»Danke wofür?«, fragte sie. Sie wollte eine Erklärung. Irgendeine.

»Danke, dass du sie gefunden hast«, sagte er und nickte zu seinem Rucksack hin, aus dem Anna eine Stoffhand der Puppe lugen sah.

»Ja, hm, oh, bitte«, sagte Anna. »Ich …«

Sie schüttelte den Kopf über sich selbst und versuchte, ein Lachen hervorzuholen, ein kleines, belangloses Lachen, mit dem man ein Gespräch rettet, das zu versiegen droht, ehe es begonnen hat.

»Du siehst aus, als wolltest du eine Bank überfallen«, sagte sie und, als er sie verständnislos ansah: »Mit der Mütze, meine ich.«

»Es ist kalt«, sagte er.

»Hier drin?«, fragte Anna und fand neben dem versiegten Lachen noch so etwas wie ein Lächeln, obwohl sie nicht wusste, ob es überzeugend aussah.

Er sah sie noch immer an. Und dann nahm er die schwarze Wollmütze ab, ganz langsam, wie ein Ritual. Sein Haar war blond und durcheinander. Anna hatte vergessen, dass es blond war. Er trug die

Mütze seit einer Weile – einer Woche? Zwei? Von Zeit zu Zeit kam er mit einem Drei-Millimeter-Schnitt zur Schule, aber jetzt reichte sein Haar bis fast über die Ohren.

»Die Puppe, ich dachte ... ich dachte, sie gehört einem kleinen Mädchen ...«, begann Anna.

Er nickte. »Sie *gehört* einem kleinen Mädchen.« Und plötzlich war er es, der lächelte. »Was dachtest du? Dass sie mir gehört?«

In dem Moment, in dem er lächelte, fiel Anna sein Vorname ein. Abel. Abel Tannatek. Sie hatte ihn in irgendeiner Liste gesehen, im letzten Jahr.

»Wem gehört sie denn?«, fragte Anna, die Großinquisitorin Anna Leemann, dachte Anna, die zu viele Fragen stellte, hartnäckig, neugierig.

»Ich habe eine Schwester«, sagte Abel. »Sie ist sechs.«

»Und warum ...« Warum trägst du ihre Puppe mit dir herum? Warum verlierst du sie unter dem Kollegstufensofa?, wollte die Großinquisitorin Anna Leemann fragen. Doch dann ließ sie es. Großinquisitoren sind nicht sehr sympathisch.

»Micha«, sagte Abel. »Sie heißt Micha. Sie wird sich freuen, dass die Puppe wieder da ist.«

Er sah auf die Uhr, stand auf und schulterte den Rucksack.

»Ich muss los.«

»Ja, ich ... ich eigentlich auch«, sagte Anna rasch. Sie traten nebeneinander in den blauen, kalten Tag und Abel sagte: »Du hast doch nichts dagegen, wenn ich meine Mütze wieder aufsetze?«

An den Bäumen glänzte der Raureif jetzt so hell, dass man die Augen zusammenkneifen musste, und die Sonne spiegelte sich in den Pfützen auf dem Schulhof, gleißend, blendend.

Alles war heller geworden, beinahe gefährlich hell.

Bei den Fahrradständern hatte sich eine Horde von Fünft- oder Sechstklässlern versammelt. Anna sah zu, wie Abel sein Rad aufschloss. Sie hatte noch so viele Fragen, sie musste sie jetzt stellen, rasch, ehe dieses Gespräch zu Ende ging, ehe Abel Tannatek sich wieder in die anonyme, geduckte Gestalt mit den Ohrstöpseln verwandelte, in den polnischen Kurzwarenhändler, den die anderen mit einem Spitznamen versehen hatten wie mit einer Hülle, die sie davor schützte, den Inhalt berühren zu müssen.

»Warum hast du nichts gesagt, als sie die Puppe durch die Luft geworfen haben?«, fragte Anna. »Warum hast du gewartet, bis die anderen weg waren?«

Er schob sein Fahrrad rückwärts aus dem Gewirr der anderen Fahrräder heraus. Er war schon fast fort, schon fast nicht mehr dort, wo Anna sich befand, schon fast wieder in seiner eigenen Welt.

»Sie hätten es nicht verstanden«, sagte er. »Es geht auch niemanden etwas an.«

Inklusive mir, dachte Anna.

Abel holte den uralten Walkman aus der Tasche seines Militärparkas und entwirrte die Kabel.

Warte!, wollte Anna rufen.

»Hörst du tatsächlich die Onkelz?«, fragte sie und nickte zu seinem Pullover hin, dessen weiße Aufschrift man unter der nicht ganz geschlossenen Jacke sah.

Da lächelte er wieder. »Wie alt bin ich, zwölf?«

»Aber … der Pullover …«

»Geerbt«, sagte Abel knapp. »Er ist warm. Das ist die Hauptsache.«

Er gab ihr einen Ohrstöpsel. »*White noise*«, sagte er.

Anna hörte nichts als knisterndes, lautes Rauschen. *White noise*, das, was ein Radio ausspuckt, das keinen Empfang hat. »Es hilft, die anderen fernzuhalten«, sagte Abel, nahm ihr den Ohrstöpsel weg und stieg auf sein Rad. »Wenn man denken möchte.«

Und dann fuhr er weg und Anna stand da und alles war anders als zuvor.

White noise.

Sie fragte Gitta nicht nach dem alten Schlitten mit dem roten Band. Sie fuhr allein zum Meer, später, als es schon dämmerte. In der Dämmerung am Meer war es am leichtesten, sich über die eigenen Gedanken klar zu werden, sie vor sich im Sand auszubreiten und sie zu ordnen. Es war gar kein richtiges Meer. Nur der Bodden, seichtes Flachwasser. Wenn es wirklich zufror, konnte man hinüberlaufen zur Insel Rügen.

Anna stand lange am verlassenen Strand von Eldena und sah aufs Wasser hinaus, das eine Eishaut bekam. Es war jetzt glatt, poliert, es glänzte wie die Dielen zu Hause, gebohnert und abgeschliffen von der Zeit.

Das Haus war alt, seine hohen Räume atmeten Vergangenheit. Es stand in der Fleischervorstadt, zwischen anderen alten Häusern, verfallen und grau zu sozialistischen Zeiten, renoviert und herausgeputzt nach der Wende. Seltsam, an diesem Tag hatte sie das Haus auf ganz andere Weise gesehen. Als ginge sie nicht alleine durch die hohen Räume, sondern mit Abel Tannatek an ihrer Seite.

Sie sah die hohen Bücherregale mit seinen Augen, die Sessel, die dicken, sichtbaren Balken in der Küche, die Bilder an den Wänden, modern, schwarz-weiß, unerkennbar, den Kamin im Wohnzimmer, den Strauß von Winterzweigen auf dem großen Esstisch. Alles war schön, schön wie auf einem Bild, unberührbar und unwirklich schön.

Sie ging mit Abel an ihrer Seite die breite hölzerne Innentreppe hinauf in ihr Zimmer, wo der Notenständer am Fenster stand. Sie versuchte, Abel Tannatek aus ihrem Kopf zu schütteln, die schwarze Mütze, den alten Militärparka, den geerbten Pullover, die verblichene Puppe. Sie wog die Querflöte in der Hand. Auch die Querflöte war schön.

»Ich werde Musik studieren«, sagte Anna laut in den Raum. »Vielleicht. Auch das ist zu schön … zu …«

Aber sie wusste nicht, zu was. Und die silbernen Töne der Querflöte klangen verkehrt an diesem Tag. Sie ertappte sich dabei, wie sie versuchte, der Flöte etwas ganz anderes zu entlocken, etwas Unmelodisches und Disharmonierendes, etwas gewaltsam Kratzendes und Widerspenstiges: *white noise.*

Die Querflöte schien sich in ihren Händen zu winden, sie begriff nicht, was man von ihr wollte. Vor dem Fenster hatte der Nachmittag sich dunkelblau auf den Garten gelegt, jenen Hinterhofgarten, in dem sie so viele Sommer lang mit Gitta gesessen und gelacht hatte. Als sie jetzt das Fenster öffnete, hörte sie die Spatzen in den vertrockneten Ranken des Geißblatts, das neben ihrem Fenster die Wand überzog. Im Sommer würde es wieder blühen und es würde die Luft mit seinem Duft schwer und melancholisch machen … im Sommer, in einer Million Jahren.

An diesem Tag blühte eine einzige Rose am Rosenstrauch. Sie war so einzeln, dass sie unerträglich kitschig wirkte, und Anna hatte dem Versuch widerstehen müssen, sie abzuschneiden. Heute hatte sie keinen Sinn für Rosen.

Die Luft über dem Wasser war jetzt dunkelblau. Irgendwo hing ein Fischerboot zwischen Wasser und Himmel. Anna zerstörte die dünne Eisschicht mit der Spitze ihres Stiefels und hörte das leise Knacken und das Wasser darunter.

»Er wohnt mit hundertprozentiger Sicherheit nicht in so einem Haus«, sagte sie leise. »Ich weiß nicht, wie so jemand wohnt. Anders.«

Und dann trat sie mit dem Fuß ganz ins Wasser, bis das Wasser durch den Stiefel drang und die Kälte sie erreichte.

»Ich weiß überhaupt nichts!«, schrie sie dem Meer zu. »Überhaupt nichts!«

Worüber denn?, fragte das Meer.

»Über die Dinge außerhalb der Seifenblase!«, rief Anna. »Ich will … ich will …« Sie hob die Hände, wollene, gemusterte Handschuhhände, hilflos, und ließ sie wieder sinken.

Da lachte das Meer, aber es hatte kein freundliches Lachen. Es machte sich lustig. Bilde dir bloß nicht ein, du könntest so einen kennenlernen wie Tannatek, sagte das Meer. Und denk mal an den Drei-Millimeter-Haarschnitt. Bist du sicher, dass du dich da nicht mit einem Rechten anlegst? Nicht jeder, der eine kleine Schwester hat, ist ein guter Mensch. Was ist überhaupt ein guter Mensch? Und hat er überhaupt eine kleine Schwester? Vielleicht …

»Sei doch still«, sagte Anna zum Meer und drehte sich um, um über den kalten Sand zurückzugehen.

Hinter dem Strand zur Linken erhob sich der Wald, schwer und schwarz. Im Frühling würden die Buschwindröschen zwischen den hohen Buchen blühen, aber bis dahin war es noch eine Weile hin.

2

Abel

»Bilde dir bloß nicht ein, du könntest so einen kennenlernen wie Tannatek«, sagte Gitta. »Denk mal an den Drei-Millimeter-Haarschnitt …« Sie schlug ihre Füße unter und wippte ein wenig auf der Ledercouch auf und ab. Anna dachte daran, wie sie als Kinder genau diese Couch als Trampolin benutzt hatten. Die Couch stand vor einer Glaswand und dahinter lag irgendwo der Strand. Man sah den Strand nicht, das halbe Neubaugebiet lag dazwischen. Das Haus mit der Glaswand im Wohnzimmer war ein Teil des Neubaugebietes, ein Klotz von einem Haus, völlig quadratisch, irgendwie modern, aber auf eine misslungene Art.

Der Garten war zu ordentlich. Gitta hatte erklärt, sie wäre sich fast sicher, dass ihre Mutter in unbeobachteten Momenten die Blätter der Buchsbaumhecke steril abwusch.

Gitta kam nicht besonders mit ihrer Mutter aus. Sie war Chirurgin an der Klinik, so wie früher Annas Vater, aber er war auch nicht besonders mit ihr ausgekommen und in eine weniger ordentliche Praxis geflohen.

»Anna?«, sagte Gitta. »Worüber denkst du nach?«

»Ich dachte … ich dachte über unsere Eltern nach«, sagte Anna. »Und dass sie alle Ärzte sind oder sonst was.«

»Sonst was«, sagte Gitta, stieß die Luft verächtlich durch die Nase aus und drückte ihre drinnen verbotene Zigarette auf einer Untertasse aus. Sie rauchte sie vermutlich nur, weil sie verboten war. »Ganz genau. Was hat das mit Tannatek zu tun?«

»Nichts«, sagte Anna und seufzte. »Alles. Ich habe mich gefragt, was seine Eltern sind. Woher er kommt. Wo er wohnt.«

»Ostseeviertel«, sagte Gitta. »Ich seh ihn da immer langfahren. Plattenbau, da beim Aldi.«

Sie rutschte auf dem Sofa ganz nach vorne und sah Anna scharf an. Ihre Augen waren blau. Wie die von Abel, dachte Anna, aber anders. Wie viele Arten von Blau gab es auf der Welt? Theoretisch unendlich viele … »Warum willst du all diese Dinge wissen?«, fragte Gitta mit einem gewissen lauernden Unterton.

»Nur … so«, sagte Anna.

»Ach, nur so«, meinte Gitta. »Ich werd dir was sagen, mein Kind. Du hast dich verknallt. Werd nicht gleich rot, das passiert jedem. Aber du hast dir den Falschen ausgesucht. Mach dich nicht unglücklich. Mit einem wie Tannatek kannst du höchstens eine Fickbeziehung führen und da fängst du dir wahrscheinlich noch was ein. Das ist nichts für dich.«

»Jetzt halt mal die Luft an!«, sagte Anna und merkte, dass sie fauchte. »Wir reden hier überhaupt nicht über Beziehungen und übers … über … darüber schon gar nicht. Meine Welt ist vielleicht nicht ganz so beschränkt wie deine, und ich denke *ab und zu* über was anderes nach als darüber, wie ich den nächsten Kerl ins Bett kriege.«

»Den nächsten?«, fragte Gitta und grinste. »Wer war der erste? Hab ich was verpasst?«

»Mit dir kann man nicht reden«, knurrte Anna und stand auf. Doch Gitta zog sie wieder hinunter auf den modernen, eckigen

Ledersessel, einen Sessel, den man hervorragend steril abwaschen konnte – und das, dachte Anna böse, war bei Gittas momentanem Lebenswandel sicherlich von Nutzen.

»Hey, Anna«, sagte Gitta. »Nun reg dich nicht gleich so auf. War nicht böse gemeint, okay? Ich will nur nicht, dass du dich unglücklich machst. Ich mag dich, weißt du? Könntest du dich nicht in jemand anderen verlieben?«

»Ich bin in überhaupt niemanden verliebt«, sagte Anna. »Du kannst also gleich wieder damit aufhören, es mir einreden zu wollen.«

Sie sah durch die Glasscheibe hinaus auf das Neubaugebiet. Wenn sie ihre Augen ganz fest zukniff, konnte sie die Häuser vielleicht unsichtbar werden lassen und das Wasser dahinter erkennen. Es war eine Frage des Willens. Und wenn sie sich sehr, sehr anstrengte, konnte sie vielleicht etwas über Abel Tannatek herausfinden. Ohne Gitta. Warum hatte sie den Mund nicht halten können? Warum hatte sie Gitta erzählen müssen, dass sie mit Abel gesprochen hatte? Weil es drei Tage her war, seit sie mit Abel gesprochen hatte, dachte sie, deshalb. Weil er seitdem nicht wieder mit ihr gesprochen hatte. Kein Wort. Weil es war, als hätte er überhaupt *nie* mit ihr gesprochen. Die Seifenblase hatte sich wieder um Anna geschlossen und die kalte Hülle aus Schweigen hatte sich um Abel geschlossen. In der Seifenblase jedoch war etwas zurückgeblieben. Ein glimmender Funke. Neugier.

»Jetzt hör mal zu, mein Kind«, sagte Gitta und zündete eine neue Zigarette an. Bestand ihr Leben völlig aus Zigaretten? Sie machte Anna ganz wahnsinnig mit dem Angezünde und Ausgedrücke und Herumgekrame. »Hör mal gut zu. Ich weiß schon, du bist ein Ende schlauer als ich, ein gutes Ende, bessere Noten und alles, und die

Musik … du denkst über Dinge nach, über die Leute wie ich nicht nachdenken. Das weiß ich alles. Aber in dieser einen, einzigen Sache solltest du wirklich auf mich hören. Vergiss Tannatek. Denk mal an die Puppe. Warum rennt er mit einer Kinderpuppe herum? Kleine Schwester? Na, ich weiß nicht. Kann schon sein, er hat eine kleine Schwester, aber ich hätte die Puppe mal gründlich untersucht. Was hat er gesagt? Du sollst sie vorsichtig anfassen? Siehst du keine Krimis? *Liest* du nicht wenigstens welche? Du liest doch Bücher! Ich meine, ich weiß nicht, woher er seinen Stoff bezieht, aber er hat mal so eine Bemerkung fallen lassen, und ich denke, er hat gute Kontakte nach Polen rüber. In irgendwas muss man doch das Zeug auch transportieren?«

»Du meinst, in der Puppe …«

Gitta zuckte die Schultern. »Ich meine gar nichts. Ich denke nur laut. Meine Güte, wir sind ja alle froh, dass es ihn gibt, unseren polnischen Kurzwarenhändler. Er ist immer noch der Billigste, und es ist so einfach … guck mich nicht so an, ich bin kein Junkie. Nicht jeder, der mal ein Bier trinkt, ist Alkoholiker, oder? Jedenfalls würde ich nicht alles glauben, was unser Kurzwarenhändler so von sich gibt. Der rettet auch nur seine Haut. Tun wir doch alle, so oder so.«

»Wie meinst du das?«

Gitta lachte. »Keine Ahnung. Klang direkt philosophisch, was? Also, die Sache mit der Puppe und der Schwester … sehr anrührend, wirklich. Und das weiße Rauschen … vielleicht spinnt er ein bisschen, der Pole. Vielleicht hat er dich aber auch auf den Arm genommen. Sich was ausgedacht, um dich zu beeindrucken. Du bist gut in der Schule. Er ist mit dir in Deutsch. Du könntest ihm helfen. Aus irgendeinem Grund scheint er es sich in den Kopf gesetzt zu haben, das Abi zu machen. Vielleicht macht er sich interessant.«

»Natürlich«, sagte Anna. »Er macht sich interessant. Indem er nicht mit mir redet. Glückwunsch zu deiner Logik, Gitta.«

»Aber es ergibt Sinn!«, rief Gitta. »Er lässt dich eine Weile in deiner Verlie… in deiner Neugier verschmoren, und dann …«

»Hör auf, mit der Zigarette herumzufuchteln«, sagte Anna nüchtern und stand auf, diesmal endgültig; diesmal, um zu gehen. »Du wirst noch die Wohnzimmergarnitur deiner Eltern anzünden.«

»Liebend gern«, sagte Gitta. »Sie brennt leider schlecht.«

Sie musste es versuchen. Sie würde es versuchen. Wenn Abel nur mit den Leuten sprach, denen er da draußen auf dem Hof seinen Stoff verkaufte, würde sie ihm eben Stoff abkaufen. Der Gedanke war waghalsig und neu, und sie brauchte zwei weitere Tage, um den Mut zu sammeln. Zwei Tage, in denen sie Abel im Deutschkurs dabei beobachtete, wie er schwieg. Er saß auch mit ihr in Bio und in Mathe und schwieg. Bisweilen schien er zu träumen. Und in den ersten Stunden schlief er manchmal ein. Sie fragte sich, was er nachts tat. Sie fragte sich, ob sie es wissen wollte.

Es war ein Freitag, an dem sie sich endlich einen Ruck gab. Tannatek lehnte bei den Fahrradständern wie immer, ganz am Ende, wo nur noch wenige Räder standen. Er hatte die Hände tief in den Taschen vergraben, die Stöpsel des Walkmans in den Ohren und den Reißverschluss des Militärparkas ganz bis oben zugezogen. Alles an ihm fror, seine ganze Gestalt war eine Statue der Februarkälte. Er rauchte nicht, stand nur da und sah ins Nichts.

Der Schulhof war beinahe leer. An einem Freitagmittag hatten die meisten es eilig, nach Hause zu kommen. Zwei Typen aus der Elf überquerten den Hof vor Anna und sprachen mit Tannatek, und sie blieb stehen – stand dumm mitten auf dem Hof und wartete und spürte, wie der Mut sie verließ. Sie glaubte zu sehen, wie er einem der Jungen etwas gab, aber sie war sich nicht sicher, es waren zu viele Jackenärmel und Rucksackschnallen im Weg. Sie hoffte, dass er sie nur leer ansehen würde, wenn sie ihn fragte. Sie hoffte, er würde sagen: »Ich soll *was* verkaufen? Wer sagt das? Unsinn!«, und Gitta hätte nur eine ihrer Geschichten erzählt.

Die Jungen verschwanden, Tannatek drehte sich um und sah ihnen nach, und irgendwie trugen Annas Füße sie über den Hof, und plötzlich stand sie hinter ihm.

»Abel«, sagte sie.

Er zuckte zusammen, fuhr herum und sah sie mit einem Blick an, der im ersten Moment nichts ausdrückte als Erstaunen. Niemand hier sprach ihn mit Vornamen an. Das Erstaunen zog sich zurück hinter das Augenblau, er verschmälerte das Blau misstrauisch und musterte sie, abwartend, fragend: Was willst du? Er war einen guten Kopf größer als sie, und seine breiten Schultern gaben ihm etwas Bulliges, wie er so dastand, die Wirbelsäule unter der Kälte gekrümmt, die Hände wieder in den Taschen. Anna dachte an die Kampfhunde, von denen es bei den Plattenbauten draußen zu viele gab. Manche von ihnen hatten deutsche Runen in die Halsbänder geprägt … Sie hatte plötzlich wieder Angst vor Tannatek, und der Name »Abel« verschwand aus ihrem Kopf, machte sich klein und verkroch sich in einer Ritze. Lächerlich. Gitta hatte recht gehabt. Anna hatte sich einen anderen Tannatek zusammengeträumt, von ferne.

»Anna?«

»Ja«, sagte sie. »Ich … ich wollte … ich wollte fragen … dich fragen …« Jetzt musste sie die Sache durchziehen. Aber alle Worte waren in ihrem Kopf zerdrückt worden, von einer bedrohlichen, breitschultrigen Gestalt. Sie holte tief Luft. »Bei Gitta läuft eine Party«, sagte sie, was gelogen war, »und wir brauchen was zum Feiern. Was genau hast du?«

»Wann?«, fragte er. »Wann brauchst du etwas?«

Also funktionierte es so nicht. Natürlich nicht, dummes Kind, dachte Anna, er schleppte nicht kiloweise Stoff mit sich herum, es war eine Sache von Bestellung und Lieferung. Er las ihre Gedanken. »Eigentlich …«, sagte er, »warte. Vielleicht habe ich sogar etwas da.«

Er sah sich um, griff in die Tasche des Militärparkas und holte ein kleines Plastiktütchen heraus. Sie beugte sich vor und erwartete irgendeine Sorte von Pulver, sie kannte sich nicht aus mit solchen Dingen, sie hatte gegoogelt, aber Google Drugs gab es noch nicht, ein Manko, das sicher bald behoben werden würde … er griff mit Daumen und Zeigefinger in die milchig durchsichtige Tüte und zog einen Blisterstreifen hervor. Anna sah, dass noch mehrere Blisterstreifen in der Tüte waren, Blisterstreifen voller Tabletten. Die in dem Streifen, den er jetzt in der Hand hielt, waren rund und weiß.

»Du hast doch gesagt, zum Feiern?«, fragte er leise.

Anna nickte. Tannatek nickte ebenfalls. »Zwanzig«, sagte er.

Sie beförderte einen Zwanziger aus ihrem Portemonnaie und beeilte sich, den Blisterstreifen einzustecken. Es waren zehn Tabletten. Der Preis erschien ihr nicht besonders hoch.

»Du kennst dich aus mit dem Zeug?«, fragte Tannatek, und es war genau zu hören, was er dachte.

»Ich nicht«, antwortete Anna. »Aber Gitta.«

Er nickte wieder, steckte das Geld weg und fischte nach den Stöpseln des Walkmans.

»*White noise?*«, fragte Anna, aber eigentlich wollte sie schon gar kein Gespräch mehr anfangen, sie fragte es nur, um es gefragt zu haben, ihr Herz raste, sie wollte weg, weg von dem zu kalten Schulhof, weg von Tannatek, dem Kampfhund, weg von den Tabletten in seiner Jackentasche, weg, weg, weg. Sie sehnte sich auf einmal nach dem kühlen Silber der Querflöte in ihren Händen. Nach einer Melodie. Keinem weißen Rauschen, einer wirklichen Melodie.

Sie erwartete nicht, dass Tannatek ihr wieder einen der hoffnungslos alten Ohrstöpsel geben würde. Doch genau das tat er. Sie hielt ihn an ihr Ohr, weil es von ihr erwartet wurde, nicht, weil sie es wollte. Das ganze Projekt Ich-habe-Verständnis-für-den-polnischen-Kurzwarenhändler-und-werde-ein-besserer-Mensch war ihr auf einmal zuwider.

Aus dem Ohrstöpsel drang kein weißes Rauschen. Sondern eine Melodie. Als hätte jemand Annas Wunsch gehört. »Es ist nicht immer *white noise*«, sagte Tannatek.

Die Melodie war so alt wie der Walkman, nein, älter. *Suzanne.* Anna kannte den Text, seit sie klein war.

Sie gab den Stöpsel zurück, perplex.

»Cohen? Du hörst Cohen? Den hört meine Mutter.«

»Ja«, sagte er, »das hat meine Mutter auch getan. Ich weiß nicht mal, wie sie darangekommen ist. Sie kann kein Wort verstanden haben. Sie konnte kein Englisch. Und sie war zu jung für diese Sorte von Musik.« Er zuckte die Schultern.

»War?«, fragte Anna. Es war noch kälter geworden, gerade eben, fünf Grad kälter. »Ist sie …?«

»Tot?«, fragte Abel hart. »Nein. Nur weg. Seit zwei Wochen. Aber es macht keinen Unterschied. Ich denke nicht, dass sie wiederkommt. Micha … Micha denkt, sie kommt wieder. Meine Schwester, sie …«

Er stockte, hob den Blick und sah Anna an. »Bin ich völlig übergeschnappt? Warum erzähle ich dir das?«

»Vielleicht, weil ich frage?«

»Es ist zu kalt«, sagte er und schlug den Kragen des Parkas hoch. Sie blieb stehen, während er sein Rad aufschloss. Es war beinahe genau wie bei ihrem ersten Gespräch – Worte in der eisigen Luft zwischen Fahrradständern, gestohlene Worte, irgendwie heimatlos, zwischen Tür und Angel. Man konnte später behaupten, man hätte gar nichts gesagt.

»Fragt denn sonst niemand?«, sagte Anna. Er schüttelte den Kopf, befreite das Rad.

»Wer denn? Es gibt niemanden.«

»Es gibt eine Menge Leute«, sagte Anna. »Überall.«

Sie machte eine weit ausladende Geste, die den vereisten Schulhof einschloss, die Schule, die Bäume, das Firmament. Doch es war niemand da. Abel hatte recht: Es gab niemanden. Es gab nur sie beide, Anna und ihn, nur sie unter dem endlos hohen Eishimmel.

Er hatte das Rad befreit. Zog sich die schwarze Mütze noch tiefer über die Ohren. Nickte, ein Abschiedsnicken vielleicht, oder nur ein Nicken für sich selbst, eine Bestätigung der Tatsache, dass es niemanden gab. Dann fuhr er los.

Lächerlich, jemanden an einem Freitagmittag mit dem Fahrrad durch die Außenbezirke von Greifswald zu verfolgen. Auch nicht sehr unauffällig. Doch Abel drehte sich nicht um. Der Februarwind war zu kalt, um sich umzudrehen, wenn man Fahrrad fuhr. Sie fuhr hinter ihm die Wolgaster Straße entlang, jene lange, gerade Verkehrsader, die in die Stadt hinein- oder aus der Stadt herausführte, die die Innenstadt mit Gittas abwaschbarem Neubaugebiet verband, mit dem Strand, mit dem Winterwald voll hoher, blattloser Buchen. Mit den Feldern dahinter, mit der Welt. Auf ihrem Weg führte die Wolgaster Straße zwischen den Plattenbauten von Schönwalde und dem Ostseeviertel hindurch, Namen, über die Anna jetzt plötzlich lachen musste. Das Lachen schmeckte bitter.

Abel folgte der Straße nur ein Stück weit, ließ den ewig zähen Strom der Autos dann hinter sich und bog beim Parkplatz des Netto-Ladens ab. Nur wenige Autos standen auf dem Parkplatz, zwei Frauen mit struppigen kurzen Haaren und orangefarbenen Warnjacken lehnten an einer Mülltonne und rauchten, neben sich einen Eimer mit Kies, um die Straße zu streuen. ABMler. Ihre Hände waren rot gefroren. Die Luft roch nach Schnee. Vor dem Eingang des Getränkemarkts schrie ein Betrunkener seinen Hund an. Abel fuhr am Netto vorbei und durch ein Tor in einem grünen Drahtzaun, gesäumt von toten Winterbüschen. Hinter dem Tor stieg er vom Rad. Dort gab es einen Hof mit einem hell gestrichenen Gebäudeklotz und einer Spielplatzburg aus rot-blau-buntem Plastik. Steril abwaschbar. Auf dem Schild »Unbefugten ist der Zutritt verboten«, das am Tor hing, wucherte ein aufgespraytes schwarzes Hakenkreuz, das jemand anders später durchgestrichen hatte. Man sah es trotzdem.

Eine Schule. Es war eine Schule, eine Grundschule offenbar. Verlassen, jetzt nach dem Mittagsklingeln, verlassen und verwaist. Anna schob ihr Rad in die struppigen Büsche am Tor, stellte sich daneben und versuchte, unsichtbar zu sein. Zuerst dachte sie, vielleicht gehörte diese Schule zu Abels Klientel: Klingeling – der polnische Kurzwarenhändler ist da! Vielleicht gab es auch ältere Schüler hier. Ein halb gestohlenes Fahrrad hing, sinnlos festgekettet, an einer Laterne, nur noch ein Skelett aus Rahmen und Lenker. Eine der Mülltonnen auf dem Hof war umgefallen oder umgeworfen worden und der Februarwind fegte eine Handvoll Abfall über den Hof. Der Rahmen der doppelflügeligen Tür war aus rotem Plastik, ans Glas hatte jemand eine Schneeflocke aus Papier geklebt. Es war ein Versuch, die Dinge freundlicher zu gestalten. Aber der Versuch war zu bemüht. Die ganze angestrengte Fröhlichkeit der Schule brannte in Annas Augen. Sie machte den Februarwind nur noch kälter, machte das Brüllen des Betrunkenen vom Netto-Parkplatz hinter dem Zaun noch lauter.

Auf der Betonstufe vor der Tür saß ein kleines Mädchen in einer schmutzig-pinkfarbenen Daunenjacke, die Arme um die Knie geschlungen, frierend. Anna beobachtete, wie Abel über den leeren Schulhof ging, und fragte sich, ob es ein Maximum an Trostlosigkeit gab. Oder ob sie einfach immer weiterwuchs, ins Unendliche, Trostlosigkeit in allen Facetten, wie die Farbe Blau, über die sie nachgedacht hatte.

Und dann geschah etwas Unerwartetes. Die Trostlosigkeit zerbrach.

Abel begann zu rennen. Jemand rannte ihm entgegen: das Mädchen in der zerschlissenen rosa Jacke. Sie flogen aufeinander zu, die kleine Gestalt und die große Gestalt, die Arme ausgebreitet – ihre Füße schienen den Boden nicht mehr zu berühren –, und jetzt trafen sie sich in der Mitte. Die große Gestalt hob die kleine auf, wirbelte sie in der Luft herum, einmal, zweimal, dreimal, in einem Strudel aus hellem Kindergekicher.

»Es ist wahr«, flüsterte Anna hinter ihrem Busch. »Gitta, es stimmt. Er hat eine Schwester. Micha.«

Abel hatte das rosa Kind abgesetzt, und Anna duckte sich, denn jetzt drehte er sich um und ging zurück zu seinem Rad. Er sah sie nicht. Er sah sich nicht um. Er sprach mit Micha. Er lachte. Er hob sie hoch und setzte sie auf den Gepäckträger seines Rades, sagte noch etwas zu ihr und stieg auf. Anna verstand keines seiner Worte, doch seine Stimme klang anders als in der Schule. Jemand hatte ein Licht zwischen den Sätzen angezündet. Vielleicht, dachte Anna, sprach er eine andere Sprache. Polnisch. Wenn Polnisch so leuchtete, würde sie es lernen. Mach dir nichts vor, Anna, sagte Gitta in ihrem Kopf. Du würdest wahrscheinlich auch Hinterostmandschurisch lernen, um mit Tannatek zu sprechen. Und Anna antwortete mit einem gewissen Ärger: Er heißt Abel. Aber dann fiel ihr ein, dass Gitta überhaupt nicht da war und dass sie sich besser noch tiefer ins Februargebüsch duckte, wenn sie nicht wollte, dass Abel und Micha sie sahen. Sie sahen sie nicht. Abel fuhr vorbei, ohne nach rechts und links zu gucken, und Anna hörte ihn sagen:

»Sie haben Königsberger Klopse heute, es stand auf dem Plan.«

»Klopse«, wiederholte die helle Kinderstimme hinter ihm. »Klopse mag ich. Wir könnten auch nach Königsburg verreisen, irgendwann, oder?«

»Irgendwann«, antwortete Abel. »Aber jetzt verreisen wir zuerst zur Mensa und …«

Und dann waren sie zu weit weg und Anna konnte nichts mehr verstehen. Aber sie verstand, dass es keine andere Sprache war, die das Licht zwischen Abels Sätzen angezündet hatte, weder Polnisch noch Hinterostmandschurisch, es war ein Kind in einer rosa Daunenjacke, ein Kind mit einem türkisen Schulranzen und zwei blonden, strähnigen Zöpfen, ein Kind, das sich im kalten Wind mit handschuhlosen, rot gefrorenen Händen an seinen Rücken klammerte.

Zur Mensa. Wir verreisen zur Mensa.

Die Uni-Mensa befand sich in der Stadt, am Beginn der Einkaufsstraße, Anna war schon mit Gitta da gewesen. Es gab eine Cafete dort, mit billigem Kuchen, und Gitta war ab und zu in irgendeinen Studenten verliebt. Anna folgte Abel nicht. Sie fuhr über die Straße und zum Ryck hinunter, dessen schmales Flussbett parallel zur Wolgaster Straße verlief. Am Ryck entlangzufahren war ein Umweg, aber sie wollte nicht, dass Abel sie doch noch sah. Sie beeilte sich. Der Kies hatte sich zu bösen kleinen Eisklumpen zusammengeschlossen, die dünnen Fahrradreifen schlingerten auf den Pfützen, der Wind blies aus Richtung Stadt, ihre Nase war beinahe erfroren – und tief in ihr sang es. Nie war der Himmel so hell gewesen, die Zweige der Bäume am Fluss so golden. Nie hatte das werdende Eis auf dem Ryck so geglänzt. Sie wusste nicht, ob das nur der Ehrgeiz in ihr war, etwas herauszufinden, was niemand wusste. Das Glück, es beinahe herausgefunden zu *haben*.

Vor der Mensa herrschte ein Durcheinander an Menschen und Rädern, Gesprächen und Rufen, Wochenendplänen und Verabredungen. Einen Moment lang hatte Anna Angst, Abel in diesem Durcheinander nicht wiederzufinden. Doch dann sah sie einen rosa Fleck im Gewühl, der durch die gläserne Drehtür schlüpfte, und kurze Zeit später befand sie sich auf dem Weg die breite Treppe hinauf zur Essensausgabe. Auf dem Treppenabsatz blieb sie stehen, holte ihr Halstuch aus dem Rucksack, band es sich um den Kopf und kam sich völlig lächerlich vor. Was bin ich denn? Ein Stalker? Sie nahm sich oben ein orangefarbenes rechteckiges Plastiktablett vom Stapel und reihte sich in die Schlange der Studenten ein. Es war ein seltsamer Gedanke, dass sie bald zu ihnen gehören würde. Nach der Au-pair-Zeit in England. Nicht dass sie zum Studieren hierher zurückkommen würde, die Welt war zu groß, um in der eigenen Stadt zu bleiben, sie wartete auf Anna, eine Welt der unbegrenzten Möglichkeiten. Abel und Micha standen bereits an der Kasse. Anna drängelte sich nach vorn, häufte irgendetwas Undefinierbares auf ihren Teller, das vielleicht aus Kartoffeln bestand, mit der gleichen Wahrscheinlichkeit aber aus überfahrenem Hund, und beeilte sich, ebenfalls zur Kasse zu kommen.

Sie sah, wie Abel eine Plastikkarte zurück in sein Portemonnaie steckte, weiß mit hellblauem Aufdruck. Alle Studenten hatten solche Plastikkarten.

»Entschuldigung«, fragte sie das Mädchen hinter ihr, »brauche ich so eine Karte?«

»Du kannst auch so bezahlen«, sagte das Mädchen. »Bist du neu? Die Karten gibt's unten in der Cafete, du brauchst nur deinen Studentenausweis vorzuzeigen. Fünf Euro Pfand und du kannst dann am Automaten Geld draufladen und …«

»Moment«, sagte Anna. »Was ist, wenn ich keinen Ausweis habe?«

Das Mädchen zuckte die Achseln. »Oh, da sind sie streng. Dann musst du den vollen Preis fürs Essen bezahlen. Finde besser deinen Ausweis wieder.«

Anna nickte. Sie fragte sich, wo Abel seinen Ausweis gefunden hatte.

Auch der volle Preis für den überfahrenen Hund war nicht besonders hoch. Und dann stand Anna mit ihrem Tablett verloren hinter der Kasse und sah sich nach der rosa Daunenjacke um.

Sie war nicht die Einzige, die den Hals reckte und umherspähte, eine Menge Leute schien hier damit beschäftigt zu sein, eine Menge anderer Leute zu suchen. Nirgendwo war ein rosa Fleck zu sehen, nirgendwo ein Kind mit dünnen blonden Zöpfen. Plötzlich ergriff eine unsinnige Panik Anna. Sie hatte sie verloren, sie würde sie nie wiederfinden, sie würde nie wieder mit Abel Tannatek reden, weil es dumm war, Stoff bei ihm zu kaufen, den sie später wegwarf, sie würde nach England gehen und nie herausfinden, warum er so war, wie er war, und wer dieser andere Abel war, der ein Kind in der Luft herumschleuderte, sie würde …

»Im kleinen Saal ist bestimmt noch Platz«, sagte jemand neben ihr zu jemand anderem, und zwei Tabletts schoben sich an ihr vorbei, zur Tür hinaus. Anna folgte ihnen. Und dann sah sie, dass es noch einen Speisesaal gab, man musste durch den Flur gehen, wo rechts eine zweite Treppe hinunterführte. Und links, im zweiten Speisesaal, den eine große Glaswand vom Flur trennte, leuchtete ein rosa Fleck. Der Boden war nass von Winterstiefelspuren. Anna balancierte ihr Tablett vorsichtig durch das Gewühl – nicht dass sie Angst um den überfahrenen Hund hatte, der war ohnehin nicht mehr zu retten –, aber es wäre sicher auffällig, mitsamt dem Tablett mitten zwischen den Tischen auszurutschen und der Länge nach hinzufallen. Die rosa Jacke hing ganz hinten über einem Stuhl, und dort, in der Ecke, saßen Abel und Micha. Anna hatte Glück, Abel wandte ihr den Rücken zu. Sie setzte sich an den Tisch neben ihnen, ihrerseits mit dem Rücken zu Abel.

»Was ist das denn?«, fragte ein Student neben ihr und sah sich den Auflauf auf ihrem Teller an.

»Toter Hund«, antwortete Anna, und da lachte er und wollte ein Gespräch mit ihr anfangen, woher sie wäre, aus dem Ausland? Wegen des Kopftuchs, und er wäre im ersten Semester und ob sie auch in der Fleischmannstraße wohnte …

»Du hast aber gesagt, du erzählst heute«, sagte eine Kinderstimme hinter ihr. »Hast du gesagt. Du hast überhaupt nichts erzählt, seit … seit hundert Jahren. Seit Mama verreist ist.«

»Ich musste nachdenken«, sagte Abel.

»Träumst du?«, fragte der Student. Anna sah ihn an. Es war ein hübscher Student, Gitta hätte er gefallen. Aber Anna wollte nicht mit ihm reden. Nicht jetzt. Sie wollte nicht, dass Abel ihre Stimme hörte. »Ich … ich bin ein bisschen krank«, flüsterte sie. »Ich … kann nicht so viel reden. Mein Hals, weißt du. Erzähl … erzähl du doch was.«

»Was soll ich erzählen?«, fragte er. »Ich bin noch nicht lange hier, ich hatte gehofft, du kannst mir was erzählen, über die Stadt … ich bin aus München, die ZVS hat mich hierher verfrachtet, aber sobald ich woanders einen Platz kriege, bin ich weg hier und …«

Anna aß den toten Hund, der tatsächlich aus Kartoffeln bestand, nickte ab und zu und versuchte, den Studenten auszublenden. Sie versuchte, auf einen anderen Kanal umzuschalten, auf den Abel-und-Micha-Kanal. Eine Weile war da etwas wie *white noise* in ihrem Kopf, das Rauschen zwischen den Kanälen, und dann, dann gelang es ihr. Sie hörte den Studenten nicht mehr. Sie hörte den Lärm im Essenssaal nicht mehr. Sie hörte Abel. Nur noch Abel.

Dies war der Moment, in dem sich alles von innen nach außen kehrte. In dem die Geschichte begann, die auch Annas Geschichte werden sollte. Sie hatte natürlich schon vorher begonnen, mit der Puppe, mit den alten Kopfhörern, mit dem kleinen Mädchen auf dem trostlosen Schulhof. Mit dem Wunsch, zu begreifen, wer oder wie viele Personen Abel Tannatek war. Anna schloss die Augen für eine Sekunde und fiel aus der wirklichen Welt heraus. Sie fiel hinein in den Beginn eines Märchens. Denn der Abel, der hier in der

Mensa saß, nur zwanzig Zentimeter entfernt von Anna, zwischen orangefarbenen Plastiktabletts und schwirrenden Semestergesprächen, vor einem kleinen Mädchen mit dünnen blonden Zöpfen … dieser Abel war ein Märchenerzähler.

Das Märchen, in dem Anna landete, war so hell und lichtdurchflutet wie der Moment, in dem er Micha in der Luft herumgeschleudert hatte. Doch sie hörte hinter den Worten eine uralte Dunkelheit lauern, die Dunkelheit aller Märchen, die Kehrseite.

Erst später, viel später, erst zu spät würde Anna begreifen, dass dieses Märchen tödlich war.

Sie hatten ihn nicht gesehen. Keiner von ihnen. Er verschwand in der Menge der Studenten, er war unsichtbar geworden, unsichtbar hinter seinem orangefarbenen Tablett mit dem weißen Mensateller und dem undefinierbaren Essen darauf.

Er lächelte über seine eigene Unsichtbarkeit. Er lächelte über die beiden, die dort drüben so nahe beieinandersaßen und doch an verschiedenen Tischen, Rücken an Rücken. Sie waren zusammen hier und wussten es noch nicht. Wie jung sie waren! Er war einmal so jung gewesen wie sie. Vielleicht war das der Grund, weshalb er noch immer ab und zu in die Mensa ging, es war nicht wie damals, natürlich, es war eine andere Mensa und eine andere Stadt, und doch war es ein Besuch in seiner Erinnerung.

Er betrachtete die beiden wie ein Bild, während er sein undefinierbares Essen aß. Nein, nicht die beiden. Die drei. Da war ein Kind bei Abel, ein kleines Mädchen. Hier also schlief er nicht, hier war er ein anderer – und Anna Leemann mit ihrem Kopftuch, mit dem sie glaubte, nicht erkannt zu werden, auch Anna war eine andere Anna. Sie waren alle nur Schauspieler, die in der Schule ihre

Rolle spielten. Die Rolle des Dealers. Die Rolle des braven Mädchens. Und er? Auch er spielte nur eine Rolle …

Manche Rollen waren gefährlicher als andere.

Anna hob den Kopf und sah zu ihm hinüber und er verbarg sein Gesicht hinter einer Zeitschrift wie ein Amateurdetektiv. Er würde noch ein Weilchen unsichtbar bleiben.

3

Micha

»Erzähl von der Insel«, sagte Micha. »Erzähl, wie sie aussieht.«

»Aber das habe ich dir schon hundert Mal erzählt«, sagte Abel. »Du weißt genau, wie die Insel aussieht.«

»Ich habe es vergessen. Die letzte Geschichte ist so lange her! Tausend Jahre! Bestimmt. Da war Mama noch da. Wo ist Mama jetzt?«

»Ich weiß es nicht und das habe ich dir auch schon hundert Mal gesagt. Auf dem Zettel stand nur, dass sie plötzlich verreisen muss. Und dass sie dich lieb hat.«

»Dich nicht?«

»Die Insel«, sagte Abel, »besteht ganz aus Felsen. Oder soll ich sagen, bestand? Die Insel bestand ganz aus Felsen, es war eine winzige Insel, und sie lag weit, weit draußen im Meer. Auf der Insel lebte nur eine einzige Person, eine sehr kleine Person, und weil sie am liebsten auf den Klippen saß, ganz vorne, über der Brandung des Meeres – deshalb nannte man sie die kleine Klippenkönigin. Oder eigentlich nannte sie selbst sich so, da es ja niemand anderen gab.

Die Vögel hatten ihr erzählt, dass es andere Inseln gab. Sie hatten auch vom Festland berichtet. Das Festland, sagten die Vögel, ist eine unendlich große Insel, über die man wochenlang wandern kann, ohne auf die andere Seite zu gelangen.

Das konnte die kleine Königin sich nicht vorstellen. Um ihre eigene Insel herumzuwandern, dauerte nur drei Stunden. Dann kam man wieder dort an, wo man losgegangen war. So blieb das Festland für die kleine Königin ein ferner, unwirklicher Traum. Abends erzählte sie sich selbst Geschichten vom Festland: von Häusern mit tausend Zimmern und von Läden, in denen man alles bekommen konnte, was man wollte; man brauchte es nur aus den Regalen zu nehmen.

Aber eigentlich brauchte die Klippenkönigin keine tausend Zimmer und keine Läden voller Regale. Sie war völlig glücklich auf ihrer winzigen Insel. Das Schloss, in dem sie wohnte, besaß genau ein Zimmer, und darin stand nichts als ein Bett. Denn das Spielzimmer der kleinen Königin waren die Wiesen auf der Insel und ihr Badezimmer war das Meer.

Jeden Morgen band sie ihr blassblondes Haar zu zwei Zöpfen, zog ihre rosa Daunenjacke an und rannte hinaus in den Wind. In der Tasche der Daunenjacke wohnte Frau Margarete, ihre Puppe mit dem geblümten Kleid, der konnte sie alles erzählen. Und mitten auf der Insel graste in einem Garten aus Apfel- und Birnbäumen eine weiße Stute. Auf ihrem Rücken galoppierte die kleine Klippenkönigin quer über die Insel, schneller als der Sturm, und sie lachte laut, wenn die Mähne der Stute flatterte und ihr Schal davonflog. Der Schal der Stute natürlich. Die Klippenkönigin brauchte keinen Schal, sie hatte einen Kragen aus falschem Pelz an ihrer rosa Jacke, aber der Stute hatte sie einen Schal gestrickt. Das Stricken hatte sie in der Schule gelernt.«

»Auf der Insel wohnt doch gar keiner!«, rief Micha. »Hast du das vergessen? Wie soll es denn da eine Schule geben, in die ich gehe?«

»Natürlich gab es eine Schule«, sagte Abel. »Es gab dort genau eine Lehrerin, das war die kleine Klippenkönigin selbst, und eine Schuldirektorin, das war auch die Klippenkönigin, und eine einzige Schülerin, das war ebenfalls die Klippenkönigin. So hatte sie sich selbst also das Stricken beigebracht, und für den Schal der Stute – er war grün – hatte sie sich eine Eins gegeben. Und …«

»Das ist doch Unsinn!«, rief Micha und kicherte.

»Na, wer ist denn die Klippenkönigin, du oder ich?«, fragte Abel. »Ich kann doch nichts dafür, wenn du dir selber Noten gibst! Es war übrigens immer Sommer auf der Insel. Die kleine Königin brauchte nie zu frieren.

Wenn sie hungrig wurde, aß sie die Äpfel und Birnen von den Bäumen, oder sie holte ihr Schmetterlingsnetz und fing von den Klippen aus einen Fliegenden Fisch, den sie über dem Lagerfeuer briet. Sie besaß auch ein Weizenfeld, um Mehl zu machen und ab und zu einen Apfelkuchen für sich und Frau Margarete zu backen. Den Kuchen schmückte sie mit den Blumen der Insel – mit blauen Vergissmeinnicht, violetten Glockenblumen und gelben Löwenmäulchen.«

»Gab es auch diese ganz kleinen weißen Blumen auf der Insel?«, fragte Micha eifrig. »Die aus dem Wald? Wie hießen die? Buschwindmäuschen?«

»Nein«, sagte Abel. »Und nun muss endlich die Geschichte beginnen. Aber – Micha? Erinnerst du dich an all die anderen Geschichten von der kleinen Klippenkönigin? Die von der Kaiserin aus Schaum und vom Besuch des melancholischen Drachen? Vom versunkenen Ostwind und vom albernen Wirbelsturm?«

»Oh ja«, antwortete Micha. »Ich erinnere mich genau. Die Klippenkönigin hat am Ende immer alles geschafft, was geschafft werden musste, oder?«

»Ja«, sagte Abel. »Nur ist diese Geschichte anders. Ich weiß nicht, ob sie es diesmal schafft. Ich weiß nicht, was aus ihr wird. Diese Geschichte ist … gefährlich. Willst du sie trotzdem hören?«

»Natürlich«, sagte Micha. »Ich bin mutig. Das weißt du doch. Ich war sehr mutig mit dem Drachen. Er hat mich nicht gefressen, obwohl er das zuerst wollte, und ich habe alle seine Probleme gelöst, und er ist ganz fröhlich weggeflogen und …«

»Gut«, sagte Abel. »Wenn du sie hören willst, erzähle ich sie. Sie wird ein bisschen dauern.«

»Wie lange? So lange wie ein Kinofilm? So lange wie ein Buch?«

»Genau genommen … bis zum Mittwoch, dem dreizehnten März. Wenn alles gut geht.« Er räusperte sich, weil alle Märchenerzähler sich räuspern, wenn es spannend wird, und begann: »Eines Nachts wachte die kleine Königin in ihrem Bett auf und spürte, dass draußen etwas im Gange war. Etwas Großes und Bedeutendes. Sie lag ganz still in ihrem Bett – es war ein Himmelbett, was bedeutete, dass darüber ein Loch in der Decke war, durch das sie den Himmel sah. Wenn sie nachts erwachte, sah sie gewöhnlich die Sterne. Doch in dieser Nacht war der Himmel leer. Die Sterne waren geflohen. Da bekam sie Angst. Eine andere Art Angst als die vor dem melancholischen Drachen oder der Kaiserin aus Schaum. Und sie begriff mit einem Mal, dass all ihre bisherigen Abenteuer nichts gewesen waren als ein Spiel. Dies hier – was immer es war – war ernst.

Sie besaß nur zwei Kleider, eines für tags und eines für nachts, womit sie die Person mit den meisten Kleidern auf der ganzen Insel war. Nun zog sie das rote Tagkleid über das blaue Nachtkleid, denn wenn etwas Großes geschieht, ist es immer besser, man ist warm angezogen. Dann zog sie die rosa Daunenjacke an, in deren Tasche

Frau Margarete steckte, schlug den falschen Pelzkragen hoch und trat hinaus in die Nacht. Es war sehr still. Kein Vogel sang. Keine Grille zirpte. Kein Zweig regte sich. Selbst der Wind schwieg. Die kleine Königin wanderte zu ihrer Weide und dort stand die weiße Stute und blickte ihr entgegen. Sie wusste später nicht, wie sie die weiße Stute sehen konnte, wo es doch so dunkel war, aber sie sah sie. Wenn man jemanden lange kennt, kann man ihn auch im Dunkeln sehen. Die Stute legte den Kopf an den Hals der kleinen Königin, als suchte sie Trost.

›Fühlst du, dass es geschieht?‹, fragte sie. ›Spürst du die Angst der Bäume? Sie werden sterben. Heute Nacht. Und ich werde mit ihnen sterben. Ich werde dich nie wiedersehen.‹

›Aber warum?‹, rief die kleine Königin. ›Warum denn?‹

In diesem Moment lief ein Beben durch die Insel, und die kleine Königin hielt sich an der weißen Stute fest, um nicht von den Füßen gerissen zu werden. Ein zweites Beben folgte, ein Grollen drang aus der Tiefe, ein Poltern, ein Krachen …

›Gib gut auf dich acht‹, sagte die Stute. ›Wenn dir ein Mann mit einem blonden Schnauzbart begegnet, der deinen Namen trägt, dreh dich um und renne. Hast du mich verstanden?‹

Die kleine Königin schüttelte den Kopf. ›Wie kann ein Mann meinen Namen tragen?‹

Da ließ ein weiteres Beben den Boden erzittern und die ersten Bäume stürzten um.

›Das ist die Insel‹, sagte die Stute. ›Lauf, meine kleine Königin! Lauf zur höchsten Klippe. Und lauf schnell! Die Insel sinkt.‹

›Die Insel … sinkt?‹, rief die kleine Königin. ›Wie kann eine Insel versinken?‹

Die Stute neigte nur den Kopf, stumm.

›Ich … ich werde zur höchsten Klippe laufen‹, sagte die kleine Königin. ›Aber was ist mit dir? Kommst du nicht mit?‹

›Lauf, meine kleine Königin‹, sagte die Stute. ›Lauf schnell!‹

Und da lief die kleine Königin. Sie lief, so schnell ihre bloßen Füße sie trugen, sie lief wie der Wind, wie der Sturm, wie ein Orkan. Frau Margarete lugte furchtsam aus der Tasche der Daunenjacke. Als die kleine Königin die höchste Klippe erreichte, riss die Nacht auf, und von irgendwo spritzte ein Licht daraus empor. Das Licht riss sie von den Füßen, sie kletterte auf Händen und Knien weiter, immer höher auf die felsige, kahle Klippe hinauf, und als sie oben war, drehte sie sich um und sah, dass das Licht von der Insel kam. Es stieg aus der Mitte der Insel auf wie ein Feuerwerk und sie verbarg das Gesicht in ihren Armen. Um sie herum brachen die anderen Klippen ab, eine nach der anderen, sie hörte, wie die zerborstenen Stücke ins Meer fielen. Ihr Herz war wie gelähmt vor Furcht. Schließlich, nach einer Ewigkeit, ließen die Stöße des Bebens nach, und die kleine Königin wagte es endlich, den Kopf zu heben.

Die Insel war verschwunden. Nur noch ein paar Klippen ragten aus dem Meer. Am Himmel aber hing der Nachhall des Lichtes, das aus der Mitte der Insel emporgeschlagen war wie der Albtraum einer Flamme. In dem Licht sah die kleine Königin das Meer. Und das Meer war rot wie Blut.

Es bestand aus purpurnen Wogen, karminroten Gischtkämmen, spritzender Farbe – die hellroten Tropfen, die auf die Klippe gespritzt waren, glichen Mohnblumen. Sie waren schön, schön wie ein Frühlingstag auf einer sonnigen Wiese. Doch der Frühling war fern. Die kleine Königin wiegte zitternd Frau Margarete in ihren Armen. Und auf einmal begriff sie, dass es Winter geworden war.«

Anna hörte das Scharren eines Stuhls auf dem Boden. Sie blinzelte. Der Essenssaal war beinahe leer. Zwei Frauen in gestreiften Kitteln wischten die Tische ab und warfen den Trödlern missbilligende Blicke zu. Der Student saß nicht mehr an Annas Tisch. Wann war er gegangen? Hatte sie sich von ihm verabschiedet?

»Und dann?«, hörte sie Micha hinter sich fragen. »Was war dann?«

»Dann war es Zeit zu gehen«, antwortete Abel. »Du siehst doch, sie wollen schließen. Ist in deinem Bauch noch Platz für einen Kakao oder ein Eis?«

»Oh ja«, sagte Micha. »Ich fühle den Platz gleich hier, siehst du … es passen auch ein Eis *und* ein Kakao hinein …«

»Du musst dich für eins entscheiden«, meinte Abel, und Anna hörte ihn lächeln. »Also gehen wir runter in die Cafete, ja?«

»Klar gehen wir«, sagte Micha. »Es ist doch Freitag. Es muss jeden Freitag gleich sein: erst die Mensa, dann die Cafete.«

Anna beeilte sich, aufzustehen und den Saal vor den beiden zu verlassen. Sie stellte das orangefarbene Tablett mit dem beinahe unangetasteten Kartoffelhund auf das Fließband neben der Tür, wo es auf zwei Gummileisten in ein Loch in der Wand gesogen wurde. Die Gummileisten und die Tabletts hätten Gittas Mutter gefallen, dachte sie, sie waren ganz bestimmt steril abwaschbar.

Anna zog ihr Kopftuch enger, doch dann fiel ihr ein, dass nicht sie in nassen Kleidern auf einer Klippe saß, sondern jemand ganz anders, und zum x-ten Mal an diesem Tag kam sie sich ziemlich lächerlich vor.

Sie erreichte den Fuß der Treppe ungesehen und unbemerkt, Abel und Micha trödelten, und in der Mensa-Cafete war es brechend voll. Anna spürte direkt, wie sie in der Menge unsichtbar wurde, sie löste sich auf, wurde zu einem anonymen Teil dichter Studentenmasse, vertiefte sich in das Studium grellbunter Partyflyer auf der Fensterbank – und hörte Michas helle Stimme hinter sich. Sie folgte der Stimme zwischen die Glasauslagen mit Kuchen und belegten Brötchen, war der Stimme und ihrer Besitzerin plötzlich zu nah, versteckte sich in dem komplizierten Vorhaben, Kaffee aus einem Kaffeeautomaten zu befördern, ohne dass der Automat die ganze Stadt überschwemmte. Irgendwie passierte es, dass sie an der Kasse direkt hinter der rosa Daunenjacke stand. Micha stellte sich auf die Zehenspitzen, wischte eine leicht soßenverklebte Strähne aus ihrem Gesicht, da sich ihre Zöpfe in Auflösung befanden, und sagte: »Ich glaube, ich möchte einen Kakao. Oder haben Sie ein Vanilleeis mit einem Kakao zusammen?«

»Wie?«, fragte die Kittelfrau an der Kasse.

»Na ja, gibt es so was wie Vanilleeis plus Kakao und für billiger? Bei McDonald's gibt es so was. Mit Kaffee und Hotdog.«

»Wir sind hier nicht bei McDonald's«, sagte die Kittelfrau. »Und Hotdogs gibt's sowieso nicht. Entscheide dich jetzt, was du willst, du bist nicht allein auf der Welt, da warten noch Leute, junge Dame.« Ihr Ton war mindestens so kalt wie Eis, schmeckte aber nicht nach Vanille. Er schmeckte nach Scheuerpulver und einer kittelgestreiften Lebensenttäuschung. Um den Mund der Frau lagen verbitterte Falten, in denen Anna las: Ihr alle. Ihr wisst gar nichts. Ihr verfresst und versauft hier das Geld eurer Eltern. Bildungsvolk. Pah! Mir schenkt keiner was. Aber es ist doch nicht unsere Schuld!, wollte Anna sagen. Wessen Schuld ist es? Erklären Sie es mir! Ich möchte begreifen, so vieles begreifen …

Die Kittelfrau stellte eine weiße Mensatasse mit blassem Kakao auf Michas Tablett. Offenbar hatte sie sich doch für den Kakao entschieden. Micha nickte, reckte sich nach den Strohhalmen auf der Theke seitlich der Kasse, Strohhalme, die sicher nicht für Kakao da waren: diese grasdünne, bunte Sorte, die es nur hier zu geben schien. Sie nahm zwei, einen grünen und einen blauen.

»Na, junge Dame, da reicht wohl einer«, fauchte die Kittelfrau, als wären es ihre persönlichen, höchsteigenen Strohhalme, die sie hüten musste wie ihren Augapfel, und dabei waren es inflationär viele Strohhalme, Micha hätte ein Dutzend nehmen können, ohne dass es aufgefallen wäre. Die Kittelfrau versuchte jetzt, Micha einen Strohhalm wieder wegzunehmen, doch Micha hielt sie beide fest, ein Luftgefecht entstand über dem Tablett mit der Kakaotasse, Anna schloss die Augen und hörte die Tasse fallen. Sie öffnete die Augen wieder. Auf dem Boden lagen in einer blassen Kakaolache hundert weiße Scherben. Micha stand da, beide Strohhalme in der Hand, und starrte die Kittelfrau mit großen blauen Augen an, voll ungläubigem Entsetzen. Die Leute in der Schlange scharrten mit den Füßen. Die Kittelfrau hob die Hände.

»Das gibt's doch nicht!«, rief sie. »Wie ungeschickt kann man sein! Himmel! Junge Dame, die Tasse – die Tasse wirst du bezahlen. Guck dir das an, die Scherben! Jetzt kann ich wieder ewig hier sauber machen! Du bezahlst jetzt die Tasse und verschwindest, sonst kommen wir hier gar nicht weiter. Der Kakao und die Tasse, das wären zwei Euro fünfzig, die Tasse kostet eins fünfzig.«

Da begann es aus den entsetzten blauen Augen leise zu regnen. Eine kleine Faust – die ohne Strohhalme – streckte sich vor und öffnete sich, darin lag ein glänzendes Eurostück.

»Ich hab nur das«, sagte Michas Stimme aus dem Regen.

»Du bist doch nicht alleine hier!« Jetzt war die Kittelfrau nur noch mühsam beherrscht, beinahe schrie sie. »Irgendwo wird es doch einen Erwachsenen geben, der das bezahlen kann!«

»Nein«, sagte Micha, mühsam ihre Tränen schluckend. »Niemand muss das für mich bezahlen. Ich bin ganz alleine. Auf der Klippe. Ganz alleine.«

»Mein Gott, jetzt lassen Sie sie doch in Ruhe! Sie ist ein Kind! Haben Sie denn keine Kinder?«

Anna sah sich nach der Person um, die das gesagt hatte, und merkte, dass sie es selbst gewesen war. Verdammt. Sie hatte sich geschworen, nicht aufzufallen, sich nicht bemerkbar zu machen …

»Ich *habe* Kinder«, antwortete die Kittelfrau. »Zwei sogar, wenn Sie es wissen wollen. Die sind allerdings erzogen.«

»Sicher«, sagte Anna böse, und jetzt war sie in Fahrt. »Und die haben auch noch nie in ihrem Leben eine Tasse umgestoßen und noch nie zwei Strohhalme haben wollen, und Sie selbst, Sie sind natürlich auch unfehlbar, Ihnen fällt nie etwas herunter, was? Und die Tasse, Madame, ist allerhöchstens zwanzig Cent wert.«

Anna merkte, dass jetzt nicht nur die Kittelfrau, sondern auch Micha sie anstarrte, beide mit offenem Mund. Sie schwamm auf der Woge ihrer Wut, und es fühlte sich gut an, obwohl sie den leisen Verdacht hegte, dass sie es in drei Sekunden bereuen würde.

»Ich bezahle jetzt diesen Kakao und meinen Kaffee und noch einen Kakao«, sagte sie. »Und dann geben Sie mir einen Handfeger, bitte, wir fegen die Scherben schon selber weg. Und demnächst sollten Sie sich erkundigen, ob es an der Volkshochschule Kurse für Freundlichkeit gibt.«

»Sie müssen mich überhaupt nicht so anschreien«, sagte die Kittelfrau in demonstrativer Kränkung, während sie Annas Geld nahm. »Ich habe Ihnen nichts getan.«

Anna sah sich um, sah in die Gesichter der Studenten in der Schlange, ungeduldiger Studenten mit Kaffeetabletts und scharrenden Füßen. Auf einmal war ihr Ausbruch ihr peinlich. Doch da fingen die beiden direkt hinter ihr an zu lachen, auf eine gute, anerkennende Weise, und tatsächlich versuchten beide gleichzeitig, ihr mit dem Handfeger zu helfen.

»Du hast völlig recht«, sagte der eine zu ihr, »die sind unmöglich hier ... Da drüben ist noch eine Scherbe ...«

»Was studierst du?«, fragte der andere. »Hab dich noch nie hier gesehen ...«

»Floristik, drittes Semester«, murmelte Anna, und in ihrem Kopf tauchte der seltsame Gedanke *Ich sammle männliche Studenten* auf und *Gitta würde Augen machen* und *Ich will sie aber alle gar nicht haben.*

Als sie sich aufrichtete, um die Scherben in den Abfall zu kippen, nahm jemand ihr den Handfeger aus der Hand. Es war keiner der Studenten. Es war jemand in einem grünen Militärparka. Abel. Sie sah auf.

»Abel?«, fragte sie mit möglichst viel Verwunderung in der Stimme, sah von Abel zu Micha, die mit ihrem neuen Kakao neben ihm stand und jetzt grinste, und wieder zu Abel. »Die Welt ist zu klein. Bist du ... ist das ... deine Schwester?«

Einer der Studenten drückte ihr das Kaffeetablett in die Hand. »Nimm es besser jetzt mit«, sagte er. »Sonst rastet unsere Freundin an der Kasse völlig aus.«

Und Anna lächelte ihm ein »Danke« zu und war auf einmal von zu vielen Leuten umringt und dachte: Jetzt bleibe ich an diesen beiden Studenten hängen und Abel geht und vielleicht ist das ja besser so. Doch Abel ging nicht.

»Das Geld bekommst du wieder«, sagte er. »Danke. Ich habe nicht genau gesehen, was passiert ist …«

»Ach, irgendeine blöde Geschichte mit Strohhalmen«, sagte Anna. »Vergiss doch das Geld.« Sie sah zu der rosa Jacke hinab. »Dann bist du … bist du Micha?«

Micha nickte.

»Geht es deiner Puppe gut?«, erkundigte sich Anna höflich. »Sie hatte sich in unserem Kollegstufenzimmer verlaufen. Unter dem Sofa. Ich habe sie gefunden, durch Zufall.«

»Frau Margarete«, sagte Micha. »Ja, ich denke, der geht es gut. Sie ist zu Hause, man darf sie nicht in die Schule mitnehmen, und sie will auch in der Mensa immer zu viel Nachtisch essen. Kann ich den Euro behalten, für ein Eis?«

»Natürlich«, sagte Anna.

»Auf keinen Fall«, sagte Abel. »Den gibst du jetzt Anna.« Und zu Anna sagte er: »Nimm ihn. Wir sind hier gegen antiautoritäre Erziehung.«

»Wie?«, fragte Anna verwirrt, und dann gingen sie Micha nach, die wunderbarerweise einen leeren Tisch gefunden hatte, und Abel sagte: »Warum hast du ein Kopftuch um?«

»Oh, das … äh, ja«, sagte Anna und nahm ihr Halstuch vom Kopf. »Das ist einerseits ein Mützenersatz und andererseits … eine lange Geschichte. Aber sag mal, hast du Gitta hier irgendwo gesehen? Sie ist schon eine Viertelstunde zu spät …«

Abel sah sich um. Natürlich hatte er Gitta nicht gesehen, und er würde Gitta auch jetzt nicht sehen, denn Gitta hatte niemals vorgehabt, an diesem Nachmittag in die Mensa-Cafete zu kommen.

»Hm, dann warte ich wohl noch ein bisschen«, sagte Anna. »Hat Micha jetzt genug Strohhalme für ihren Kakao?«

»Fünf«, sagte Abel und schüttelte den Kopf. »Ich werde ihr sagen, dass man nicht …«

»Sag ihr, dass man sie verbiegen kann, wenn sie warm sind«, sagte Anna rasch. »Man kann Locken hineindrehen und Figuren basteln. Ach, aber das weiß sie ja sicher.«

Und damit setzte sie sich auf einen freien Platz an einem Tisch neben dem von Micha, obwohl bei Micha noch eine Menge Platz gewesen wäre. Sie holte ein gelbes Reclamheft aus ihrem Rucksack: der alte Johann W., *Faust II*, Teil der Pflichtlektüre für Deutsch. Wenn man es als Leistungskurs belegte. Wie sie. Und wie Abel. Sie schlug die winzigen Seiten mit der winzigen Schrift auf und dachte an die winzige Insel mitten im blutig roten Meer. Sie hatte nicht vor, *Faust II* zu lesen, kein Mensch hatte jemals vorgehabt, *Faust II* zu lesen. Sie lauschte dem Gespräch am Tisch hinter ihr, genau wie in der Mensa. Irgendwann, dachte Anna, würden ihre Ohren beginnen, sich von selbst nach hinten zu drehen, langsam immer weiter und weiter, vielleicht würden sie so stehen bleiben, und wie sähe das aus …

»Erzähl weiter«, sagte Micha. »Ich werde eine Klippe aus diesem Strohhalm machen. Die Insel ist doch wieder aufgetaucht, und das Pferd war natürlich noch da und alles, nicht wahr?«

»Nein«, sagte Abel. »Die kleine Klippenkönigin saß lange auf ihrer Klippe und fror. Irgendwann kam der Morgen. Das Meer war wieder blau. Aber die Sonne, die über dem Meer aufstieg, war eine kalte Wintersonne, und sie wärmte die kleine Königin nicht.

›Frau Margarete‹, sagte sie. ›Vielleicht werden wir sterben.‹

Frau Margarete sagte nichts. Sie hörte immer zu, doch sie sagte nie etwas.

›Ich weiß nicht, wie das ist, zu sterben‹, fuhr die kleine Klippenkönigin fort. ›Niemand hat mir den Tod je erklärt. Die Zugvögel nicht und die weiße Stute auch nicht. Ich glaube, sie hatten Angst, davon zu sprechen …‹

In diesem Augenblick regte sich das Wasser neben der Klippe. Die kleine Klippenkönigin erschrak. Ein dunkler, runder Kopf tauchte aus den Wellen, ein Kopf mit einem Schnauzbart und glänzenden Meeresaugen.

›Wer bist du?‹, fragte die kleine Königin. ›Bist du der Tod?‹

›Nein‹, sagte das Etwas und lachte ein tiefes Basslachen. ›Der Tod ist viel größer als ich. Ich bin der Seelöwe. Oder sagen wir, ich bin *ein* Seelöwe. Die anderen sind vor so langer Zeit fortgeschwommen, dass ich mich nicht mehr erinnere, ob es andere gab.‹

›Was ist ein Seelöwe?‹, fragte die kleine Königin und beugte sich vor, um den Seelöwen besser betrachten zu können.

›Ein Seelöwe ist etwas, das die Tiefen kennt‹, antwortete der Seelöwe. ›Und das viele Meilen schwimmen kann, ohne müde zu werden. Ein Seelöwe ist etwas, das aus dem Meer kommt und immer ins Meer zurückkehrt. Aber all diese Beschreibungen sind unnütz, denn es gibt viele Geschöpfe, die meilenweit schwimmen, ohne müde zu werden. Die Wahrheit darüber, was ein Seelöwe ist, kann ein Seelöwe niemals wissen. Die anderen, die können es erfahren, aber er selbst nicht. Du kannst es vielleicht lernen, wenn du bei mir bleibst.‹

›Aber ich kann nicht meilenweit schwimmen!‹, sagte die kleine Königin. ›Ich werde ertrinken.‹

›Du brauchst nicht zu schwimmen‹, sagte der Seelöwe. ›Du besitzt ein Schiff. Es liegt schon lange im Wasser und wartet, schon seit deiner Geburt, es lag verborgen in einer Nische der Insel, und ich habe es bewacht, so wie ich die Insel bewacht habe. Doch gegen das, was heute Nacht geschehen ist, konnte ich nichts tun. Ich konnte die Apfelbäume nicht retten, ich konnte die Stute nicht retten und auch nicht dein Schloss mit dem einen Zimmer. Nur das Schiff konnte ich retten, ich habe es mit der Nase von den Klippen weggestoßen, damit es nicht von den Steinbrocken zerschlagen wird. Ich werde dir zeigen, wie man den Wind in seinen weißen Segeln einfängt. Du musst mir vertrauen. Wir müssen das Festland erreichen, ehe der Winter vorüber ist. Auf dem Festland wirst du sicher sein.‹

›Sicher wovor?‹, fragte die kleine Königin.

Doch der Seelöwe antwortete nicht. Er schwamm ein Stück hinaus, um die nächste Klippe herum, und schob das Schiff mit den Flossen heran. Es war grün wie die Sommerwiesen auf der versunkenen Insel. Seine drei Segel waren weiß wie die Bettwäsche des versunkenen Himmelbetts und das Steuerruder gelb wie die versunkenen Birnen an den Bäumen.

›Komm an Bord‹, sagte der Seelöwe.

Da stand die kleine Königin auf und sprang hinüber auf die Decksplanken des Schiffs, die waren goldbraun wie die Dielen des versunkenen Schlosses. Der Seelöwe rief ihr aus dem Wasser zu, wie sie die Taue bedienen sollte, die weißen Segel blähten sich, und das Schiff gewann an Fahrt.

Die kleine Königin stand mit Frau Margarete im Arm am Heck und sah die letzten Klippen ihrer Insel verschwinden.

›Ich werde meine Insel niemals wiedersehen‹, flüsterte sie. ›Ich werde nie mehr in dem Himmelbett liegen und nie mehr auf der weißen Stute durch die Sommerblumen reiten …‹

›Es wird andere Sommerblumen geben, auf dem Festland‹, sagte der Seelöwe. ›Schönere und größere. Es wird andere weiße Stuten geben.‹

›Aber keine davon wird meine weiße Stute sein‹, sagte die kleine Königin.

Sie wollte weinen, doch da sah sie, dass am Horizont ein zweites Schiff hing. Ein Schiff, das größer war als das ihre. Und sie fror plötzlich trotz ihrer Daunenjacke. Das andere Schiff war schwarz wie ein Scherenschnitt. Es besaß schwarze Segel und einen schwarzen Rumpf, schwarze Taue und eine schwarze Kajüte.

›Das sind die Jäger‹, sagte der Seelöwe. ›Sie jagen bei Tag und bei Nacht, bei Regen und Sturm. Dreh dich nicht zu oft nach ihnen um, kleine Königin.‹

›Was wollen sie?‹, flüsterte die kleine Königin. ›Hinter was sind sie her?‹

›Hinter dir‹, antwortete der Seelöwe. ›Es gibt etwas, das du wissen musst. Dein Herz, kleine Königin … ist kein gewöhnliches Herz. Es ist ein Diamant. Rein und weiß und groß und wertvoll wie kein zweiter. Könnte man dieses Herz aus deiner Brust lösen, würde es so hell funkeln und glitzern wie die Sonne.‹

›Aber man kann es nicht aus meiner Brust lösen, nicht wahr?‹, fragte die kleine Königin.

›Nein‹, antwortete der Seelöwe ernst. ›Nicht, solange du lebst.‹«

4

Zwischenspiel

Eine Weile war es still. Es war natürlich nicht still, Dutzende von Menschen redeten durcheinander, und weil es junge Menschen waren, redeten sie laut, und weil es viele junge Menschen waren, lauter als notwendig. Geschirr klapperte, die Tür zu den Damentoiletten schlug zu und wurde wieder aufgerissen, Seiten in Büchern, in Heftern, in kopierten Skripten, in Zeitschriften wurden umgeblättert. Jacken wurden raschelnd an- und ausgezogen, hier nieste jemand, drüben putzte sich jemand die Nase, dort küsste sich ein Pärchen, da hatte jemand seine MP3-Musik zu laut eingestellt.

Aber es war doch still. Die Stille am Tisch hinter Anna überdeckte die Geräusche der Mensa-Cafete, die Geräusche einer ganzen quirligen, wuselnden Studentenstadt. In dieser Stille hatte eine Erzählung geendet, die hier und jetzt nicht weitergehen würde, der Punkt hinter dem letzten Satz war endgültig und ein wohlüberlegter Cliffhanger für das nächste Kapitel.

Dann brach Micha die Stille. »Sie stirbt doch nicht?«, fragte sie. »Sie erreicht doch das Festland? Glaubst du, sie erreicht das Festland? Rechtzeitig?«

Anna wartete auf eine Antwort von Abel, doch es kam keine.

»Sag doch mal!«, verlangte Micha mit ängstlicher Ungeduld. »Was glaubst du? Du hast doch auch zugehört!«

Erst da begriff Anna, dass Micha nicht Abel gefragt hatte. Sondern sie. Sie erwog nicht, so zu tun, als hätte sie wirklich nicht zugehört und wüsste nicht, dass Micha mit ihr sprach. Sie erwog es nicht einmal eine Sekunde lang. Es war nicht möglich. Michas Frage war zu direkt, zu unschuldig, zu laut. Sie drehte sich um und blickte nicht in Michas, sondern in Abels Gesicht. Er hatte Rücken an Rücken mit ihr gesessen, er war nah, viel zu nah. Das Blau in ihren Augen, Michas und seinen, war nicht das gleiche. Seine Augen waren kälter. Ihre Kälte war die eines Tiefkühlfachs, eine künstliche und notwendige Kälte, notwendig, um eine Funktion aufrechtzuerhalten. Kälte, die Strom, die Energie kostete. Er lächelte nicht.

»Sag doch mal!«, wiederholte Micha von der anderen Seite des kleinen runden Tisches.

»Ich gebe zu, ich habe zugehört«, sagte Anna und versuchte, zu lächeln. »Das, was ich lese, ist nicht besonders … verständlich. Und Gitta scheint nicht zu kommen. Also«, fügte sie hinzu, da sie ja zu Micha sprach, »die Freundin, auf die ich warte, weißt du? Da habe ich euch tatsächlich zugehört. War es denn … war es eine geheime Geschichte?«

Micha sah von Anna zu Abel, plötzlich besorgt. »Ist es eine geheime Geschichte?«, fragte sie.

Abel sagte noch immer nichts.

Und weil irgendetwas gesagt werden musste, sagte Anna: »Nein. Ich glaube auf gar keinen Fall, dass sie stirbt. Sie wird es schaffen. Der Seelöwe wird ihr helfen.«

»Was soll denn ein Seelöwe machen, gegen ein ganzes schwarzes Schiff voll von Diamantenjägern?«, fragte Micha mit durchaus geradliniger Logik.

»Es ist ein Märchen, nicht wahr?«, sagte Anna. »Vielleicht kann sich der Seelöwe verwandeln.«

»In was?«, wollte Micha wissen, doch Anna schüttelte den Kopf.

»Es ist nicht *mein* Märchen. Ich kann es nicht weitererzählen. Ich komme nicht darin vor.«

Sie steckte den dünnen, gelb reclamierten *Faust*-Band in ihre Tasche und stand auf. »Ich denke, Gitta kommt nicht mehr. Ich kann nicht den ganzen Tag auf sie warten. Ich werde jetzt gehen.«

Abel stand ebenfalls auf. »Wir gehen auch. Micha, bringst du die Tasse zurück?«

»Aber nicht die Strohhalme«, sagte Micha und hielt sie hoch, fünf bunte Strohhalme, in der Wärme des Kakaos verbogen, verkringelt, verknotet, zu einem Knäuel zusammengefügt.

»Ich habe einen Seelöwen gemacht«, sagte sie.

Anna nickte. »Natürlich.«

Sie verließen die Cafete zusammen, sie gingen zusammen durch die gläserne Drehtür der Mensa, hinaus in die Kälte. Und Anna dachte die ganze Zeit: Er hasst es, dass ich zugehört habe. Er hasst mich, vielleicht. Er weiß, dass ich ihm nachspioniere.

Draußen blieb Abel am Fuß der drei überflüssigen Betonstufen zur Mensa stehen, während Micha über die Pfützen schlitterte, hin und her und wieder hin.

Anna blieb ebenfalls stehen, unschlüssig. Abel holte ein Päckchen Tabak und Filterpapier aus der Tasche und begann, eine Zigarette zu drehen, doch er sah nicht das Filterpapier an, er sah die ganze Zeit über sie an. Und irgendwie konnte sie deshalb nicht gehen. Man kann nicht gehen, wenn einen jemand ansieht, es war wie ein Gespräch, doch Anna wusste nicht, was gesagt wurde. Micha schlitterte. Sie konnte seinen Blick nicht deuten.

»Du rauchst nicht, oder?«, fragte er. Sie schüttelte den Kopf und er steckte die Zigarette an. Micha schlitterte.

»Abel«, sagte Anna schließlich. »Abel de Saint-Exupéry.«

»Ja, es war etwas viel Saint-Ex«, sagte Abel, Saint-Ex, als würde er ihn kennen.

Anna nickte. »Wörtlich. Beinahe. Keine von ihnen wird meine weiße Stute sein ...«

»Die Rose«, sagte Abel. »Die Rose des kleinen Prinzen. Natürlich. Ich konnte ja nicht wissen, dass du zuhörst.«

»Ich bin nicht gekommen, um zuzuhören«, sagte Anna und erklärte den Satz insgeheim zur Lüge des Tages. »Ich ... ich musste zuhören. Verstehst du? Ich ... es ist eine wunderbare Geschichte. Woher hast du all diese Worte? All diese Bilder?«

»Aus der Realität«, sagte Abel. »Mehr hat man ja nicht.«

»Nein«, sagte Anna. »Mehr hat man nicht ...«

Sie merkte, dass er die Mütze nicht wieder aufgesetzt hatte. Sie sah das zähe Februarlicht in seinen hellen, ungeschnittenen Haaren kleben. Er hatte nicht einmal die Hände in den Taschen. Er stand gerader als auf dem Schulhof. Und auf einmal war er unerklärlich nah, nicht physisch, gedanklich.

»Deutsch«, begann Anna. »Du hast es auch als Leistungskurs. Nicht dass es wichtig wäre ...«

»Es ist wichtig«, sagte Abel. »Ja. Deshalb mache ich Abi in Deutsch. Das ist es, was ich tue. Geschichten erzählen. Nicht nur Micha. Später – ich will –« Er brach ab. »Die Sache mit Micha geht niemanden etwas an«, sagte er. »Und die Sache mit den Geschichten auch nicht.«

»Ja«, sagte Anna. »Nein. Was für eine Sache mit Micha?«

Abel betrachtete die glühende Spitze der Zigarette. »Dich geht es auch nichts an.«

»Schön«, sagte Anna und blieb stehen.

Und schließlich warf Abel die nicht fertig gerauchte Zigarette auf den Boden und trat sie aus. »Wenn ich dir sage, dass ich nicht ihr Bruder bin, sondern ihr Vater?« Er lachte plötzlich, ganz leise. »Nein, du kannst wieder aufhören zu rechnen. Nicht biologisch gesehen. Ich passe auf sie auf. Es gibt zu viele unschöne Sachen hier draußen. Jemand muss aufpassen. Du weißt, dass ich oft in den Kursen fehle. Jetzt weißt du, warum.«

»Aber … euer richtiger Vater …?«, fragte Anna.

Abel schüttelte den Kopf. »Den habe ich seit siebzehn Jahren nicht gesehen. Micha hat einen anderen Vater. Ich weiß nicht, wo er ist, aber es könnte sein, dass er früher oder später auftaucht, wenn er mitbekommt, dass Michelle weg ist. Unsere Mutter. Und dann kenne ich zwei Personen, die nicht zu Hause sind.«

Sie sah ihn an, fragend.

»Frag nicht«, sagte er. »Es gibt Leute, über die möchte man nicht reden.« Und plötzlich packte er Anna hart am Handgelenk. »Du sagst keinem in der Schule etwas«, sagte er. »Gitta nicht und niemandem sonst. Niemandem von deinen Freunden. Wenn du jemandem etwas sagst …«

»Du hast überhaupt keine Ahnung, wer ich bin«, sagte Anna. Sie zog ihr Handgelenk nicht weg, weil er genau das erwartete. Sie bemühte sich, nicht wegzuzucken. Ihre Angst vor ihm war in seinem erzählten Meer versunken, zusammen mit der Insel und der weißen Stute und dem Schloss, das nur einen Raum besaß. Seltsam.

»Keine Ahnung«, wiederholte sie. »Ich hab's nicht so mit den anderen. Und – Abel? Setz die schwarze Mütze wieder auf. Du wirkst furchteinflößender, wenn du die Mütze trägst und die Hände in den Taschen vergräbst und die alten Walkmanstöpsel in den Ohren hast.«

Später lag sie auf dem Bauch auf ihrem Bett und sah durchs Fenster in den Garten hinunter. Die Rose an der Wand blühte noch immer. Sie hatte ihn stehen lassen. Sie hatte den Satz mit der Mütze gesagt und war zu ihrem Rad gegangen und hatte ihn stehen lassen, sie hatte sich nicht einmal von Micha verabschiedet, sie hatte sich benommen wie eine blöde Zicke aus einer Seifenoper.

Sie hatte sich so darüber geärgert, dass er gedacht hatte, sie wäre die anderen. Natürlich war sie die anderen – ein Stück weit. Jeder war die anderen, gerade mit achtzehn. Und es würde unendlich schwer sein, Gitta nichts zu erzählen.

Sie fischte das Telefon von der altmodischen Kommode neben ihrem Bett, die sie an einem zu grauen Tag geschliffen und grün angestrichen hatte. Sie wählte Gittas Nummer, um es hinter sich zu bringen.

»Gitta?«, sagte sie. »Wir haben doch über Abel gesprochen, neulich, weißt du? Was? Tannatek. Er hat einen Vornamen. Aber das ist unwichtig. Du hast gesagt, er hat vielleicht gar keine Schwester, und alles war gelogen.«

Gitta steckte mitten in einer physikalischen Formel, die sie für die Klausur lernen musste und die sie nicht verstand, und reagierte physikalisch verlangsamt.

»Ach so«, sagte sie schließlich, mit einem kleinen, gemeinen Schalk in der Stimme. »Deine Fickbeziehung.«

Anna ließ sich nicht ärgern, nicht diesmal, Gitta war lächerlich.

Sie hatte angerufen, weil sie Gitta etwas sagen musste, und das tat sie.

»Du hattest recht«, sagte sie, »er hat keine Schwester. Es war eine Lüge.«

»Wie? Was?«, fragte Gitta. »Woher weißt du das?«

»Egal«, sagte Anna. »Du hattest mit noch einer Sache recht. Du hast gesagt, ich wäre in ihn verliebt … es ist wahr. Es *war* wahr. Aber ich bin jetzt in jemand anderen verliebt.«

»Gut«, sagte Gitta. »Liebes Kind, du weißt, ich würde dir gern länger zuhören, aber diese Physiksache ruft mich.«

»Natürlich«, sagte Anna und unterbrach die Verbindung. Sie stützte das Gesicht auf die Arme und lag eine Weile in selbst gemachter Dunkelheit. Sie würde sich etwas ausdenken müssen für Gitta. Eine lächerliche, dumme Verliebtheit. In wen? Bertil, dachte Anna. Aber Bertil würde sich freuen und deshalb war es unfair. In einen der Studenten vielleicht. Sie stand auf und nahm ihre Querflöte vom Notenständer. Als sie die Flöte ans Ohr hielt, nur probeweise, hörte sie darin das weiße Rauschen zwischen den Radiokanälen. Sie hob sie an die Lippen und spielte die ersten Töne von *Suzanne* in das Rauschen hinein oder aus dem Rauschen heraus oder mit dem Rauschen zusammen:

Suzanne takes you down to her place near the river
You can hear the boats go by
You can spend the night beside her …

Was für ein ururaltes Lied. Woher hatte jemand wie Abels Mutter eine Kassette von Leonard Cohen? Michelle, er hatte »Michelle« gesagt. Michelle hatte nie Englisch gelernt, höchstens vielleicht Russisch, früher lernten sie Russisch. Wie war sie an eine solche Kassette gekommen? Und wo, dachte Anna plötzlich, wo *war* Michelle?

Sie stand unten im Wohnzimmer vor der Glastür zum dämmernden Garten, als ihre Mutter nach Hause kam, und betrachtete den Garten durch ihr Spiegelbild in der Fensterscheibe. Da war der Umriss schmaler Schultern, langes, dunkles Haar, eine halb durchsichtige Person voller winterlicher Büsche. Man hatte ihr gesagt, dass sie hübsch sei. Erwachsene hatten es gesagt, auf die wohlwollende Art, die Erwachsene für junge Mädchen reserviert haben, die sie zusätzlich zu »hübsch« mit den Attributen »nett« und »wohlerzogen« bedenken. Die Erwachsenen freuten sich immer darüber, wenn sie feststellen konnten, wie sehr sie ihrer Mutter ähnelte und wie wenig ihrem Vater. Dabei dachte Anna, dass sie innerlich viel eher ihrem Vater glich … In ihr keimte der unbestimmte Wille, stark zu sein und gehört zu werden, irgendwann für irgendetwas zu kämpfen, irgendwo … aber wo? Für was? Und gegen wen?

Dass Linda nach Hause kam, hörte man nur daran, dass sich der Schlüssel im Schloss behutsam drehte. Linda war eine leise Person, eine sanfte Person, man konnte sie übersehen, und es kam vor, dass sie übersehen wurde. Sie war Privatdozentin für Literatur an der Uni, sie war weder beliebt noch unbeliebt bei ihren Studenten, denn sie übersahen sie, sie hörten ihre Vorlesungen und erinnerten sich später nur an die Worte, nicht daran, wer sie gesagt hatte. Vielleicht war das die beste, reinste Form der Vorlesung. Oder die schlechteste.

Linda trat lautlos hinter Anna. Doch Anna spürte ihre leise, unaufdringliche Anwesenheit. Sie dachte an Abels Worte: »Wenn man sich sein ganzes Leben kennt, kann man einander auch im Dunkeln sehen.« Sie lächelte unwillkürlich.

»Du denkst über etwas nach«, sagte Linda.

Anna nickte. »Ich denke immer über etwas nach.«

Eine Weile schwiegen sie und sahen gemeinsam hinaus in die kleine Welt des Gartens zwischen den Hinterhäusern, wo ein Rotkehlchen unter dem Rosenstrauch an der Wand herumhüpfte und die Körner auflas, die Magnus für die Vögel ausgestreut hatte. Magnus liebte die Vögel. Vielleicht so sehr wie seine nachdenkliche Tochter und seine leise Frau. Es war, dachte Anna, einfacher für ihn, mit den Vögeln zu sprechen, die weder zu viel nachdachten noch sich bemühten, leise zu sein. Wenn er es sich aussuchen könnte, sagte Magnus immer, würde er nie mehr in seine Praxis gehen und stattdessen den ganzen Tag die Vögel im Garten beobachten.

»In letzter Zeit denke ich über alles auf einmal nach«, sagte Anna. »Eben habe ich über Papa nachgedacht und seine Rotkehlchen. Und über dich … und mich … Es klingt belanglos, aber das ist es nicht. Wir … Magnus und du und ich … wir leben in einem Universum, in dem nur wir existieren, und … andere Leute leben in anderen Universen … aber unseres … es ist so … ich weiß nicht … ästhetisch? Vielleicht ist es zu ästhetisch.«

»Zu … ästhetisch«, wiederholte Linda verunsichert.

»Ist dir aufgefallen, dass das Licht im Haus immer blau ist?«, fragte Anna. »Es ist, als gäbe es einen Filter, womöglich den Garten, und durch diesen Filter wird das Licht sanft und blau, ehe es ins Haus kommt. Oder womöglich bist der Filter du … oder Magnus …« Sie drehte sich um und sah ihre Mutter an und sah, dass sie nichts verstand. »Die Plattenbauten im Ostseeviertel … in Schönwalde … warst du je in einem drin?«

Linda schüttelte den Kopf. »Nein. Ich bin oft an ihnen vorbeigefahren, auf der Wolgaster oder auf der Anklamer Straße, es lässt sich nicht vermeiden …«

»Ja«, sagte Anna. »Genau das ist es, was ich sagen will. Man fährt daran vorbei. Man sieht sie und denkt: Diese hässlichen Klötze, warum sind sie nicht längst abgerissen? Und dann fährt man weiter und vergisst sie, weil sie in unserem blauen Universum mit den Rotkehlchen und dem Rosenbusch nicht existieren. Aber sie existieren. Die Plattenbauten existieren, und die Leute, die darin wohnen, existieren, und –« Sie brach ab. Sie hatte nicht die richtigen Worte. Abel hatte mehr Worte, richtigere Worte, wie erstaunlich, dass gerade Abel Tannatek die richtigen Worte hatte.

»Als du Magnus kennengelernt hast«, sagte sie, »was hast du da gedacht? Als Allererstes?«

Linda überlegte. »Es war auf diesem Medizinerball«, sagte sie. »Gegen Ende des Studiums. Du kennst die Geschichte. Irgendjemand hatte mich dorthin mitgenommen, ich hatte mir sogar ein Kleid gekauft. Auf dem Ball war es schrecklich, es war laut, es war voller Zigarettenqualm, damals durfte man noch überall rauchen. Man sah fast nichts, wegen des Qualms. Das Erste, was ich gedacht habe, war: Er hat mich bemerkt. Trotz all der Leute und des Qualms und obwohl ich niemals bemerkt wurde … Er kam auf mich zu, dieser etwas zu große, etwas zu breite Mann, den ich noch nie gesehen hatte … und sagte, er könne nicht tanzen und ob ich mit ihm zusammen nicht tanzen wollte.«

Ihr Gesicht rutschte in die Vergangenheit, ihre grauen Augen sanken hinter einen glänzenden, goldenen Schleier, und Anna nickte. Doch innerlich schüttelte sie den Kopf. Das alles nützte ihr wenig. Ein Kleid gekauft. Medizinerball. Linda und Magnus hatten von Anfang an im gleichen Universum gelebt.

Annas Gedanken kreisten das ganze Wochenende um ein blutrotes Meer und ein Schiff mit schwarzen Segeln. Der Raureif im Garten war ein Mantel aus Zugvogelflaum und die Schatten der Büsche am Abend glichen den Wogen einer unendlichen See. Sie übte noch mehr Querflöte als sonst, um sich abzulenken, und die Flöte hatte einen seltsamen, neuen Klang. Sie konnte nicht mit Bestimmtheit sagen, ob er ihr gefiel oder ihr Angst machte.

Am Montagmorgen quälte sie sich durch zwei Stunden Geschichte in einem luftleeren Unterrichtsraum, in dem auch Abel Tannatek hätte sitzen sollen, ganz hinten, wo er geschlafen hätte, wenn er da gewesen wäre. Er war nicht da. Anna fragte sich, ob etwas mit Micha nicht in Ordnung war. Sie erfand für Gitta eine geflüsterte Geschichte von einem Studenten, den sie in der Mensa getroffen hatte, eine Art Konglomerat aus allen drei Studenten, und Gitta schien zufrieden mit der Geschichte.

»Nur eins«, sagte sie, »eins verstehe ich nicht. Warum warst du alleine in der Mensa?«

Beinahe hätte Anna geantwortet: »Ich habe auf dich gewartet«, doch dann legte sie nur den Finger auf die Lippen und deutete zu der ungehaltenen Geschichtslehrerin, die die Abiturienten immer ansah, als wären sie ungezogene kleine Kinder und bekämen heute keine Fleißbildchen, wenn sie weiterhin nicht aufpassten.

Abel erschien zur dritten Stunde, zu Deutsch. Er sah übernächtigt aus. Er legte den Kopf auf die Arme und schlief sofort ein und Herr Knaake sah es genau und sagte nichts. Er sagte nie etwas zu Abel, als gäbe es zwischen ihnen ein stilles Einverständnis, eine Abmachung, nichts zueinander zu sagen. Sie sagten seit eineinhalb Jahren nichts zueinander. Und Anna dachte: Es ist doch Unsinn, dass er überhaupt kommt, wenn er sowieso schläft. Aber womöglich braucht er die Worte, die hier gesagt und gelesen werden, vielleicht diffundieren sie auf eine merkwürdige Weise auch im Schlaf in ihn hinein.

Erst später dachte sie: Hier ist er sicher. Der Knaake sagt nichts, er muss auf niemanden aufpassen, und er kann in Ruhe schlafen, vielleicht kommt er deshalb. Gegen Ende der Doppelstunde wachte Abel auf. Er sah Anna nicht an. Er nahm die schwarze Wollmütze ab. Nach der vierten Stunde blieb Abel zurück, als wartete er auf etwas, und Anna trödelte auf dem Flur, suchte etwas in ihrem Rucksack, das nie darin gewesen war, entheddert ein Jackenbändsel, das nicht verheddert war. Abel kam nicht. Und dann hörte sie ihn drinnen, im Kursraum, mit dem Knaake sprechen. Also bezog sich das Übereinkommen des gegenseitigen Schweigens nur auf die Kurszeiten?

»Nein«, sagte er. »Auf keinen Fall.«

»Du könntest es mir zurückgeben«, sagte die tiefere Stimme vom Knaake.

»Ich will damit nicht anfangen«, sagte Abel. »Meine Mutter hat das ge… tut solche Dinge, und ich werde es nicht tun, verstehen Sie das? Ich will nur Ihre Hilfe. Helfen Sie mir, einen Job zu finden. Irgendetwas. Sie kennen Leute … andere Leute als ich. An der Uni … vielleicht … ich kann alles machen … irgendetwas machen … abends … alles, was später beginnt als sieben.«

»Später als sieben?«, fragte der Knaake. »Warum?«

»Das ist meine Sache«, sagte Abel, und Anna dachte: Um sieben gehen kleine Mädchen gewöhnlich zu Bett.

»Du arbeitest doch jetzt auch nachts«, sagte der Knaake. »Deshalb schläfst du in meinem Kurs. Es ist schon okay, schlaf ruhig. Bei mir geht das. Aber nicht bei den anderen. Irgendwoher müssen die Noten kommen, in den anderen Fächern. Du kannst über die Leistungskursnoten in Deutsch letztlich nicht alles ausbügeln.«

»Ich schätze, nein«, sagte Abel. »Und deshalb wäre es gut, nicht nachts zu arbeiten, sondern abends. Wenigstens abends. An der Uni … Gibt es keine Hiwi-Jobs, die auch ein Schüler machen kann? Papierkram lässt sich auch abends erledigen …«

»Für so was musst du Student sein«, sagte der Knaake.

»Ich besitze einen Studentenausweis.«

»Das habe ich nicht gehört«, sagte der Knaake. »Ich frage mal rum. Ich verspreche dir, dass ich herumfrage. Mehr kann ich nicht machen. Aber das mit sieben Uhr abends solltest du dir überlegen. Es ist leichter, etwas für nachmittags zu finden.« Die Stimmen bewegten sich auf die offene Tür zu und Anna vertiefte sich in den Inhalt ihres Rucksacks. »Das weiß ich«, sagte Abel, »wenn es um nachmittags ginge, hätte ich längst …« Er verstummte.

»Anna«, sagte der Knaake und strich sich verwundert durch seinen ergrauenden Backenbart. Er hatte etwas von einem alternden Walross im Wollpullover. »Was tust du noch hier?«

»Ich … ich wollte noch mit Ihnen über die … Lektüreliste reden«, sagte Anna. »Ich …«

Und dann redete sie eine Viertelstunde lang mit dem Knaake über die Lektüreliste und darüber, was man davon streichen konnte und was nicht, und hörte sich selbst nicht einmal zu, denn es war ihr völlig egal, welche Bücher sie vor dem Abi noch lesen würde oder lesen müsste oder nicht las. Es gab nur eine Geschichte, die sie wirklich interessierte. Ein Märchen. Und das stand auf keiner Liste.

In der Mittagspause begann es zu schneien. Sanfte weiße Flocken, die schon seit einer Weile fielen, ohne dass jemand sie bemerkt hatte und die Anna an ihre Mutter erinnerten. Der Himmel war tief verhangen, eine grauweiße Schneewolkenwand presste die kalte Luft auf die Stadt hinunter. Anna saß auf der Heizung an der Glaswand des Kollegstufenzimmers und wärmte ihre Hände an einem Kaffeebecher. Hinter ihr war der Großteil des Englischkurses 1 in irgendwelche Hefter und Ordner vertieft, eine drückende Stille hatte sich über das Kollegstufenzimmer gesenkt, um Viertel vor zwei würden sie eine Klausur schreiben. Das Leben schien aus Punktesammeln zu bestehen, Punktesammeln fürs Abi, wie Geldscheine in einer merkwürdigen Art von Monopolyspiel. Wenn Gitta darüber sprach, Gitta, die jetzt auch vertieft war in ihren Hefter, stellte Anna sich die Punkte vor: wie die Schneeflocken, die draußen so langsam fielen und die trotzdem so schwer zu fangen waren.

Jetzt sah sie jemanden durch den Schnee gehen, direkt vor dem Kollegstufenzimmer: eine Gestalt in einer Militärjacke und mit einer schwarzen Strickmütze. Abel ging zu seinem Fahrrad. Bis eben hatte er draußen auf dem Flur gesessen, allein, und auch in einem Hefter gelesen, auch Abel Tannatek war im Englischkurs 1. Anna hatte zur gleichen Zeit Musik, sie würde als eine der wenigen Abitur in Musik machen, sie wartete auf keine Klausur. Nicht heute. Abel sah aus, als hätte er es plötzlich eilig. Anna sah auf die Uhr. Es war kurz nach halb zwei. Abel schloss sein Rad auf. Sie stellte den Kaffeebecher auf den Boden, schlüpfte in ihre Jacke und nahm ihren Rucksack, es dauerte nur Sekunden, dann war sie draußen. Der Schnee rutschte unter ihren Füßen weg. Sie rannte.

Sie erreichte Abel, als er bereits auf seinem Rad saß und die Ohrstöpsel des Walkmans in einer eiligen Geste ausschüttelte, um sie zu entheddern. Sie musste sich zusammennehmen, um ihm die Stöpsel nicht einfach wegzunehmen.

»Wohin …« Sie war außer Atem, verdammt. »Wohin willst du?«

Abel sah sie an. »Das ist meine Sache.«

»Ja, natürlich«, sagte Anna ärgerlich, »alles auf der Welt ist deine

Sache. Aber du schreibst in einer Viertelstunde eine Klausur.« Sie kniff die Augen zusammen. »Läufst du weg? Läufst du vor der Klausur weg?«

»Unsinn«, sagte Abel, steckte die Stöpsel in die Ohren und legte die Hände an den Lenker.

»Wenn du nicht mitschreibst, sind das null Punkte«, sagte Anna.

»Hast du schon mal darüber nachgedacht, dass es etwas Wichtigeres im Leben gibt als Punkte?«

»Ja«, sagte Anna, »Streifen. Abel ...«

Er grinste, obwohl sie sah, dass er nicht grinsen wollte. »Streifen. Hm.«

»Was ist los?«

Er nahm die Hände vom Lenker. »Ich laufe nicht vor der Klausur weg. Ich komme wieder. Ich komme zu spät, aber ich komme wieder. Ich schreibe die halbe Klausur mit.«

»Was ist los?«

»Micha«, sagte Abel. »Sie hat ihren Schlüssel vergessen. Ich habe es gerade erst gemerkt. Sie hat ihren Haustürschlüssel in meinen Rucksack gelegt oder jedenfalls ist er irgendwie dort hineingekommen. Sie geht von der Schule allein nach Hause. Ich will nicht, dass sie dann ewig vor der Tür steht. Sie haben ihren Vater in der Gegend gesehen und ich will nicht ... verstehst du? Und jetzt vergiss die ganze Sache wieder. Sag deiner Gitta, ich bin krank.«

Anna streckte die Hand aus. »*Meiner* Gitta sage ich überhaupt nichts. Gib mir den Schlüssel.«

»Was?«

»Gib mir den Haustürschlüssel. Ich fahre. Ich verpasse nur eine normale Stunde Musik.«

Er lachte, schüttelte den Kopf. »Anna Leemann, du glaubst im Ernst, ich würde dir meinen Haustürschlüssel geben?«

»Ich glaube«, sagte sie, »dass du noch sieben Minuten bis zu deiner Klausur hast und dass du das verdammte Abi machen willst. Ich fresse keine kleinen Kinder. Oder nur sehr selten. Gib mir den Schlüssel.«

Es würde nicht funktionieren. Er würde sie für verrückt erklären und selbst fahren. Natürlich würde er selbst fahren, sie wusste es ja. Er sagte: »Du bist verrückt. Völlig.« Er stieg vom Rad.

»Noch sechs Minuten bis zur Klausur«, sagte Anna.

»Es ist der runde«, sagte Abel und meinte den Schlüssel. Sie schloss die Hand darum.

»Nimm mein Rad. Kennst du den Aldi im Ostseeviertel? Wir wohnen in der Amundsenstraße, das ist gleich dahinter. Nummer 18. Man muss hinter den Parkplätzen in den Hof ...«

»Ich bin durchaus fähig, Hausnummern zu lesen.« Anna lächelte. »In welche Schule geht sie? Ich meine nur ... falls sie die Sache mit dem Schlüssel gemerkt hat und auf dich wartet, weil sie denkt, du holst sie ab, oder ...«

Abel runzelte die Stirn. »Ich hole sie nur freitags ab«, sagte er, und dann: »Kennst du die Grundschule beim Volksstadion? Man muss gegenüber der Tanke an der Wolgaster rein. Irgendwo zwischen der Schule und der Amundsenstraße 18 wirst du Micha finden. Gib ihr nur den Schlüssel, sie kommt alleine rein.«

»Beeil dich«, sagte Anna. Sie sah ihm nach, wie er über die leichte, weiße Schneeschicht des Schulhofs ging. Als sie schon auf dem zu hohen Sattel saß, drehte er sich um. Er rief etwas. Sie verstand es nicht, der Schnee dämpfte die Geräusche. Vielleicht hieß es »Danke«.

Weder Anna noch Abel sahen, dass Bertil sie durch die Glaswand des Kollegstufenzimmers beobachtete.

Anna fuhr zuerst zu Michas Schule. Es erschien ihr logischer. Sie fragte sich, wie sie ihr Fehlen im Musikkurs erklären würde. Magnus könnte ihr ein Attest schreiben. Wie würde sie Magnus ihr Fehlen erklären?

Der Netto-Parkplatz und auch die Schule sahen im Schnee ganz anders aus, friedlicher, sauberer, freundlicher. An diesem Tag tobten eine Menge bunte Kinder davor herum und bewarfen sich mit Schneebällen. Niemand hatte es eilig, nach Hause zu kommen. Anna sah sich nach einer rosa Daunenjacke mit falschem Pelzkragen um, fand aber keine. Sie entdeckte eine blondlockige junge Frau, die aussah, als könnte sie eine Lehrerin sein, und bahnte sich einen Weg durch die bunten, Ball werfenden Kinder.

»Entschuldigung«, sagte sie, »ich suche Micha … Micha Tannatek. Ihr Bruder hat mich geschickt, um sie abzuholen. Sie hat ihren Haustürschlüssel vergessen.«

»Ach, Micha«, sagte die junge Frau. »Ja, Micha ist in meiner Klasse. Geht sie immer alleine nach Hause?«

Das geht Sie gar nichts an, wollte Anna sagen, und es hörte sich in ihrem Kopf nach Abel an, als sie das dachte. »Meistens«, sagte sie. »Freitags nicht.«

Die junge Frau nickte. »Sind Sie ihre Schwester?«

»Nein«, sagte Anna. »Cousine. Ist sie schon losgegangen?«

»Ja … ja, das ist sie«, sagte die Frau nachdenklich, und Anna spürte, dass sie genauso viele Fragen im Kopf hatte wie sie selbst. »Sie hat gesagt, sie muss noch nach Wieck raus«, sagte die Frau. »Sie *muss*. Ganz ernst. Sie meinte, sie müsste sich die Schiffe anschauen.

Heute hat sie den ganzen Tag von Schiffen geredet. Es ging da um ein grünes Schiff mit gelbem Segel …«

»Steuerrad«, sagte Anna. »Mit gelbem Steuerrad. Danke. Dann sehe ich mal, ob ich sie in Wieck einfangen kann.«

»Ja, vielleicht treffen Sie da ihren Onkel«, sagte die Lehrerin. Onkel?, dachte Anna. »Der hat auch nach ihr gefragt. Warten Sie – kann es sein, dass eine ganze Menge Leute der kleinen Micha heute verschiedene Haustürschlüssel nachtragen?«

»Kann sein«, sagte Anna. Sie beeilte sich, wieder auf Abels Rad zu steigen.

Gitta fluchte lautlos zwischen zusammengebissenen Zähnen. Sie kam mit dieser Klausur nicht weiter. Die englischen Sätze bildeten Knoten vor ihren Augen und der tiefere Sinn dahinter war ihr abhandengekommen. Sie würde diese Klausur verpfuschen. Sie hatte keine Ahnung, was sie interpretieren sollte und wie – und, abgesehen davon, warum.

Sie sah auf, suchte zwischen den anderen, die über ihre Blätter gebeugt saßen, einen Helm aus goldrotem Haar, fand ihn und lächelte. Mein Gott, sie hatte wirklich anderes im Kopf als Englisch. Das verdammte, beschissene Abitur! Sie brauchte eine Zigarette. Auch Hennes schrieb. Er sah nicht auf. Wenn sie ihn lange genug anstarrte, würde er ihren Blick vielleicht spüren und den Kopf heben. Wenn sie ihn lange genug auf eine bestimmte Art ansah, würde ihm warm werden, sie musste sich nur konzentrieren … Es war nicht Hennes, der aufsah. Es war jemand, der einen Tisch weiter saß. Tannatek. Er war beinahe zu spät zur Klausur gekommen, er hatte sich im allerletzten Moment an seinen Platz gesetzt und seitdem hektisch gekritzelt. Aber jetzt schrieb er nicht mehr, er sah sie an. Sie wusste nicht, was sie in seinem Blick lesen sollte. Seine Augen waren sehr blau. Es war keine Sorte Blau, die ihr gefiel. Sie waren eisig.

Gitta machte ihre eigenen Augen schmal und hielt diesen Augen stand. Sie dachte wieder an Anna, an Annas Worte. Erklär mir den Kurzwarenhändler.

Und plötzlich war es, als führten sie mit ihren Augen, mitten in der Englischklausur, ein stummes Zwiegespräch.

Ich bin im Übrigen nicht blind, sagte Gitta. Ich meine, ich weiß nicht, was da läuft ... zwischen Anna und dir ... ich weiß nicht, was du dir versprichst. Aber irgendetwas willst du doch. Zu irgendetwas brauchst du sie, sonst hättest du nie mit ihr gesprochen.

Lass mich in Ruhe, sagte Abel.

Lass du Anna in Ruhe. Sie lebt in ihrer eigenen Welt. Manchmal beneide ich sie beinahe ... Sie ist nicht wie wir, sie ist anders. So ... verletzlich. Lass die Finger von ihr.

Hallo? Bist du völlig übergeschnappt? Ich kenne sie nicht mal.

Und *sie* kennt *dich* nicht. Genau das ist der Punkt.

Was meinst du damit?

Gitta seufzte. Ich habe es dir gesagt: Ich bin nicht blind. Ich weiß ein paar Dinge, die ich Anna nicht erzählen werde ...

Er hatte den Kopf wieder auf sein Blatt gesenkt, den Dialog abgebrochen. Hatte er wirklich begriffen, was ihre Augen gesagt hatten?

Nach der Klausur stand sie mit Hennes und den anderen draußen und rauchte. Hennes' Goldhaar kitzelte sie im Nacken, als er sich über sie beugte, um sein Feuerzeug weiterzugeben. Warum machte sie sich Gedanken um Anna? Anna hatte gesagt, sie hätte jetzt einen Studenten.

»Hey«, sagte Hennes leise, »auf wessen Rad fährt unser polnischer Kurzwarenhändler da?«

»Das … ist Annas Rad«, sagte Gitta genauso leise. Und, noch leiser, nur für sich selbst, fügte sie hinzu: »Einen Studenten? Erzähl mir nichts, mein Kind.« Sie trat die halb gerauchte Zigarette in einem plötzlichen Anfall von Ärger aus. »Scheiße«, sagte sie, etwas zu laut. »Das geht nicht gut aus.«

»Was?«, fragte Hennes.

»Ach, nichts«, meinte Gitta leichthin und lachte, »die Klausur. Das Abitur. Irgendetwas. Was geht schon gut aus im Leben? Hast du noch eine Zigarette für mich?«

5

Rainer

Im Sommer lagen in Wieck die Boote dicht an dicht in der Ryckmündung und der Hafen war überschwemmt mit Seglern und Touristen. Jetzt, im Februar, war der Hafen beinahe leer. Nur die Fischerboote diesseits des Flusses lagen da wie immer, weniger malerisch als reparaturbedürftig. Der Fisch, den sie hier herauszogen, ging nach Hamburg und Dänemark, und der Fisch, den der Fischladen verkaufte, kam größtenteils tiefgekühlt in nächtlichen Lastwagenladungen aus Holland oder Finnland, es schien eine Art globaler Fischaustauschbörse zu geben, womöglich horizonterweiternd. Wenn man ein Lastwagenfahrer war. Oder ein Fisch. Die roten Fahnen an den Stangen für die Netze, die in großen Bündeln am Ufer standen, hingen schlaff im Tanz der Flocken. Das Geländer der alten Zugbrücke, die nicht alt war, sondern nur nachgebaut, war frisch gestrichen vom Weiß des Schnees. Zur Rechten, diesseits der Brücke, führte ein Radweg zum Strand und nach Eldena, zu Gittas Neubaugebiet mit seiner blinden Glaswand, die das Meer nicht sah.

Anna lehnte das Rad an den Zaun eines winterschläfrigen Restaurants, das sich in einem seltsamen Zwischenzustand zwischen offen und geschlossen befand. Sie ging am Fluss entlang, vorbei an den Fischerbooten, und hielt nach einer rosa Daunenjacke Ausschau.

Und dann sah sie sie. Sie tauchte hinter einem Stapel Kisten auf und stand einen Moment unschlüssig da, und Anna sah, was sie betrachtete. Da lag eine Jacht, eine einzige, verlassene Jacht, die den Winter nicht an Land verbrachte. Sie war groß, klobig und dunkelgrün. Micha schüttelte sich ihre Zöpfe aus dem Gesicht und schien mit jemandem an Bord der Jacht zu sprechen, schien etwas zu rufen, das Anna nicht hörte, sie war zu weit weg. Dann kletterte sie an Bord der Jacht. Anna begann zu rennen. Sie rutschte aus und fiel, Schnee auf Fischschuppen, Schnee auf Dreck, Schnee in ihren Augen – sie kam wieder hoch und rannte weiter. Etwas stimmte nicht. Abel hatte nichts davon gesagt, dass sie Micha auf einem Schiff suchen sollte. Das grüne Schiff mit den weißen Segeln gehörte ins Märchen, nicht in den Jachthafen von Wieck. Für Sekunden fürchtete sie, das Schiff würde einfach ablegen und vor ihren Augen den Fluss hinunterfahren, hinaus auf den langsam zufrierenden Bodden, hinein in eine Wand aus Schnee, und sie würde Micha nie wiedersehen.

Das Schiff fuhr nirgendwohin. Anna blieb direkt davor stehen. Es war niemand an Bord zu sehen, aber sie hörte Stimmen von hinter der Kajüte. Michas Stimme und die eines Erwachsenen. Die Kälte trug die Worte zu Anna hinüber, klar und deutlich wie auf Papier.

»Sie haben kein gelbes Lenkrad«, sagte Micha.

»Nein«, sagte die Männerstimme. »Sollte ich ein gelbes Lenkrad haben?«

»Ich dachte«, sagte Micha wieder. »Ich dachte nur. Abel hat das erzählt. Gehört das Schiff Ihnen ganz allein?«

»Du kannst ruhig Du zu mir sagen«, sagte die Männerstimme. »Ja, es gehört mir. Wenn du möchtest, kann es auch dir gehören.

Wir können zusammen darauf hinausfahren. Im Sommer. Falls du Schiffe magst?«

»Oh, ich mag Schiffe unglaublich sehr«, antwortete Micha. »Ich weiß bloß nicht, ob Abel es erlauben würde. In meinem Märchen, da fahre ich auch auf einem Schiff, und es ist fast wie dieses. Aber nur fast, glaube ich. Sie … haben keinen Seelöwen hier?«

»Seelöwen? Nein«, sagte der Mann verwundert.

»Abel hat gesagt, auf dem grünen Schiff ist ein Seelöwe. Er hat es geholt. Oder gebaut? Das weiß ich nicht mehr.«

»Abel sagt wohl eine Menge«, meinte der Mann.

»Ja«, sagte Micha. »Abel ist mein Bruder.«

»Ich weiß, Micha«, sagte der Mann. »Ich weiß.«

»Wie … woher?«, fragte Micha. »Und woher wissen Sie, wie ich heiße?«

»Ich habe auf dich gewartet«, erwiderte der Mann. »Ich warte schon sehr, sehr lange, weißt du. Ich wusste, dass du eines Tages kommst und mich findest. Vielleicht kannst du doch mit mir hinausfahren, wenn der Sommer kommt. Ich war sehr allein ohne dich.«

In seiner Stimme lag die Traurigkeit aller wartenden, einsamen Männer der ganzen Welt. Diese Art von Traurigkeit gefiel Anna nicht. Sie schmeckte gar nicht nach Traurigkeit. Anna ging ein Stück weiter am Ufer entlang, sodass sie um die Kajüte herumsehen konnte. Der Mann saß auf einer der hinteren Bänke. Micha stand in ihrer rosa Jacke da und sah ihn mit großen Augen an, sie verstand nicht, was er meinte. Aber Anna konnte sehen, dass der Mann Micha leidtat. Sie war die Art von kleinem Mädchen, der einsame Männer leidtun. Sie war die Klippenkönigin. Sie hatte den melancholischen Drachen geheilt.

»Du weißt nicht, wer ich bin, oder?«, fragte der Mann, und in seiner Stimme schwang die Traurigkeit jetzt tief und weit wie eine Schaukel, die an einem sehr hohen Buchenast hing, einladend, damit ein kleines Mädchen sich daraufsetzen konnte. Nein. Sie schwang wie ein Strick. Sie war falsch, dachte Anna. Völlig falsch.

»Nein«, antwortete Micha. »Wer sind Sie?«

»Ich habe doch gesagt: Du kannst Du zu mir sagen«, meinte der Mann. »Micha. Meine kleine Micha.« Er schob seinen Ärmel hoch, und Anna sah undeutlich, dass er eine Tätowierung auf dem Oberarm trug. »Aber ... das ist mein Name«, sagte Micha. Der Mann zog sie sanft an sich und Micha setzte sich auf das Knie des Mannes.

»Natürlich ist das dein Name«, sagte er. »Ich bin Rainer. Weißt du, wer Rainer ist? Rainer Lierski?«

»Hab ich mal gehört«, sagte Micha. »Wer ist das noch?«

»Dein Vater, Micha. Ich bin dein Vater. Ich habe dich lange, lange nicht sehen dürfen. Sie haben es mir verboten. Deine Mutter und ... vor allem Abel. Er kann mich nicht leiden. Ich weiß nicht, wieso. Deine Mutter ... sie ist fort, nicht wahr?«

Micha nickte. »Verreist. Sie kommt aber bald wieder.«

»So lange, bis sie wiederkommt, könntest du bei mir wohnen«, sagte der Mann. »Ich habe eine schöne große Wohnung. Du hättest dein eigenes Zimmer, ein schönes großes Zimmer mit hellen Fenstern ... die Wohnung ist sehr leer. Es ist traurig, allein in einer leeren Wohnung zu wohnen, weißt du?«

Micha stand auf. »Nein danke«, sagte sie höflich. »Ich bleibe lieber bei Abel. Abel ist nämlich nicht verreist, und er verreist auch nicht, nicht ohne mich. Sie dürfen das meiner Mutter nicht sagen, aber Abel ist nämlich wichtiger als sie. Sie war immer nur ein bisschen da, ich weiß gar nicht, wo der Rest von ihr war, und so schlimm ist es eigentlich nicht, dass sie verreist ist. Kann ich denn … kann ich mit Ihnen mal auf dem Schiff fahren, ohne dass ich umziehe?«

»Sicher«, sagte der Mann. »Ich wäre sehr glücklich darüber. Das mit dem Wohnen kannst du dir immer noch überlegen. Ich kenne eure Wohnung. Sie ist wirklich klein. Ich habe auch dort gewohnt, weißt du, damals, für zwei Jahre, aber daran erinnerst du dich nicht. Gehst du jetzt dorthin? Nach Hause? Soll ich dich hinbringen?«

»Ich finde den Weg selbst«, sagte Micha. »Bloß, kann ich vorher das Schiff noch angucken? Die Kajüte von innen?«

»Klar«, sagte der Mann, stand auf und legte einen Arm um Micha. Das war genug. Vielleicht schätzte Anna diesen Mann falsch ein, er konnte nichts dafür, dass er Rainer hieß, nicht wahr? Vielleicht tat sie ihm unrecht, und vielleicht mischte sie sich in Dinge ein, die sie nichts angingen, aber er war ihr zuwider. Alles an ihm war künstlich, aufgesetzt, schmierig. Und seine schlecht geschnittene Jeans, seine Trainingsjacke unter der gefütterten Kunststoffweste, seine Mütze – der ganze Rainer Lierski stammte aus dem Sonderangebot von Aldi. Was nichts ausmachte. Aber Anna bezweifelte, dass ihm das Schiff gehörte. Jeder kann auf ein fremdes Schiff steigen.

»Micha!«, rief sie. »Micha!«

Micha sah auf und auch Rainer sah auf. In seinen Augen stand etwas wie Ertapptsein. Er hatte den Arm noch immer um Micha gelegt. Er ließ sie nicht los.

»Wer ist das?«, fragte er.

»Oh, das ist Anna«, sagte Micha, so selbstverständlich, als würde sie Anna schon seit Jahren kennen, und irgendwie versetzte Anna das einen schmerzhaften Stich in der Brust.

»Du hast deinen Schlüssel vergessen!«, rief Anna zu ihr hinüber. »Ich habe ihn! Ich erkläre dir später, wieso. Komm jetzt! Es ist kalt!«

»Ich muss noch schnell das Schiff angucken!«, rief Micha zurück. »Dann komme ich!«

»Nein!«, rief Anna. »Du kommst jetzt. Jetzt sofort!«

Sie legte so viel Autorität in ihre Stimme, wie sie konnte. Es reichte nicht.

»Gleich!«, rief Micha.

»Jetzt!«

»Nein, gleich! Gleich sofort!«

Rainer Lierski sah sich um, als könnte noch jemand in der Nähe sein, der besser nicht in der Nähe wäre. Dann trat er an die dunkelgrüne Reling.

»Anna«, sagte er. »Sie sind also Anna. Und wer ist Anna, die glaubt, meine Tochter herumkommandieren zu müssen? Wer sind Sie?«

Anna schluckte. Wer war sie? Ein Mädchen in einer Seifenblase. Die Tochter von Magnus und Linda Leemann aus der Fleischervorstadt in Greifswald, aus einem Haus, in dem die Luft immer blau war. Abiturientin, Musikerin, englisches Au-pair in spe. Gittas steril abwaschbare kleine Schwester. Nein. Sie war jemand, der noch nicht wusste, wer er sein würde. Sie schluckte noch einmal. Rainer in seiner Trainingsjacke, Rainer aus dem Sonderangebot machte ihr mehr Angst als Abel. Micha war ihm entschlüpft, aber jetzt holte er sie mit einem langen, einem unwirklich langen Arm zu sich und drückte sie an seine Seite. »Sie ist meine Tochter«, wiederholte er.

»Nein«, sagte Anna. »Das … das ist sie nicht. Biologisch vielleicht.«

Rainer schnaubte. Micha sah unsicher von Anna zu ihm und

zurück. »Und ich glaube nicht«, setzte Anna hinzu, »dass das Ihr Schiff ist.«

»Natürlich ist es mein Schiff«, sagte Rainer leise und scharf, und sein Tonfall überzeugte Anna davon, dass es nicht so war. »Abel hat Sie geschickt, nicht wahr?«, fragte er. »Richten Sie ihm aus, dass ich Bescheid weiß. Michelle kommt nicht wieder. Die ist weg. Ich werde mich um meine Tochter kümmern, wie jeder Vater es tun würde. Und wenn er das von mir persönlich hören will, soll er zu mir kommen.«

Er hatte Jacke und Hemd noch immer an einer Seite bis zur Schulter hochgekrempelt. Anna sah seine Muskeln unter der Tätowierung spielen. Und dann wusste sie es. Sie wusste, was sie sagen musste. Sie fand ihre Trumpfkarte.

»Micha«, sagte sie, »erinnerst du dich, was die weiße Stute zu dir gesagt hat? Ehe die Insel sank?«

Sie sah Rainers Gesichtszüge in Unverständnis entgleisen. »Was reden Sie da?«, fragte er ärgerlich. »Was soll das? Ist das irgendeine Art von bescheuerter Geheimsprache?«

»Die weiße Stute?«, sagte Micha. »Sie hat gesagt, sie würde sterben … oh, das war schrecklich … und dass ich schnell laufen sollte, zur höchsten Klippe … und wenn ich einem Mann begegne, der meinen Namen trägt …«

Anna deutete stumm auf Rainers Bizeps, auf dem MICHA in tintig tätowierten Buchstaben prangte. Sie sah, wie Micha verstand. Für jemanden mit sechs Jahren verstand sie erstaunlich schnell.

»Ich muss jetzt gehen«, sagte sie und machte sich von Rainer los, diesmal endgültig. »Ich gucke mir das Schiff ein andermal an. Auf Wiedersehen.«

»Warte!«, rief Rainer, doch Micha rannte wieselschnell an der

Reling entlang, hüpfte an Land wie ein kleiner Gummiball in einer rosa Daunenjacke und nahm die Hand, die Anna ihr entgegenstreckte.

»Wir rennen«, sagte Anna. »Wer als Erster bei der Brücke ist. Eins, zwei –«

Und dann rannten sie. Anna ließ Micha gewinnen. Sie sah sich erst bei der Brücke um. Rainer folgte ihnen nicht.

»Anna«, sagte Micha keuchend. »Hat Abel dich geschickt?«

»Ja«, sagte Anna. »Und du musst diesem Mann nicht glauben, kein Wort, hörst du? Michelle … eure Mutter … sie kommt bald zurück, ganz bestimmt. Das weiß ich, weil … das weiß ich von Abel. Ich bringe dich nach Hause. Du kannst auf den Gepäckträger klettern.«

»Aber das Schiff«, sagte Micha, bereits auf dem Gepäckträger. »Anna, das Schiff, das war schon schön, oder? Und eigentlich war er auch nett zu mir. Vielleicht hätte er mir Bonbons gegeben, unten in der Kajüte. Er sah aus wie ein Mann, der einem Bonbons gibt.«

»Exakt«, sagte Anna und schüttelte sich. »Genau so sah er aus.«

Und insgeheim fragte sie sich, ob Michelle wirklich wiederkam. Abel glaubte es nicht. Rainer glaubte es nicht. Wussten sie beide genauer, wo Michelle war, als sie zugeben wollten?

Anna hätte Micha zu Hause absetzen können. Ihr den Schlüssel geben. Winken. Zur zweiten Stunde Musik gehen. Oder nach Hause. Sie hätte sagen können »Lass keinen rein« und »Abel ist gleich da« und tausend andere Sätze. Sie sagte: »Ist es okay, wenn ich mit raufkomme und Mittagessen mache?«

Die Häuser mit den Eingängen 18, 19 und 20 bildeten eine Seite eines großen Innenhofs, in dessen Mitte sich das tote Gras in Winterschlamm verwandelt hatte. Anna fühlte Augen aus tausend Fenstern auf sich ruhen, während sie auf Michas Antwort wartete. Tausend Augen, hinter denen sich tausend Stirnen wunderten, was sie hier tat, wo sie nicht hingehörte.

»Essen machen? Kannst du das?«, fragte Micha.

Anna lachte. »Irgendwas werdet ihr schon haben, woraus ich ein Mittagessen machen kann.«

Micha runzelte die Stirn, schon halb im Hausflur. »Mama konnte kein Mittagessen machen«, sagte sie, »sie hat es immer vergessen und sie hatte andere Sachen zu tun oder musste wohin oder so.« Und dann fügte sie rasch hinzu: »Aber sie war nett. Sie soll wiederkommen.«

»Ja«, sagte Anna. »Sie kommt. Bestimmt. Nur nicht heute.«

Das dustere, enge Treppenhaus war wie ein Turm, die Stufen altgrau, scharfkantig und voller matschiger Stiefelspuren. Das Geländer sah nicht so aus, als dass man es anfassen wollte. Micha fasste es nicht an. Es gab keinen Fahrstuhl, vier Stockwerke ohne Fahrstuhl, sportlich, dachte Anna, vielleicht gefördert von der Barmer Krankenkasse. Micha und Abel wohnten im vierten Stock. Die Flurfenster waren blind, das auf der zweiten Etage gesprungen. Oder eingeschmissen. Im dritten Stock stand eine tote Topfpalme, die Art Topfpflanze, die niemandem gehört, eine streunende Pflanze sozusagen, schließlich unbemerkt verdurstet. Als sie an der Pflanze vorübergingen, öffnete sich unten im Haus eine Tür, und jemand rief nach oben: »Micha? Bist du das?«

»Ja!«, rief Micha. »Das ist Frau Ketow«, sagte sie leise zu Anna. »Ich mag sie nicht. Sie hat drei kleine Kinder, aber die hat sie nur so, das sind nicht ihre. Sie schreien immer und dann schreit sie auch und es ist ganz laut bei denen.«

»Ist deine Mama wieder da?«, rief Frau Ketow.

Anna sah einen dicken Arm in einem Trainingsanzug unten auf dem Geländer liegen, mehr sah sie nicht von Frau Ketow.

»Nein«, antwortete Micha. »Das hier ist Anna.«

»Und wer ist Anna?«, rief Frau Ketow. »Passt die jetzt auf dich auf?«

Micha antwortete nicht mehr. Sie beeilte sich, die letzten beiden Absätze hinaufzusteigen, und schloss die Wohnungstür auf. Anna trat hinter ihr in einen Geruch nach Linoleum und überalterter Gasheizung ein.

»Hier musst du die Schuhe abstellen«, sagte Micha. Und: »Das da hab ich gemalt. Das auch.«

Die Wand war voll von ihren Kunstwerken. Micha konnte Apfelbäume zeichnen, aber keine Pferde. Sie konnte Häuser mit einem einzigen Raum, aber keine Himmelbetten. Sie konnte Seelöwen, aber keine Männer.

»Das hier in der Küche hab ich erst gestern gemacht«, sagte sie und zog Anna in einen Raum, der kaum größer war als eine Toilette. Über dem Herd hing dort ein Bild mit einer Art Klumpen aus lauter verworrenen, verwickelten Bleistiftlinien darauf, die nicht zu wissen schienen, wohin sie wollten.

»Das ist der Diamant«, erklärte Micha. »Das Herz, weißt du? Das Herz der kleinen Klippenkönigin.«

Die Küche war sehr ordentlich und ebenso kläglich. In ihr wohnte dieselbe Trostlosigkeit wie auf dem Hof von Michas Schule an einem Freitag nach der letzten Stunde. Wie die Papierschneeflocken an der Schultür machten die Bilder die Trostlosigkeit fast noch schlimmer, sie zeigten den Versuch, die Trostlosigkeit zu besiegen, sie zeigten, dass jemand um die Trostlosigkeit wusste. Das Furnier der Wandschränke löste sich an den Ecken und rollte sich von den Spanplatten ab. Vor dem schmalen Fenster lag der kalte, leere Hof mit den tausend Fensteraugen, den tausend anderen Wohnungen.

Am asthmatisch röhrenden Kühlschrank hingen vergilbte Fotos, die nicht so uralt sein konnten, wie sie aussahen. Annas flüchtiger, gestohlener Blick fand eines von einem Jungen, etwa zwölf Jahre alt, der ein kleines Mädchen auf dem Arm hielt und stur an der Kamera vorbeisah. Es gab noch mehr Bilder von dem Mädchen, auf einem Spielplatz, als Baby in einem Tragekorb, mit anderen Kindern zu einem Kindergartengruppenbild aufgestellt. Es gab keine Fotos von einer Mutter. Anna sah weg.

Sie fand Mehl und Eier und eine Pfanne, sie fand Zucker und Öl, und schließlich machte sie Pfannkuchen auf dem Herd, während Micha mit angezogenen Beinen auf der Kommode saß, den Rücken gebeugt, um nicht oben am Hängeschrank anzustoßen, und zusah.

»Abel«, sagte sie, »der kann die Pfannkuchen schmeißen.«

»Ja«, sagte Anna. »Heute hätte er beinahe seine Klausur geschmissen, aber ich habe ihn nicht gelassen.«

»Die verbrennen«, sagte Micha fachkundig und beugte sich vor. »Ist aber nicht so schlimm. Wenn ich alleine bin, esse ich nur Butterstullen. Anna? Ich muss immer an Rainer denken. Ist er mein Vater oder nicht? Bilologisch, hast du gesagt. Was heißt das?«

»Das heißt …« Anna versuchte, den Pfannkuchen von der Pfanne zu kratzen, dessen angebrannter Rand sich nicht lösen wollte. »… dass deine Mutter und er …«

»Ach so«, sagte Micha. »Dass er sie gefickt hat?« Und dann legte sie schnell einen Finger auf die Lippen. »Verrat Abel nicht, dass ich das Wort gesagt habe«, flüsterte sie. »Er versucht zu denken, dass ich es nicht kenne.«

»Weißt du denn, was es heißt?«

»Nee«, sagte Micha. »Nicht so richtig.«

»Das lernst du noch«, sagte Anna. »Irgendwann. So wie ich das Pfannkuchenmachen. Das lerne ich auch noch irgendwann. Hoffentlich. Habt ihr Marmelade?«

»Erdbeer«, sagte Micha.

Und dann saßen sie in einem Wohnzimmer, das genauso ordentlich und genauso trostlos war wie die Küche, an einem winzigen, dunklen Furniertisch auf einem grauen Cordsofa aus den Sechzigern oder aus dem Sperrmüll oder aus beidem, neben einem zu großen Fernseher. Die Tapete warf unter der Decke feuchte Blasen und bestand aus senffarbenen Blumen. Ein Museumsstück aus Ostzeiten, dachte Anna, wenn man sie abkratzen könnte, wäre sie was wert.

Die Erdbeermarmelade bestand zu hundertundzehn Prozent aus Chemie und zu zwei Prozent aus Süßstoff. Micha aß drei Pfannkuchen, samt schwarzen Rändern, und verteilte die Marmelade dabei über ihr ganzes grinsendes Gesicht.

»Das kannst du öfter machen«, sagte sie.

Anna nickte. »Wenn du willst«, sagte sie. Und sie dachte an Lindas Pfannkuchen zu Hause, in der blauen Luft, zwischen den alten, sichtbaren Küchenbalken, Pfannkuchen mit Lachs und Crème fraîche und einem Gartenzweig auf dem Tisch und Mahler-Sinfonien vom Plattenspieler auf der antiken Kommode mit den bunten Emailleknöpfen. Sie knüllte das blaue Universum samt der Mahler-Musik zusammen und schluckte es mit dem letzten Bissen verbrannten Anna-Pfannkuchens hinunter, und da hatte sie plötzlich einen so großen Kloß im Hals, dass sie nur noch schlecht Luft bekam.

»Du siehst ja ganz traurig aus«, sagte Micha. »Ist was los?«

»N…nein«, sagte Anna. »Ich dachte nur gerade an etwas.«

»Das kenn ich«, meinte Micha. »Ich denk auch manchmal an etwas. Ich weiß was, um dich wegzulenken.«

»Meinst du *abzulenken*?«

»Glaube ja«, sagte Micha. Und dann beugte sie sich auf ihrem Cordsessel vor und flüsterte verschwörerisch: »Willst du wissen, wie das Märchen von der kleinen Klippenkönigin weitergeht?«

»Ja«, sagte Anna, ohne zu zögern.

»Ich auch«, flüsterte Micha. »Er hat es nicht erzählt, am Wochenende. Er hat gesagt, er muss erst nachdenken. Aber er hat was aufgeschrieben. Ich kann mir denken, wo die Zettel liegen. Sollen wir schummeln?«

»Vielleicht«, flüsterte Anna.

Da stand Micha auf und flitzte in den hinteren Teil der Wohnung, wo die Atmosphäre unordentlicher wirkte, mehr wie etwas, das in Richtung Kinderzimmer führte, man sah es an den Dingen, die in dem engen Schlauchflur verstreut lagen – eine bunte Mütze, ein Bilderbuch, Puppenhandschuhe. Anna brachte die Teller zurück in die Küche und wusch ab, während Micha suchte. Sie wusch auch den Rest des Geschirrs ab, der neben der Spüle gestapelt war. Das Spülwasser lief schlecht ab, der Abfluss schien verstopft zu sein. Anna erkannte die Prägung der leichten Blechbestecke, ein Relikt aus DDR-Zeiten, genau wie die Tapete. Ein Museum. Sie fragte sich, wie alt Michelle gewesen war. Gewesen war? Hatte sie gerade gedacht *»gewesen war«*?

»Ich hab sie!«, rief Micha triumphierend. Sie stand im Flur wie Jeanne d'Arc, wild entschlossen zu verbotenen Taten, mit gelösten Zöpfen, statt der Trikolore ein paar weiße Blätter in der erhobenen Faust. Anna lächelte.

»Du darfst mit in mein Zimmer kommen«, sagte Jeanne d'Arc, und Anna fühlte sich geehrt. Sie ließ sich von Micha in ein Zimmer führen, das eigentlich komplett aus einem Hochbett bestand, da sonst nichts mehr hineinpasste. Unter dem Bett stand ein Schreibtisch: eine Spanplatte auf zwei Holzböcken. Es gab kein Fenster.

»Das Bett hat Abel gebaut«, sagte Micha. »Komm. Wir passen beide drauf, Abel und ich passen auch beide drauf. Die dritte Sprosse ist lose, pass auf!«

Und dann drückte sie Anna zwei handbeschriebene Blätter in die Hand.

»Lies vor. Frau Margarete hört auch zu. Sie ist ja in der Geschichte, sie muss wissen, wie es weitergeht …«

»Natürlich«, sagte Anna.

»Das grüne Schiff mit dem gelben Steuerrad segelte drei Tage lang nach Nordwesten. Der Wind schob es stetig voran, und auf dem Bug stand die kleine Klippenkönigin mit Frau Margarete im Arm, deren blau-weiß geblümtes Kleid im Wind wehte. Manchmal war das Meer für Stunden klar wie blaues Glas, dann konnte man bis weit hinunter in die Tiefe sehen, und dort schwammen violette Quallen mit silbernem Muster und langen, rubinroten Fangarmen, schöner als alle Sommerblumen.

›Ja, sie sind schön‹, sagte der Seelöwe. ›Aber sie sind auch gefährlich. Sie können dich mit ihrer Schönheit verbrennen.‹

Der Seelöwe schwamm neben dem grünen Schiff, bisweilen verschwand er, doch immer wenn die kleine Klippenkönigin dachte, dass das Meer zu groß und sie zu klein und verloren war, tauchte er wieder auf. Nachts schliefen die kleine Königin und Frau Margarete in der Kajüte. Dort gab es ein breites Bett, ausgelegt mit lauter Eisbärfellen. Dort, wo die Eisbären gelebt hatten, sagte der Seelöwe, schmolz jetzt das Eis wegen des Klimawandels, den die Menschen gemacht hatten. Da waren die Eisbären an Land gegangen und Politiker geworden, doch vorher hatten sie ihre Felle ausgezogen, damit man sie nicht erkannte. Der Seelöwe hatte die Felle nur aus dem Meer zu fischen brauchen …

Einmal ging die kleine Königin nachts hinaus an Deck, um die Sterne zu betrachten. Sie fand das Sternbild des Großen Wagens; doch sie fand auch einen Apfelbaum und eine Stute und ein Himmelbett.

›Hier seid ihr alle!‹, sagte sie erstaunt. ›Wie schön ihr seid! Die Nächte hier auf dem Meer sind so wunderschön …‹

›Ja, sie sind schön‹, flüsterte der Seelöwe aus dem schwarzen Nachtmeer. ›Aber sie sind auch kalt. Sie können dich mit ihrer Schönheit zu Eis gefrieren, wenn du sie zu lange ansiehst.‹

Da kroch die kleine Königin schnell zurück zwischen die Eisbärfelle. Am Morgen tanzte die frühe Sonne rot und orange auf den Wellen und die kleine Klippenkönigin betrachtete die Wellen lange. ›Vielleicht‹, sagte sie zu ihrer Puppe, ›wäre es nett, auch eine Weile neben dem Schiff herzuschwimmen, wie der Seelöwe es tut? Die Wellen sind so schön …‹

›Ja, sie sind schön‹, sagte der Seelöwe und streckte seinen Kopf aus einer der gischtbekrönten Wellen. ›Aber sie sind auch gierig. Sie können dich verschlingen, wenn du ihnen folgst.‹

›Ach!‹, rief die kleine Königin. ›Gibt es denn gar nichts, das nur schön ist und nicht gefährlich?‹

›Vielleicht finden wir auf unserer Reise etwas‹, antwortete der Seelöwe. ›Aber zu viel Zeit können wir nicht mit der Suche vertrödeln. Sieh dich um, kleine Königin. Es gibt auch etwas, das nur gefährlich ist und nicht schön.‹

Da sah sich die kleine Königin um, und sie sah, dass das schwarze Schiff näher gekommen war.

›In der letzten Nacht bin ich dorthin geschwommen‹, sagte der Seelöwe, ›denn ein Seelöwe ist viele Male so schnell wie ein Schiff. Da stand ein Jäger im roten Mantel am Steuer, rot wie Blut. Er hatte einen blonden Schnauzbart und Augen vom gleichen Blau wie du, kleine Königin. Und auf seinen rechten Ärmel war ein Diamant gestickt. Das Ziel seiner Suche: dein Herz.‹

›Aber was will er damit?‹, rief die kleine Königin.

›Es besitzen‹, antwortete der Seelöwe. ›Das ist genug. Er will seine Schönheit betrachten und wissen, dass nur seine eigenen gierigen Hände es berühren können.‹

›Woher weißt du das?‹, fragte die kleine Königin. ›Das denkst du dir nur aus!‹

›Ich wünschte, es wäre so‹, sagte der Seelöwe. ›Aber der Jäger, der uns folgt, ist kein Unbekannter auf den Meeren. Er hat schon viele Juwelen geraubt. Eine Weile bewahrt er sie in seinem dunklen Haus auf, auf seiner eigenen Insel, weit fort. Dann verlieren sie irgendwann ihren Glanz, und er wird es müde, sie zu besitzen und zu berühren. Und er wirft sie zurück ins Meer. Dein Herz aber ist der größte aller Juwelen. Er sucht es schon lange.‹

›Wie heißt er, dieser Jäger im roten Mantel?‹, fragte die kleine Klippenkönigin mit einem Zittern. ›Wie kann ich ihn nennen, wenn ich von ihm träume?‹

›Wenn du ihm begegnest‹, sagte der Seelöwe, ›wird er sagen, du sollst ihn Vater nennen.‹

Am Morgen des vierten Tages sahen sie ein Licht über das Meer gleiten, das immer wiederkehrte.

›Das ist ein Leuchtturm‹, sagte der Seelöwe.

›Oh, lass uns dort hinfahren!‹, rief die kleine Königin. ›Vielleicht hat der Leuchtturmwärter eine Tasse Kakao für uns!‹

Der Seelöwe drehte den Kopf nach dem schwarzen Schiff. Es war ein gutes Stück zurückgefallen. Zwei seiner schwarzen Segel schienen lose zu sein, als hätte jemand nachts die Taue durchgebissen. Jemand, der lautlos herangeschwommen und mit krallenbewehrten Flossen an Deck geklettert war …

›Gut‹, sagte der Seelöwe. ›Für eine Tasse Kakao reicht unser Vorsprung.‹

Bald darauf vertäuten sie das grüne Schiff an der Insel des Leuchtturmwärters und die kleine Königin ging mit Frau Margarete an Land. Sie machte ein paar Schritte und musste lachen, weil ihr Gang so schwankend geworden war wie der eines echten Seemannes.

›Seelöwe!‹, rief sie, doch als sie sich umsah, saß hinter ihr ein großer silbergrauer Hund mit goldenen Augen.

›Ich bin es‹, sagte der Hund. ›An Land bin ich ein anderer.‹

Da wurde der kleinen Königin ein wenig unheimlich zumute, und sie fragte sich, welches die wahre Gestalt des Hundes war und ob er noch eine dritte besaß.

So klopfte sie an die rote Tür des Leuchtturms und der Leuchtturmwärter öffnete.

›Kommt herein‹, sagte er. ›Ich habe euer Schiff durch mein Fernglas beobachtet. Und ich habe euch den Weg geleuchtet, damit ihr nicht auf die Felsen auflauft, die unter der Wasseroberfläche lauern …‹ Er streichelte zufrieden seinen ergrauenden Backenbart und rückte seine runde Brille zurecht. ›Wollt ihr auf einen Kakao mit hinaufkommen?‹

Sie folgten dem Leuchtturmwärter bis ins höchste Stockwerk seines Turms. Von dort aus hatte man eine wunderbare Aussicht über das Meer. Es sah ganz glatt aus von hier oben, man konnte die einzelnen Wellen gar nicht sehen. Der Leuchtturmwärter band eine Schürze vor seinen dunkelblauen Wollpullover und kochte Kakao auf einem kleinen Herd.

Der silbergraue Hund hatte sich still unter den Tisch gelegt.

›Da ist noch ein Schiff.‹ Die kleine Königin blies in ihre Kakaotasse. ›Ein schwarzes, am Horizont. Zeigen Sie dem auch den Weg?‹

›Natürlich‹, sagte der Leuchtturmwärter. ›Ich zeige allen Schiffen den Weg.‹

›Aber woher wissen Sie, welches die guten und welches die bösen Schiffe sind?‹, fragte die kleine Königin. ›Das dort, das ist ein böses Schiff. Ich weiß es, aber Sie wissen es nicht. Und deshalb zeigen Sie ihm den Weg …‹

›Das ist wahr‹, sagte der Leuchtturmwärter ernst. In seinem beinahe grauen Bart hing ein Tropfen Kakao.

›Auf dem schwarzen Schiff sind die Jäger‹, fuhr die kleine Königin fort. ›Sie wollen mein Herz stehlen, und wenn sie das tun, werde ich sterben. Wir müssen das Festland erreichen, ehe sie uns einholen. Wir haben gerade genug Vorsprung für einen Kakao.‹

›Oh‹, sagte der Leuchtturmwärter. ›Aber das ist ja schrecklich. Vielleicht habe ich einer Menge böser Schiffe den Weg gezeigt.‹ Er nahm die Brille ab und kratzte sich damit am Kopf. ›Wozu bin ich dann überhaupt gut?‹

Und schließlich drehte er sich zu der kleinen Königin um und setzte seine Brille wieder auf.

›Wenn ich den Bösen und den Guten den Weg zeige, kommt es aufs Gleiche heraus, als wenn ich keinem den Weg zeige‹, sagte er. ›Ist es nicht so? Vielleicht … sollte ich damit aufhören. Vielleicht sollte ich mit euch zum Festland fahren.‹

Der silbergraue Hund kam unter dem Tisch hervor und schnupperte an den Schuhen des Leuchtturmwärters. Dann musterte er ihn mit seinen goldenen Augen. Und schließlich wedelte er mit dem Schwanz.

›Sehen Sie‹, sagte die kleine Königin glücklich. ›Er sagt, Sie dürfen mitkommen.‹

›Gut‹, sagte der Leuchtturmwärter. ›Ich packe nur noch meine Zahnbürste ein. Womöglich kann ich etwas helfen … auf dem Schiff. Wie heißt es überhaupt?‹

›Das weiß ich nicht‹, sagte die kleine Klippenkönigin ehrlich. ›Vielleicht finden wir es noch heraus.‹

Dann löschte der Leuchtturmwärter das Licht im Leuchtturm. An diesem Abend würde es kein Licht mehr geben, das dem schwarzen Schiff den Weg zeigte. Aber noch war heller Tag. Unten am Fuß des Turmes löste der Leuchtturmwärter die Vorleine mit einer geübten Bewegung – und dann segelten sie davon, mit einer mutigen Brise in den weißen Segeln. Neben dem Schiff tauchte der dunkle Kopf des Seelöwen aus den Wellen auf. Der Leuchtturmwärter nickte nur, als wisse er Bescheid über seine Verwandlung. Doch hinter ihnen war das schwarze Schiff jetzt schon ganz nah. Die kleine Königin spürte die Gier des roten Jägers und ihr diamantenes Herz schlug ängstlicher als zuvor.«

Eine Weile schwiegen sie beide. »Das war's?«, fragte Micha dann.

»Ja.«

»Bist du sicher? Dreh mal das Blatt um.«

»Ich habe das Blatt umgedreht. Das war schon die Rückseite. Mehr gibt es nicht. Noch nicht.«

»Ein Herz aus Diamant«, flüsterte Micha. »Meinst du wirklich, so was habe ich? Wenn man mich durchleuchten würde, mit so einem Gerät, könnte man nachgucken, oder?«

»Du hast ein ganz normales Herz aus Fleisch und Blut«, sagte Anna und lachte. »Keine Angst. Es ist nur ein Märchen.«

»Ja, aber«, sagte Micha.

In diesem Moment hörten sie das Quietschen der Haustür und kurz darauf Schritte im Flur. Anna saß ganz still, und sie sah, dass auch Micha sich bemühte, nicht zu atmen. Es kam ihr beinahe vor, als stünden sie nebeneinander an Bord eines grünen Schiffes mitten zwischen den schönen, gefährlichen Wellen eines blauen Wintermeeres. Rainer Lierski, dachte Anna. Er hat doch keinen Schlüssel? Haben wir die Tür offen gelassen? Wie viel Zeit ist vergangen, seit wir in der Wohnung sind? Sicher mehr als genug, um zu Fuß von Wieck hierherzukommen, es ist nicht weit …

Die Tür zum Flur öffnete sich.

Es war nicht Rainer Lierski. Es war Abel. Natürlich war es Abel. Anna atmete auf und kletterte hinter Micha vom Bett. Aber als sie vor ihm stand, waren Abels Augen kälter denn je. Sie waren so kalt wie die Winternacht auf dem Schiff in seinem Märchen.

»Was tust du hier?«, fragte er.

»Ich … ich habe Pfannkuchen gemacht … zum … Mittagessen«, stotterte Anna, »ich …« Und plötzlich wurde sie sich bewusst, dass sie noch immer die beiden beschriebenen Blätter in der Hand hielt. Abel folgte ihrem Blick und riss sie ihr aus der Hand.

»Micha kann sich ganz gut mittags ein Brot schmieren«, sagte er. »Das tut sie sonst auch. Ich habe dich nicht gebeten, hierherzukommen.«

»Ich … nein … ich wollte nicht«, begann Anna. »Wie war Englisch?«

»Anna hat ein bisschen vorgelesen, aber ich war schuld«, sagte Micha. »Ich habe gesagt, sie soll das machen. Es war sehr gemütlich, weißt du, und du könntest Anna vielleicht mal zeigen, wie man Pfannkuchen macht, sodass sie nicht anbrennen …«

»Anna möchte jetzt gehen«, sagte Abel. »Sie hat ein eigenes Zuhause und dort eine Menge zu tun.« Er berührte Anna nicht. Er schob sie nicht aus dem Zimmer, in Richtung Haustür. Er sah sie nur an. Sie hob hilflos die Hände und ging. Abel ließ sie nicht aus den Augen, während sie im Flur in Jacke und Stiefel schlüpfte. »Dein Rad steht unten vor dem Haus«, sagte er. »Ich bin damit gekommen.«

»Mein … Rad? Es war doch abgeschlossen?«

»Zahlenschloss«, sagte Abel. »Die Sorte kann jeder öffnen. Du hast ja das Geld, dir bei Gelegenheit ein besseres zuzulegen.«

Sie machte einen letzten Versuch, schon auf der obersten Stufe der grauen, scharfkantigen Treppe. »Abel, ich habe Micha doch nur nach Hause gebracht! Du hast mich darum gebeten.«

»Ich habe dich um gar nichts gebeten«, sagte er hart. Sie hatte unrecht gehabt. Er konnte auch ohne die Mütze Furcht einflößend wirken. »Das war deine Idee. Und jetzt lass uns in Ruhe. Danke für die Sache mit dem Schlüssel.«

Nie hatte das Wort »danke« so auf Annas Wangen gebrannt. Es war wie ein Schlag ins Gesicht. Sie rannte die Treppen hinunter, ohne stehen zu bleiben. Unten hatte Frau Ketow ihre Tür einen Spaltbreit geöffnet. Anna warf die Außentür hinter sich zu. Sie heulte. Scheiße, sie heulte tatsächlich. Auf der Suche nach einem Taschentuch fand sie den Blisterstreifen mit den weißen Tabletten. Vielleicht sollte sie eine nehmen, einfach so. Sie drückte eine Tablette aus der Folie und steckte sie in den Mund. Sie schmeckte bitter. Anna spuckte sie wieder aus, weiße Tablette in weißem Schnee, wie weißes Papier, das auf Buchstaben wartete, auf Worte, auf die Fortsetzung eines Märchens. Er hatte ihr Rad mit dem nutzlosen Zahlenschloss abgeschlossen. Sie schloss es auf und fuhr nach Hause, ihr Kopf leer, weißes Papier, weißer Schnee, weißes Eis auf weißem Weg, weiße Segel, weißes Rauschen.

Wenn sie die Augen schloss, sah sie einen weiß gestickten Diamanten auf einem roten Mantelärmel. Oder war es Rainer Lierskis tätowierter Oberarm?

6

Rosenmädchen

An diesem Abend konnte Anna nicht einschlafen. Sie zog sich wieder an und ging noch einmal hinunter ins Wohnzimmer, wo Magnus in seinem Sessel saß und Zeitung las, auch er ein Schlafloser, einer von der ständigen Sorte. Sie betrachtete seine große, breite Gestalt in dem großen, breiten Sessel, sie waren beide eins, er und der Sessel, ein Klotz im Raum, unverrückbar, unnachgiebig, fest. Früher hatte sie gedacht, ihr Vater könnte sie vor allem beschützen. Vor allem auf der Welt. Kinder sind dumm.

Neben Magnus auf dem kleinen Beistelltisch mit den Einlegearbeiten, Relikt irgendeiner Reise in den arabischen Raum, standen eine Flasche Rotwein und ein Glas. Anna nahm sich ein zweites Glas aus dem Schrank und goss es halb voll. Dann setzte sie sich in den zweiten Sessel. Eine Weile tranken sie schweigend ihren Wein, Magnus las seine Zeitung, Anna ihre Gedanken. Schließlich faltete er die Zeitung zusammen.

»Was hast du auf dem Herzen?«, fragte er.

»Nichts«, sagte sie. Er sah sie an. Sie zuckte die schmalen Schultern. Sie war viel schmaler als er, ein Ast im Wind. »Die Welt«, sagte sie.

»Ja«, sagte Magnus. »So siehst du aus, als hättest du die Welt auf dem Herzen.«

»Warum sind manche Leute so und andere anders? Warum sind manche glücklich und andere unglücklich? Warum haben manche Leute Geld und andere – ich weiß.« Sie seufzte. »Das sind die Fragen eines Kindes.«

»Du könntest die Antworten studieren«, meinte Magnus, das Weinglas in der Hand. »Philosophie. Oder nein. Wirtschaftswissenschaft.«

»Ich brauche ein Attest«, sagte Anna. »Für den Musikkurs heute. Zwei bis vier Uhr, ungefähr.«

Magnus hob eine Augenbraue. Er fragte nichts.

»In deinem Alter habe ich auch …«, begann er und verstummte.

»Danke«, sagte Anna und stand auf. »Magnus?«, fragte sie in der Tür.

»Ja?«

»Der Wein ist gekippt.«

Der nächste Tag verwandelte den weißen Schnee in braunen Matsch. Anna fragte Bertil, ob er nachmittags Zeit für Mathe hätte. Gitta war mit Hennes wegen Physik verabredet.

»Leider auch mit ein paar anderen«, sagte sie zu Anna.

Abel kam zu spät und schlief in Erdkunde, weil es an diesem Tag keinen Deutschkurs gab. Mittags saß Anna alleine auf der Heizung im Kollegstufenzimmer und sah Abel draußen mit dem Knaake sprechen. Sie verstand nicht, was sie sagten. Sie war nicht bei der Sache, bei keiner. Sie hatte den Anschluss an die Realität irgendwo im Treppenhaus eines abrissreifen Plattenbaus verloren, es war, als läge der Tränenschleier noch immer über allem, was sie sah. Der Knaake nahm seine runde Brille ab und kratzte sich damit am Kopf.

Eine einzelne Schneeflocke landete in seinem beinahe grauen Haar. Und plötzlich setzte Anna sich auf.

Der Leuchtturmwärter. Der Leuchtturmwärter sah genauso aus wie der Knaake. Die Brille, der Wollpullover, der Backenbart; alles stimmte. Abel hatte den Lehrer des Deutschkurses 1 in sein Märchen hineingeschrieben. Er war an Bord gegangen, um der kleinen Königin zu helfen. Der Knaake hatte versprochen, sich nach einem Job umzusehen. Der Knaake gehörte zu den Guten. Sie lächelte beinahe, aber eben nur beinahe. Die Welt der Märchen war einfach: Gut und Böse, Kalt und Warm, Sommer und Winter – schwarzes Schiff und weiße Segel.

In der Mittagspause ließ sie Gitta stehen und wanderte alleine zum Bäcker, zu dem, der weiter weg war. Was wollte sie hier? Die angestrengt fröhliche Reklame für lila verpackte Brötchen mit IKEA-Namen jagte ihr einen Schauer über den Rücken. Sie hatte keinen Hunger. Neben dem Bäcker gab es eine Dönerbude mit Stehtischen, eine trotz der Mittagszeit verlassene Dönerbude, und irgendwie fühlte sich Anna zu der Bude und dem einsam frierenden Verkäufer hingezogen. Sie stellte sich mitten im Schneematsch an einen der Tische und trank lauwarmen Kaffee, der noch schlechter war als der aus der Maschine im Kollegstufenzimmer. Sie malte mit dem Finger Muster in den Kaffeefleck eines Vorgängers.

»Anna«, sagte jemand. »Anna, es tut mir leid.«

Sie zuckte so sehr zusammen, dass sie die Kaffeetasse umstieß, und als sie aufsah, spürte sie, wie der lauwarme Kaffee in ihren Ärmel rann. Es war Abel.

»Wie … wie bitte?«, fragte sie.

Er fischte eine Serviette aus dem Plastikserviettenhalter und gab sie ihr, um den Kaffee aufzuwischen.

»Es tut mir leid, dass ich dich rausgeschmissen habe«, sagte Abel. »Ich wusste ja nicht, dass Rainer … Micha hat es mir erzählt. Es war richtig, dass du sie nicht allein gelassen hast. Ich … ich wollte nicht, dass … es geht niemanden etwas an, wie wir wohnen, und … es tut mir leid, wirklich.«

Sie hatte Abel noch nie stottern hören. Sie lächelte und fiel mit einem schmerzhaften Knall zurück in die Realität, der Tränenschleier zerbrach, und sie spürte, dass ihr Ärmel wirklich sehr nass war.

»Ist schon okay«, sagte sie. »Du hast ja recht. Aber ich weiß nicht, was du hast – wegen der Wohnung –, bei mir ist es nicht halb so ordentlich.«

»Hat Micha eine Hausführung mit dir veranstaltet?«

Sie schüttelte den Kopf. »Keine Angst, die verwesenden Leichen unter dem Bett habe ich nicht gesehen.«

Sein Gesicht verzog sich zu einem Grinsen. »Den gestohlenen Geldkoffer und den geheimen Kernreaktor auf dem Kleiderschrank hoffentlich auch nicht?«

»Nein«, sagte Anna. »Allerdings habe ich mich gefragt, was die Goldbarren und das Maschinengewehr in der Besteckschublade zu suchen haben.« Es tat gut, Unsinn zu reden. Besser als lauwarmer Kaffee. Es tat gut, mit Abel über belanglose Dinge wie Kernreaktoren auf dem Kleiderschrank zu lachen.

»Das mit der Geschichte …«, sagte sie schnell, »wir hätten nicht weiterlesen dürfen.«

»Das hättet ihr nicht«, sagte Abel, aber er lächelte dabei. »Rainer«, sagte er dann und lächelte nicht mehr. »Michas Vater. Er … war eine Weile nicht in der Gegend … jedenfalls habe ich ihn eine Weile nicht gesehen. Und jetzt … du bist ihm begegnet. Du verstehst, warum ich nicht will, dass er auftaucht, oder?«

»Ich denke, ja.«

»Denk noch etwas weiter, und dann nimm das Ergebnis im Quadrat, und du hast die ungefähre Wahrheit. Er ist bekannt in der Gegend … in den billigen Kneipen … Michelle war ein Ausrutscher. Seine Freundinnen sind eher um die fünfzehn, sechzehn. Wenn überhaupt.«

»Micha ist sechs. Das ist etwas anderes.«

»Eben«, sagte Abel und zerknüllte eine Papierserviette in der Faust.

»Meinst du wirklich, er würde … das ist eine ziemliche Anschuldigung. Wenn es für so was Beweise gäbe, würde er in den Knast wandern …«

Abel sah von der Serviette auf. In seinen Augen glühte blaues Eis. »Würde«, sagte er. »Gäbe. Die Leute reden. Ich weiß ein paar Dinge. Ich weiß ein paar Dinge sehr genau. Als ich …« Er brach ab. »Würdest du es darauf ankommen lassen?«

Anna schüttelte den Kopf. »Aber es gibt doch Ämter für so was, Gerichtsbeschlüsse … über das Sorgerecht … wenn er sie nicht sehen darf, darf er sie eben nicht sehen … es gibt doch Institutionen, die Kinder schützen!«

»Anna«, sagte Abel sehr, sehr leise. »Du hast nichts begriffen.«

»Nein?«

»Ich bin noch nicht achtzehn. Ich habe keine Art von Sorgerecht. Wenn Michelle wirklich nicht wiederkommt, gehört Micha ihm. Wie ein Stück … Strandgut. Wie ein streunender Hund. Wie …«

»Wie ein verlorener Diamant«, sagte Anna.

»Und deshalb ist es wichtig, dass du den Mund hältst«, flüsterte Abel. »Verstehst du das? Wir leben mit unserer Mutter zusammen in dieser Wohnung, alles ist in Ordnung, wir haben keine Probleme.

Verstehst du das? *Verstehst du das?*« Er hatte sie am Arm gepackt, er klang so verzweifelt, als wäre er selbst ein hilfloses Kind. Und irgendwo in Annas Hinterkopf tauchte, nur für Sekundenbruchteile, der Gedanke auf, dass er das irgendwann gewesen war und dass Rainer in derselben engen Wohnung gelebt hatte, und sie schob den Gedanken weit, weit, weit weg, bis auf die dunkle Seite des Mondes.

»Ich verstehe«, flüsterte sie. »Ich war nie bei euch. Und sollte ich doch da gewesen sein … dann habe ich mich wirklich gut mit Michelle unterhalten. Sie und meine Mutter, sie hören die gleiche uralte Musik …«

Abel ließ ihr Handgelenk los. Es schien ihm plötzlich unangenehm, dass er sie angefasst hatte. Er sah sich um, aber da war niemand, der sie gesehen hatte. Der einsame, frierende Dönerverkäufer lehnte in der Bude und spielte mit seinem Handy, versunken in eine Welt aus Kurznachrichtenzeichen.

»Ich hole sie jetzt ab«, sagte Abel.

»Du gehst nicht zu Mathe?«, fragte Anna.

»Ich hole Micha ab«, wiederholte Abel. »Heute Nachmittag … gegen fünf … werden wir draußen in Wieck sein. Manchmal gehen wir für einen Kakao ins Utkiek. Das Café vorne an der Mole, du weißt schon. Wenn wir zu viel Geld haben.« Er grinste. »Irgendwo muss man ja hin mit dem Zeug. Und da gibt es ein grünes Schiff, das weiterfahren muss … am Horizont ist schon wieder eine neue Insel aufgetaucht …«

»Gegen fünf«, sagte Anna.

Bertils Existenz fiel ihr erst nach Mathe ein.

»Anna«, sagte er mit einem Lächeln in seinem zu schmalen,

ernsten Gesicht. »Du siehst nicht aus, als hättest du irgendetwas begriffen.«

»Doch«, murmelte Anna. »Einiges. – Was?«

»Den Rest können wir ja bei mir durchsprechen«, sagte Bertil. »Ich kann versuchen, dir ein paar Sachen zu erklären, wenn du mir erklärst, wie man im letzten Beweis darauf kommen soll, dass … du siehst mich an, als wäre ich ein Geist.«

»Ja«, sagte Anna. »Oh nein. Shit! Bertil, ich kann heute nicht.«

Er zuckte die Schultern, seine Schultern waren genauso schmal wie ihre. Er war zu groß für diese Schultern. Sein dunkles Haar hatte die Angewohnheit, sich an Stellen zu kringeln, die er nicht mochte, seine Brille hatte die Angewohnheit, ihm auf die Nase zu rutschen, und er selbst hatte die Angewohnheit, sie dort zu vergessen und halb blind darüber hinwegzusehen, als wäre er grundsätzlich in Gedanken versunken. Was er vielleicht auch war. Anna mochte Bertil. Aber sie hatte heute keine Zeit für ihn. Weder für ihn noch für irgendwelche mathematischen Beweise.

»Das mit Mathe war deine Idee«, sagte er. »Du wolltest den Stoff durchsprechen, nicht ich.«

»Ja, ich … ich will es immer noch«, sagte Anna. Mathe gehörte zu den Dingen, die sie tatsächlich nicht begriff, und sie war zu sehr Anna Leemann, um eine schlechte Note im Abi kampflos hinzunehmen. »Aber, Bertil, es geht heute einfach nicht. Es ist etwas dazwischengekommen.«

Bertil schob seine Brille hoch. »Etwas oder jemand, Anna?« Er sah so ernst aus. Als kenne er jeden einzelnen Gedanken in Annas Kopf, jede Sorge.

»Jemand«, sagte sie. Er kannte ihre Gedanken nicht, was für ein Unsinn. Sie schenkte ihm ein Lächeln. »Meine Flötenlehrerin. Sie hat mich in der Mittagspause angerufen, um unseren Termin diese Woche vorzuverschieben. Ich hatte es über Mathe ganz vergessen.«

Bertil nickte. »Vergiss nicht, bei Gelegenheit den Sattel am Fahrrad deiner Flötenlehrerin herunterzustellen«, murmelte er. »Es ist ein Schnellspanner. Sah gefährlich aus letztes Mal.«

Anna schüttelte den Kopf. »Bertil Hagemann«, sagte sie. »Mach eine Pause vom Lernen. Du redest wirr.«

Sie spürte, dass sie rot geworden war. Knallrot wie ein ertapptes Kind. Natürlich wusste sie, von wessen Fahrrad Bertil gesprochen hatte.

Anna fuhr zuerst nach Hause, denn sie hatte das unbestimmte Gefühl, dass Bertil irgendwo in der Nähe war und sie beobachtete, obwohl sie ihn nicht sah. Sie drehte sich auf dem Heimweg mehrfach um und sagte sich, dass sie paranoid war. Warum sollte Bertil sie verfolgen? Dennoch legte sie ihren Rucksack drinnen in den Flur und holte den Kasten mit der Querflöte und ihre Noten von oben aus ihrem Zimmer. Paranoid. Völlig. Sie fuhr zwei Straßen in Richtung der Flötenlehrerin, obwohl sie nicht einmal wusste, ob Bertil wusste, wo die Lehrerin wohnte. Paranoid. Schluss jetzt! Es war fünf Minuten nach fünf. Sie bog auf die Wolgaster Straße ab.

Als sie die Abzweigung nach Wieck erreicht hatte, hatte es wieder begonnen zu schneien.

Das Utkiek lag auf der anderen Seite der Brücke, wo die Mole weiter hinausreichte, ganz vorne, beinahe im Wasser. Es war ein Schiff aus Glas, ein Schiff voll von Stühlen und kleinen Lampen mit biegsamen, neugierigen Hälsen. Anna hatte gedacht, es hätte im Februar nur an den Wochenenden offen, doch das Café war wie ein Tier, es änderte seine Vorlieben, in diesem Fall für Öffnungszeiten, beliebig oft und ohne erkennbaren Sinn. Als Anna den Schnee aus ihrer Mütze schüttelte, war es auf der großen Uhr des Utkieks halb sechs. Sie hatte das Gefühl, zum wichtigsten Termin ihres Lebens zu spät zu kommen.

Das Märchen hatte ohne sie begonnen, die kleine Königin war auf ihrem grünen Schiff weitergesegelt, ohne Anna mitzunehmen, war vielleicht davongesegelt, uneinholbar … da saßen sie. Ganz hinten oder ganz vorn, je nachdem, dort, wo man die Beine schon im Wasser zu haben glaubte, im Bug des Cafés. Micha hatte ihre rosa Jacke in einem unordentlichen Haufen über den Stuhl gehängt und ihre Hände um die Kakaotasse gelegt. Sie saßen sich gegenüber, hatten sich vorgebeugt und flüsterten wie Verschwörer. Es gab eine Menge kleiner Tische mit zwei Stühlen. An Abels und Michas Tisch jedoch gab es einen dritten Stuhl und dieser Stuhl war frei. Da begann es in Anna zu singen und sie vergaß ihre Sorgen und ihr schlechtes Gewissen und Mathe und Bertil. Sie ging zu dem Stuhl, zwischen allen Wintertouristen hindurch, ohne den Boden mit den Füßen zu berühren. Als sie fast da war, sahen Abel und Micha auf.

»Siehst du?«, sagte Micha. »Ich hab dir gesagt, sie kommt.«

Abel nickte.

»Anna«, sagte er, wie um sicherzugehen, dass sie nicht jemand ganz anders war.

»Ja«, sagte sie. »Ich … ich habe mich beeilt, ich … hallo, Micha. Guten Tag, Frau Margarete.«

Micha ließ Frau Margarete, die am Zuckerstreuer lehnte, huldvoll nicken. »Frau Margarete ist schon ganz ungeduldig«, sagte sie. »Können wir jetzt anfangen?«

Anna setzte sich. Sie hatten auf sie gewartet. Sie hatten wirklich auf sie gewartet.

»Abel hat gesagt, wenn du um sechs nicht da bist, dann fangen wir so an«, sagte Micha. »Und dass du sowieso nicht kommst und …«

»Micha«, sagte Abel. »Soll ich jetzt anfangen oder nicht?«

Da sagte Micha: »Doch«, und Anna sagte: »Ja«, und irgendwie gelang es ihr, durch Handzeichen einen Tee zu bestellen, und Abel, der Märchenerzähler, öffnete die Tür zu einem weiten Meer und einem grünen Schiff mit unbekanntem Namen.

»Das schwarze Schiff mit seinen schwarzen Segeln verdunkelte den Himmel hinter ihnen mehr und mehr.

›Irgendwann wird sein Schatten die Sonne ausschließen‹, sagte die kleine Königin, und in diesem Moment rief der Leuchtturmwärter, der im Ausguck saß:

›Ich sehe eine Insel! Genau kann ich sie nicht erkennen, denn meine Brille ist ein wenig beschlagen …‹

Kurz darauf sahen auch die kleine Königin und Frau Margarete die Insel. Und dann – dann rochen sie sie. Ein Duft von tausend Blüten hüllte das grüne Schiff mit einem Mal ein, leise und unfassbar. Und der kleinen Königin wurde leicht und froh um ihr diamantenes Herz. Das schwarze Schiff schien in die Ferne zu rücken.

Als sie der Insel ganz nahe waren, begann es zu schneien. Der Leuchtturmwärter hatte sich eine Pfeife angesteckt und plötzlich zog die Pfeife nicht mehr.

›Sie ist verstopft von Schnee‹, sagte er, ›aber nein! Sie ist verstopft von Rosenblättern! Es schneit Rosenblätter.‹ Da sah auch die kleine Königin, dass es keine Flocken waren, die auf die Decksplanken fielen, sondern zarte Blütenblätter, weiß, rot und rosa. Sie bedeckten bald das ganze Schiff, und die kleine Königin ging über einen Teppich aus Rosenblättern, um die Leinen klarzumachen.

›Kleine Königin‹, sagte der Seelöwe, der aus einer Welle auftauchte, auf der lauter Rosenblätter schwammen. ›Bist du sicher, dass du hier anlegen willst?‹

›Natürlich!‹, rief die kleine Königin. ›Sieh nur, wie schön diese Insel ist! Es wachsen lauter Rosenbüsche darauf und alle blühen! Diese Insel ist viel schöner, als meine kleine Insel es war!‹

Da seufzte der Seelöwe tief. Die kleine Königin mit Frau Margarete in ihrer Tasche und der Leuchtturmwärter gingen über einen Steg aus Rosenholz an einen weißen Strand. Hinter ihnen kam der silbergraue Hund mit den goldenen Augen aus dem Wasser und schüttelte sich. Dann schnupperte er, bellte dreimal laut und böse in Richtung der Insel und stürzte sich wieder ins Wasser.

›Dem scheint es hier ja nicht zu gefallen‹, sagte der Leuchtturmwärter.

›Aber mir, mir gefällt es!‹, rief die kleine Königin und lief auf ihren bloßen Füßen den Weg hinter dem Strand hinauf, der durch ein Spalier aus roten Rosen führte. Der Leuchtturmwärter folgte ihr, nachdenklich seine wieder entstopfte Pfeife rauchend. Hinter dem Rosenspalier stand eine Gruppe von Leuten und sah ihnen entgegen.

›Willkommen auf der Roseninsel‹, sagte einer von ihnen.

›Wir haben selten Besuch‹, sagte ein anderer. ›Wer seid ihr?‹

›Ich bin die kleine Klippenkönigin‹, antwortete die Königin, ›aber mein Königreich ist untergegangen. Das in meiner Tasche ist Frau Margarete, aber es gibt keinen Herrn Margarete, und dies ist der Leuchtturmwärter, aber sein Leuchtturm leuchtet nicht mehr. Und ihr?‹

›Wir sind die Rosenleute‹, antworteten die Rosenleute, und das sah man eigentlich von selbst. Denn alle, Männer wie Frauen, waren in nichts gekleidet als blühende Rosenranken. Ihre Haut war hell und ein wenig rosig an den Wangen und ihr Haar war dunkel wie die Stämme der Rosenbüsche. Ihre Augen waren freundlich und verträumt.

›Kommt, ihr werdet hungrig und durstig sein‹, sagte ein Mädchen, und die Rosenleute führten die kleine Königin ins Innere der Insel, zu einem Pavillon aus Rosenbüschen. Darin stand ein großer Tisch und darauf hatten die Rosenleute Butterbrote mit Rosenmarmelade und Tee aus Rosenblättern angerichtet.

›Oh, wie wunderwunderschön!‹, rief die kleine Königin und drückte Frau Margarete vor lauter Freude so sehr, dass sie ein ganz zerknautschtes Gesicht machte. Der Leuchtturmwärter setzte sich auf einen der Stühle, die aus Rosenranken bestanden, und stand gleich wieder auf.

›Die piken!‹, sagte er.

Das bedauerten die Rosenleute sehr. Sie selbst spürten die Dornen nicht. Sie brachten weiße Kissen, gefüllt mit Rosenblättern, und darauf ließ es sich gut sitzen. Aber nachdem sie genug Brote mit Rosenmarmelade gegessen und genug Tee getrunken hatte, spürte die kleine Königin auf einmal, dass ihre Füße schmerzten. Der Leuchtturmwärter trug Schuhe, aber sie war barfuß bis zum Pavillon gegangen. Als sie jetzt ihre Fußsohlen ansah, waren sie übersät mit brennenden roten Punkten.

›Oh nein‹, sagte das Rosenmädchen, das schon zuvor mit ihnen gesprochen hatte. ›Das waren die Dornen auf dem Weg! Manchmal strecken die Büsche ihre Äste und wachsen auf dem Boden weiter … man sieht es nicht unter den Rosenblättern, die alles bedecken …‹

Und die Rosenleute holten ein Paar wunderschöne weiße Stiefel für die kleine Königin, aus vielen, vielen Lagen weißer Seide. ›Das ist die Seide der Rosenraupe‹, erklärte das Mädchen.

›So schöne Stiefel‹, sagte die kleine Königin, ›habe ich noch nie gesehen.‹ Was in jedem Fall stimmte, denn sie hatte überhaupt noch nie Stiefel gesehen, ihr ganzes Leben nicht.

Die anderen Rosenleute zerstreuten sich nach dem Tee, sie gingen die Büsche beschneiden und Ranken hochbinden. Nur das eine Rosenmädchen blieb bei der kleinen Königin und dem Leuchtturmwärter. Sie führte sie einmal über die ganze Insel, um ihnen alles zu zeigen – die Häuser aus Rosenholz und den Badesee, der statt voll Wasser voller Rosenblätter war.

›Aber es ist doch ein wenig langweilig‹, sagte das Rosenmädchen. ›Nur überall Rosen, weißt du? Ich habe mich gefreut, dass du kommst.‹

›Ich wünschte, ich könnte hierbleiben‹, sagte die kleine Königin. ›Aber es geht nicht. Die Jäger auf ihrem schwarzen Schiff werden kommen und mich auch hier zwischen den Rosenbüschen finden, egal, wie tief ich mich unter ihren Blättern verkrieche …‹

›Aber nein‹, sagte das Rosenmädchen. ›Das werden sie nicht. Steig nur dort hinauf auf den Ausguck, kleine Königin, dann siehst du das schwarze Schiff. Es liegt draußen vor Anker, weit vor der Insel. Es kann nicht näher heran. Der Duft unserer Rosen hält es auf.‹

Da stieg die kleine Königin auf den Ausguck – der Leuchtturmwärter half ihr die hölzerne Leiter hinauf –, und sie sah das schwarze Schiff weit draußen vor Anker liegen. Aber sie sah noch etwas. Sie sah eine schmale, dunkle Barke auf den Strand zurudern, eine Barke, in der ein Mann in ärmlicher Kleidung saß. Er warf einen sehnsuchtsvollen Blick auf die Roseninsel, aber es gelang ihm nicht, die Barke alleine näher an Land zu bringen.

›Da ist jemand‹, sagte die kleine Königin, ›der meine Hilfe braucht!‹

Sie kletterte rasch die Leiter hinunter und rannte bis zum Strand, so schnell sie konnte. Denn sie hatte ein gutes Herz, ein Herz aus Diamant.

Als sie im weißen Sand stand, sah sie, dass die Barke wunderschön war: Das dunkle Holz an ihrem Rand wand sich in geschnitzten Blumen und Schnörkeln und der Bug trug eine goldene Spitze. Seltsam, dachte die kleine Königin, wie wenig das schöne Boot zu der alten Trainingsjacke des Mannes passte, der es steuerte.

›Soll ich Ihnen helfen?‹, rief die kleine Königin. ›Zu zweit können wir das Boot sicher an Land ziehen!‹

›Ich glaube nicht‹, sagte der Mann traurig. ›Diese Insel hat etwas gegen mich und mein Boot. Es ist, als wollte die Strömung mich von hier vertreiben … es muss wohl ausreichen, wenn ich in der Barke sitze und sie von hier aus ansehe.‹ Plötzlich seufzte er tief. ›Es wäre schöner, wenn ich noch jemanden hätte, der mit mir hier sitzen könnte …‹

›Dann nimm mich mit!‹, rief die kleine Königin und watete rasch ins Wasser hinaus. ›Nur ein Stück am Ufer entlang!‹

›Oh ja, komm mit!‹, sagte der Mann glücklich. Und er half der kleinen Königin an Bord. ›Hier, setz dich auf diese Sitzbank …‹ Er strich sich über den blonden Schnauzbart und krempelte die Ärmel hoch und dann begann er zu rudern. Wie ein Pfeil schoss das Boot am Ufer entlang, aber ein wenig auch vom Ufer weg. ›Das ist die Strömung‹, sagte der Mann, ›die uns davontragen will …‹

›Kleine Königin!‹, rief da jemand vom Ufer. ›Kleine Klippenkönigin!‹

Es waren der Leuchtturmwärter und das Rosenmädchen, die am

Strand standen und winkten. ›Warte!‹, bat die kleine Königin. ›Vielleicht möchten sie mitkommen.‹

Der Mann schüttelte den Kopf. ›Nein‹, sagte er leise, ›ich denke, zu zweit ist es schöner. Sie werden uns nur stören.‹

›Steig aus, kleine Königin!‹, rief das Rosenmädchen, und der Leuchtturmwärter rief: ›Komm zurück!‹

›Sie ist jetzt mein Fahrgast!‹, rief der Mann. ›Und ihr habt in der Sache gar nichts zu sagen!‹

Da sah die kleine Königin, wie das Rosenmädchen tief Luft holte, und es rief, so laut es konnte: ›Erinnere dich, was die weiße Stute gesagt hat!‹

›Die weiße Stute?‹, fragte die kleine Königin. ›Sie hat gesagt, dass ich laufen soll … zur höchsten Klippe … und wenn ich einem Mann begegne, der meinen Namen trägt …‹

Der Mann im Trainingsanzug hatte die Ärmel hochgerollt bis zu den Oberarmen, und plötzlich sah sie, dass er eine Tätowierung auf dem rechten Oberarm trug. Als er ihren Blick sah, krempelte er den Ärmel rasch herunter, doch sie hatte die Buchstaben dort schon gelesen. Und ihr Herz wurde eiskalt vor Angst.

›Wer sind Sie?‹, fragte sie.

›Nenne mich Vater‹, antwortete der Mann.

›Ich muss jetzt gehen‹, sagte die kleine Königin schnell, und dann sprang sie ins Wasser, um auf das Ufer zuzuschwimmen. Aber das Wasser war eiskalt. Die Wellen, dachte die kleine Königin, sind schön, aber sie sind auch gefährlich … sie werden mich verschlingen …

Da spürte sie, wie jemand sie aus dem Wasser hob und an Land trug. Es war das Rosenmädchen. Die Rosenranken, die sie kleideten, schienen die Kälte von ihrem Körper fernzuhalten. Sie setzte die kleine Königin am Strand ab und der Leuchtturmwärter schüttelte stumm den Kopf und deutete hinaus zu der Barke. Der Mann darin zog jetzt einen roten Mantel über seine Trainingsjacke. Am rechten Ärmel prangte ein aufgestickter Diamant, gerade über der Stelle, wo der Name der kleinen Königin in die Haut des Mannes tätowiert war. Jetzt wendete er sein Boot und glitt lautlos davon, auf einen Schatten in der Ferne zu, dorthin, woher er gekommen war: zum schwarzen Schiff mit den schwarzen Segeln.

›Oh, lass uns hierbleiben!‹, schluchzte die kleine Königin. ›Hier ist der einzig sichere Ort!‹

›Wenn du wirklich bleiben willst‹, sagte das Rosenmädchen, ›nimm diese Kette.‹

Sie legte der kleinen Königin eine Kette aus frischen, blühenden Rosenranken um den Hals. Aber als die kleine Königin den Kopf drehte, ritzten die Dornen ihre Haut, und ihr Blut färbte den Pelzkragen des Mantels rot. Da erschrak die kleine Königin.

›Das dachte ich mir‹, sagte das Rosenmädchen und nahm die Kette wieder an sich. ›Geh zurück auf dein Schiff, kleine Königin. Nur die Rosenleute können auf der Roseninsel leben.‹

Sie begleitete die kleine Königin und den Leuchtturmwärter, der aus lauter Nervosität bereits die dritte Pfeife rauchte, bis zur anderen Seite der Insel, zu dem Steg aus Rosenholz.

›Rosenmädchen … woher wusstest du, was die Stute gesagt hat?‹, fragte die kleine Königin.

›Der Wind hat ihre Worte hierhergetragen, als deine Insel sank‹, sagte das Rosenmädchen. ›Die anderen haben sie nicht gehört, aber ich hörte sie. Ich hörte das Bersten der Felsen und die letzten Worte deiner weißen Stute. Da wusste ich, dass du in Gefahr warst, und ich hatte Angst um dich, obwohl ich dich nicht kannte … Aber jetzt kenne ich dich. Jetzt habe ich noch mehr Angst um dich.‹

Sie legte ihre blassen Hände auf die Schultern der kleinen Königin und sah sie lange an. Auf ihrer Nase hatte sie fünf winzige Sommersprossen, die sie von den anderen Rosenleuten unterschieden. ›Ich bin es leid, den ganzen Tag nichts zu sehen als die Rosen und ihre Schönheit‹, flüsterte sie. ›Kann ich nicht mit dir segeln und auf dich aufpassen?‹

›Das kannst du‹, sagte die kleine Königin. ›Aber ich weiß nicht, was geschehen wird. Vielleicht werden wir sterben, draußen im blauen Meer.‹

›Vielleicht‹, sagte das Rosenmädchen und lächelte.

Der Leuchtturmwärter half dem Rosenmädchen an Bord. Die kleine Königin half Frau Margarete, die etwas eitel war und sich ein rosa Rosenblatt als Hut aufgesetzt hatte. Aber auf dem Steg stand plötzlich der silbergraue Hund und bellte. Er sprang an der grünen Reling des Schiffs empor und zerbiss die Ranken am rechten Arm des Rosenmädchens. Und die Rosen, die diesen Arm kleideten, verwelkten.

›Was soll denn das?‹, rief die kleine Königin ärgerlich. ›Sie hat mir geholfen! Der Jäger mit dem roten Mantel wollte mich in seinem Boot mitnehmen, aber sie hat mich an Land getragen! Du hast es nicht gesehen, weil du auf der anderen Seite der Insel geblieben bist …‹

Da sprang der silbergraue Hund mit einem ärgerlichen Knurren ins Wasser und blieb verschwunden. Das grüne Schiff jedoch segelte weiter, und beinahe dachte die kleine Königin, sie würde den Hund – oder den Seelöwen – nie wiedersehen. Da spürte sie einen Stich in ihrem diamantenen Herzen, trotz allem.

Aber am nächsten Morgen lag ein Strauß aus Seerosen neben dem Nachtlager des Rosenmädchens. Es war eine Sorte Seerosen, die nur weit draußen auf dem Meer wächst und nur im Winter; jemand musste sie aus der Gischt gepflückt haben. Vielleicht ein Seelöwe. Das Rosenmädchen lächelte. Doch in der Luft lag der Schatten schwarzer Segel, nah schon, ganz nah, und die kleine Königin fror.«

Abel sah in seine Kakaotasse. Trank den letzten Schluck Kakao, der längst kalt geworden war. Sah hinaus aufs Meer, das in der Februardämmerung lag. Schwieg. Vielleicht hatte er alle Worte verbraucht. Micha legte ein Stückchen Papierserviette auf Frau Margaretes Kopf wie ein Rosenblatt.

»Ich … ich komme gleich wieder«, sagte Anna und stand auf. »Zu viel Tee. Rosenblättertee …«

Im winzigen Vorraum zu den Toiletten war sie allein. Sie stellte sich vor den Spiegel, strich ihr dunkles Haar hinter die Ohren zurück und beugte sich vor, über die steinerne Platte mit den darin eingelassenen Waschbecken, so weit, bis sie beinahe die Nasenspitze ihres Spiegelbildes mit ihrer eigenen, wirklichen Nasenspitze berührte.

Es war wahr. Sie hatte fünf winzige Sommersprossen dort. Man bemerkte sie nur, wenn man sehr genau hinsah. Sie atmete tief durch und wusch ihr Gesicht mit kaltem Wasser.

»Danke«, flüsterte sie schließlich. »Danke für die Seerosen. Es macht nichts aus, dass du die anderen Rosen zerbissen hast. Sie waren ganz unnötig.« Und dann lächelte sie ihr Spiegelbild an und fand es plötzlich schön.

Abel und Micha sprachen nicht von der Geschichte, als Anna zurückkam. Sie sprachen von der Schule, Michas Schule, und von einem Bild, das sie gemalt hatte. Und von Michas Lehrerin mit den blonden Locken, Frau Milowicz, die einen Namen hatte, den Micha nie richtig aufschreiben konnte, und die immer mal mit Michas Mutter sprechen wollte.

»Sie kann doch auch mit dir sprechen, oder?«, sagte Micha und zuckte die Achseln. »Hat sie doch auch schon, bei der Einschulung und so.«

»Ist deine Mama da nicht mitgegangen?«, fragte Anna und bereute direkt, dass sie es gefragt hatte.

»Ach, ich glaube, Mama mag Schulen nicht«, sagte Micha. »Sie hatte ja auch immer andere Sachen zu tun. Und manchmal musste sie morgens lange schlafen, wenn sie abends aus war. Mit ihrem letzten Freund war sie immer lange weg. Ich wollte noch sagen, dass wir einen Fisch malen mussten, und ich hab einen gemalt mit lauter ganz bunten Schuppen, und weißt du, was ich jetzt neu kann? Das X. Obwohl man das nie braucht. Komisch, was man bei denen alles lernt in dieser Schule, oder?«

»Ja, komisch, was?«, sagte Abel und lachte. »Erzähl doch noch mal für Anna, wie ihr das Innere vom Auge durchgenommen habt, und keiner hat es verstanden ...«

Er wollte nicht über Michelle reden. Es kam Anna mehr und mehr so vor, als hätte Michelle einfach nur in der gleichen Wohnung gewohnt wie Abel und Micha, die zufällig ihre Kinder waren. Nichts, was sie bisher gehört hatte, klang so, als würde Abel erst auf Micha aufpassen, seitdem Michelle weg war. Es klang, als würde er auf Micha aufpassen, seitdem es Micha gab.

Wie alt war er gewesen, als sie auf die Welt gekommen war? Elf? Und Rainer Lierski in der Wohnung ... und dann hatten sie Rainer rausgeschmissen ...

Anna versuchte, die Rechnung zu bezahlen, doch Abels Blick wurde wieder kälter, und da ließ sie es.

»Wir wollen keine Almosen«, sagte er leise.

Sie nickte.

Draußen vor dem Utkiek war es schwer, sich zu verabschieden. Anna fand nicht die richtigen Worte. Sie wollte sagen: Bis morgen. Aber sie wusste nicht, ob Abel morgen mit ihr sprechen würde oder wieder so tun, als kenne er sie nicht. Abel stand neben ihr, am Fuß der Treppe, die zum Café hinaufführte, und rauchte. Michas rosa Daunenjacke mit dem falschen Pelzkragen hüpfte vor ihnen im Schnee umher, sie versuchte, seltsame Spuren zu machen.

»Das Problem ist, dass wir nicht an den kompletten Satz Hartz IV kommen«, sagte Abel ganz plötzlich. »Nicht, solange Michelle nicht da ist. Wir haben das Kindergeld. Immerhin.«

»Ja«, sagte Anna. Und dann fiel ihr etwas ein. »Wie viele Konten habt ihr?«, fragte sie.

»Na, eins«, antwortete Abel, ohne nachzudenken.

»Wenn sie das Kindergeld überweisen … Abel, das heißt doch, dass du an das Konto kommst.«

»Natürlich. Ich schmeiße den beschissenen Haushalt.« Er lachte. »Schon etwas länger. Michelle, sie … sie hatte ein paar Probleme. Alkohol, zum Beispiel. Aber nicht nur.«

Anna nickte. »Abel … wenn du an das Konto kommst, siehst du auf den Auszügen, ob Michelle irgendwo anders Geld abhebt. Man könnte vielleicht auf die Art herausfinden, wo sie steckt …«

Abel schwieg einen Moment. »Sie hat nichts abgehoben«, sagte er schließlich.

»Bestimmt nicht? Hast du nachgesehen?«

Er nickte. Aber Anna war sich nicht sicher, ob er die Wahrheit sagte. Du weißt doch, wo sie ist!, wollte sie rufen. Warum sagst du es niemandem? *Willst* du gar nicht, dass sie zurückkommt? Oder schützt du sie? Vor was? Vor *wem*?

»Wenn ich irgendwas tun kann«, begann Anna und hörte, wie dumm es klang. »Ich meine, ich könnte euch was leihen ... mit Almosen hätte das nichts zu tun ...« Er schüttelte den Kopf, rauchte stumm. Micha machte Babyfußspuren mit den Seiten ihrer Fäuste. Linda hatte Anna den Trick gezeigt, als sie klein gewesen war. Linda.

»Bei uns ist alles so anders«, sagte sie. Und plötzlich merkte sie, wie sie Dinge erzählte. Von dem blauen Licht, von Magnus, von Linda, die beinahe unsichtbar war, von der einzelnen Rose im Garten, den Rotkehlchen, England, Gittas blindem Fenster und den steril abwaschbaren Sesseln, und bei den abwaschbaren Sesseln lachte Abel. Er trat die Zigarette aus und sah sie an.

»Danke«, sagte er. »Es ist gut, wenn nicht immer ich erzähle.«

Er schloss sein Rad auf, half Micha auf den Gepäckträger und zog sich die schwarze Mütze über die Ohren.

»Wegen der Almosen«, sagte er, ehe er losfuhr. »Weißt du ... du kannst die achtzehn Euro spenden. Die, die ich dir schulde.«

»Wie bitte?«

Abel sah sich nach Micha um, die damit beschäftigt war, Frau Margarete tiefer in ihre Tasche zu stopfen, damit sie nicht fror. Micha hörte nicht zu.

»Du hast mir zwanzig gegeben«, sagte Abel leise. »Zwei war der Blisterstreifen wert.«

»Ich ... ich verstehe nicht ...«

»Ich hatte Angst, dass du das Zeug wirklich nimmst. Du sahst so entschlossen aus.« Und er lächelte an ihr vorbei in die Ferne. »Der Aufdruck auf dem Blisterstreifen war polnisch. Man kriegt die Dinger da drüben billiger. Kopfschmerztabletten. Ich habe dir Kopfschmerztabletten verkauft. Paracetamol für Kinder. In geringer Dosis.«

Dann fuhr er los und Anna stand alleine im Schnee. Sie spürte, wie ein unsinniges, leicht perlendes Lachen in ihr aufstieg und sie durch und durch schüttelte.

»Junge Frau«, sagte ein älterer Herr, der gerade mit seiner Frau am Arm die Cafétreppe hinuntergekommen war, »junge Frau, darf ich Ihnen mein Taschentuch geben? Sie weinen ja.«

»Oh«, sagte Anna. »Tatsächlich. Sehen Sie, und ich dachte, ich lache. So kann man sich täuschen.«

Es machte nichts, dass sie das Treffen abgesagt hatte.

Er sagte sich, dass es nichts machte. Er stand ganz allein am Strand und sah aufs Eis hinaus, das beinahe dick genug war, um zu tragen. Nein, er war nicht allein. Der Hund war bei ihm, der Hund wich nicht von seiner Seite, wenn er ihn ausführte. Obgleich sich der Hund fragte, weshalb er ihn in letzter Zeit so häufig mit in die Stadt nahm, wo sie doch auf dem Land wohnten, in einer für Hunde weitaus geeigneteren Gegend.

Er formte einen Schneeball und warf ihn weit hinaus aufs Eis, den Hund würde es sicher tragen. Er sah ihm nach, einem silbergrauen Blitz, der davonschoss, um den vermeintlichen Stock zu holen.

Es war ein Glück, dass sie ihn manchmal das Auto nehmen ließen. Mit dem Auto war er auf merkwürdige Art unauffälliger, er reihte sich ins Stadtbild des Straßenverkehrs ein, und sie sah ihn nicht, wenn er ihr folgte, ahnte nicht, wie nah er ihr war. Er wusste auch jetzt, wo sie war, er wusste es genau, er hätte seinen Schneeball nur über den Ryck zu werfen brauchen, um die Scheibe zu treffen, hinter der sie an einem Cafétisch saß. Sie würde ihm nicht entkommen. Sie würde merken, wie sehr sie ihn brauchte. Seine Anwesenheit. Seine Fürsorge. Sie begriff es nicht, aber beizeiten würde sie es merken.

Er schrieb ihren Namen in den Schnee und wusste, dass das kindisch war, lächerlich. Aber es war ein so schöner Name, ein Name, der manchmal seinen ganzen Kopf ausfüllte und ihn beinahe zum Bersten brachte.

A. N. N. A.

7

Goldauge

Irgendwie verschob sich das Treffen mit Bertil auf Samstag, und schließlich sagte Gitta, am Samstag könnte sie eigentlich auch und ob sie nicht Mathe *und* Physik besprechen könnten, denn ein bisschen Nachhilfe in Physik könnte sie gut gebrauchen vor der Klausur nächste Woche, und Frauke aus Annas Deutschkurs könnte ebenfalls Nachhilfe gebrauchen – und am Ende trafen sie sich bei Anna, weil das wohnungstechnisch günstiger war.

»So, Bertil, jetzt bist du wohl der Hahn im Korb, was?«, sagte Gitta, und Bertil grinste. »Wenn die Hennen zu dumm sind, sich selber Mathe und Physik zu erklären«, sagte er, und er erklärte wirklich geschlagene drei Stunden lang. Anna beobachtete, wie er in seiner Rolle als Dozent (und als Hahn) völlig aufging, und sie versuchte, ihm zuzuhören und zu begreifen, was er sagte. Aber das war schwierig. Ihr Kopf war anderswo.

Abel hatte die ganze restliche Woche über nicht mit ihr gesprochen. Am Mittwoch hatte sie in Deutsch versucht, seinen Blick aufzufangen, denn zur Abwechslung hatte er nicht geschlafen, aber es war ihr nicht gelungen. War das Rosenmädchen von Bord gegangen, auf einer unbekannten und steinigen Insel, auf der es nichts tun konnte, als dem grünen Schiff nachzusehen, bis es irgendwann am Horizont verschwand?

»Mein Gott, Anna«, sagte Bertil und schüttelte den Kopf, wobei seine Brille wieder rutschte. »Du kapierst es ja wirklich nicht. Musiker sollten doch keine Probleme mit Mathe haben, angeblich liegen die Gebiete im Hirn direkt nebeneinander! Kann es sein, dass du nicht bei der Sache bist?«

Anna sah den freundlich-nachsichtigen Professorenblick seiner dunklen Augen hinter der Brille, einen Blick, der nicht nur freundlich, sondern auch forschend war, und sie fragte sich, ob er ihr am Dienstag doch gefolgt war.

»Ich glaube nicht, dass ich Dinge wie Integrale jemals verstehen werde«, sagte sie. »Und ich glaube ehrlich, dass überhaupt noch niemand sie verstanden hat, es tun nur immer alle so. Lass uns eine Pause machen.«

»Oh ja«, sagte Gitta dankbar. »Freaks wie Bertil kommen drei Stunden ohne Sauerstoff aus, aber ich brauche jetzt welchen. Wer kommt mit in Annas perfekten Garten, zum Rauchen?«

An der Wand, wo die Rose rankte, war eine zweite Blüte aufgegangen. Auf den Beeten lag Schnee. Gittas Stimme war zu laut für die Rotkehlchen, die tiefer ins Gewirr der Äste flohen.

Und Anna dachte, frierend in ihrem Pullover: Wenn ich hier mit Abel stünde, würden die Rotkehlchen bleiben. Vielleicht kämen noch mehr. Rotkehlchen aus allen Teilen der Stadt. Sie würden sich auf die Mauer setzen, um seinen Märchenworten zu lauschen …

Magnus tauchte auf und lieh sich eine Zigarette von Gitta.

»Na, Bertil«, sagte er, »heute bist du der Hahn im Korb, was?«

Und alle lachten, weil Bertil diesmal die Augen verdrehte.

»Was macht ihr eigentlich alle nach dem Abi?«, fragte Magnus.

»Keine Ahnung«, sagte Gitta. »Meine Mutter will natürlich, dass ich studiere, aber …«

»Schon blöd, wenn einem gewisse Wege verbaut sind, weil man unbedingt rebellieren will, was?«, sagte Magnus und grinste.

»Ich fange hier BWL an«, sagte Frauke. Fraukes Eltern hatten damals gegen ihre Eltern rebelliert, Frauke war in einer Bauwagensiedlung geboren und in einer Groß-WG aufgewachsen, und das Rebellischste, was sie je getan hatte, war, nicht rebellisch zu sein und stattdessen ihre Hemden zu bügeln. Anna seufzte und wusste nicht, wieso.

»Was ist mit dir, Bertil?«, fragte sie, um freundlich zu sein und weil ihr auffiel, dass sie ihn das nie gefragt hatte.

»Bund«, sagte Bertil knapp und blies einen Rauchkringel in die Luft. All diese Leute und ihre seltsamen Gründe, Dinge zu tun, dachte Anna. Bertil rauchte vermutlich nur, weil niemand von den anderen ihm zutraute, dass er rauchte.

»Ach, komm, Bertil«, sagte Gitta, »da passt du doch gar nicht hin! Da wirst du totgetreten!«

»Viel Spaß auch in Afghanistan«, meinte Frauke. »Wie war das? Soldaten sind Mörder …«

»Tucholsky«, sagte Bertil. »Mal darüber nachgedacht, was er damit gemeint hat? Wach auf, Frauke, das war das ›Dritte Reich‹. Unsere Soldaten heute sind da, um Zivilisten zu verteidigen und die Ordnung aufrechtzuerhalten.«

»Ach was«, sagte Frauke.

Magnus drückte seine Zigarette in dem Tonaschenbecher aus, den Anna ihm als kleines Mädchen gebastelt hatte und der ein Vogel sein sollte, aber aussah wie ein Nilpferd. Sie liebte Magnus dafür, dass er ihn immer noch benutzte.

»Löst ihr nur die Probleme der Welt ohne mich«, sagte er auf dem Weg nach drinnen. »Für solche Diskussionen bin ich zu alt.«

»Im Ernst«, sagte Gitta. »Willst du zum Bund? Du kannst niemals auf jemanden schießen.«

»Das heißt doch nicht, dass er auf Leute schießt, Gitta«, sagte Anna.

Aber Bertil ignorierte sie. »Könntest *du*?«, fragte er mit einem gewissen lauernden Unterton. »Könntest du eine Waffe auf einen Menschen richten?«

»Natürlich nicht«, sagte Frauke. »Und du auch nicht.«

»Ach, ich weiß nicht«, sagte Bertil und sah in eine Ferne, die es in dem Hinterhofgarten überhaupt nicht gab. »Wenn ich jemandem gegenüberstünde, den ich wahnsinnig hasse … der mich rasend macht … wenn ich Gründe habe, ihn zu hassen … oder sie … es ist vermutlich ein Kick, abzudrücken.«

»Das hat jetzt mit dem Bund nichts mehr zu tun«, sagte Anna unbehaglich.

Bertil sah sie an. Seine Brille rutschte nicht mehr.

»Ich kann schießen«, sagte er, »auch wenn ihr das nicht glaubt. Ich bin gar nicht schlecht.«

»Du spinnst«, sagte Gitta, »woher willst du denn schießen können?«

»Mein Vater jagt«, sagte Bertil. »Er hat ein Revier draußen in Eldena. Bei euch um die Ecke. Wenn ich das Abi habe, mach ich den Jagdschein auch. Ich war oft mit ihm draußen … es ist nicht so schlecht, wie ihr denkt. Das Wild, das da geschossen wird, merkt nichts. Weiß nichts, versteht nichts, ist einfach plötzlich nicht mehr da, ohne überhaupt Angst zu haben. Besser als die Viecher im Schlachthaus, die vorher ihre Artgenossen schreien hören.«

»Bertil«, sagte Gitta. »Hör auf. Das ist ekelhaft. Über so was will ich gar nicht nachdenken. Warum reden wir jetzt von Schlachthäusern und vom Tod?«

Die Luft im Garten war gar nicht mehr so blau wie sonst. Etwas Rötliches hatte sich hineingemischt. Bertil versucht, größer auszusehen, dachte Anna – und er wird dabei kleiner, ohne es zu merken.

»Über den Tod sollte man schon manchmal nachdenken«, sagte Bertil. »Die meisten Leute denken viel zu wenig darüber nach. Und dann, wenn sie sterben, ist es zu spät. Dann haben sie keine Zeit mehr zum Nachdenken … Habt ihr schon mal jemanden sterben sehen?«

»Nein«, sagte Anna. Die beiden anderen schüttelten die Köpfe.

»Du?«, fragte Frauke.

Bertil nickte. »Unseren Hund. Ein eigener Hund, das ist fast so wie ein Mensch. Wir hatten ihn von klein auf. Am Anfang war er friedlich, aber zum Schluss ist er zu scharf geworden. Liegt der Rasse im Blut. Egal, wie man sie erzieht. Er dachte, er müsste seine Familie schützen … uns … er hat auf einem Spaziergang einen Jogger angefallen. Wenn mein Vater nicht dazwischengegangen wäre, hätte er ihn totgebissen. So was geht nicht. Wenn es ein Kind gewesen wäre … Mein Vater hat den Hund erschossen, bei uns im Hof.«

Sie schwiegen eine Weile. Sie schwiegen so sehr, dass die Rotkehlchen zurückkehrten.

»Ich habe seine Augen gesehen«, sagte Bertil. »Als er starb. Sie waren golden. Er hat begriffen, dass er stirbt. Ganz zuletzt, als er da lag, hat er es begriffen.«

»Golden«, murmelte Anna. »Ein Hund mit goldenen Augen.«

»Weimaraner«, sagte Bertil. »Silberfell und Goldaugen. Schöne Tiere. Manche haben auch blaue Augen …«

»Lass uns weitermachen mit Mathe«, sagte Frauke. »Es ist verdammt kalt hier draußen.«

»Und bei der nächsten Raucherpause reden wir nicht vom Tod, sondern vom Gegenteil«, sagte Gitta auf der Treppe nach oben mit etwas angestrengter Fröhlichkeit. »Vom Beginn des Lebens.«

»Gitta?«, fragte Frauke. »Hast du jetzt beschlossen, Hebamme zu werden? Ich meine, worum geht es in der nächsten Pause? Geburtstechniken?«

»Quatsch«, sagte Gitta. »Sex.«

Später, in der Dämmerung, standen sie vor dem Haus und sprachen nur noch von Belanglosem. Bertil war der Erste, der losfuhr. Er hatte das Auto seiner Eltern geliehen, er war schon seit einer Weile achtzehn und im Gegensatz zu Gitta von Haus aus mit dem nötigen Geld für einen Führerschein ausgestattet worden.

»Gitta hat recht, so ein Freak!«, sagte Frauke noch einmal. »Was war das mit dem Schießen denn jetzt wieder für eine Geschichte? Ist Bertil Hagemann ganz anders, als wir denken?«

»Bertil Hagemann ist einfach nicht besonders gerne Bertil Hagemann«, sagte Gitta sachlich. »Der hat sich bloß aufgespielt. Und er ist auf der dringenden Suche nach einer Freundin.« Sie sah Anna von der Seite an. »Sieh der Tatsache ins Auge, mein Kind. Den wirst du so schnell nicht los. Aber Anna hat ja jetzt einen Studenten.«

»Ich *habe* überhaupt keinen Studenten«, sagte Anna und beglückwünschte sich zu ihrem ärgerlichen Tonfall. »Ich habe lediglich ein Mal mit ihm Kaffee getrunken. In der Mensa-Cafete.«

Das war nur *fast* gelogen.

»Ach, wie süß!«, sagte Frauke. »Er hat dich zum Kaffee eingeladen?« Sie seufzte. »Man sollte weniger über Mathe und Physik und den Tod nachdenken«, sagte sie, »und sich stattdessen mal wieder verlieben. Man kann sich natürlich Hennes von Biederitz dafür aussuchen … wie alle … aber das ist irgendwie einfallslos.«

Gitta räusperte sich.

»Neulich habe ich gedacht, man könnte sich ganz experimentell verlieben«, meinte Frauke verträumt. »In jemand völlig Abstrusen. André, zum Beispiel.«

»Wer ist André?«, fragten Gitta und Anna gleichzeitig.

»Der Pole«, antwortete Frauke. »Unser Kurzwarenhändler mit den hübschen bunten Tabletten. Heißt der nicht André mit Vornamen?«

Anna biss sich auf die Zunge.

»Ich habe ein bisschen Angst vor ihm«, wisperte Frauke und schüttelte sich mit einem wohligen Geisterbahnschauer. »Aber vielleicht ist das ja so einer – harte Schale, weicher Kern, ihr wisst schon. Wenn er nicht diese komischen Polenmarktklamotten anhätte … eigentlich ist das ein ziemlich hübscher Kerl.«

Anna merkte, wie ihr übel wurde bei diesem Gespräch. In ihrem Unterbewusstsein tauchten Worte wie »Bravo« und »Zuckerwatte« und »Süßstoff« auf. Sie war Gitta dankbar, als sie auf ihr Moped stieg und den Helm aufsetzte. Aber noch fuhr Gitta nicht los.

»Lass es, Frauke«, sagte sie. »Ich habe da schon jemandem abgeraten. Ich weiß ein paar Dinge über unseren polnischen Freund, die ihr nicht wisst.«

»Was denn?«, fragte Frauke.

Gitta zuckte die Achseln. »Nicht jugendfrei«, sagte sie und zwinkerte, und Anna war sich sicher, dass sie sich wieder etwas ausdachte, wie schon früher als Kind.

»Ein Mann mit einem Geheimnis«, flüsterte Frauke. »Und *so* schönen blauen Augen. *Süß!*«

»Herzlichen Glückwunsch zum vierzehnten Geburtstag, Frauke«, sagte Anna.

Und in diesem Moment kam der Anruf.

Anna sah noch, wie Gitta auf ihrem Moped davondröhnte und Frauke auf ihr Rad stieg, dann ging sie mit dem Handy ins Haus. Zuerst verstand sie nicht, wer mit ihr sprach. Die Verbindung war schlecht. Es war eine Frau – oder ein Kind. Die Frau oder das Kind hatte Angst.

»Anna?«, fragte sie,. »Anna, bist du das?«

Ein Kind. Es war Micha. Anna hatte keine Ahnung, wie Micha an ihre Handynummer kam, aber das schien völlig nebensächlich. Sie setzte sich auf einen der geschnitzten Stühle im Flur und hielt sich mit dem Zeigefinger das andere Ohr zu, um mehr zu verstehen.

»Micha?«, rief sie. »Micha, bist du das?«

»Ja«, sagte Micha. »Ich …« Sie schien das Telefon nicht richtig zu halten, da waren eine Menge Störgeräusche. Etwas schien in der Nähe umzufallen oder zu zerbrechen. Die Insel, dachte Anna. Die Insel sinkt. »Micha, ich verstehe dich nicht!«, rief Anna. »Noch mal! Lauter!«

»… nicht, was ich machen soll«, sagte Michas Stimme, und jetzt war sie deutlicher. »Ich hab die Tür vom Bad zugeschlossen mit dem Schlüssel. Sie kloppen sich, Anna. Ich kann sie hören. Frau Margarete ist im Wohnzimmer, aber sie kann ja auch nichts machen …«

»Wer kloppt sich?«, fragte Anna. »Micha, ganz langsam. Wo bist du?«

»Im Bad«, wiederholte Micha. »Ich muss ihm helfen, aber ich habe Angst, ich kann nicht, Anna … am Spiegel ist ein Zettel, da steht ANNA und NOTFALL und die Nummer und …«

»Was?«, fragte Anna und dachte: Dies ist nicht der Moment, sich zu freuen. Aber sie konnte nicht anders. Micha heulte jetzt, Anna konnte es hören. Sie hörte auch noch mehr Dinge zerbrechen oder umfallen oder ins Meer stürzen. Sie machte einen letzten Versuch.

»Micha, wer ist bei euch? Ist deine Mutter zurückgekommen?«

»Nein«, schluchzte Micha. »Ist sie nicht, und sie kommt nie, sie ist weg und kommt nie wieder, und er hat gesagt, ich soll jetzt doch bei ihm wohnen, er hat gar keinen roten Mantel, aber trotzdem … Anna …«

»Ich komme«, sagte Anna.

Sie spielte einen Moment mit dem Gedanken, die Polizei anzurufen. Aber am Spiegel in Michas und Abels Bad stand nicht NOTFALL und die Nummer der Polizei, dort stand NOTFALL und ANNA und Annas Nummer, und das stand sicher nicht dort, weil Abel glaubte, dass Anna ihm die Polizei auf den Hals hetzte. Die Polizei würde Fragen stellen, Fragen nach Michelle Tannatek, Fragen danach, wer sich um Micha kümmerte, und Fragen nach dem Sorgerecht. Und selbst wenn sie Rainer Lierski nicht das Sorgerecht zusprachen, selbst wenn sie Rainer Lierski einsperrten, was unwahrscheinlich war, selbst dann, dachte Anna, während sie sich in ihren Mantel kämpfte, selbst dann würden sie Abel Micha wegnehmen. Und es gäbe keine Märchen mehr und keinen Kakao an der Mole und keine Mensaessen mit gefälschtem Studentenausweis.

Und keine rosa Daunenjacke mehr, die an einem Freitag über einen Schulhof flog, um herumgewirbelt zu werden.

Als sie mit ihren Gedanken so weit gekommen war, saß sie auf ihrem Rad. Es war ein gutes Stück zum Ostseeviertel hinaus. Die Wolgaster Straße erstreckte sich lang und gerade vor ihr wie eine feindliche, ständig weiterwachsende Pflanze. Egal, wie schnell Anna fuhr, die Straße mit ihrem Radweg und ihrem Fußweg und ihren Autos und ihren Verkehrszeichen wurde einfach immer länger und länger. Der Wind fegte ihr vereinzelte magere Schneeflocken ins Gesicht. Sie hatte ihre Handschuhe vergessen, die Schmerzen in ihren Fingern trieben ihr die Tränen in die Augen, bis sie sie schließlich nicht mehr spürte – weder die Schmerzen noch die Finger.

Sie sagte sich den ganzen Weg über, dass nichts passiert war, dass alles in Ordnung war, dass Micha übertrieben hatte, dass alles ein Missverständnis war, dass man einem sechsjährigen Kind nicht alles glauben kann.

Die Plattenbauten der Amundsenstraße lagen verlassen im halbherzigen Schneetreiben. Die untere Tür zum Haus Nummer 18 stand offen. Sie schloss das Rad nicht an, wozu auch, wenn jeder das Schloss knacken konnte. Der Hausflur roch nach einer Mischung aus Bier, Vergangenheit und Erbrochenem. Im Erdgeschoss stand eine übergewichtige Frau mit strähnigem Haar in der offenen Wohnungstür, ein kleines Kind auf dem Arm, und schüttelte den Kopf. Ihre Augen waren starr und glanzlos, stumpf wie die eines Fisches, sie musterte Anna und versuchte offenbar, herauszufinden, wer sie war. Doch Anna hatte keine Zeit für Erklärungen. Hinter der Frau in der Wohnung schienen sich zwei andere Kinder zu streiten. Frau Ketow, dachte Anna, sie hat drei kleine Kinder, aber es sind nicht ihre … Sie hetzte die Stufen hinauf. Und jetzt?, dröhnte ihr Herzschlag. Und jetzt? Was hast du vor? Du besitzt nichts, womit du dich verteidigen kannst, dich oder jemand anderen … Im dritten Stock blieb sie stehen und lauschte. Aus einer Wohnung weiter unten drang die Stimme eines Radiosprechers, aus einer weiter oben etwas wie Schüsse. Sie zuckte zusammen, die Schüsse wurden von zu lauter, seifiger Musik abgelöst, und Anna lachte beinahe: ein Film! Ein Western vielleicht. Sie stieg langsam weiter hinauf. Hinter der Tür bei dem kleinen weißen Klingelschild »Tannatek« war es sehr still. Micha hatte doch von zu Hause aus angerufen? Oder etwa … von Rainer Lierskis Haus aus? Von einem ganz anderen Ort?

Anna atmete ein Mal tief durch. Dann drückte sie auf die Klingel.

Und dann öffnete Abel ihr die Tür.

Er hatte die Faust zum Schlag erhoben und sie duckte sich instinktiv.

»Anna«, sagte er, als wäre sie der letzte Mensch, den er erwartete. »Ich …«

»Ja, ich auch«, sagte Anna, aus lauter Erleichterung völlig zusammenhanglos. »Ist er weg?«

Abel nickte.

»Darf ich reinkommen?«

Er nickte wieder. Anna schloss die Tür hinter sich und knipste das Flurlicht an, und da sah sie, dass an Abels Beinen Micha hing wie eine kleine Klette.

»Du kannst mich wieder loslassen«, sagte Abel. »Micha, hey! Es ist alles in Ordnung! Er ist nicht zurückgekommen, es ist nur Anna! Hey, loslassen! Ich kann so nicht laufen.«

»Na gut«, sagte Micha, und Abel lachte.

Anna sah ihn an. Beinahe wünschte sie, sie hätte das Flurlicht nicht angemacht.

»Scheiße«, sagte sie und schluckte. »Abel.«

Der Flur sah aus wie nach einer Hausdurchsuchung oder einem Bombenangriff oder beidem. Sämtliche Jacken waren von den Haken gerissen und an der einen Seite war die Garderobe mit den Jackenhaken mit aus der Wand gerissen. Dinge lagen über den Boden verstreut: Spielzeug, Geschirr, eine zerbrochene Flasche. Abel stieg über das Durcheinander und führte Anna in die Küche.

»Ich koche Kakao«, sagte er. »Willst du auch eine Tasse?«

»Kakao?«, wiederholte Anna dumpf.

Die Küche sah ähnlich aus wie der Flur. Eine Tür des Hängeschranks über der Spüle war aus den Angeln gerissen, vor dem Fenster lag ein Topf Basilikum, die Pflanze zertreten, die Erde verstreut, und in einer Ecke häuften sich die Splitter, die einmal der Inhalt eines halben Geschirrschranks gewesen waren. Das Wort »wüten«, dachte Anna, bekam hier eine ganz neue Dimension. Und in all dem Chaos stand Abel und rührte seelenruhig in einem Topf auf dem Herd. Aber »seelenruhig« war das verkehrte Wort, denn seine Hand zitterte.

Abel sah nicht besser aus als die Wohnung. Sein linkes Auge begann zuzuschwellen, und die rechte Schläfe war voller Blut, als wäre er vom Fahrrad auf einen Kiesweg gefallen. Oder vielleicht eher von einem fahrenden Auto aus.

»Was …?«, begann Anna.

Abel zeigte auf den Scherbenhaufen in der Ecke. »Es gibt Leute, die stürzen sehr ungeschickt in Scherben.«

»Ich hoffe, du bist nicht alleine gestürzt?«

»Oh nein«, sagte Abel mit einer gewissen Zufriedenheit in der Stimme und rührte die Milch im Topf um. »Glaub mir, es gibt jemanden, den es genauso schlimm erwischt hat.«

Sie merkte, dass er mit der linken Hand rührte. Als er die Tür geöffnet hatte, hatte er die linke Hand zum Schlag erhoben. Er hielt die rechte seltsam.

»Micha«, sagte er, »ihr könntet ein bisschen im Wohnzimmer aufräumen, was meinst du?«

Micha fasste Anna am Ärmel und zog sie ins Wohnzimmer, wo die beiden schäbigen, alten Sessel und das Sofa umgekippt waren und es Bücher auf den Boden geschneit hatte. Sie richteten die Sessel schweigend wieder auf und stellten schweigend die Bücher in die Regale. Anna fand dazwischen mehrere Packungen Tabletten, die höchstwahrscheinlich keine Kopfschmerztabletten waren. Die hatte der, der hier gewütet hatte, jedenfalls nicht gesucht. Sie hängten auch die Jacken im Flur auf, und Micha sagte leise: »Er ist einfach reingekommen, weißt du? Der Jäger mit dem roten Mantel. Ich wollte nett zu ihm sein, weil er dann vielleicht wieder weggeht. Und irgendwie tat er mir auch leid … er ist doch so einsam. Abel war runtergegangen zum Einkaufen … wir haben nur geredet, auf dem Sofa, und er hat wieder gesagt, ich könnte bei ihm wohnen, und dann kam Abel nach Hause und hat gesagt, der Mann mit der Tätowierung soll gehen … und er wollte nicht gehen, und sie haben angefangen herumzuschreien und dann haben sie sich gekloppt … und der Jäger mit dem roten Mantel hat Dinge kaputt gemacht, er hat die Schränke aufgerissen und … und gesagt, es ist sowieso alles kaputt in dieser Wohnung, schrottreif, hat er gesagt … Es ist meine Schuld, oder? Es ist alles meine Schuld. Abel ist sauer auf mich. Ich hätte ihn nicht reinlassen dürfen …«

»Wein doch nicht«, sagte Anna und nahm Micha in die Arme, mitten auf dem Boden des verwüsteten Flurs. »Ach was, wein ruhig. Es ist nicht deine Schuld, Micha. Und Abel ist auch nicht sauer auf dich. Bestimmt nicht. Er ist sauer auf deinen Vater. Abel will dich nur beschützen.«

»Braucht er nicht«, sagte Micha und zog die Nase hoch. »Ich kann mich selber beschützen.«

»Ja«, sagte Anna. »Nein.«

»Und vor was überhaupt?«, fragte Micha und wischte sich die Nase an ihrem Ärmel ab.

»Das weißt du doch«, antwortete Anna ernst. »Er will dein Herz aus Diamant.«

Fünf Minuten später saßen sie zu dritt um den Wohnzimmertisch, dem jetzt ein Bein fehlte, und tranken Kakao aus Saftgläsern, weil es keine heilen Tassen mehr gab.

»Abel«, begann Anna. »Wir müssen etwas mit dieser Wunde tun. In deinem Gesicht. Ich kann mindestens drei Splitter sehen. Wir …«

»Später«, sagte Abel.

»Aber das ist wichtiger als Kakao …«

»Nein«, sagte Abel, und Anna nickte, denn seine Augen ließen keinen Widerspruch zu.

»Jetzt ist wichtig, dass alles wieder ruhig und normal wird«, sagte er. »Und deshalb erzähle ich euch ein Drei-Minuten-Stück des Märchens.« Micha streckte sich auf dem Sofa aus, völlig erschöpft vom Angsthaben und Sichaufregen und Heulen und Erleichtertsein. Sie legte ihren Kopf auf Abels Knie, und Anna erinnerte sich, wie sie selbst so gelegen hatte, als kleines Mädchen, den Kopf auf dem Knie ihrer Mutter, die ihr ein Buch vorlas.

»Weißt du noch, gestern, die weiße Katze?«, fragte Abel. »Als wir am Hafen spazieren gegangen sind? Die blinde weiße Katze, die du mit nach Hause nehmen wolltest?«

»Ja«, flüsterte Micha und gähnte, »sie war völlig dreckig und zerzaust, aber sie wollte sich nicht streicheln lassen. Ich weiß es noch genau.«

»Gut«, sagte Abel.

»Das grüne Schiff fuhr lange durch die kalten Wogen und sie wurden täglich kälter. Der Wind brachte jetzt Schnee mit sich, richtigen Schnee.

›Deine Rosen beginnen schon zu welken‹, sagte der Seelöwe zu dem Rosenmädchen. ›Nicht nur dort, wo ich sie zerbissen habe. Auch an deinem anderen Arm … sie werden verdorren. Und du wirst frieren im kalten Wind.‹

Aber nicht nur das Rosenmädchen fror. Auch Frau Margarete und die kleine Königin zitterten jetzt, wenn sie an Deck standen.

›Vielleicht liegt es an dem schwarzen Schiff‹, sagte die kleine Königin. ›Es bringt die Kälte mit! Es kommt immer näher und näher, ohne uns jemals zu erreichen, ist das nicht merkwürdig? Beinahe wünschte ich, es wäre jetzt endlich da und etwas würde geschehen!‹

›Etwas geschieht‹, sagte der Seelöwe und reckte seinen Kopf aus dem Wasser. ›Sieh nur, dort! Dort ist die nächste Insel.‹

›Sie ist ja ganz eingeschneit‹, sagte das Rosenmädchen. Doch da irrte es sich.

Am Ufer der Insel, wo sie kurz darauf anlegten, stand eine Informationstafel. ›Insel der blinden weißen Katzen‹, las der Leuchtturmwärter vor und kratzte sich mit seiner Brille am Kopf. ›Betröten verboten.‹

›Das ist ein Schreibfehler‹, sagte das Rosenmädchen, doch die kleine Königin trötete einmal laut wie ein Elefant: ›Trööööt!‹ Sofort kam eine weiße Katze angefegt wie ein lebendiger Schneeball und rief: ›Ruhe! Betröten verboten! Können Sie nicht lesen? Sie erschrecken unsere Spinnerinnen und Weberinnen und das gibt die fürchterlichsten Fehler im Stoff.‹

Da folgten die kleine Königin und ihre Gefährten der Katze ins

Innere der Insel und dort saßen lauter weiße Katzen an Spinnrädern und Webstühlen und spannen den ganzen Tag Fäden und webten Stoff. Die Fäden spannen sie aus ihrem weißen Fell, das ständig nachwuchs. Weil die weißen Katzen aber blind waren, sahen sie nicht, wo der Stoff begann und wo er aufhören musste. Sie spannen und webten einfach immer weiter. Der Stoff bedeckte bereits die ganze Insel, ergoss sich ins Meer und dümpelte in großen weißen Blasen auf den Wellen.

›Oh, könnt ihr nicht etwas von eurem wunderbaren weißen Stoff entbehren?‹, rief die kleine Königin. ›Nur ein wenig, damit wir uns ein paar warme Kleider daraus nähen können?‹

›Nun, ihr müsstet natürlich dafür bezahlen‹, sagte eine der Katzen.

›Unser Stoff ist der beste und haltbarste‹, sagte eine andere Katze.

›Er hält Regen, Schnee und Feuer ab‹, sagte eine dritte.

›Alles hat seinen Preis‹, sagten alle drei.

›Ach, wir haben gar nichts, was wir euch geben könnten‹, seufzte die kleine Königin. ›Aber unsere Kleider sind nicht für diesen eisigen Winter gemacht. Seht ihr denn nicht, wie nötig wir euren Stoff brauchen?‹

›Wie denn?‹, fragte eine vierte Katze griesgrämig. ›Wir sind blind. Die Leute, die vorbeikommen, sagen uns, unser Stoff sei schön. Sie sagen, wenn man den Stoff lange betrachtet, springen Regenbögen daraus hervor. Aber wir haben es noch nie gesehen.‹

›Oh, ihr Bedauernswerten!‹, rief die kleine Königin.

Sie setzten sich alle in eine Falte des Stoffs, um ihn genau zu betrachten. Und wirklich, nach einer Weile wuchs ein Regenbogen vor ihnen in die Höhe. Ein zweiter folgte, ein dritter … Sie wanden sich umeinander herum wie Luftschlangen, tanzten, verknoteten sich und sprühten ihr Blau-Grün-Gelb-Orange-Rosa-Rot-Violett in die Winterluft, dass einem schwindelig davon wurde.

›Wie schön!‹, sagte die kleine Königin. ›Ist es nicht schrecklich, dass die Katzen alle blind sind?‹

›Eine Brille‹, murmelte der Leuchtturmwärter. ›Vielleicht brauchen sie nur eine Brille! Meine eigene Brille liegt an Bord des Schiffes …‹

›Ich werde sie holen‹, sagte die kleine Königin. Sie nahm eine der weißen Katzen auf den Arm, weil die Katze so weich aussah, und die Katze sträubte sich. ›Du kannst meine Hände wärmen, bis wir an Bord sind‹, sagte die kleine Königin. ›Wie ein Muff.‹

›Na gut‹, sagte die weiße Katze widerwillig.

Am Ufer trabte der silbergraue Hund mit den goldenen Augen unruhig auf und ab.

›Denk dir nur, der Stoff kann Regenbögen gebären!‹, rief sie außer Atem. ›Oh, wenn wir Kleider aus diesem Stoff hätten!‹

Da knurrte der silbergraue Hund laut. ›Zieh den Stoff nicht an‹, knurrte er. ›Kleine Königin, niemals! Wer ihn trägt, sieht nur noch Regenbögen und keine Gefahr mehr!‹

›Ach, dir gefällt aber auch niemand und nichts!‹, sagte die kleine Königin. ›Denk an das Rosenmädchen, das du zuerst beißen wolltest!‹

›Ich werde nach den anderen sehen‹, knurrte der silbergraue Hund. ›Damit sie sich nicht festschauen in all den Regenbögen.‹

Die kleine Königin kletterte an Bord des grünen Schiffes und setzte die Katze ab, die sich sofort zusammenrollte und einschlief. Sie suchte die Brille überall, doch sie fand sie nirgends. Als sie unter der letzten Sitzbank suchte, klopfte jemand höflich an die Reling.

Sie sah auf, und dort stand ein Mann, ganz in weißen, glitzernden Stoff gekleidet.

›Kommen Sie doch an Bord‹, sagte die kleine Königin. ›Ist es wahr, dass man nur noch Regenbögen sieht, wenn man diesen Stoff trägt?‹

Der Mann antwortete nicht. Er ließ sich auf die Bank fallen.

›Oh, kleine Königin‹, sagte er. ›Ich bin so müde! Ich bin weit, weit übers Meer gegangen, um dich zu sehen.‹

›Um mich zu sehen?‹, fragte die kleine Königin.

Da griff der Mann blitzschnell nach ihrem Arm und zog sie zu sich. Sein Griff war sehr fest und die kleine Königin schrie auf vor Schreck. Erst jetzt sah sie, dass der Mann einen blonden Schnauzbart trug.

›Dein diamantenes Herz ist schöner als alle Regenbögen der Welt‹, flüsterte er. ›Und es gehört mir. Es gehört von Rechts wegen mir. Denn ich habe dich gemacht. Ich bin dein Vater.‹

Der weiße Stoff glitt zu Boden, die kleine Königin sah den blutroten Mantel leuchten, und im nächsten Moment hatte der rote Jäger sie hochgehoben, als wäre sie ein Blatt Papier. Aber mit dem nächsten Schritt trat er auf eine abgefallene Ranke des Rosenmädchens, die Dornen bohrten sich durch die Stiefelsohle in seinen Fuß, er stolperte, fiel und fluchte laut. Als er sich wieder aufrappelte, sah die kleine Königin den silbergrauen Hund über die Insel angerast kommen. Hinter ihm kamen das Rosenmädchen und der Leuchtturmwärter. Der rote Jäger rappelte sich auf. Er hatte die kleine Königin beim Fallen losgelassen und sie floh in die Kajüte und schlug die Tür zu. Dann gab es draußen an Deck einen fürchterlichen Lärm. Dinge fielen, Holz splitterte, sie hörte ein Keuchen aus zwei Kehlen und drückte Frau Margarete an sich.

Schließlich blickte sie durch eine Ritze in der Kajütentür. Da sah sie, wie draußen zwischen umgestürzten Bänken und zerrissenen Segeln zwei Körper über das Deck rollten. Doch es war kein Hund, der dort mit dem roten Jäger kämpfte. Es war ein großer grauer Wolf. Der rote Jäger kam auf die Beine und schwang einen Degen, der gleißende Funken sprühte.

›Oh, mein Seelöwe, mein Hund, mein Wolf!‹, flüsterte die kleine Königin. ›Er wird dich töten!‹

Aber sie konnte nichts tun, sie hatte zu viel Angst. Und sie schämte sich sehr.

Sie sah, dass das Fell des Wolfes an einigen Stellen dunkel war von seinem Blut. Dann fiel er. Und dann lag er am Boden, ganz still. Der rote Jäger steckte den Degen ein. Er gab dem Wolf einen letzten Tritt mit seinem Stiefel und stieg über ihn hinweg, um zur Reling zu gehen und die Hände daraufzulegen, zufrieden lächelnd.

›Dies könnte mein Schiff sein‹, sagte er. ›Aber ich werde es nicht segeln. Es ist zu grün. Nur das Herz der kleinen Königin werde ich mitnehmen. Ich werde es ihr mit meinem Degen aus der Brust schneiden …‹

Die kleine Königin wollte weinen. Jetzt, dachte sie, sterbe ich doch, und ich weiß immer noch nichts über den Tod. Da geschah etwas Unerwartetes. Der große graue Wolf regte sich wieder. Er stand leise auf und schlich sich von hinten an den roten Jäger heran. Als er ganz nahe war, erhob er sich auf zwei Beine und legte die Pfoten zu beiden Seiten des Jägers auf die Reling. Der rote Jäger drehte den Kopf. In seinen Augen stand Verwunderung, keine Angst. Dann biss der Wolf ihm mit seinen blitzenden Reißzähnen die Kehle durch.

Die kleine Königin schlug die Hände vors Gesicht. So saß sie im

Dunkeln, bis das Rosenmädchen die Kajütentür öffnete und sie in die Arme nahm.

›Kleine Königin‹, flüsterte sie. ›Der rote Jäger ist tot! Du brauchst keine Angst mehr zu haben. Wir haben uns an Land in den Falten des Stoffes versteckt … Was ist geschehen?‹

›Ich weiß es nicht‹, antwortete die kleine Königin leise. ›Ich war die ganze Zeit über hier.‹

Draußen an Deck blinzelte ihnen träge die weiße Katze entgegen. Sie hatte die ganze Zeit über geschlafen. Der Leuchtturmwärter zog die wenigen Segel auf, die noch heil waren, und sie fuhren weiter. Nach einer Weile reckte der Seelöwe seinen Kopf aus einer Welle.

›Kleine Königin!‹, sagte er. ›Das schwarze Schiff hängt noch immer am Horizont! Es gibt noch mehr Jäger dort, noch mehr gierige Hände. Vergiss das nie.‹

Damit tauchte er hinunter ins tiefe Wasser. Er hinterließ eine rote Spur.«

Abel fuhr Micha durchs Haar. Sie schlief fest. »Ich habe gar nicht gemerkt, wie sie eingeschlafen ist«, flüsterte Abel. »Wie lange schläft sie wohl schon?«

»Ungefähr seit den Regenbögen«, antwortete Anna.

Abel seufzte. »Ich werde die ganze Geschichte noch einmal erzählen müssen.«

»Ja«, sagte Anna leise. »Ja, tu das. Vielleicht in einer anderen Version. Ohne Blut und Reißzähne und das Herausschneiden von Herzen. Erzähl … erzähl ihr eine Version, bei der sie nicht durch die Türritze sieht.«

Abel nickte. »Aber das Rosenmädchen hat unrecht«, flüsterte er. »Es ist falsch, keine Angst zu haben.«

»Abel …«, begann Anna. »Du … du hast ihn doch nicht umgebracht? Rainer?«

Er sah auf. Seine Augen waren so dunkel, dass man sie kaum mehr blau nennen konnte. Eine Sorte von Blau bei Nacht.

»Nein«, sagte er. »Ich wünschte, ich hätte es.«

Er stand auf und hob Micha behutsam hoch, um sie ins Bett zu tragen. Sie sah beinahe tot aus, wie sie da auf seinen Armen hing. Beinahe so, als hätte jemand ihr Herz mit einem Degen herausgeschnitten und nur ihren Körper hier in der Wohnung liegen lassen. Aber ihr Herz träumte nur, dachte Anna, um sich selbst zu beruhigen, es träumte von Regenbögen.

Anna fegte die Scherben in der Küche zusammen, während Abel die schlafende Micha in ihren Schlafanzug steckte. Sie hörte ihn mit irgendeinem Ärmel kämpfen und schimpfen, auf die Art, auf die ein Vater eben mit einem Ärmel schimpft, fröhlich und ohne wirklichen Ärger in der Stimme. Sie schüttelte den Kopf. Nichts hier passte zusammen.

»Und jetzt tun wir etwas mit dieser Wunde«, sagte sie, als Abel die Tür zu Michas Zimmer leise schloss. »Hast du eine Pinzette? Irgendwas zum Desinfizieren?«

»Warte im Wohnzimmer«, meinte Abel.

Doch sie ging ihm nach, stand in der Tür des winzigen Bades und sah zu, wie er einen Pappkarton ganz oben vom Schrank holte, ihn auf die Waschmaschine stellte, die beinahe das ganze Bad ausfüllte, und in dem Karton zu wühlen anfing.

»Wir können auch irgendwelchen anderen Alkohol …«, begann sie, und Abel fuhr herum.

»Hatte ich nicht gesagt, du sollst im Wohnzimmer warten?« Er hatte nicht gemerkt, dass sie ihm gefolgt war. Plötzlich klang er wieder ärgerlich, unpassend ärgerlich.

Anna trat einen Schritt zurück, aus dem Bad in den Flur. »Falls du nicht willst, dass ich meine Telefonnummer am Spiegel sehe«, sagte sie mit einem Lächeln, »ich weiß, dass sie dort steht. Sonst hätte Micha mich nicht anrufen können.«

Er schob sie sanft in Richtung Wohnzimmer und schloss die Tür zum Bad.

»Ja«, sagte er. »Das war mir auch ... etwas ... peinlich. Aber es ist einfach eine fürchterliche Unordnung bei uns. Hier.«

Er drückte Anna eine Pinzette und eine alte Flasche Desinfektionsmittel in die Hand.

»Was hast du vor?«

»Ich dachte, ich trinke das Desinfektionsmittel und stecke mir die Pinzette in die Nase«, sagte Anna. »Was dachtest du denn? Setz dich hin. Die Scherben können nicht in dieser Wunde bleiben.« Sie merkte, dass sie klang wie Magnus, wenn er mit seinen Patienten sprach.

Die Patienten sagten dann: »Ja, Herr Doktor Leemann«, und: »Tun Sie, was Sie für richtig halten, Herr Doktor Leemann.«

Abel griff nach der Pinzette und sagte: »Ich kann das selbst. Wir sind durchaus im Besitz eines Spiegels. Du solltest jetzt gehen. Tut mir leid mit der Nummer ... sie hätte dich nicht anrufen sollen.«

»Abel«, sagte Anna und stählte das Stück Magnus in sich. »Setz dich aufs Sofa.«

»Es ist spät, Anna ... Sie warten auf dich, in dem Haus, wo es nur blaue Luft gibt ... sie werden sich Sorgen machen.«

»Es ist nicht spät. Ich rufe nachher an. Setz dich aufs Sofa.«

Er hob hilflos die Hände und setzte sich. Anna setzte sich neben ihn, rückte die Stehlampe näher, die wie durch ein Wunder heil geblieben war, und sah sich die Wunde an Abels Schläfe an. Sie begriff nicht, wie Geschirr in so viele winzige Scherben zerbrechen konnte. Vielleicht, wenn man hineingestoßen wurde. Mehrmals. Sie begann, die Scherben mit der Pinzette aus der Haut zu sammeln, eine nach der anderen, ihre linke Hand füllte sich mit der Vergangenheit von Geschirr, mit der Geschichte einer Küche, mit Abels und Michas Geschichte. Er hatte die Zähne zusammengebissen und fluchte ab und zu leise.

»Halt still«, sagte Anna. »Weißt du, dass du verdammt Glück hattest mit deinem Auge?«

»Ich kenne noch jemanden, der verdammt Glück hatte«, sagte Abel. »Rainer Lierski. Er hatte verdammt Glück, dass er hier auf zwei Beinen rausgegangen ist.«

Dann schwieg er lange, während Anna Scherben sammelte. Es schien eine Aufgabe für die Ewigkeit zu sein, sie gewöhnte sich daran wie an Fließbandarbeit, so sehr, dass sie plötzlich merkte, wie nah sie Abel war. Unglaublich, waghalsig nah.

Sie lächelte. »Warum hast du manchmal einen Drei-Millimeter-Haarschnitt?«, fragte sie, um etwas Sachliches zu fragen.

»Die Haarschneidemaschine kann nur drei Millimeter«, sagte Abel. »Sie ist alt. Ich gebe kein Geld für Friseure aus.«

»Das ist alles?«

»Das ist alles. Und außerdem wird man in Ruhe gelassen, hier draußen, mit einem Drei-Millimeter-Haarschnitt. Und mit einem Böhse-Onkelz-Pullover. Ich kann keinen Ärger gebrauchen.«

»Aber … politisch … du bist nicht … wie die anderen hier?«

»Rechts?«, fragte Abel und lachte. »Ich bin nicht blöd.«

»Und … die weißen Katzen«, sagte Anna. »Der Stoff der weißen Katzen … die Regenbögen …«

»Heute ist der Tag der Fragen«, sagte Abel. »Aber bei Anna Leemann ist immer der Tag der Fragen, nicht wahr? Du willst alles wissen.«

»Ja«, sagte Anna. »Alles. Über die Welt.« Es klang wieder nach einem Kind. Und wennschon.

»Es ist nur nicht immer der Tag der Antworten«, murmelte Abel. Und nach einer Weile: »Der weiße Stoff ist natürlich genau das, was du denkst. Aber das willst du nicht wissen. Du willst wissen, warum ich verkaufe.« Er drehte den Kopf, und sie zog die Pinzette weg, die beinahe sein Auge gestreift hätte. »Ich nehme das Zeug nicht, Anna«, sagte er.

»Und ich bin die Königin von Saba.« Anna lachte.

Abel lachte nicht.

»Es ist wahr. Ich handle damit, das ist alles. Es bringt Geld. Michelle hat … ich habe meine Kontakte über sie bekommen, vor langer Zeit. Es ist gut, Kontakte zu haben. Ich kann es mir nicht leisten, irgendwas zu nehmen. Ich brauche einen klaren Kopf. Wegen Micha. Verstehst du? Und wegen der Schule. Ich brauche dieses Abi. Es ist schwer genug, wenn man so selten da ist …«

»Und wenn man so viel schläft«, sagte Anna.

Er nahm die Gläser, aus denen sie Kakao getrunken hatten, und trug sie in die Küche. Als er wiederkam, waren die Gläser sauber, und er trug eine Flasche Wodka. Er stellte sie schweigend auf den Tisch und goss einen Fingerbreit in beide Gläser. Dann setzte er sich wieder, sein Glas in beiden Händen wie Micha die Kakaotasse. Er saß jetzt weiter weg als zuvor. Aber nicht viel. Er sagte nichts mehr über einen klaren Kopf.

»Was glaubst du, was ich nachts tue, wenn ich morgens schlafe?«, fragte er ernst. »Sag mir, was du glaubst. Jeder glaubt irgendetwas.«

»Ich … ich weiß nicht«, sagte Anna und nahm das andere Glas. »Ich denke, du vertickst irgendwo in den Discos weißes Katzenfell?«

Er lachte. »Ja«, sagte er erleichtert.

Sie verstand seine Erleichterung nicht.

»Ja. Aber ich habe auch ein paar legale Jobs. Wenn man Kontakte hat … ich helfe in zwei der Kneipen hier draußen aus. Manchmal in der Stadt.«

»Du hast den Knaake nach einem Job gefragt. Unseren Leuchtturmwärter.«

Abel nickte. »Ja, unseren Leuchtturmwärter. Manchmal packt es mich, und ich denke, ich sollte etwas ganz anderes tun, um Geld zu verdienen. Etwas, das nichts mit Kneipen und Discos zu tun hat und … Etwas, das mit Denken zu tun hat. Denken kann man auch zu Hause … Micha ist zu viel allein. Nachts. Sie merkt es nicht, sie schläft, aber nach heute … ich weiß nicht, ob Lierski wiederkommt.« Er kippte den Wodka in einem Zug hinunter und stellte das Glas mit einem hörbaren Klicken auf die Tischplatte. »Wenn er Micha anfasst, bringe ich ihn um.«

Anna leerte ihr Glas ebenfalls. Sie mochte keinen Wodka.

»Kann ich noch ein Glas haben?«, fragte sie.

Beim Eingießen rückte Abel näher, sie wusste nicht, ob es Zufall war. Er schien zu gefangen in seinen eigenen Gedanken, um es überhaupt zu merken.

»Früher, früher konnte ich mich nicht gegen Lierski wehren«, sagte er. »Jetzt kann ich es. Wir sind gleich stark. Ich …«

Anna griff nach seiner rechten Hand und er zuckte weg. »Wehren, so, so«, sagte sie. »Dein Handgelenk ist hinüber.«

»Ach was«, sagte Abel. »Hat nur ein Stuhlbein abgekriegt.«

»Kannst du es bewegen?«

»Das Stuhlbein?« Abel versuchte zu lachen. Er versuchte, seine Hand zu bewegen. »Geht schon. Shit! Nein.«

»Geh zum Arzt«, sagte Anna.

»Quatsch!«, sagte Abel.

Anna nahm seine Hand und tastete nach der Schwellung.

»Kühl es wenigstens. Tiefkühlerbsen funktionieren ganz gut.«

»Muss ich die essen?«

»Spritzen«, sagte Anna.

Es war gut, zu lachen. Es war gut, auf einem Sofa zu sitzen und sich ein wenig zu nahe zu sein und zu lachen. Er hatte seine Hand nicht weggezogen, diesmal nicht. Der Moment zog sich in die Ewigkeit, ein Moment, in dem nichts geschah, das Lachen war verebbt, sie saßen einfach nur da, und das reichte völlig, niemand musste irgendetwas tun oder sagen …

Annas Handy klingelte, und Abel zuckte zusammen und stand auf, als wäre ihm eingefallen, dass er plötzlich dringend irgendetwas zu tun hatte. Die Nummer war die von zu Hause. Eine blaue Nummer voller Rosen. Anna seufzte und hob ab.

»Es geht mich ja nicht direkt etwas an«, sagte Linda, »aber wo steckst du?«

»Ich bin von einem Serienmörder gekidnappt worden«, antwortete Anna. »Ihr könnt das Lösegeld an Gitta überweisen.«

»Ach so«, meinte Linda, bemüht lässig. »Wann lässt sie dich frei?«

»Gitta«, fragte Anna Abel, »wann lässt du mich frei?« Und zum Telefon sagte sie: »Ich denke, jetzt. Ich bin auf dem Weg.«

»Na dann«, sagte Linda und legte auf. Sie war nicht halb so unbesorgt, wie sie tat.

Abel schüttelte den Kopf. »Wenn ich jetzt Gitta bin …«

»Hätte ich die Wahrheit sagen sollen?«

»Nein. Ich glaube nicht, dass man es in dem Haus voll blauer Luft gern sieht, wenn Anna Leemann mit dem polnischen Kurzwarenhändler herumhängt. Im Übrigen spreche ich genau drei Worte Polnisch.«

»Zwei Worte mehr als ich«, sagte Anna. »Ich habe nicht deswegen gelogen. Ich dachte, du wolltest nicht, dass … in dem Haus voll blauer Luft … da hätte man nichts dagegen. Sie sind anders dort, als du denkst.«

Abel wandte sich ab, um die Gläser einzusammeln.

»Geh jetzt«, sagte er.

8

Damokles

Sie überlegte den ganzen Sonntag, ob sie noch einmal hinausfahren sollte. Nachsehen, ob alles in Ordnung war. Anrufen. Sie hatte keine Nummer. Sie kam erst spät darauf, woher Abel die ihre hatte: Der Leuchtturmwärter besaß alle Handynummern seines Deutschkurses. Für Notfälle, hatte er gesagt, NOTFALL und ANNA hatte Abel an den Spiegel geschrieben … Sie war nahe daran, den Knaake anzurufen und ihn nach Abels Handynummer zu fragen.

»Entschuldigen Sie, dass ich Sie am Sonntag störe, aber Abel Tannatek hat eine Packung Ecstasytabletten in meinem Rucksack vergessen, und ich glaube, ein halbes Gramm Heroin …«

Sie legte das Handy zurück aufs Bücherregal und rief nicht an.

Später dachte sie, wenn sie es getan hätte, wenn sie mit ihm gesprochen hätte, an jenem Sonntag – aber wen interessiert schon *später*? Später ist immer zu spät.

Sie lernte Mathe. Sie arbeitete die Lektüreliste für Deutsch weiter ab, sie lag mit irgendeinem Reclamheftchen auf dem Sofa im Wohnzimmer, ohne zu merken, was sie las. Sie übte Querflöte. Die Musik kam in ihren Gedanken in letzter Zeit zu kurz, sie war wichtig, sie war ihr Lebensinhalt gewesen, oder *ein* Lebensinhalt, sie durfte sie nicht vernachlässigen wie einen abgelegten Liebhaber … Die Flöte nahm ihr nichts übel. Sie lag klar und kühl in ihren Händen wie immer und verstand, warum Anna sich an diesem Sonntag dauernd verspielte.

Nur Magnus und Linda wunderten sich.

»Liegt dir etwas auf der Seele, mein Mädchen?«, fragte er. »Ist es wieder die Welt? Oder diesmal etwas anderes?«

Anna schüttelte nur den Kopf und lächelte. »Eine andere Welt«, antwortete sie.

Und am Montagmorgen blätterte Magnus in der *Ostseezeitung* und sagte: »Chicago.«

»Chicago?«, fragte Linda mit einem leisen Lächeln und goss Tee nach. »Verreisen wir?«

Magnus legte die Zeitung auf den Tisch, wo sie eigentlich keinen Platz hatte, und Linda legte eine schmale Hand auf die hellblaue Keramikbutterdose, um sie vor dem Absturz zu retten.

»Wir brauchen gar nicht zu verreisen«, sagte Magnus und pfiff auf eine gewisse Art anerkennend durch die Zähne. »Chicago ist schon hier. Hört mal: *Streit in Kneipe endet tödlich. Nach einer heftigen Auseinandersetzung im Schönwalder ›Admiral‹ wurde Rainer L.* – Klammer: *einundvierzig – am Sonntagmorgen tot zwischen den parkenden Autos gefunden. Ein Anwohner entdeckte die Leiche unter dem Schnee, als er in sein Auto steigen wollte.* Stellt euch vor, ich steige jetzt in mein Auto und finde eine Leiche unter dem Schnee! Brr!«

»Du fährst gewöhnlich mit dem Rad zur Praxis«, sagte Linda.

»Ja, und jetzt weiß ich auch, warum«, meinte Magnus fröhlich. »Beim Autofahren stößt man nur auf Leichen. *Der Besitzer der Kneipe berichtete, dass das Opfer in letzter Zeit häufiger da gewesen sei. ›Hat oft Streit gegeben‹, so Mirko S.* – Klammer: *zweiundfünfzig* –, was will die *OZ* eigentlich immer mit diesen Altersangaben?

›Der Rainer hat gern mal diskutiert, da ging es schon ordentlich zur Sache, aber dass es so endet, hätte ich nicht gedacht.‹ Als es am Samstagabend zu Handgreiflichkeiten kam, sagt Mirko S., hätte er Rainer L. und seine drei Freunde vor die Tür gesetzt. Bei Kneipenschluss hätte er angenommen, Rainer L. wäre inzwischen nach Hause gegangen, genau wie die anderen. Die Polizei sucht nun nach den drei Männern im Alter von fünfundzwanzig bis fünfzig Jahren. Außerdem werden Zeugen gesucht, die in der Zeit von zehn bis zwölf Uhr in der Nähe des ›Admiral‹ waren … Denkt euch, über das Alter der Zeugen, die sie suchen, gibt es keine Angabe, ist das nicht erstaunlich?«

»Magnus«, sagte Linda. »Das ist nicht lustig.«

»Nein, entschuldige«, sagte Magnus. »Anna? Ist alles in Ordnung?«

Anna nickte. Sie umklammerte ihre Teetasse mit beiden Händen und sah dort Michas Hände, die um eine Kakaotasse lagen, Abels Hände und ein Glas Wodka. Abels geschwollenes rechtes Handgelenk. Die winzigen Schnitte in Abels Gesicht. Die Splitter. Sie schloss für einen Moment die Augen. *Wenn er Micha anfasst, bringe ich ihn um.* Hatte er das getan? War er einer der drei im Admiral gewesen? Oder war er einfach nur dort gewesen, zur richtigen Zeit, um Rainer Lierski abzufangen? Sie öffnete die Augen wieder. Ihr war leicht schwindelig. Für einen Moment wünschte sie, ihre Eltern würden sich in Nebel auflösen, sie säße völlig allein am Tisch, wäre völlig allein zu Hause – sie hätte die Zeitung genommen und alles noch einmal gelesen, sie hätte ihr Müsli stehen lassen und einen sehr starken Kaffee gemacht, nein, sie hätte den Whiskey vom Regal geholt, sie wäre in der Küche auf und ab gegangen und hätte versucht, ihre Gedanken zu ordnen …

»Es ist alles in Ordnung«, sagte sie und zwang sich, die Müslischale leer zu essen.

»Der Artikel … ich dachte nur gerade nach … der Artikel … das passt zu einer Sache, die wir gerade in Deutsch diskutieren … kann ich die Zeitung mitnehmen?«

Magnus faltete sie und reichte sie ihr über den Tisch.

»Diskutiert nicht zu heftig«, sagte er, »das kann tödlich enden. Gibt es einen Zusammenhang mit irgendetwas, was ihr gerade lest?«

»*Faust*«, sagte Anna, und Linda schüttelte verwirrt den Kopf.

»Wo ist er?«

»Faust?«

»Nein, der Zusammenhang? Zwischen dem Mann, den sie da totgeschlagen haben, und *Faust*?«

»Blocksberg«, antwortete Anna knapp und völlig sinnlos. »Ich muss los.«

Der Deutschkurs ging vollkommen spurlos an ihr vorüber. Sie sah, wie der Knaake den Mund öffnete und schloss, doch sie hörte nicht, was er sagte. Sie dachte, dass es ein Montag gewesen war, an dem sie zuerst über Abel Tannatek nachgedacht hatte, die ersten beiden Stunden Deutsch an einem Montag. Es schien sehr lange her. Abel schlief an diesem Morgen nicht. Anna sah, wie die anderen sein Gesicht betrachteten. Das blaue Auge und die Schürfwunde an der Schläfe, tausend winzige, einzelne Wunden, ein Schotterfeld aus dunklem Schorf. Er ließ sich beim Zusammenpacken Zeit, ließ die anderen vorausgehen wie immer, und sie wartete nach dem Deutschkurs auf ihn. Sie sagte Frauke, sie müsste noch etwas mit dem Knaake besprechen.

Der Knaake begriff, dass sie nichts mit ihm besprechen musste.

Er sah von Abel zu Anna und zurück, er sah, dass irgendetwas gesagt werden musste, und meinte mit einem Schulterzucken, er bräuchte dringend einen Kaffee, er ließe den Kursraum offen und käme später wieder.

Anna breitete die Zeitung auf dem Tisch aus und deutete auf den Artikel. *Streit in Kneipe endet tödlich. Rainer L. (41) …* Abel stützte beide Hände links und rechts der Zeitung auf den Tisch und las, ohne Anna anzusehen. Ein großer grauer Wolf, dachte sie, der die Pfoten links und rechts seines Opfers auf eine Schiffsreling stützt und ihm von hinten mit einem einzigen Biss die Kehle durchbeißt. »Shit!«, sagte er schließlich, trat einen Schritt zurück und legte die Hände vors Gesicht, atmete tief durch. »Shit.« Als er die Hände vom Gesicht nahm, sah sie, dass er blass geworden war. »Er ist tot«, sagte er.

Anna nickte.

»Und ich habe gesagt, ich bringe ihn um«, sagte Abel. Anna nickte wieder.

»Ich hätte es getan«, sagte Abel leise. »Ich hätte es getan, wenn er wiedergekommen wäre.«

»Er ist nicht wiedergekommen?«

»Nein.« Abel schüttelte den Kopf, ging zum Fenster, sah hinunter auf den Schulhof, wo leise mehr Schnee fiel. Anna sah mit ihm hinaus. Bunte Fünftklässler glätteten mit ihren Stiefeln eine Schlitterbahn, ein Grüppchen Raucher stand bei den Fahrradständern, Anna sah Gitta dort unten. Die Lichter im Kursraum waren nicht an, sie waren unsichtbar hier oben, in einem Turm aus Zeitungspapier.

»Ich war nicht dort«, sagte Abel. »Ich wünschte, ich könnte erleichtert sein … er wird nie wiederkommen. Aber ich war nicht dort.«

»Beim Admiral?«

Er nickte. Er stellte die Frage nicht, die gestellt werden musste. Glaubst du mir?

»Du könntest ein Alibi gebrauchen«, sagte Anna. »Ich habe eure Wohnung an diesem Samstag erst gegen Mitternacht verlassen.«

»Nein«, flüsterte Abel und drehte sich um. »Das hast du nicht.«

»Doch«, sagte Anna, »ich weiß noch genau, wie ich zu Hause auf die Uhr sah und dachte, jetzt ist es schon halb eins … Wenn meine Eltern sich eingebildet haben, dass ich früher zu Hause war, haben sie sich das eben eingebildet.«

Abel schüttelte langsam den Kopf.

»Nein«, wiederholte er. »Nein. Das ist meine Sache.«

Und dann tat er etwas völlig Unerwartetes. Er zog sie an sich und drückte sie einen Moment lang so fest, dass sie glaubte, jeden seiner Knochen zu spüren. Und irgendwo dazwischen seinen Herzschlag, schnell und unruhig. Gehetzt. Er ließ sie los, ehe sie seine Umarmung erwidern konnte, ehe es eine Umarmung wurde, ließ sie stehen und floh aus dem Zeitungspapierturm.

Anna knüllte die Zeitung zusammen und warf sie in den Papierkorb.

Als Linda an diesem Nachmittag nach Hause kam, saß Anna ganz alleine im Garten auf einem Klappstuhl, mitten im Schnee, und sah den Vögeln zu. Sie trug ihren Wintermantel, aber keine Mütze, und in ihrem dunklen Haar hatten sich weiße Schneekristalle gefangen, die der Wind vom Dach trug. Es schneite seit mittags nicht mehr, die Welt war still, bis auf den Lärm der Vögel in den Rosenranken.

Linda blieb in der Tür stehen und betrachtete ihre Tochter. Sie saß so reglos wie eine Statue, ein Kunstwerk, das jemand in den Garten gestellt hatte, eine Vogeltränke vielleicht, eine Vogeltränke in Mädchenform. Sie trat zu ihr und legte ihr die Hand auf die Schulter, die Statue erschrak und die Rotkehlchen flogen davon.

»Sitzt du hier schon lange?«, fragte Linda.

»Ich weiß nicht«, sagte Anna und sah auf. Ihre Lippen waren blau gefroren. Auch in ihren Augenbrauen saßen Schneekristalle.

»Komm rein«, bat Linda, sie befahl nicht, sie bat. »Trink einen Kaffee mit mir. Erzähl mir, wenn du willst ... erzähl mir, was passiert ist.«

»Nichts«, sagte Anna. »Eigentlich ist nichts passiert. Ich denke nur ... ich denke noch immer an die Sache heute Morgen ... Chicago ... den Mann, der da totgeschlagen wurde, ich frage mich ... wie viel Wut man braucht, um einen Menschen totzuschlagen, und ob man es mit den Fäusten tun kann oder ... oder ob eine Faust reicht, in dem Fall, dass man die andere nicht benutzen kann ... ich frage mich, wie so jemand stirbt ... ich meine, selbst wenn er es vielleicht verdient hat ...«

Sie stand auf und folgte Linda nach drinnen und Linda nahm ihr behutsam den Mantel ab.

»Du bist eiskalt«, sagte sie. »Anna ... der Mann ... er ist nicht an den Folgen einer Schlägerei gestorben. Auch wenn das in der Zeitung stand. Ich sollte dir das nicht sagen.«

»Wie ... woran dann? Woher ...?«

Linda wandte sich ab und setzte Kaffeewasser auf.

»Der Mann meiner Kollegin arbeitet in der Gerichtsmedizin«, sagte sie. »Sie hat es mir erzählt, vorhin. Ich weiß nicht, warum es nirgends stand ... vielleicht hat die Polizei ihre Gründe, darüber zu schweigen … aber er war gleich tot, weißt du? Er ist erschossen worden.«

Anna packte ihre Mutter am Arm und sah die Verwunderung in Lindas Augen. »Erschossen? Weißt du das genau?«

Linda nickte. »Von hinten, hat sie gesagt, ein Schuss von hinten in den Nacken. Er war sicher sofort tot. Ich wollte nur, dass du das weißt.«

Anna sah auf die Uhr. »Oh nein, jetzt hätte ich beinahe vergessen, dass ich Gitta versprochen habe … ich muss noch mal los«, sagte sie. »Danke für den Kaffee.«

Linda schüttelte den Kopf, während Anna ihren Wintermantel wieder anzog. »Ich habe ihn doch überhaupt noch nicht gemacht.«

»Dann tu das«, sagte Anna. »Das Wetter ist genau richtig für heißen Kaffee. Ich bin nicht lange weg.«

Sie wusste, dass Linda am Fenster stand und ihr nachsah, wie sie mit dem Rad durch den langsam vereisenden Schnee schlingerte. Sie hatte immer ein zweites Kind haben wollen, aber es hatte nicht geklappt, alle Schwangerschaften bis auf die mit Anna hatten sich in nichts aufgelöst, jedes der möglichen Kinder war vom Beinahe-Sein ins Nicht-Sein zurückgekehrt, ehe sie es wirklich hatte begreifen können, aber doch spät genug, um den Verlust zu fühlen. Sie hatte Angst um Anna, vom ersten Schritt an hatte sie Angst gehabt, und Anna wusste es. Das machte die Dinge schwierig. Linda versuchte, ihre Angst nicht zu zeigen, sie überspielte sie, indem sie Anna nicht kontrollierte, sie nichts fragte, ihr nichts befahl. Indem sie es gut fand, dass Anna nach England wollte, gut, dass sie auswärts studieren wollte – aber am liebsten hätte sie Anna in eine kleine, weich gepolsterte Tasche direkt neben ihrem Herzen gesteckt, wo sie warm und sicher war und wo ihr nichts geschehen konnte. Wie Abel mit Micha, dachte sie und war erstaunt über diesen Gedanken. Abel, du bist ja wie Linda.

Sie klingelte drei Mal, ehe er öffnete. Er trug ein T-Shirt mit verblichener Aufschrift, und sein Haar war völlig durcheinander, mehr als sonst, so als hätte er geschlafen oder geduscht und sich eben erst abgetrocknet. Zwei der winzigen Schnittwunden direkt neben seinem Auge waren wieder aufgegangen und glänzten feucht-rot.

»Kannst du schießen?«, fragte Anna ohne jede Einleitung.

»Was? Nein«, sagte Abel. »Brauchst du jemanden, der schießen kann?«

»Du bist dir sicher, dass du es nicht kannst?«, fragte Anna. »Und du hast auch keine Waffe?«

»Nein!«, wiederholte Abel.

Sie dachte, er würde einen Schritt zurücktreten, um sie hereinzulassen. Er trat einen Schritt vor, in den Hausflur. Er lehnte die Tür an. Er fror in seinem dünnen T-Shirt, sie sah es.

»Wieso?«, fragte er.

»Wenn das stimmt, bist du sicher«, sagte Anna. »Er ist erschossen worden. Rainer. Meine Mutter kennt jemanden aus der Gerichtsmedizin. Er ist erschossen worden, Genickschuss, keine Schlägerei, oder nicht nur.«

Langsam, ganz langsam machte sich etwas wie ein Lächeln auf seinem Gesicht breit.

»Himmel«, sagte er, »nie war ich so froh, dass jemand erschossen worden ist.«

Eine Weile standen sie sich im Flur gegenüber, in der Kälte, schweigend. Dann wich das Lächeln aus Abels Gesicht. »Aber ich kann ihnen nicht *beweisen*, dass ich nicht schießen kann«, sagte er. »Oder? Es ist unmöglich, zu beweisen, dass man etwas nicht kann.«

Anna lachte beinahe. »Wieso solltest du das beweisen müssen?«

»Sie werden denken, dass ich es war«, sagte Abel leise. »Trotz allem.« Sie sah seinen vorsichtigen Blick in Richtung Wohnungstür.

»Micha?«, fragte sie. »Soll sie nicht hören, worüber wir reden? Hast du ihr nicht gesagt, dass ihr Vater …?«

»Micha ist auf einem Schulausflug«, sagte Abel schroff. Er verschränkte die Arme vor der Brust, die Hände auf den Oberarmen, als könnte er die Kälte dadurch abhalten, zu ihm durchzudringen. Auf seinem linken Oberarm glänzte eine runde rote Stelle, etwas wie eine Brandwunde. Sie sah frisch aus. Sie sah nach einer Zigarette aus. Er sah ihren Blick und legte seine Hand über die Wunde.

»Abel …«, begann sie. »Wollen wir hier im Flur stehen bleiben?«

Er schüttelte den Kopf. »Nein. Du willst nach Hause gehen. Du gehörst nicht hierher. Du wirst dich erkälten.«

»In eurer Wohnung ist es wärmer.«

»Anna«, sagte er eindringlich und noch leiser als zuvor. »Ich habe jetzt keine Zeit.« Er lauschte noch immer in Richtung Wohnung.

»Du hast Besuch«, sagte sie.

»Jemand, dem ich Geld schulde«, sagte Abel.

»Ich kann dir …«

»Bitte«, sagte Abel, »bitte geh jetzt.«

Er sah für einen Moment so aus, als zögerte auch er, in die Wohnung zurückzukehren. Als wollte er am liebsten tatsächlich für immer hier im Hausflur stehen bleiben. Doch schließlich strich er sich das zerwühlte Haar glatt und wandte sich ab. Die Wohnungstür schloss sich mit einem leisen Klicken hinter ihm.

Anna trat gegen die Reifen ihres Fahrrads, weil es nichts anderes gab, das sie hätte treten können. Aus dem Erdgeschoss drang Kindergeschrei, und Anna war sich beinahe sicher, dass Frau Ketow sie schon wieder beobachtete, aber es war ihr vollkommen egal. Wer war bei Abel gewesen? Es geht mich nichts an, sagte sie sich. Es geht mich überhaupt nichts an. Ich mische mich ein und er hat mich nicht darum gebeten. Er hatte recht: Sie gehörte nicht hierher. Aber warum hatte er sie im Kursraum Deutsch, im Zeitungspapierturm, in den Arm genommen? Sie schob ihr Fahrrad bis zurück zur Wolgaster Straße, schob es den Radweg an der Wolgaster entlang, nur um weiter gegen Dinge treten zu können, falls sie welche fand, die sich eigneten. Erst an der nächsten Ampel stieg sie auf. Sie saß auf ihrem Rad, die Hand auf dem gelben Blindensignalkasten der Ampel, und starrte die vorbeirasenden Autos feindselig an – da legte sich eine andere Hand über ihre.

Sie fuhr herum.

»Bertil!«

Er saß auf seinem Rad genau neben ihr, nur ausbalanciert durch die Hand, die über ihrer lag. Er fuhr also nicht überall mit dem Auto seiner Eltern hin. Er lächelte. Seine Brille war wieder auf die Nase heruntergerutscht.

»Wo man dich überall trifft«, sagte er. »Warst du beim Querflötenunterricht?«

Anna musterte ihn mit zusammengekniffenen Augen. »Und wo warst du?«

Er antwortete ihr genauso wenig wie sie ihm.

»Wenn ich dich etwas frage, was mich nichts angeht …«, begann er.

»Dann werde ich dir nicht antworten«, sagte Anna und zog ihre

Hand weg, sodass er beinahe aus dem Gleichgewicht kam. Die Ampel wurde grün und sie fuhren beide los.

»Du spionierst mir nach«, sagte Anna. »Oder?«

»Gibt es denn etwas auszuspionieren? Vielleicht passe ich nur auf, dass du keine Dummheiten machst.«

»Bertil Hagemann, lass mich in Ruhe«, sagte Anna. »Ich brauche keinen Aufpasser.«

»Oh doch«, sagte Bertil, »mehr, als du denkst.«

Und dann trat er in die Pedale und ließ sie hinter sich. Er war sportlicher, als sie gedacht hatte.

Die nächsten Tage lagen unter einem Damoklesschwert. Anna versuchte, wütend zu bleiben, so wie sie es gewesen war, als sie nach ihrem Rad getreten hatte. Es ging nicht. Sie sah das Schwert über Abels Kopf hängen, an dem dünnen, so leicht zerreißbaren Faden, und manchmal sah er sie jetzt an, das war neu, und in seinen Augen stand Angst. Sie werden denken, dass ich es war. Es ist unmöglich, zu beweisen, dass man etwas nicht kann ... Er schlief nicht mehr in den Kurszeiten. Vielleicht war er nachts nicht mehr unterwegs, weil er glaubte, dadurch noch verdächtiger zu werden. Oder vielleicht konnte er nicht mehr schlafen, nicht einmal mehr im Deutschkurs, weil er nirgends mehr sicher war. Wenn die Tür zu einem Kursraum sich öffnete, weil jemand zu spät kam, zuckte Abel zusammen, als erwartete er, die Polizei stünde davor. Das Schwert hing tief. Seine Spitze war aus dem Blei einer Kugel geschmiedet, die Rainer Lierskis Nacken durchbohrt hatte wie die Reißzähne eines Wolfes.

Die Zeitung brachte nichts Neues über Lierski.

Am Mittwoch stand Anna am Fenster des überfüllten Kollegstufenraums, schwirrend von der Aufregung vor der Physikklausur, die sie nicht schrieb. Sie merkte, dass Abel neben ihr stand.

»Beinahe wäre ich erleichtert, wenn sie endlich kämen«, sagte er leise. »Wenn sie endlich vor der Tür stünden und eine Erklärung verlangten, wenn sie wissen wollten, wo ich am Samstagabend war … damit ich es ihnen sagen kann. Damit ich ihnen sagen kann: Ich war nicht dort, ich habe keine Waffe, ich kann nicht schießen, ich habe ihn nicht umgebracht. Aber sie kommen nicht, sie geben mir keine Chance, mich zu verteidigen …«

Sie spürte seine Hand auf ihrer, spürte, dass er ihr etwas gab. Ein Stück Papier.

»Viel Glück in Physik«, sagte sie.

»Ich schreibe nicht mit«, sagte Abel.

Sie warf ihm einen Blick zu. Er sah weg. Natürlich, niemand konnte eine Klausur schreiben, wenn ein Schwert über seinem Kopf hing. In einem unsinnigen Teil ihres Hirns wurde sie unendlich böse auf Lierski. Er hatte es tatsächlich geschafft zu verhindern, dass Abel die Punkte zusammenbekam, die er so dringend fürs Abi brauchte.

Sie sah sich das Papier in der nächsten Stunde an. Es war zu einem Umschlag gefaltet und sorgfältig mit Tesafilm zugeklebt sowie mit einem nicht ganz runden roten Kreis bemalt, der vielleicht ein Siegel darstellen sollte. In einer Ecke stand mit Bleistift ANNA. Sie begriff erst, als sie die Seite glatt strich und die orangefarbenen Filzstiftherzen sah. Die Botschaft war von Micha. Abel hatte sie nicht geöffnet.

»Libe ANNA«, stand da. »Du muS balt wida kom DamiT das MEchen weita get.

Deine MICHA.

Libe ANNA 2

Fragen die mann nicht weis: 1 Wo is eina wen er dot is??

2. Is der rote Jeger jez weg oder komen andere??

Dritens kanst du machen das Abel keine Anst mehr hat libe Anna deine Micha.«

Anna nahm einen Stift, um unten auf den Zettel eine Antwort zu schreiben. Liebe Micha, schrieb sie. Aber sie wusste nicht weiter. Sie konnte keine von Michas Fragen beantworten.

Am Freitag nach der Schule stellte Anna ihr Rad am Markt ab und wanderte ziellos die Einkaufsstraße entlang. Ihre Beine wollten sie in Richtung Mensa tragen, aber sie ließ ihre Beine nicht, sie zwang sie in die entgegengesetzte Richtung, zwang sich selbst, so zu tun, als betrachtete sie Schaufenster, als suchte sie etwas, als hätte ihr Hiersein einen Zweck. Es hatte keinen. Sie wollte nicht nach Hause. Am Strand, wohin sie gewöhnlich in solchen Fällen fuhr, lagen vor dem gefrorenen Meer zu viele Gedanken im Sand, dort war es zu einsam. Und vielleicht hofften ihre eigensinnigen Beine ja, sie werde sie doch noch zur Mensa gehen lassen, um zufällig Abel und Micha dort zu treffen, im kleinen Saal oben, bei einer Portion überfahrenem Hund, oder in der Cafete unten, vor einer Tasse Kakao mit fünf Strohhalmen.

Sie ging über den verschneiten Fischmarkt hinter dem Rathaus, auf dem seit Langem kein Fisch mehr verkauft wurde, und sah den Kindern zu, die auf dem eckigen Brunnenbecken Stiefelschlittschuh liefen, mitten zwischen den metallenen Statuen der Fischer. Sie könnte, dachte sie, drüben auf der anderen Seite des Platzes eine Tafel Schokolade im Ökoladen kaufen, nur um etwas zu tun, was äußerlich Sinn ergab. Als sie die drei Stufen des Ökoladens hochstieg, schwamm das Winterbild des gefrorenen Brunnens noch immer in ihrem Kopf, ein Nachhall von farbigen Kinderschneeanzügen und Gelächter – und plötzlich fand sie in diesem Bild eine rosa Daunenjacke. Sie drehte sich um. Natürlich wäre da keine Daunenjacke, und wenn eine da wäre, gehörte sie sicher einem Kind, das Anna nicht kannte, und – jemand kam vom Brunnen aus auf sie zugerannt. Es war kein Kind.

Es war jemand in einer offenen grünen Militärjacke und mit einem fliegenden grauen Schal. Jemand ohne Mütze, der Schnee in seinen blonden Haaren hatte. Sie dachte an das Bild auf dem Schulhof, sie dachte: Er fliegt, er fliegt so wie damals. Und dann war er bei ihr und riss sie mit sich die Stufen hoch in den Hauseingang des Ökoladens, hinein zwischen Auslagen von halb gefrorenem Lauch und leuchtend orangefarbenen Kürbissen. Irgendwo hinter ihm sah sie jetzt die rosa Jacke wieder, dort bei den anderen Kindern auf dem Eis.

»Sie … sie haben ihn«, keuchte Abel. Er hatte auch Schnee auf der Jacke, Schnee auf dem Pullover, Schnee in den Falten des grauen Schals, als wäre er mit den Kindern auf dem Eis gewesen und der Länge nach hingefallen. Er war völlig außer Atem und seine Augen lachten. Das Schwert. Das Schwert war nicht mehr da.

»Wen?«, fragte Anna. »Wen haben sie? Wer?«

»Den Typen, der Michas Vater erschossen hat.« Er merkte, dass er sie noch immer am Ärmel festhielt, und ließ los, während er versuchte, wieder zu Atem zu kommen. »Es … es ist so gut wie sicher. Ich habe mich umgehört … morgen steht es vielleicht in der Zeitung. Mit einem von den dreien an diesem Abend hätte Rainer sich nicht anlegen sollen, sie haben nicht nur *eine* Knarre in seiner Wohnung gefunden, sondern ein ganzes Arsenal. Sieht aus, als hätte er damit gehandelt. Auf jeden Fall haben sie ihn jetzt wegen illegalen Waffenbesitzes, er hatte sich aus dem Staub gemacht nach der Sache mit Rainers Leiche, aber dann ist er doch zu seiner Wohnung zurück, der Typ von der Kneipe hat ihn gesehen, und jetzt haben sie ihn. Und …« Er brach ab.

»Das … das ist wunderbar«, sagte Anna und lächelte. »Hat er gestanden?«

»Ich weiß nicht«, sagte Abel. »Aber selbst wenn nicht, das muss er sein, oder?«

Sie nickte langsam. »Das muss er sein.«

Micha kam jetzt über den Platz, ihre türkise Schultasche schlenkernd, und sie trug noch etwas, eine Tüte, die nach Buchladen aussah. Sie versuchte, mit der Tüte und der Schultasche zu winken, verlor beides und sammelte es wieder ein.

»Was macht ihr da im Gemüse?«, fragte sie und grinste. Ihr Gesicht war rot von der Kälte und der Schlitterei und sie strahlte. »Du hast uns gar nicht gesehen«, sagte sie zu Anna. »Du bist einfach vorbeigegangen, obwohl ich gewinkt habe, aber ich war so aus der Puste, da konnte ich nicht gleich rufen … Wieso hast du uns denn nicht gesehen?«

»Ich war … in Gedanken«, antwortete Anna.

»Und an was hast du gedacht?«

»An euch«, sagte Anna. »Ich habe so sehr an euch gedacht, dass ich euch nicht gesehen habe.«

Der Lauch war so grün. Die Kürbisse waren unglaublich orange. Die Tomaten unfassbar rot und der Feldsalat erstaunlich feldsalatfarben. Nie war Anna aufgefallen, dass Gemüse so schön sein konnte.

»Kaufen wir hier auch was?«, fragte Micha. »Wir haben ein Buch gekauft. Zur Feier des Tages, weil keine Polizisten zu uns kommen …«

»Hier kaufen wir nichts«, sagte Anna. »Aber nebenan kann man was kaufen, im Lichtblick. Da gibt es sicher Kakao. Habt ihr Zeit für einen Kakao? Ich … wenn ich darf … ich könnte euch einladen.«

Micha sah Abel an und Abel schien zu überlegen. Schließlich nickte er sehr langsam.

»Heute ja«, sagte er.

Das Café Lichtblick hieß wirklich so und verkaufte nicht nur Kakao, sondern auch Filzwesten und Spielzeug. Die Hälfte der Leute, die dort arbeiteten, waren Behinderte, obwohl es sicher ein korrekteres Wort dafür gab. Wenn Anna mit Linda in der Stadt war, kamen sie immer hierher. Die Luft schien ähnlich blau wie zu Hause, was aber auch an dem blauen Geschirr liegen konnte. »Hier waren wir noch nie«, sagte Micha. »Aber es ist schön. Wir können jeden Tag kommen.«

»Später«, sagte Abel, »weißt du, wenn ich ein bisschen studiere und richtig arbeite, nach der Schule. Wenn wir Geld haben. Dann kommen wir jeden Tag ins Lichtblick.«

»Willst du hierbleiben?«, fragte Anna in der Schlange vor der Theke, während Micha die Kuchen bewunderte. »Zum Studium?«

»Mal sehen«, sagte Abel. »Vielleicht gehen wir auch weg.«

Und Anna stellte sich vor, wie er mit Micha zusammen umzog, es war immer ein Wir und nie ein Ich, aber wie wollte Abel auf Micha aufpassen, wenn er studierte und arbeitete? Würden sie ihm überhaupt das Sorgerecht geben, selbst wenn er achtzehn war?

»Dieser Kuchen ist aber sehr hübsch«, sagte Micha.

Da schob Anna ihre Zweifel beiseite und bezahlte den Kakao sowie ein Stück von dem sehr hübschen Kuchen. Sie trugen den blauen Teller und die blauen Tassen zu einem freien Tisch und draußen begann die Sonne auf den Schnee zu scheinen. Und Anna dachte, dass alles einfach genau so bleiben konnte, wie es war, sie hier am Tisch mit Abel und Micha und die Sonne draußen …

»Über dem grünen Schiff«, sagte Abel und trank einen Schluck Kakao, »schien die Sonne eine Weile heller als sonst. Das schwarze Schiff war zurückgefallen. Doch es verschwand niemals ganz. Und trotz der Sonne wurde es nicht wärmer. Die Ranken des Rosenmädchens verwelkten nach und nach, und als sie eines Nachts ganz allein an Deck stand, fiel das letzte Blatt von ihr ab. Sie war nackt.

›Ach, wenn man doch das Mondlicht zu Garn verspinnen könnte‹, sagte sie. ›Wenn man doch die Schaumkronen der Wellen zu Garn verspinnen könnte, um Kleider daraus zu machen!‹

Einzelne Schneeflocken schwebten vom Nachthimmel herab und legten sich in ihr dunkles Haar, und sie seufzte und sagte: ›Ach, wenn man doch den Schnee zu Stoff verspinnen könnte.‹ Dann setzte sie sich hin und wartete darauf, zu erfrieren.

Da erhob sich aus einer dunklen Ecke etwas, etwas sehr Großes, und das Rosenmädchen erschrak. Es war der Wolf. Der große graue Wolf, der den roten Jäger totgebissen hatte. Sie hatte es gesehen, obwohl sie es der kleinen Königin nicht gesagt hatte. Der Wolf kam langsam auf das Rosenmädchen zu, sie sah, dass er an der rechten Vorderpfote lahmte, und sie sah auch seine Reißzähne. Als der Wolf ganz nah war, merkte sie, dass er aus einer Wunde an seiner Flanke blutete.

›Das war der Degen des roten Jägers‹, sagte der Wolf und sah sie mit goldenen Augen an.

›Aber wie kann es sein, dass du noch immer blutest?‹, fragte sie verwundert. ›Es ist lange her, seit wir den Körper des Jägers ins Meer geworfen haben. Und der Seelöwe, der bei Tag neben dem Schiff schwimmt, hat keine Wunden.‹

Der Wolf antwortete nicht.

›Du frierst‹, sagte er. ›Kannst du glauben, dass sich mein Blut zu Stoff verspinnen lässt?‹

Da bemühte sich das Rosenmädchen, zu glauben. Und in dem Moment, als sie es glaubte, wurde das Blut des Wolfes zu einem Faden, der sich selbst zu weichem rotem Stoff verwebte. Der Faden quoll aus der Wunde, Meter für Meter, und die Falten des Stoffes bedeckten das Rosenmädchen ganz, hüllten es ein und wärmten es, bis es die Kälte der Winternacht nicht mehr spürte. Eine Stoffbahn schlang sich um sein Gesicht, und als es sie beiseiteschob, da war der Wolf verschwunden.

Den Rest der Nacht über nähte das Rosenmädchen. Ihre Nadel war ein abgebrochener Rosendorn. Es war genug Stoff da, um warme Überkleider für alle zu nähen – für das Rosenmädchen und die kleine Königin und den Leuchtturmwärter und Frau Margarete. Nur die blinde weiße Katze, die ständig schlief, brauchte keine warmen Kleider. Denn sie war viel zu uninteressiert an der Welt, um zu frieren.

Als der Morgen kam, standen sie alle in rotem Samt an Deck, und der Leuchtturmwärter sah durch seine Brille und rief: ›Da vorne sind wieder zwei Inseln! Wir können uns ein wenig die Beine an Land vertreten!‹

Wann, dachte die kleine Königin, hatte er eigentlich die Brille wiedergefunden? War sie nicht wegen dieser Brille zurück zum Schiff gegangen und beinahe vom roten Jäger eingefangen worden?

Sie schob den Gedanken beiseite und sah zu, wie der Leuchtturmwärter und das Rosenmädchen das Schiff an einer der Inseln vertäuten. Die Insel war voller Leute. Sie winkten und riefen alle durcheinander.

›Woher kommt der Mond?‹ ›Was ist der Sinn des Lebens?‹ ›Warum kann man Joghurtbecher zum Auskratzen nicht umkrempeln?‹

›Das‹, erklärte der Seelöwe, ›ist die Insel der Fragenden, kleine Königin.‹

Die kleine Königin wollte an Land springen, mitten zwischen die Fragenden, doch sie landete in ihren Armen. Sie hoben sie hoch über ihre Köpfe und riefen ihr weiter ihre Fragen zu, und sie begannen, sie zu schütteln, damit sie endlich antwortete:

›Wohin geht einer, wenn er tot ist?‹ ›Wann endet die Angst?‹ ›Wo sind all die Socken, die die Waschmaschine nicht wieder ausspuckt?‹

›Helft mir!‹, rief die kleine Königin, die auf keine der Fragen eine Antwort wusste, völlig verängstigt. ›Sie werden mich in Stücke reißen!‹

Da tauchte der silbergraue Hund an Land zwischen den Fragenden auf. Er biss nach links und biss nach rechts und die Fragenden wichen zurück. ›Wieso tut er das?‹, fragten sie. ›Woher kommt er? Ist er böse oder gut?‹

Der silbergraue Hund schnappte die kleine Königin wie einen Vogel aus der Luft. Plötzlich saß sie auf seinem Rücken, und er rannte durch die Schneise, die er sich freigebissen hatte, zurück zum Ufer. Kurze Zeit später befand sie sich wieder an Bord. An Land wogte die Masse der Fragenden noch immer hin und her.

›Legt ab!‹, rief der Seelöwe aus den Wellen. ›Rasch! Zu viele Fragen sind nicht gut!‹

Da stießen sie das Schiff vom Ufer ab und nahmen Kurs auf die zweite Insel. Nur einer der Fragenden schaffte es, mit einem tollkühnen Sprung das Schiff zu erreichen und über die Reling zu klettern. ›Nehmt ihr mich mit?‹, fragte er. ›Segelt ihr zum Festland? Wie sieht das Festland aus?‹

›Halt den Mund‹, sagte die weiße Katze. ›Wie soll man denn schlafen, wenn einer so viel fragt.‹

Auf der Insel, auf die sie nun zuhielten, war am Ufer ebenfalls ein Menschenauflauf zu sehen. Man sah, dass die Leute dort etwas riefen, doch die Sätze kamen nicht bei der Insel der Fragenden an.

›Würde mich gar nicht wundern‹, knurrte der Leuchtturmwärter, ›wenn das da drüben die Insel der Antwortenden wäre.‹

Als sie sich mitten zwischen den Inseln befanden, geriet das Boot in eine Stromschnelle und drehte sich ein paarmal wild im Kreis, und alle fielen durcheinander. Schließlich gelang es dem Leuchtturmwärter, wieder Kurs auf die zweite Insel zu nehmen, und der Seelöwe reckte seinen Kopf aus einer Welle.

›Dies ist die Stelle, wo alle Rufe ins Meer fallen‹, sagte er. ›Weil sie nicht weiter reichen. Ich habe die Wörter unter Wasser gesehen, sie liegen dort zu Tausenden auf dem Grund des Meeres, lauter Wracks von Sätzen, die nie angekommen sind, Antworten von der einen und Fragen von der anderen Seite …‹

›Wie traurig!‹, rief die kleine Königin. ›Ein Friedhof voller Wörter!‹

›Manche werden von den Fischen gefressen‹, sagte der Seelöwe. ›Und dann bekommen sie die seltsamsten Namen. Minkwal und Mondfisch, Zitteraal und Quastenflosser …‹

›Hoffentlich lassen uns die Antwortenden an Land‹, sagte die kleine Königin. ›Ich würde zu gerne einmal über ihre Insel laufen, nur um zu spüren, dass es das Land noch gibt.‹

Aber auch auf der Insel der Antwortenden war das Gedränge zu dicht; jeder wollte seine Antworten loswerden.

›Sieben Uhr!‹, rief einer von ihnen.

›Das macht fünfhundertundneunundzwanzig Komma sieben!‹, ein anderer.

Das Rosenmädchen schob den Fragenden sanft nach vorne. ›Hier kannst du deine Fragen loswerden!‹, sagte es.

›Aber wie soll ich bei so vielen Antworten die richtigen Fragen finden?‹, fragte der Fragende weinerlich, rannte in die Kajüte und versteckte sich zwischen den Eisbärfellen.

›Gutes zu tun!‹, antwortete ein Antwortender, ohne gefragt worden zu sein.

›Drei Minuten sprudelnd kochen, dann zehn Minuten ziehen lassen‹, antwortete ein anderer.

›Besser, wir versuchen gar nicht erst, hier an Land zu gehen‹, sagte der Seelöwe. ›Wir werden an Land gehen, wenn wir das Festland erreichen.‹

Aber ehe sie wieder ablegten, sprang einer der Antwortenden an Bord. Er ging schnurstracks in die Kajüte hinunter, wo der Fragende saß, und eine Weile hörte man Fragen und Antworten hin- und herschießen: ›Sagt er die Wahrheit?‹ ›Am dreizehnten März.‹ ›Ist er gut oder böse?‹ ›Unter den Buchen, wo im Frühjahr die Buschwindröschen wachsen.‹

Und dann sprang die Kajütentür auf und der Fragende und der Antwortende stürzten völlig verwirrt heraus. Einer von ihnen rannte zum Bug und einer zum Heck, dort kletterten sie über die Reling und hängten sich außen ans Schiff wie zwei Galionsfiguren, um sich ja nie mehr zu treffen. Das grüne Schiff jedoch nahm wieder Kurs auf das Festland. Sie lachten lange über den Fragenden und den Antwortenden. Dann sahen sie sich um und merkten, dass das schwarze Schiff ganz nah war. So nah, dass man vier dunkle Gestalten auf dem Bug erkennen konnte. Da hörten sie auf zu lachen.«

Abel sah in seine Tasse, rührte den kalten Kakao darin um und blickte aus dem Fenster, als hingen seine Gedanken noch den eigenen Sätzen nach.

»Die Brille, wisst ihr, die hatte der Leuchtturmwärter wahrscheinlich in der Tasche«, sagte Micha. »Das passiert Leuten. Meiner Lehrerin passiert es auch. Sie ist noch gar nicht so furchtbar alt, nur ein bisschen alt, dreißig oder so, aber sie hat schon eine Brille, und die vergisst sie immer. Übrigens wollte sie schon wieder mit Mama reden, ich weiß gar nicht, warum. Aber, Abel, als der rote Jäger auf das Schiff gekommen ist, da hab ich ihn doch reingelassen, ich meine, in Wirklichkeit?«

Abel nickte. »Das hast du.«

»Und jetzt, jetzt darf ich keinen mehr reinlassen, stimmt's?«

»Das stimmt.«

Micha nickte zufrieden. »Siehst du, und genau das habe ich gemacht«, verkündete sie triumphierend. »Genau gerade gestern. Ich habe ganz vergessen, es dir zu erzählen.«

Abel setzte sich etwas gerader hin und seine Augen kehrten aus der Ferne zurück an den Tisch.

»Wen hast du nicht hereingelassen, Micha?«, fragte er und sah sie an.

»Keine Ahnung«, meinte Micha, »ich hab ihn ja nicht reingelassen. Er war aber schon oben vor der Tür, er hat in die Wohnung reingeredet, durch den Türspalt.«

»Was?«, fragte Anna.

Micha dachte nach. »Dass er von einem Amt ist, so was wie ein Zoo«, sagte sie. »Er hat es ganz deutlich gesagt, als wäre ich schwerhörig, immer wieder, und dass ich ihn reinlassen soll. So ... Zoo ... irgendwas. Noch ein Fisch. Ein Hering. Nee ... ein Aal! Er war von einem Amt für Aale. Und der, weißt du, der wollte auch mit Mama reden. Unbedingt. Alle wollen mit Mama reden ... Ich hab gar nichts gesagt, ich war ganz still, so als ob ich gar nicht da wäre.«

»Das ... das hast du gut gemacht, Micha«, sagte Abel.

»Kann sein, ich hab gaaanz kurz Hallo gesagt, am Anfang«, murmelte Micha, und Anna lachte, obwohl ihr gar nicht lustig zumute war.

»So...Zoo...Aal...Amt«, sagte sie. »Sozialamt.«

»Genau!«, rief Micha. »Von da war der.«

Abel hob die Kakaotasse und kippte den Rest Kakao hinunter wie damals den Wodka. Dann legte er einen Moment lang beide Hände vors Gesicht, genau wie er es in dem Turm aus Zeitungspapier getan hatte, im Raum des Deutschkurses 1. Als ginge er in ein privates Zimmer, um sich zu sammeln. Als er die Hände wieder vom Gesicht nahm, trug er etwas wie ein Lächeln auf den Lippen, doch es war ein sehr angestrengtes Lächeln.

»Das schwarze Schiff ist noch da«, sagte er. »Ich habe nie etwas anderes behauptet. Aber heute – heute wollten wir doch feiern, Micha, nicht wahr?«

Er stand auf und zog seine Jacke an. »Dann feiern wir auch. Wir werden ... wir werden irgendetwas Besonderes tun ... Wir ...« Er brach ab. Hinter seinem Lächeln ragte die bedrohliche Silhouette eines schwarzen Schiffes hervor.

Ich muss ihn ablenken, dachte Anna. Ich muss dieses Schiff verschwinden lassen, ehe es zu nahe kommt.

»Ich weiß, was wir tun«, sagte sie und stand ebenfalls auf. »Wir gehen Eis essen. Also, falls ihr noch Platz für ein Eis habt, nach dem Kakao.«

»Platz schon«, sagte Micha, bereits auf dem Weg nach draußen. »Wir haben noch gar nicht Mittag gegessen. Aber kann man denn im Winter Eis essen?«

»Ein Eis ist kein Mittagessen«, sagte Abel. »Wir sollten etwas Anständiges essen.«

»Ach was«, meinte Anna. »Steck mal den Erzieher weg. Ein Eis ist ein hervorragendes Mittagessen, wenn man feiern will. Früher, als ich so alt war wie du, Micha, da sind wir immer Eis essen gegangen, wenn wir etwas zu feiern hatten. Gerade im Winter. Mein Vater hat gesagt, im Sommer Eis essen kann ja jeder, und dann haben wir uns beim Italiener am Markt ein Eis geholt und sind damit durch die Einkaufsstraße gegangen und haben uns gefreut, wenn die Leute komisch guckten. Wir haben noch ein Bild, das meine Mutter gemacht hat, mit dem langen Arm, da sind wir alle drei im Schnee drauf, mit unserem Eis. Und wenn uns nach dem Eisessen kalt war, haben wir uns zu Hause vor den Kamin …« Sie brach ab.

»Rosenmädchen«, sagte Abel leise. »Ihr müsst schrecklich glücklich sein auf eurer Insel.«

»Nein«, erwiderte Anna. »Es gibt zu viele Dornen. Ich habe angefangen, sie zu spüren. Wie die kleine Königin …«

Der Italiener am Markt war etwas verwundert darüber, dass sie Eis zum Mitnehmen haben wollten. Aber nur etwas. Vielleicht erinnerte er sich daran, dass vor vielen Jahren ein kleines Mädchen häufiger mit seinen Eltern hier gewesen war, einem großen, breiten Vater, der einen vor allem auf der Welt beschützen konnte, und einer sehr leisen Mutter, die man beinahe nicht sah. Ob er die Rosenranken unter ihrer Kleidung gesehen hatte?, dachte Anna. Die Blütenblätter? Und vielleicht sogar die Dornen?

Micha machte einen Versuch, vier Kugeln zu ergattern, aber Abel sagte: »Zwei«, und schließlich: »Von mir aus drei«, und Anna bezahlte, ohne dass er widersprach, und endlich standen sie alle mit ihren Eistüten auf dem verschneiten Marktplatz, über den ein schneidend kalter Wind fegte. Abel zog seinen grauen Schal enger und schüttelte den Kopf. Dann grinste er. Und dann begannen sie, die Einkaufsstraße entlangzugehen, einfach so, ohne Sinn und ohne Ziel, genau wie Anna zuvor, aber in die entgegengesetzte Richtung und auf eine völlig andere Art. Sie gingen nebeneinanderher, ohne etwas zu sagen, und Micha rannte voraus, um sich bei jedem Schaufenster zu überlegen, was sie kaufen würde, wenn sie später reich wäre, und zwischen den einzelnen Schaufenstern tropfte sie mit ihrem türkisfarbenen Schlumpfeis bunte Punkte in den Schnee. Es waren eine Menge anderer Leute in der Einkaufsstraße unterwegs, Leute, die Räder schoben und Kinderwagen, Leute, die Taschen trugen und Hunde ausführten, aber die Leute verschmolzen zu einer Art zäher, anonymer Masse und waren unwichtig und sehr klein. Irgendwann war das Eis gegessen und verschwunden, aber sie gingen einfach weiter, langsam, ohne Eile, und Anna fragte sich, ob sie am Ende der Einkaufsstraße auch weitergehen würden, immer weiter und weiter geradeaus, bis zum Ende der Welt, und ob vielleicht dort ein blaues Meer läge, wo ein grünes Schiff auf sie wartete.

Sie dachte daran, wie sie das allererste Mal mit Abel gesprochen hatte, im Kollegstufenraum, wie er auf der Heizung gesessen und bedrohlich gewirkt hatte, und wie sie sich niemals hatte vorstellen können, dass es möglich wäre, einfach so schweigend neben ihm eine Einkaufsstraße entlangzugehen und zu denken, dass für den Moment alles gut war.

Als sie in ihren Gedanken so weit gekommen war, merkte sie, dass ihre Hand in seiner lag, in der linken mit dem heilen Handgelenk. Es war ihr unbegreiflich, wie das hatte geschehen können, ohne dass sie es gespürt hatte, und sie wusste nicht einmal, wer wessen Hand genommen hatte; ihre Hände schienen sich einfach in der Mitte getroffen zu haben. Es war eine natürliche Fortsetzung dessen, was an diesem Tag geschah. Aber sie hatte Angst, ihre Finger auch nur einen Millimeter zu bewegen, um ihn nicht zu erschrecken. Micha war weit vorausgelaufen wie ein kleiner Hund, jetzt kam sie zurück, sah Abel und Anna an, sah ihre Hände an und grinste, und Anna dachte, dass er jetzt seine Hand wegziehen würde, ganz bestimmt, aber er zog sie nicht weg, er drückte die ihre ganz kurz und sehr fest, und sie drückte zurück. Wer hatte eigentlich den Schnee auf der Straße golden angemalt? Micha rannte wieder davon, sie sahen sie mit dem Finger etwas in den Dreck auf einer Scheibe malen, dann kicherte sie und hüpfte weiter voraus, ein Gummiball mit einem Kunstpelzkragen und fliegenden blonden Zöpfen.

Sie blieben vor der bemalten Scheibe stehen, es war die Scheibe zu einem China-Imbiss, verziert mit einem aufgeklebten roten Drachen. Micha hatte sie unterhalb des Drachen mit großen Schreibschriftbuchstaben verziert.

KüsT eUCh.

Abel sah Anna an. Anna sah Abel an.

»Sie ist die kleine Königin«, sagte Abel.

»Einer Königin muss man gehorchen«, sagte Anna.

Abel nickte ernst. Aber jetzt gehen wir natürlich trotzdem weiter, dachte Anna. Und wir vergessen, was an der Scheibe steht. Es ist schon fast vergessen. Da zog Abel sie in den Hauseingang neben der Scheibe, ganz plötzlich, neben eine Glastür mit einem weiteren roten Drachen und einer Öffnungszeitentafel, in den Geruch von heißem Fett und Glutamat, und küsste sie. Verdammt, dachte Anna, ich bin beinahe achtzehn, und ich habe noch nie jemanden geküsst. Nicht richtig. Seine Lippen waren kalt wie Schnee, aber jenseits der Lippen lag die Wärme von samtenem rotem Stoff, Stoff auf dem nächtlichen Deck eines Schiffes. Sie spürte seine Zunge, die nach ihrer tastete, und dachte an den Wolf. Und wenn es wahr ist, dachte sie, wenn das Märchen wahr ist? Ein Genickschuss und ein tödlicher Biss in den Nacken. Alles stimmt. Und wenn ich einen Mörder küsse? Und wenn? Und wennschon. Ein Mörder, ein Wolf, ein Vater, ein Unschuldiger, ein Märchenerzähler. Sie legte ihre Hände an den rauen, kalten Stoff der alten Militärjacke und erwiderte seinen Kuss. Sie hatte die Augen längst geschlossen, sie sah den roten Drachen an der Tür nicht mehr und nicht den Hauseingang, sie befand sich an Deck eines Schiffes weit draußen im Meer. Sie hörte die Wellen gegen die Reling schlagen, sie spürte die Brandung unter ihren Füßen. Ach, wenn man doch die Schaumkronen zu Stoff verspinnen könnte … Auf seiner Zunge, in seinem Mund waren alle diese Worte, alle Worte, die er gesagt hatte, alle Worte des Märchens. Und da war kein Geschmack von Vanilleeis oder Kakao oder Zigaretten, sie schmeckte die Worte selbst, sie schmeckte das Salz des Meerwassers und das Blut des Wolfes, und hinter den Worten den Winter. Und hinter dem Winter gab es einen dritten Geschmack, den sie erst nach einer Weile entdeckte: den Geschmack der Angst. Er hatte Angst, und er hielt sie nicht fest, er hielt sich *an* ihr fest, einen Moment lang war es ihr völlig klar.

Märchenerzähler, dachte sie, wohin segelt das Schiff, auf dem wir stehen? Wohin führt das Märchen? Wer ist auf dem schwarzen Schiff? Wird es noch mehr Blut geben, das in die Ritzen zwischen diesen Decksplanken fließt?

Ich brauche niemanden, der auf mich aufpasst, hatte sie gesagt.

Oh doch, hatte Bertil gesagt. Mehr, als du denkst.

Sie wanderten auf dem Stadtwall zurück, der im Sommer von den Blüten hoher, alter Kastanien gesäumt wurde. Im Winter wuchs nur Schnee auf den Kastanien. Sie hielten sich noch immer an den Händen. Eine Weile ging Micha zwischen ihnen, und sie ließen sie an ihren Armen hoch in die Luft fliegen, als wäre sie ein noch viel kleineres Kind.

Als sie bei Annas Fahrrad vor der Sparkasse am Markt standen, trat jemand mit einer offenen Lederjacke und einem dunkelblauen Wollpullover heraus. Der Knaake. Anna erwartete wieder, dass Abel seine Hand aus ihrer ziehen würde, doch er tat es nicht. Er nickte nur kurz, und der Knaake nickte zurück, und Micha sagte etwas zu laut: »Wer war das?«

»Der Leuchtturmwärter«, antwortete Anna. Und dann fiel ihr plötzlich etwas ein. Die weiße Katze. »Michelle«, sagte sie leise zu Abel, während Micha am Treppengeländer turnte und nicht zuhörte. »Kann es sein, dass sie an Bord gekommen ist?«

»Wer weiß«, sagte Abel.

»Die weiße Katze, die nichts von der Welt wissen will und die ganze Zeit über schläft … Ist sie wieder da, Abel? Hat sie sich gemeldet?«

Abel schüttelte den Kopf. »Nein. Sie ist nur irgendwie in das Märchen geschlüpft.«

Sie war sich nicht sicher, ob sie ihm glaubte. Irgendetwas an der Michelle-Geschichte stimmte nicht. Sie dachte wieder daran, wie er sie nicht hatte hereinlassen wollen … Versteckte Abel seine Mutter in ihrer eigenen Wohnung? Aber wovor? Vor wem?

Er ließ ihre Hand los. »Zeit, nach Hause zu fahren«, sagte er. »Pass auf dich auf, Rosenmädchen. Es soll noch kälter werden.«

Er sah ihnen lange nach, wie sie auf ihren Rädern in verschiedene Richtungen davonfuhren. Und er erinnerte sich an den Tag, an dem er sie zuerst zusammen gesehen hatte, damals, in der Mensa. Er lächelte. Ihre Umrisse schienen zu strahlen, kitschig, mit Gold übergossen. Wie lange war es her, dass es in seinem eigenen Leben Geschichten mit strahlenden Rändern gegeben hatte, außerhalb der Literatur? Zu lange. Er erinnerte sich an eine solche Geschichte, die letzte, er erinnerte sich an den Geruch von Haar, an den betäubenden Geruch von billigem Shampoo, er hatte ihr ein anständiges geschenkt und später den Geruch des billigen vermisst … Er erinnerte sich an Gespräche über Dinge, die sie nicht verstanden hatte und die ihm zu viel bedeutet hatten … Er erinnerte sich an Musik von verkratzten Schallplatten, an Tanzen in einem winzigen Wohnzimmer, an ein altes Sofa und Träume, die später zerbrochen waren.

Dance me to the children who are asking to be born
Dance me through the curtains that our kisses have outworn
Raise a tent of shelter now, though every thread is torn
Dance me to the end of love
Dance me to your beauty with a burning violin

Dance me through the panic till I'm gathered safely in
Touch me with your naked hand or touch me with your glove
Dance me to the end of love ...

Und einen Moment lang wünschte er sich, wieder jung zu sein, jünger, ein wenig nur, alles noch einmal anders machen zu können ... Faust. Aber nein, nein ... nur keine Gretchenfragen hier.

Und dann, ehe sie den Marktplatz verließen, Abel mit Micha in die eine und Anna in die andere Straße einbog, sah er ihre Schatten. Er hatte sie zuerst nicht bemerkt, hatte nur den Glanz gesehen, nur das Strahlen ... doch ihre Schatten waren lang und schwarz. Natürlich lag es an der tief stehenden Sonne, natürlich bedeutete es nichts. Auf einmal hatte er Angst. Angst um diese beiden.

Er hatte keine Kinder. Aber wenn er welche gehabt hätte, dachte er, wären sie jetzt vielleicht genauso alt. Und er müsste sich Sorgen um sie machen und würde nicht schlafen deshalb, er würde sich im Bett hin und her wälzen, er würde sie anschreien, wenn sie zu spät nach Hause kämen, oder vielleicht nicht, vielleicht würde er schweigen und sie schweigend verlieren. Es gab keinen Weg, dachte er, das Richtige zu tun, nicht für die eigenen Kinder.

Es war besser, keine Kinder zu haben.

Abel und Anna waren nicht seine Kinder, nur seine Schüler, verdammt, und dennoch nahm er die Angst mit nach Hause.

Wer ist das? Das ist der Leuchtturmwärter.

Der Leuchtturmwärter? Warum war er der Leuchtturmwärter? Welchen Leuchtturm wartete er und worauf wartete er dort?

9

Bertil

In dieser Nacht schlief sie mit dem Märchenerzähler.

Nicht in Wirklichkeit. Sie träumte. Sie lag in ihrem Bett in dem Haus voll blauer Luft und träumte eine Zeitblase in Abels Märchen, die nie erzählt werden würde. Eine Nacht an Deck des grünen Schiffs. Die kleine Königin träumte ebenfalls, sie träumte zwischen ihren Eisbärfellen unten in der Kajüte, im Arm Frau Margarete, neben sich den Fragenden und den Antwortenden, die zum Schlafen doch hereingekommen waren, und den Leuchtturmwärter. Der Leuchtturmwärter schlief in seinen Stiefeln, die Brille ins graue Haar geschoben. Die kleine Königin lächelte im Traum. Vielleicht träumte sie von der Wirklichkeit jenseits des Märchens, von einem türkisfarbenen Eis auf dem Marktplatz, von Buchstaben im Dreck einer Scheibe.

Anna stand ganz allein an Deck und sah die Sterne an. Sie fand den Großen und den Kleinen Bären, aber der Kleine Bär sah aus wie ein Hund und der Große wie ein Wolf. Sie fand den Jäger, aber es war nicht nur einer, es waren fünf – vier von ihnen, dachte sie, sind noch auf dem schwarzen Schiff. Vier von ihnen folgen uns noch. Vier von ihnen wollen uns fangen, ehe wir das Festland erreichen. Sie trat an die Reling und sah das Mondlicht auf den Wellen. Auf ihnen tanzten kleine Stücke von Eis. Das Meer würde gefrieren. Vielleicht schon bald. Aus den Wellen tauchte ein Kopf auf, der Kopf des Seelöwen. Sie wollte die Arme ausstrecken, um ihn an Bord zu ziehen. Da erhob sich der Seelöwe aus dem Wasser und machte so etwas wie einen Satz – er wirbelte in einem Regen aus Tropfen durch die blasse Nachtluft –, und im nächsten Moment stand neben ihr an der Reling des Schiffs der Wolf. Aber nein, sie hatte sich geirrt, es war der silberne Hund mit den goldenen Augen – aber nein, aber nein, es war auch kein Hund. Es war ein Mensch. Er war Abel und war doch nicht Abel. Seine Augen waren verkehrt, seine Augen waren golden. Er trug Schwarz, aber nicht den schwarzen Böhse-Onkelz-Pullover, den sie so hasste, und auch keine schwarze Jeans. Er trug ein gebügeltes Hemd, das nicht zu ihm passte, und eine Stoffhose, er trug Schwarz wie auf einer Beerdigung. Sie wollte ihn fragen, wessen Beerdigung es war und ob er von dort kam oder später dorthin gehen würde, doch ehe sie ihn fragen konnte, hatte er sie in seine Arme gezogen, es war wie ein seltsames Ballett.

An Deck lagen die weißen Segel, die der rote Jäger mit seinem Degen zerschnitten hatte, Anna sah, dass jemand begonnen hatte, sie zu flicken, vermutlich sie selbst, das Rosenmädchen, das Nähfäden aus seinen Haaren machte. Sie spürte den roten Samt auf der Haut, den sie zu Kleidern vernäht hatte. Sie spürte, wie der Stoff an ihrem Körper hinabglitt. Sie war nackt. Einen Moment stand sie so, nackt im Mondlicht, doch sie fror nicht. Sie löste die Knöpfe seines schwarzen Hemdes, es war ganz einfach, so als zöge man sich selbst aus, und auch der schwarze Stoff glitt zu Boden und traf sich dort mit dem roten Samt, schwarz und rot wie Nacht und Blut. Sie sah Abel an. Sie versuchte zu lächeln. Sie hatte ein wenig Angst.

Die runde Verbrennung auf seinem linken Oberarm glänzte wie ein zweiter Mond – oder wie ein Auge.

»Sieh nicht dorthin«, flüsterte er, und dann zog er sie hinab aufs Deck, zwischen die weißen Segel, die sich von selbst um sie schlossen wie ein Zelt. Es war ganz dunkel in dem Zelt, es gab nichts zu sehen, nur zu tasten und zu fühlen, zu schmecken und zu hören.

»Es ist ein Traum«, flüsterte Anna.

»Es ist eine Zeitblase im Märchen«, flüsterte Abel. »Das hast du doch selbst gedacht.«

In einem Traum, in einem Märchen, muss nichts erklärt werden, und alles ergibt sich von selbst. In dieser Nacht wusste Anna alles und begriff alles und war mit allem vertraut, und einmal dachte sie an Gitta und musste lachen, weil Gitta gar nichts begriff, sondern nur redete. Das Zelt aus Segeln wurde zu einem Kokon und bewegte sich im Rhythmus der Wellen über das Deck, rollte hin und her, ein Kunstwerk von Christo und Jeanne-Claude, eine Verpackung, deren Inhalt niemanden etwas anging. Einmal griff Anna in Blut, sie wusste nicht, wessen Blut es war, vielleicht war es ihres, vielleicht stammte es aus der Wunde an Abels Schläfe, oder konnte es eine Erinnerung sein, das Blut einer dritten Person? Nein, dachte sie, es ist niemand hier. Nur wir beide. Niemand kann zu uns.

Und der Kokon, das Kunstwerk, das Zelt, rollte weiter über das Deck, rollte über die Reling und versank mit denen, die sich darin befanden, in den eisigen Fluten des nächtlichen Meeres. Die weiße Katze, die an Deck lag, schüttelte stumm den Kopf über alles, was sie gesehen hatte.

Als Anna erwachte, war es fünf Uhr früh, und sie war außer Atem. Die weiße Katze, dachte sie plötzlich – war die Katze nicht blind? Sie setzte sich im Bett auf und merkte, dass sie zitterte. Ihr Bett schien unendlich und sie war darin sehr, sehr allein.

»Sieh dir bloß unseren polnischen Kurzwarenhändler an«, sagte Gitta am Montag und sah aus dem Fenster. »Wenn er weiter so dasteht, wird er einschneien. Ich begreife diesen Menschen nicht. Er ist seit morgens da, aber er war nicht in Englisch, er hat die ganze Zeit da draußen gestanden mit seinen Stöpseln in den Ohren.«

»Weißes Rauschen«, sagte Anna.

Gitta warf ihr einen Blick zu. »Wie?«

»Vielleicht hat er seinen Tagesumsatz noch nicht zusammen«, sagte Hennes und lachte. Er strich sein rotblondes Haar zurück und gab Gitta einen freundlichen Schubs. »Physik ist gelaufen, und Mathe morgen ist die letzte Kursarbeit vor dem Abi ... für mich jedenfalls ... Sollten wir nicht feiern? Morgen Abend ... man könnte ihn fragen, ob er was zu rauchen hat. Nichts Hartes. Oder verkauft er bloß Tabletten?«

»Er ist Kurzwarenhändler«, antwortete Gitta leise und legte eine anschmiegsame Hand auf Hennes' Arm. »Er kann so ziemlich alles besorgen. Wenn du was zu rauchen willst, wird er lachen. Das ist einfach, Kinderschokolade, das kriegst du nachgeschmissen. Er verdient allerdings nicht so viel dran, nehme ich an.«

»Heute bin ich großzügig«, sagte Hennes und grinste. »Mir ist direkt nach Trinkgeld zumute. Was meinst du, nimmt unser polnischer Handelsabgeordneter ein Trinkgeld?«

Er schlüpfte in seine Skijacke und ging kurz darauf über den Hof, zwischen den Schneeflocken hindurch, und Gitta seufzte und sagte: »Die Flocken machen sich wirklich gut in seinem Haar. Du könntest diesen Mann einfach als Bild an die Wand hängen ...«

»Wenn er morgen Abend feiern will, vielleicht lässt er sich ja von dir an irgendeine Wand hängen«, meinte Frauke und lachte.

»Das kommt darauf an, was er jetzt mit dem Polen abmacht und was er zu nehmen gedenkt«, meinte Gitta. »Anna, du kommst doch morgen Abend mit?«

»Vielleicht«, sagte Anna.

Sie sah Hennes neben Abel stehen bleiben, im Schneetreiben neben den Fahrradständern, sie sah Hennes' leuchtende Skijacke, sein leuchtendes Haar, seinen aufrechten Gang und daneben Abel, die Hände tief in den Taschen des alten Parkas vergraben, die Mütze weit ins Gesicht gezogen, den Rücken gebeugt, ein dunkler Klumpen von einem Menschen, beinahe völlig in sich selbst verkrochen, beinahe verschwunden, ein hässlicher Fleck vor dem weißen Schnee. Sie sah Hennes mit Abel sprechen. Er nahm die Kopfhörer nicht aus den Ohren.

»Man kann auch feiern, ohne irgendwas zu rauchen«, sagte Bertil. Anna zuckte zusammen. Sie hatte gar nicht gemerkt, dass er neben sie getreten war. Er sah Anna von der Seite an.

»Was denkst du?«, fragte er.

»Ich denke«, sagte Anna leise, »dass ich Hennes von Biederitz nicht mag.«

Mathe lief gut. Anna dachte erst, sie wäre zu abgelenkt. All die Worte, die Abel seit Montag nicht zu ihr gesagt hatte, gingen ihr im Kopf herum. Sie sah ihn über dem Aufgabenblatt sitzen und schreiben. Mitten in der Arbeit zog er den schwarzen Kapuzenpullover aus und saß im T-Shirt da, und sie zwang sich, nicht hinzusehen, nicht nach der Narbe zu suchen, nicht an den Traum zu denken. Sie schaffte es, alle Aufgaben einigermaßen zu lösen. Sie erinnerte sich an Bertils geduldige Erklärungen, an den Blick hinter seiner Brille und an seine Stimme, die Stimme eines nachsichtigen Professors, und es war, als löste Bertil die Aufgaben für sie. Sie wollte das nicht denken, sie wollte gar nicht an Bertil denken, sie hasste diese Art, die er neuerdings hatte – diese Art, sich anzuschleichen.

Aber in der Pause stand er als Einziger alleine herum, so wie meistens, er hatte nicht mitgeschrieben, er war in einem anderen Mathekurs – und da tat er ihr plötzlich wieder leid. Bertil, der alle Zahlen und Integrale und Statistiken begriff und dessen Brille schon wieder rutschte und dessen Seifenblase von innen beschlagen war. Und da ging sie zu ihm und bedankte sich noch einmal für seine Erklärungen und er lächelte.

»Wenn wir heute Abend feiern«, sagte sie, »komm doch mit.«

»Ich?«, fragte Bertil.

Anna nickte. »Ja, du«, sagte sie, »aber tu mir einen Gefallen, und tauch nicht plötzlich irgendwo auf, ohne dass man dich kommen hört.«

»Ich werde mich bemühen, aufzutreten wie ein Elefant«, sagte Bertil und grinste. Sie hatte ihn nie so glücklich grinsen sehen.

Linda fragte nicht, wo Anna hinging, um mit den anderen zu feiern. Sie sagte nur: »Pass auf mit dem Rad, es ist verflixt glatt geworden.«

»Meine Güte, die letzte Kursarbeit«, sagte Magnus.

»Nur für Hennes«, sagte Anna. »Wir haben noch Geschichte, er ist im anderen Kurs …«

»Und dann? Dann kommt direkt das Abi?«, fragte Magnus. »Gott, eben warst du noch im Kindergarten. Und jetzt fährst du nachts alleine in die Stadt. Weiß man denn, wann du wiederkommst?«

»Irgendwann – ich weiß nicht. Nicht zu spät.«

»Mitternacht«, sagte Magnus. »Spätestens.«

Als sie ging, beugte er sich zu ihr hinunter – er war so viel größer als sie, noch immer – und sagte leise: »Was ist mit der Welt, die dir die ganze letzte Zeit über auf der Seele lag? Ist sie weg? Oder … kann es sein … triffst du die Welt heute Abend beim Feiern?«

»Nein«, sagte Anna. »Die anderen sind völlig weltfremd.«

Magnus betrachtete ihr Lächeln wie ein seltsames Bild.

»Irgendwann erklärst du es uns, nicht wahr?«, sagte er. »Linda macht sich Sorgen, weißt du. Weil du in letzter Zeit so … sie sagt, du bist so anders.«

»Irgendwann erkläre ich es euch«, sagte Anna. »Aber dieser Abend ist ein völlig normaler Kneipenabend mit Gitta und den anderen. Er hat nichts mit irgendetwas zu tun.«

Doch Anna und Magnus täuschten sich beide.

Sie trafen sich beim Mittendrin gegenüber vom Dom. Das Mittendrin war eine der wenigen Raucherkneipen der Stadt. In dem winzigen Vorraum, der durch einen schwarzen Vorhang abgetrennt war, blinkte der Zigarettenautomat, und Anna hatte immer das Gefühl, eine Bühne zu betreten, wenn sie durch den Vorhang ins Innere der Kneipe trat. Magnus hatte erzählt, früher hätte es einen Tisch gegeben, der aus einer ausrangierten schartigen Holztür bestand, und die Sessel wären bequemer gewesen. Seit Magnus' Zeiten war das Mittendrin ein Dutzend Mal neu gestylt und gestrichen worden, aber die einzig wirkliche Veränderung war, dass es dort seit dem Rauchverbot mehr Raucher gab. Man konnte drinnen die Luft nicht nur schneiden, sondern wieder zusammenfügen, ohne dass jemand den Schnitt bemerkte. Sie bestand zu achtzig Prozent aus

Zigarettenqualm, zu achtundzwanzig Prozent aus dem Geruch von Cocktails, schwarzen Ledersofas und leicht angestrengter Coolness und zu zwei Prozent aus Qualm, der nicht von Zigaretten stammte. Es war dunkel, und Anna war sich nicht sicher, ob das an der Abwesenheit von Licht oder der Anwesenheit des Qualms lag, der das Licht nicht durchließ. Gitta blätterte glücklich rauchend in der schier unendlichen Cocktailkarte.

»Sex on the beach«, sagte sie.

»Bei diesem Wetter?«, fragte Hennes.

»Das ist der Cocktail, den ich trinke, du Nase«, sagte Gitta.

Bertil saß vor einem Bier und versuchte, lässig zu wirken, was ihm nicht gelang, und Frauke warf Anna einen Blick zu, der sie dafür verfluchte, dass sie Bertil angeschleppt hatte. Anna zuckte mit den Schultern und bestellte einen Wodka.

»Du magst gar keinen Wodka«, sagte Gitta. »Trink mit uns einen Cocktail, mein Kind. Sie haben hier die irrsten Sachen, ich such was aus, was zu dir passt, irgendwas Schönes mit vielen Früchten … immerhin feiern wir Mathe …«

»Lass sie doch trinken, was sie will«, sagte Bertil.

»Verstehe«, meinte Gitta und warf Frauke einen Blick zu. »Du hast Bertil als deine Leibgarde mitgebracht. Nein, Bertil, jetzt guck nicht so beleidigt, das war ein Witz, entspann dich. Also, wenn wir mit diesem Abi fertig sind …«

Anna lehnte sich zurück und sah Gitta dabei zu, wie sie wild gestikulierende Zukunftspläne schmiedete, dabei rauchte und etwas trank, das aussah wie ein Zwischending aus Palmeninsel und Swimmingpool. Gleichzeitig versuchte sie, noch etwas näher an Hennes zu rücken. Es verwunderte Anna selbst, wie sehr sie Gitta mochte und wie wenig Gitta tatsächlich von der Welt wusste, obwohl sie immer so tat. Das Gefühl einer seltsamen Nachsicht breitete sich in ihr aus, schloss Frauke und Hennes und auch Bertil mit ein, sie saß da und hörte sie reden und hörte nicht zu, sie sah ihnen zu und sah durch sie hindurch, es war wie ein Film. Sie saß mit ihrem Wodka außerhalb des Films und war tausend Jahre alt. Keiner von ihnen hatte je eine Insel im Meer versinken sehen, keiner von ihnen hatte die Splitter eines halben Schranks voll Geschirr aus einer Wunde gesucht, keiner war je im grauen Treppenhaus der Amundsenstraße 18 gewesen. Die Erkenntnis traf Anna wie der Knall eines Schusses: Es sind die anderen, dachte sie, die in einer Seifenblase leben. Nicht ich.

Sie redete mit ihnen, ohne sich selbst zu lauschen, redete über belanglose Dinge, sie sah, wie die Gläser sich leerten und wieder füllten, mit anderen Farben, mit anderen blütenartigen Früchten, sie gab den Joint, den Hennes herumgab, unangetastet weiter, sie sah die Zeit verstreichen und war doch nicht da. Sie war auf einem Schiff, sie war auf dem Meer, sie ging mit Abel zwischen den verschneiten Kastanien den Stadtwall entlang. Irgendwann merkte sie, dass Bertil kein Bier mehr trank, sondern mit Frauke einen Cocktail teilte, in dem zwei Strohhalme steckten, und sie dachte, dass das gemein war, weil er vielleicht falsche Schlüsse zog und Frauke Bertil nicht ernst nahm, so wie keiner Bertil ernst nahm. Und sie fragte sich kurz, ob Bertil eigentlich den Joint mitgeraucht hatte. Vermutlich – um cool zu sein. Aber sie war zu sehr nicht da, um weiter darüber nachzudenken.

»Anna«, sagte Gitta, »du träumst. Du träumst, ganz ohne was zu rauchen … träumst du von deinem Studenten?«

»Welchem Stu… ach so, dem Studenten«, sagte Anna. »Ja. Ja, wahrscheinlich. Ich glaube, ich gehe einen Moment an die frische Luft. Ich brauche ein paar doppelte O.«

»Wie?«, fragte Gitta und lehnte sich an Hennes. »Wovon redest du, mein Kind?«

»O_2, Gitta«, sagte Anna. »Sauerstoff.«

Sie stand auf und begann sich einen Weg durch das Gedränge zu bahnen, denn inzwischen drängten sich zu viele Leute mit Gläsern in der Hand zwischen den Tischen. »Warte«, sagte jemand hinter ihr. Bertil. »Anna! Ich komme mit.«

Anna schüttelte den Kopf. »Danke, Bertil«, sagte sie, »aber ich wäre gern allein. Nur einen Moment, ja? Ich …« Ich möchte nachsehen, dachte sie, ob die Sterne hier auch einen Hund und einen Wolf bilden und wie viele Jäger es am Himmel gibt. »Ich … komme gleich wieder«, sagte sie.

Die Kälte draußen schlug ihr ins Gesicht wie eine Wand. Sie hätte, dachte sie, den Mantel anziehen sollen. Sie steckte die Hände in die Ärmel ihres Pullovers und sah, dass sie nicht die einzige Person war, die frische Luft schnappte. Links des Eingangs gab es einen kleinen Alutisch mit einer Bank, die eher im Sommer benutzt wurde, und dort standen ein paar Typen, die sich an ihren Bierflaschen festhielten, Typen, die Anna nicht gefielen, zwei davon mit sehr kurzem Haar und bulligen Nacken wie Stiere. Sie machte einen Schritt zur Seite, beinahe unwillkürlich, und dann hörte sie eine Stimme, die sie kannte. Die Stimme nannte eine Zahl, einen Preis, und Anna sah noch einmal hin. Es war eine Stimme, die sonst andere Worte sagte, klingende Worte, Märchenworte. Abel. Natürlich, Abel auf seiner nächtlichen Runde durch die Kneipen. Irgendwie hatte sie nicht damit gerechnet, ihn zu treffen, sie hatte gedacht, er wäre mehr in den Plattenbauvierteln unterwegs, aber natürlich gab es dort nicht viele Kneipen, und die Innenstadt war voll davon. Sie fühlte, wie ihr warm wurde, auf eine gute und freundliche Art warm, es war seltsam, sie hörte ihn mit diesen Typen reden, die ihr Angst einjagten, sie traf ihn beim Stoffverticken, und dennoch wurde ihr warm.

»Hey, Kleene!«, rief einer von ihnen. »Haste Feuer für mich?« Er kam zu ihr herüber, gefolgt von den anderen, eine Zigarette zwischen den Fingern. »Mein Feuerzeug is kaputt«, sagte er und sah sie auf eine Art an, die sie nicht mochte. Anna dachte, dass es eine gute Idee wäre, jetzt wieder hineinzugehen, aber die beiden Typen standen zwischen ihr und der Tür. Sie wusste nicht, wie nüchtern sie waren.

»Sorry«, sagte sie, »nein. Ich rauche nicht.«

»Siehste, Kevin, sie raucht nicht«, sagte ein anderer Typ. »Det is vernünftig. Da musste dir schon 'ne bessre Anmache einfallen lassen.« Die beiden standen unangenehm nah. Verdammte Scheiße, dachte Anna, warum bin ich gerade jetzt rausgegangen? Warum allein? Abel würde ihr nicht helfen, Abel würde sie nicht kennen, genau wie in der Schule.

Kevin ließ eine ihrer Haarsträhnen durch seine Finger gleiten. Doch da legte ihm jemand eine Hand auf die Schulter. Eine linke Hand, die ihn mit einem kräftigen Ruck zurückriss, von Anna weg. Es war Abels Hand.

»Lass sie in Ruhe«, sagte er.

»Hallo … Abel«, sagte Anna. Mehr bekam sie nicht heraus.

»Sag bloß, so heißt du, Tannatek«, meinte Kevin. »Abel? Was'n das für 'n Name? Und wer is' *sie*?«

»Das ist Anna«, antwortete Abel und legte einen Arm um sie. »Und du lässt die Finger von ihr, wenn du kein Problem mit mir kriegen willst, verstanden?«

»Hey, ganz ruhig, reg dich nicht auf«, sagte Kevin. Abel war sicher zehn oder zwanzig Kilo leichter als Kevin, der Stiernacken. Doch auf eine unerklärliche Weise schien er Respekt vor Abel zu haben.

»Das heißt … ist sie etwa *dein* Mädchen?«, fragte der andere Typ ungläubig. »Ich dachte, du …«

»Denk nicht zu viel«, meinte Abel. »Davon kann man Geschwüre am Kopf kriegen, weißt du, Marcel?«

Kevin lachte und Abel zog Anna ein Stück beiseite.

»Was tust du hier?«, fragte er leise.

»Gitta und die anderen sitzen drinnen«, sagte Anna. »Ich wollte nur an die Luft …«

Abel legte die Hände auf ihre Schultern. »Du frierst ja. Du zitterst.«

Sie nickte. »Aber das ist nicht so wichtig.«

»Natürlich ist es wichtig«, sagte Abel, und dann, leise, mit einem irgendwie privaten Lächeln: »Rosenmädchen. Ich habe dir gesagt, dass die Ranken verwelken werden und du frieren wirst. Du wolltest an Bord bleiben …«

»Ich bleibe«, sagte Anna entschlossen.

Er streifte den Parka ab, schlüpfte aus dem schwarzen Kapuzenpullover und gab ihn ihr, ehe er den Parka wieder überzog.

»Zieh ihn an«, sagte er.

Marcel pfiff durch die Zähne. »Ausziehen!«, rief er. »Mach ruhig weiter, Tannatek … sie kann gleich mitmachen …«

»Halt die Klappe, Marcel«, sagte Abel und trat einen Schritt auf ihn zu. Marcel wich nicht zurück. Er kniff die Augen zusammen und musterte Abel, beinahe erfreut.

»Hey, was ist«, sagte er. »Willst du was? Legst du's auf Schläge an? Dafür bin ich immer zu haben …«

»Das ist keine gute Idee und das weißt du«, erwiderte Abel. »Darf ich dich daran erinnern, was beim letzten Mal passiert ist?«

Kevin lachte wieder, allerdings etwas verunsichert.

Anna beeilte sich, Abels Pullover anzuziehen. Sie hatte das Gefühl, es wäre notfalls besser, die Hände frei zu haben, aber natürlich war das Unsinn …

»Komm«, sagte Abel, nahm ihre Hand und zog sie fort von den Typen. »Gehen wir ein Stück.« Sie gingen die Straße neben dem Mittendrin entlang, den Dom im Rücken, der in den Winterhimmel aufragte wie ein seltsames Nachtschattengewächs. Die Straße hinter ihnen blieb still und leer und frei von Schritten, die ihnen folgten. An den Hauswänden klebte der Schnee im erfrorenen Efeu.

»Ich kann mich mit denen schlagen«, sagte Abel und schüttelte den Kopf. »Aber ich muss es nicht. Keine Angst.«

»Doch«, sagte Anna. »Ich habe Angst. Ich habe in letzter Zeit eine Menge Angst.«

Er blieb stehen und sah sie an. Er hatte ihre Hand losgelassen.

»Ja«, sagte er. »Ich auch. Aber nicht vor diesen Typen. Sie sind dumm. Sie sind so dumm. Sie wohnen draußen, wo wir auch wohnen. Alle dort, die meisten … sind dumm. Es ist nicht ihre Schuld. Sie erben die Dummheit von ihren Eltern und vererben sie an ihre Kinder wie eine Tradition, wie ein Handwerk. Sie trinken die Dummheit mit der ersten künstlichen Ersatzmilch und mit jedem Bier und jedem Klaren und am Ende bauen sie sich ihre Särge aus der Dummheit.«

»Und du?«, fragte Anna.

»Ich?« Er verstand und lachte. »Ich weiß nicht. Ich bin ein Ausrutscher. Ein Versehen. Ich nehme an, Michelle hat irgendwie einen Intellektuellen ins Bett gekriegt. Ich war immer anders. Und vielleicht, als ich sehr klein war … vielleicht war sie da auch anders. Ich kann mich nicht erinnern. Vielleicht war sie einmal eine Mutter, ehe sie aufgab, überhaupt etwas zu sein. Wir haben einen Brief vom Sozialamt bekommen, dass sie sich bei ihnen melden soll. Sie werden wiederkommen, um Fragen zu stellen …«

Anna legte die Arme in den schwarzen Pulloverärmeln um ihn und hielt ihn einen Moment lang ganz fest.

»Irgendwie wird alles gut«, flüsterte sie. »Irgendwie … ich weiß nicht, wie … lass uns noch ein Stück durch den Schnee gehen. Der Schnee ist so schön … sie haben auch gesagt, wir würden nie mehr Schnee bekommen, und jetzt …«

»Was ist mit den anderen? Im Mittendrin?«, fragte Abel, während er neben ihr herging. »Gehst du nicht zu ihnen zurück?«

»Später«, sagte Anna. »Obwohl ich eigentlich nicht weiß, warum. Ich will überhaupt nicht dort sitzen und mit ihnen feiern. Sie feiern, dass Mathe vorbei ist, aber das glauben sie nur. Sie feiern ihre eigene Dummheit. Sie sind genauso dumm wie die Leute in deinem Block … nur auf eine andere Art, weißt du? Ich will etwas ganz anderes … ich will … ich will auf einem Frachtdampfer nach Amerika fahren. Ich will über den Himalaya wandern. Ich will … fliegen … weit weg … irgendwohin. In die Wüste.« Sie breitete die Arme aus und drehte sich im Schnee wie ein torkelndes Flugzeug, wie ein Kind, das ein torkelndes Flugzeug spielt.

»Ja«, sagte Abel. »Vielleicht komme ich mit … nach Amerika und in den Himalaya und in die Wüste.«

Sie blieb stehen, außer Atem, und merkte, dass sie strahlte. »Lass uns das alles wirklich tun«, flüsterte sie. »Nach dem Abi. Lass uns weit, weit wegfliegen.«

»Und Micha?«

»Micha nehmen wir mit. Es kann ihr nicht schaden, die Welt kennenzulernen … wir können alles machen, weißt du … alles … zusammen …«

Er lächelte. »Alles«, sagte er. »Zusammen. Mit mir? Anna Leemann. Du kennst mich gar nicht.«

Und er nahm sie wieder an der Hand und führte sie zurück zum Mittendrin. Sie wünschte sich mit aller Macht, dass er sie noch einmal küsste, aber sie wagte nicht, die Initiative zu ergreifen, sie wusste nicht, was er dachte und was er wollte. Er hatte recht: Sie kannte ihn nicht. Kevin und Marcel standen nicht mehr vor dem Mittendrin. »Also dann …«, meinte Abel. »Die anderen warten auf dich.«

»Komm mit hinein«, sagte Anna plötzlich. »Trink einen Wodka mit. Ich lade dich ein. Du hast genauso Mathe geschrieben …«

»Ich glaube nicht, dass ich zu denen passe, mit denen du hier bist«, sagte Abel.

»Ich auch nicht«, meinte Anna. »Komm trotzdem mit. Sie sind harmlos.«

Abel ließ sich von ihr durch die Tür ziehen, widerstrebend.

»Warte«, sagte er. »Was ist das? Eine Einführung in die bessere Gesellschaft? Pass auf, was du tust.«

Anna lachte. »Wir leben nicht im Mittelalter und auch nicht in Indien. Es gibt keine Kasten. Komm. Frauke zum Beispiel wird sich freuen. Sie hat mal überlegt, sich experimentell in dich zu verlieben.«

»Oh Gott«, sagte Abel und verdrehte die Augen.

Und für einen Augenblick dachte Anna, alles wäre gut. Abel würde sich zu ihnen an den Tisch setzen und mit ihnen lachen und nicht mehr der polnische Kurzwarenhändler sein, sondern ein Mitstreiter gegen das Abi, ein Mensch mit einem Vornamen. Die dunkle, verqualmte Luft nahm sie auf, und sie schlängelte sich voraus zu dem Tisch, an dem die anderen saßen. Er folgte ihr, sie sah ihn Leuten zunicken, die sie nicht kannte und eventuell auch nicht kennen wollte. Er schwamm in der Kneipenluft wie ein Fisch im Wasser, und dennoch zögerte er, zu den anderen an den Tisch zu treten. Gitta lag längs auf dem schwarzen Ledersofa und hatte den Kopf auf Hennes' Knie gelegt. Sie sah auf angenehme Art schläfrig aus, aber nicht wirklich müde; sie sah aus, als hätte sie heute Nacht noch eine Menge vor.

»Anna«, sagte sie und sah mit einem Blinzeln zu ihr auf. »Wo hast du so lange gesteckt?«

»Ich habe draußen jemanden getroffen.« Anna trat zur Seite, um eine vage Geste in Richtung Abel zu machen. Und plötzlich sahen alle am Tisch zu ihr. Gitta setzte sich auf. Sie schien mit einem Schlag wacher zu werden.

»Ach, Tannatek«, sagte sie. »Hallo.« Die anderen sagten nichts. Sie starrten. Und Anna wurde sich auf einmal bewusst, dass sie noch immer Abels Pullover trug. Na und? Sie stellte sich etwas gerader hin. »Wir haben doch noch einen freien Stuhl irgendwo«, sagte sie. »Wir …«

Weiter kam sie nicht. Denn in diesem Moment stand Bertil auf, drängte sich an Frauke vorbei und kam auf sie zu. Er war etwas unstet auf den Beinen.

»So ist das«, sagte er, sehr laut für Bertil. »Ich verstehe. Ich verstehe alles. Fürs Mathe-Erklären bin ich gut genug, fürs Helfen bin ich der Richtige. Aber das war's dann auch. Ich … Du … Du kannst mich mal, Anna Leemann. Ich hab's mir ja … ich hab's mir gedacht, es war ja klar, völlig klar …«

Er hielt sich an Fraukes Stuhl fest. Seine Brille rutschte schon wieder und er riss sie sich plötzlich aus dem Gesicht und knallte sie auf den Tisch.

»Bertil«, sagte Anna, »du bist ja betrunken.«

»Nein«, sagte Bertil, aber seine Worte waren schleppend und schwer. »Ich bin absolut … absolut nüchtern. Zum ersten Mal völlig nüchtern. Du … du musst betrunken sein, schau dich mal an, wie du herumläufst, gehst du jetzt … gehst du unter die Assis, oder was?«

Er kam auf sie zu, ungelenk, brillenlos, beinahe blind, doch in seinen Augen sang eine unerwartete und gefährliche Wut. Anna wich zurück und sie sah Abel ebenfalls einen Schritt zurück machen. Vor den Typen draußen ist er nicht zurückgewichen, dachte sie.

»Bertil, setz dich hin«, sagte Frauke.

»Du hast mir gar nichts zu befehlen«, sagte Bertil mit seiner schweren Zunge. Und mit einer plötzlichen, beinahe ziellosen Bewegung seines Arms stieß er Anna zur Seite und stand Abel gegenüber. Anna hielt sich an der Theke fest, um nicht zu fallen, stieß ein Glas um, hörte das Splittern des Glases und spürte, wie sich die Augen einer Menge Leute auf sie richteten. Auf sie und Abel und Bertil.

Abel stand jetzt still da wie ein Stein. Selbst sein Gesicht war aus Stein. Bertil ging noch einen Schritt auf ihn zu und wischte in einer seltsamen Geste den Schnee von Abels Jacke.

»So cool wie Tannatek in seiner Militärkluft kann ich natürlich nie… niemals werden«, lallte er. »Aber hör mal, da fehlt ein Knopf … ein Knopf an deiner Jacke, und … willst du dir nicht die Haare mal wieder drei … drei Mill… Millimeter … auf drei Millimeter abschneiden? Deine Nazifreunde sehen das sicher nicht gern, wenn sie so lang sind …«

Er streckte die Hand aus und pflückte Abel die schwarze Wollmütze vom Kopf. Abel nahm sie ihm weg und sah ihn an. Mehr tat er nicht. Ihre Gesichter waren jetzt ganz nah, Bertil war ein wenig größer als Abel, aber nicht halb so breit. Es war ruhig geworden im Mittendrin.

Auch Bertil bemerkte die Ruhe, er blickte sich um, er schien es zu genießen, dass alle ihm zuhörten, er wandte sich wieder Abel zu.

»Wenn ich eine Waffe hätte«, sagte er, »würde ich dich erschießen. Wie mein Vater den Hund. Ein Schuss, Ende.«

Da löste sich Abels steinerne Ruhe, er packte Bertil am Arm, und Anna sah, wie fest der Griff war, sie sah die Knöchel seiner linken Hand weiß hervortreten, sie hörte Bertil nach Luft schnappen.

»Wenn du dich mit mir schlagen willst, Bertil Hagemann, dann tun wir das draußen«, sagte er leise.

»Ja, dich schlagen, das kannst du«, zischte Bertil und starrte seinen Arm an. »Nur mit den Wo… den Worten ist es nicht … nicht so weit her, was? Aber so was gefällt den Mädchen vielleicht, wenn einer nichts sagt … vielleicht ist er ja gut im Bett, was, Anna? Erzäh… erzähl uns mal …«

In diesem Moment schnellte Abels rechte Hand vor und gab Bertil eine Ohrfeige. Er hielt ihn mit der linken noch immer fest, und Anna sah, wie er ganz kurz das Gesicht verzog, als der Schmerz durch sein verletztes Handgelenk schoss.

»So«, sagte Abel leise. »Gehst du jetzt mit mir raus oder soll ich dich tragen?«

»Hennes«, sagte Gitta. »Mach was.« Anna hörte tatsächlich etwas wie Angst in Gittas Worten. Aber war das nicht ihre eigene Angst? »Wenn niemand Bertil zur Vernunft bringt«, sagte Gitta, »lässt er sich von Tannatek krankenhausreif schlagen.«

Hennes stand auf und stellte sich neben Bertil. Sein rotblondes Haar leuchtete durch den Zigarettenqualm, er stand so aufrecht wie immer, trotz der zu vielen bunt gefüllten Gläser, trotz des Joints. Er legte Bertil eine Hand auf die Schulter.

»Lass ihn los, Tannatek«, sagte er ruhig. »Wir kümmern uns um ihn. Er ist völlig blau. Er weiß nicht, was er sagt.«

Abel gab Bertil frei und verschränkte die Arme.

»Ich denke, das weiß er ganz gut«, sagte er. »Er ist ehrlicher als du, Hennes.«

»Na... natürlich weiß ich ...«, begann Bertil.

»Sei still, Bertil«, sagte Hennes. Und dann, sehr laut und deutlich: »Ich glaube, Tannatek möchte jetzt gehen.«

Er sah Abel in die Augen und Anna sah Abels Blick. Er war wieder zu Eis gefroren.

»Ja, das glaube ich auch«, sagte der Typ, der im Mittendrin bediente, und dann zu Abel, den er offenbar ganz gut kannte: »Tu mir den Gefallen. Ich habe keine Lust, dich an die Luft zu setzen.«

Abel holte einmal tief Luft, als wollte er etwas sagen. Doch dann drehte er sich schweigend um und ging.

»So, und wenn er weit genug weg ist, schaffst du deinen Freund hier nach Hause«, sagte der Mittendrin-Typ zu Hennes. »Und sieh zu, dass er seinen Rausch ausschläft. Den will ich so schnell nicht mehr hier sehen, verstanden?« Hennes nahm die Hand von Bertils Schulter und Bertil sank plötzlich auf einem leeren Stuhl in sich zusammen.

»Scheiße«, murmelte er, »ver... verdammte Scheiße!«

»Das kannst du laut sagen«, sagte Anna. Sekunden später rannte sie draußen die Straße entlang, die gleiche Straße, die sie eben noch zusammen mit Abel entlanggegangen war. Sie holte ihn am Ende ein, kurz vor der Fußgängerzone.

»Abel!«, rief sie, die Hand nach ihm ausgestreckt, aber in dieser Nacht hatten zu viele Leute die Hände nach anderen Leuten ausgestreckt, und er fuhr herum, hob beide Hände, abwehrend.

»Fass mich nicht an!«

»Ich … das wollte ich nicht!«, sagte Anna. »Ich wusste nicht, dass Bertil … dass er … so betrunken ist, und … es tut mir leid! Ich wollte nicht, dass alles so endet!«

»Wir leben nicht mehr im Mittelalter, was?«, sagte Abel. »Und nicht in Indien. Es gibt keine Kasten. Haha.«

»Aber der Typ vom Mittendrin hat Bertil genauso rausgeschmissen wie dich! Und er hat gesagt, er will ihn dort nicht wieder sehen! Natürlich gibt es keine Kasten! Alle Menschen sind gleich!«

»Hörst du dir eigentlich selbst manchmal zu, wenn du solchen Unsinn redest?«, fragte Abel.

»Nein«, sagte Anna. »Abel. Können wir nicht irgendwohin gehen, wo die anderen nicht sind? Wo es nichts und niemanden gibt? Keine Menschen, keine Kneipen, keine Schulhöfe, gar nichts. Nicht einmal Hochhäuser …«

Er zögerte. Schließlich sagte er: »Elisenhain. Ich wollte sowieso mit Micha rausfahren. Sie liebt den Wald dort, wenn Schnee liegt. Wir könnten morgen fahren.«

»Wann morgen? Wo finde ich euch?«

»Beim russischen Laden. Nachmittags. Vier.« Er wandte sich zum Gehen, und sie hörte ihn murmeln: »Ich muss völlig verrückt sein.«

»Warte!«, rief Anna. »Wohin gehst du jetzt? Kann ich nicht mitkommen?«

Er drehte sich noch einmal um und sein Blick war seltsam. »Nein, Anna«, sagte er. »Dorthin, wo ich jetzt hingehe, kannst du nicht mitkommen.«

Sie setzten Bertil in ein Taxi nach Hause. Gitta war zum Glück zu sehr mit Hennes beschäftigt, um Fragen zu stellen, und Anna entwischte auch Frauke. Zu Hause saß Linda im dunklen Wohnzimmer und tat so, als hätte sie nicht gewartet.

»Du kannst jetzt schlafen gehen«, sagte Anna und gab ihr einen Gutenachtkuss. »Entschuldige, ich rieche wahrscheinlich wie eine Tabakfabrik.«

»Du zitterst ja«, sagte Linda. »Hattest du nicht genug an?«

»Doch«, sagte Anna. »Sogar einen Pullover, der mir gar nicht gehört. Es ist nicht die Kälte. Ich glaube, es ist die Wut.«

»Auf was?«, fragte Linda, doch Anna zuckte nur die Schultern. »Vielleicht auf mich selbst«, antwortete sie.

Am nächsten Tag kamen die Fragen. Hunderttausend Fragen, die stachen wie kleine, scharfe Nadeln. Frauke schoss die meisten ab, aber Gerüchte laufen schnell, und auch die Blicke der anderen in der Kollegstufe gerieten unter Annas Haut. Anna Leemann – nachts, im Pullover des polnischen Kurzwarenhändlers? Stimmte es, dass sie was mit ihm hatte?

»Ach, wie aufregend«, sagte Frauke. »Erzähl mal, wie ist er denn so? Ich meine, ohne die Militärjacke und den schwarzen Pullover und … ohne alles?«

Anna antwortete nicht. Sie antwortete keinem. Seltsamerweise blieb nur Gitta still.

Abel stand im Hof wie immer, in der klirrenden Kälte, die Hände in den Taschen vergraben. Es fiel kein neuer Schnee, doch der alte blieb hartnäckig liegen. In der zweiten Pause trat Bertil zu Anna und wusste nicht, wo er hinsehen sollte.

»Ich wollte mich entschuldigen«, sagte er leise. »Wegen gestern

Nacht. Ich weiß nicht so genau, was ich gesagt habe … Nach dem, was ich gehört habe, war es wohl nichts Nettes. Ich hätte weniger trinken sollen.«

»Kinder und Betrunkene sagen die Wahrheit«, erwiderte Anna.

»Es … es tut mir leid!«, sagte Bertil. »Kannst du mir nicht verzeihen?«

»Nicht jetzt«, sagte Anna. »Und überhaupt bittest du die falsche Person um Verzeihung. Du musst schon über den Hof zu den Fahrradständern gehen, um die richtige Person zu treffen.«

»Oh nein«, sagte Bertil. »Nein, bestimmt nicht. Anna … ihr seid nicht wirklich zusammen, oder? Sag mir, dass das nicht stimmt.«

Anna ließ ihn stehen und ging hinaus, ging selbst über den Hof, sie hatte das Gerede satt, sie hatte die anderen satt, alle. Es war ihr egal, was sie dachten, und sie konnte nicht länger auf Abels private Glaskugel achten, die er da draußen um sich baute. Sie stellte sich neben ihn und sagte: »Weißes Rauschen?«

Er nickte.

»Bitte«, fragte sie, »kann ich einen Ohrstöpsel von dir haben? Ich habe die anderen so satt. Ich will ihre Fragen nicht mehr hören und ihre blöden Kommentare.«

Er sah sie nicht an. Er gab ihr wortlos einen seiner Ohrstöpsel. Er hatte begriffen, dass es keinen Sinn mehr hatte, so zu tun, als würde er Anna nicht kennen. Das weiße Rauschen aus dem Walkman hüllte sie beide ein wie eine dicke Decke aus Neuschnee, es faltete seine Flügel über ihnen zusammen und schloss die neugierigen Blicke aus.

Und die Welt unter den Flügeln des weißen Rauschens war auf wunderbare Weise vollkommen still.

Nachmittags um vier schwang das Schild des russischen Ladens in der Hainstraße im Wind hin und her wie stets, zeigte mal seine russische und mal seine deutsche Seite, die russischen Süßigkeiten in ihren Papier-Goldboxen verblassten im Schaufenster, und die russischen Puppen stapelten sich von selbst im halb blinden Schaufenster ineinander – aber weiter hinten in der Straße waren drei Gestalten unterwegs, und am Ende der Straße begann der Wald.

Die hohen Buchen ragten still in den Winterhimmel, ihre schneeverzierten Äste glichen abstrakten Jugendstilornamenten, und weit, weit oben hatte jemand sie mit tausend kleinen Singvögeln verziert. Der Elisenhain um vier Uhr nachmittags an einem Februartag schien der wunderbarste Ort der Welt zu sein. Ein Märchenwald voller unsichtbarer Geschichten, ein Geschichtenwald voller unerzählter Märchen, ein Wald voller märchenhafter Erzählungen …

»Bertil hat sich entschuldigt«, sagte Anna. Sie bogen auf die alte Straße ab, die Pflasterstraße, die die alten Pferdewagen früher zu zwei Rinnen zerfahren hatten, doch nun lag das Pflaster tief unter dem Schnee verborgen. Micha lief voraus wie meistens und zählte die Rehspuren.

»Bertil«, wiederholte Abel. »Tu mir einen Gefallen und erwähn diesen Namen eine Weile nicht mehr, ja?«

»Er ist auf seine Art ein armer Kerl«, sagte Anna. »Er …«

»Ist es das?«, fragte Abel bitter. »Ist das der Grund, weshalb du mit mir hier unterwegs bist? Sammelst du Leute, von denen du denkst, dass sie arm dran sind und man ihnen helfen muss?«

»Du weißt ganz gut, warum ich hier mit dir unterwegs bin«, sagte Anna, blieb stehen und sah ihn an. Und sie dachte, dass sie vielleicht doch die Initiative ergreifen musste, wenn es einen zweiten Kuss geben sollte. Sie hatte Angst, dass er zurückweichen würde, nach allem, was gestern Nacht geschehen war, Angst, dass damit alles verspielt wäre. Sie sah zu den Buchen, sie bat um ein Zeichen, doch die Buchen waren stumm und still und halfen ihr nicht.

Da warf sie ihre Angst ganz alleine über Bord und küsste ihn trotz allem. Und er wich nicht zurück. Vielleicht, dachte sie, hatte er darauf gewartet, dass sie tat, was sie tat.

»Kann es sein«, sagte er nach einer Weile, etwas außer Atem, und betrachtete den obersten ihrer Mantelknöpfe, der sich gelöst hatte, »dass du wieder oder immer noch meinen Pullover trägst? Ich habe es in der Schule nicht bemerkt ...«

»Ich ... ich gebe ihn zurück ...«

»Nicht jetzt«, sagte Abel. »Jetzt sollten wir Micha einholen.«

Er nahm sie an der Hand, und sie begannen zu rennen, die alte Straße entlang, schlitternd auf den überfrorenen Pflastersteinen, die unter dem Schnee lagen – es war, als wären sie zwei Kinder, zwei Kinder in einem Märchenwald. Es hätte Weihnachten sein können, dachte Anna, es hätten silberne Glöckchen in den Ästen hängen können und polierte rote Äpfel, es hätte Musik aus den Wipfeln hinabklingen können, ganz leise, und hinter einer der Buchen hätte Gittas alter Schlitten mit dem roten Band warten können ...

»Fangt mich!«, rief das dritte Kind, das Kind in der rosa Daunenjacke. Und es floh, hinein in den Wald, auf einem Pfad, der von der Straße wegführte, quer durch die hohen Säulen der Baumstämme. Ein zugefrorener Bach wand sich am Pfad entlang, schlängelte sich bläulich glitzernd durch die Winterpostkarte, gesäumt von gefrorenen Büscheln langen Grases, und Micha sprang mit einem Satz darüber, kichernd, übermütig, und rannte am anderen Ufer weiter. Anna war hinter Abel zurückgeblieben, auf dem Pfad hatten sie sich loslassen müssen, aber jetzt rutschte er aus und landete in dem gefrorenen Bachbett, und sie lachte und rannte an ihm vorüber. Sie holte Micha an einer Stelle ein, wo der Pfad sich gabelte, doch Anna blieb nicht stehen. Sie schlug den linken Pfad ein und rief über ihre Schulter.

»Ha! Und jetzt könnt *ihr mich* fangen!« Vor ihr tauchte der Pfad in einiger Entfernung in ein dicht eingeschneites Haselgebüsch, vielleicht war es gar kein Pfad, sondern ein Wechsel, den die Rehe benutzten. Sie sah sich im Rennen um. Micha kam ihr nicht nach, sie stand immer noch an der Weggabelung, seltsam unschlüssig. Aber Abel näherte sich jetzt. Anna lief weiter, auf das Haselgebüsch zu, sie könnte sich hineinwerfen und sich darin verstecken, obwohl er sie natürlich sofort finden würde, es wäre ein Spiel, ein Kinderspiel ... Er erreichte sie kurz vor dem Haselgebüsch und riss sie zu Boden und sie landeten beide im Schnee. Anna versuchte, sich wieder aufzurappeln, aufzuspringen, weiterzurennen, doch er hielt sie fest, und sein Griff war plötzlich eisern. Sie sah zu ihm auf. Seine Augen waren golden. Nein, das hatte sie sich eingebildet, sie waren blau wie immer.

»Hey!«, sagte sie. »Lass das! Lass mich los!«

»Nicht hier entlang«, erwiderte Abel. »Hier wird der Wald zu dicht.«

»Aber es ist schön hier«, sagte Anna. »Im Frühjahr blühen bei diesem Haselgebüsch die meisten Buschwindröschen, ich bin schon oft hergekommen ...«

Abel zog sie auf die Beine. Sein Griff war noch immer eisern. Er hatte sie mit der rechten Hand gepackt, in seiner Eile hatte er vergessen, dass das Handgelenk verletzt war, und sie sah, wie er die Zähne zusammenbiss, um den Schmerz zu ertragen. Aber er ließ sie nicht los.

»Im Winter blühen dort keine Buschwindröschen«, sagte er. »Micha hat Angst vor der Dunkelheit, durch die dieser Pfad führt. Lass uns zurückgehen und den anderen nehmen.« Er hatte recht, Micha stand noch immer an der Gabelung und sah zu ihnen hinüber, sie ging keinen Schritt weiter.

Als sie wieder bei ihr waren, löste Abel seinen Griff um Annas Arm und fasste Micha an der Hand. Ihre Augen waren groß und erschrocken.

»Ich dachte schon, Anna läuft dort hinein«, flüsterte sie. »Das darfst du nicht, weißt du, Anna? Dort zwischen den Haselbüschen liegen umgestürzte Bäume, die sind hohl innen, und darin wohnen die Unsichtbaren. Sie haben scharfe Zähne, glühende Zähne wie heiße Eisen. Sie können beißen.«

Anna folgte ihr und Abel auf dem anderen Pfad, der zurück zur Straße führte, und erst auf der Straße verließ die Angst Michas Augen.

»Hier ist es besser«, sagte sie. »Ich hätte den Pfad gar nicht entlangrennen sollen … ich hatte es vergessen. Abel haben die Unsichtbaren schon einmal gebissen, weißt du … es hat richtig geblutet, sein ganzer Ärmel war voller Blut …«

»Micha erzählt auch manchmal Märchen«, sagte Abel und strich ihr über das blassblonde, schneeblonde Haar. »Aber ich, ich erzähle heute nicht von den Unsichtbaren im Wald. Ich erzähle von der Insel der Bettlerin.«

»Der Insel der Bettlerin?«, fragte Micha.

»Ja«, sagte Abel. Er hakte auf der einen Seite Anna ein und nahm auf der anderen Micha an der Hand, und so wanderten sie zurück durch den Elisenhain, und Anna versuchte, die Unsichtbaren zu vergessen. Sie wollte nicht über ihre scharfen Zähne nachdenken, die einem die Arme blutig bissen, nein, nicht jetzt. Sie wollte nur hier mit Abel und Micha zusammen durch den Wald gehen und eine Geschichte hören und sich eine kleine Weile keine Sorge machen.

»Die Insel der Bettlerin war die nächste Insel, die das grüne Schiff anlief«, sagte Abel. »Das einzige Gebäude darauf war ein winziges, ärmliches, graues Haus. Der Wind pfiff durch die Öffnungen in der Mauer, und man hörte ihn weit, weit hinaus übers Meer: ›Gebt mir eine milde Gabe‹, pfiff der Wind, ›dies Haus ist alles, was ich habe. Sind Scheiben nicht noch Möbel drin, dies ist das Haus der Bettlerin.‹

Neben dem Haus stand ein kahler Baum, und der Wind pfiff durch seine blattlosen Äste und sang: ›Gebt mir eine milde Gabe, der Baum ist alles, was ich habe. Kein Apfel dran, kein Saft darin, dies ist der Baum der Bettlerin.‹ Und auch im Kamin pfiff der Wind: ›Gebt mir eine milde Gabe, mein Herd ist alles, was ich habe. Ist Kohle nicht noch Feuer drin, dies ist der Herd der Bettlerin …‹

›Lasst uns anlegen!‹, rief die kleine Königin. ›Wir müssen den Baum zum Leben erwecken und den kalten Ofen wärmen! Vielleicht kann mein Herz aus Diamant der Bettlerin helfen! Zu etwas muss es doch gut sein, dieses Herz aus Diamant!‹

So legten sie an der Insel der Bettlerin an, und die Bettlerin kam aus ihrem Haus gelaufen und konnte gar nicht fassen, dass jemand sie besuchte. Sie war in Lumpen gekleidet, dünn und grau und zerzaust, und sie sah uralt aus, obwohl sie vielleicht noch jung war. ›Oh!‹, rief sie. ›Schon immer wollte ich eine Königin auf meiner Insel begrüßen! Aber ich kann dir gar nichts anbieten, kleine Königin, denn ich besitze nichts … Seht ihr die Insel dort hinten am

Horizont? Das ist die Insel des reichen Mannes. An klaren Tagen kann man seinen Palast sehen. Seit Jahren schreibe ich Briefe an ihn, die stecke ich in die Flaschen, die hier angespült werden, und werfe sie ins Meer. In jedem Brief habe ich ihn um Hilfe gebeten und ich habe nie eine Antwort erhalten …‹

Die kleine Königin legte ihre Hand auf den toten Baum und bat ihr diamantenes Herz, ihn wieder zum Leben zu erwecken, doch er blieb tot. Sie legte ihre Hand auf den Sims des kalten Kamins, doch er blieb kalt.

›Es liegt an mir‹, sagte die Bettlerin traurig. ›Was immer ich anfasse, wird grau und kalt … ich habe einfach kein Glück mit den Dingen.‹

›Komm mit an Bord‹, sagte die kleine Königin. ›Wir bringen dich hinüber zur Insel des reichen Mannes.‹

Die Bettlerin seufzte schwer, denn es ist nicht leicht, sein Zuhause zu verlassen, auch wenn es aus einem kalten Kamin und einem toten Baum besteht.

Schließlich ließ sie sich aber doch vom Rosenmädchen an Bord helfen und das grüne Schiff legte wieder ab. Das Rosenmädchen sah unten im Wasser den Seelöwen schwimmen, und es sah, wie er den Kopf schüttelte. ›Wir haben keine Zeit‹, sagte er leise. ›Seht ihr nicht, dass die schwarzen Segel schon wieder näher gekommen sind?‹

Er tauchte wieder in eine Welle, die voller Eissplitter war, und das Rosenmädchen sah in den klaren Strudeln eine kreisrunde Wunde auf seiner rechten Flosse, ehe er verschwand.

Auf der Insel des reichen Mannes stand ein Palast aus blauem Glas wie das Eis eines Baches im Winterwald. Und in den Scheiben sang der Wind:

›Was kann diese Insel geben?
Freude, Farben, Licht und Leben.
Was dein Herz begehrt, sie kann es.
Dies ist die Insel des reichen Mannes …‹

Drinnen, im Schutz der wärmenden Scheiben, wuchsen Orangen- und Zitronenbäume, hohe Dattelpalmen und Bananenstauden in großen verzierten Töpfen. Im Kamin brannte ein behagliches Feuer, und auf dem Sofa davor lag ein Brief, beschwert mit einem goldenen Briefbeschwerer.

›Verehrte Reisende‹, las der Leuchtturmwärter vor. ›Bedient euch an den Früchten in meinem Gewächshaus. Ich bin für eine Weile fort. Ich habe heute Morgen eine Flaschenpost gefunden, in der steht, dass da draußen auf der Insel eine Bettlerin lebt. Ich dachte bis jetzt, die Insel wäre unbewohnt … Nun bin ich unterwegs dorthin. Ich werde die Insel der Bettlerin verwandeln. Alles, was ich anfasse, wird fruchtbar und schön, ich weiß nicht, ich habe eben Glück mit den Händen.‹

›Oh!‹, rief die kleine Königin. ›Er ist nicht mehr hier! Er ist auf seinem eigenen Schiff davongefahren, um die Insel der Bettlerin zu besuchen! Er ist an uns vorübergefahren, ohne dass wir ihn bemerkt haben!‹

›Aber jetzt kann die Bettlerin doch im Palast wohnen‹, sagte das Rosenmädchen.

Die Bettlerin setzte sich zwischen die Orangenbäume. Sie sah ein wenig verloren aus.

›Vergiss nicht, die Orangen zu gießen‹, sagte die kleine Königin.

›Ja …‹, sagte die Bettlerin vage.

›Und vergiss nicht, ab und zu die Fenster des Palastes zu putzen, damit Licht hereinkommt und die Bäume wachsen können!‹

›Ja …‹

Sie nahmen einen Korb voll Früchte mit und gingen zurück an Bord des grünen Schiffes.

›Jetzt ist sie glücklich‹, sagte die kleine Königin und drückte Frau Margarete fest an sich vor Freude, sodass Frau Margarete etwas platt und ungehalten wurde. ›Wir haben ihr geholfen.‹

Aber das Rosenmädchen und der Leuchtturmwärter standen am Heck und blickten zurück zur Insel des reichen Mannes. Da blickte auch die kleine Königin zurück. Und sie sah, dass der Palast ein wenig grau aussah, als wäre er dabei, seine Farben zu verlieren. Die Orangenbäume verloren ihre Orangen und begannen zu welken. Auf der Insel der Bettlerin aber schien der tote Baum zu grünen.

›Das ist der reiche Mann mit seinen Glückshänden‹, sagte der Leuchtturmwärter.

›Und die Bettlerin mit ihren Unglückshänden‹, sagte das Rosenmädchen.

›Oh nein!‹, rief die kleine Königin. ›Vielleicht müssen sie sich treffen, damit alles gut wird?‹

›Schreit nicht so herum!‹, sagte die blinde weiße Katze. ›Ich will schlafen. Man kann die Dinge eben nicht ändern. Arm bleibt Arm und Reich bleibt Reich, und *die*, die treffen sich nie.‹

Die kleine Königin löste ihren Blick von den Inseln und da sah sie das schwarze Schiff. Es schob sich vor das Bild der Insel, schloss das Tageslicht aus, erhob sich wie ein drohendes Gebirge aus dunklen Masten und Segeln und Tauen, ganz nah. Sie hörten den Wind in der Takelage singen:

›Segel schwarz und schwarz die Planken,
wir sind die, die niemals wanken,
niemals zögern, niemals zaudern,

niemals lächeln, niemals plaudern.
Unser Schiff ist unversenkbar,
nur von schwarzen Händen lenkbar,
scheut kein Wetter, scheut kein Riff,
dieses ist der Jäger Schiff.‹

›Werden sie uns töten?‹, fragte der Fragende auf dem Bug.

›Im Elisenhain, zwischen den Haselbüschen‹, antwortete der Antwortende auf dem Heck.

Die kleine Königin klammerte sich an das Rosenmädchen. Der Schatten des schwarzen Schiffes berührte die Reling. Zwei schwarze Gestalten standen dort und blickten zu ihnen hinüber, eine übergewichtige Frau im Trainingsanzug und ein jüngerer Mann. Dahinter konnte die kleine Königin noch zwei Leute sehen: ein älteres Paar.

In diesem Augenblick landete der silbergraue Hund an Deck.

›Hört zu‹, sagte er. ›Wenn es nicht anders geht, müsst ihr das Luftschiff nehmen. Es liegt zusammengefaltet unter den Fellen in der Kajüte. Wenn man es herausnimmt, bläst der Wind es zu einem Ballon auf. Die Kajüte kann sich in eine Gondel verwandeln, die müsst ihr darunterhängen … Aber benutzt das Luftschiff nur im Notfall. Es fliegt mit dem Wind. Und der Wind weht zurzeit vom Festland weg. Wenn ihr das Luftschiff benutzt, seid ihr sicher vor den Jägern, aber ihr werdet das Festland vielleicht nie erreichen.‹

Da kniete die kleine Königin nieder und schlang ihre Arme um den Hals des Hundes. ›Warum sagst du IHR?‹, fragte sie. ›Was ist mit dir? Verlässt du uns denn?‹

›Ja‹, sagte der silbergraue Hund. ›Ich halte sie auf.‹

Und dann löste er sich aus der Umarmung der kleinen Königin und sprang mit einem großen Satz – nein, beinahe *flog* er – mitten durch die Luft auf das schwarze Schiff.«

10

Sisters of Mercy

»Ja … aber … und dann?«, fragte Micha atemlos.

»Ich weiß nicht, was dann passiert ist«, sagte Abel. »Es ist vielleicht noch nicht passiert. Wir müssen abwarten. Außerdem sind wir da.«

Sie hatten die verschneiten Buchen hinter sich gelassen und standen wieder am Ende der Hainstraße vor dem russischen Laden. Abel schloss sein Rad auf. »Das Schloss ist beinahe festgefroren«, sagte er. »Es ist wirklich verdammt kalt.«

»Lass uns nach Hause fahren und heißen Apfelsaft mit Zimt trinken«, sagte Micha, »und Pfannkuchen backen. Es ist genau das richtige Wetter für Pfannkuchen. Und du musst Anna noch zeigen, wie es geht. Wie man sie umdreht und wirft und alles.«

»Vielleicht möchte Anna lieber nach Hause gehen«, sagte Abel. »Vielleicht muss sie noch etwas für die Schule tun oder Querflöte üben oder …«

»Soll Anna lieber nach Hause gehen möchten?«, fragte Anna.

Er schüttelte langsam den Kopf.

»Komm mit.« Und dann stahl sich ein Grinsen auf sein Gesicht. »Es wird wohl Zeit, dass du lernst, Pfannkuchen zu wenden.«

Der graue Flur war ihr beinahe schon vertraut, die Bierflaschen, die sich vor einer Tür stapelten, die sauer gewordene Luft, die scharfen Zähne der Stufen, das schiefe Geländer. Sie waren im ersten Stock, als sich die Tür unten öffnete.

»Abel!«, rief Frau Ketow. »Warte!«

»Geh schon hinauf«, sagte Abel zu Micha und beugte sich übers Geländer. Unten stand Frau Ketows ausladende Gestalt im Trainingsanzug, hielt sich mit einer Hand am Geländer fest und verrenkte den Kopf, um zu Abel hinaufzusehen.

»Ich wollt nur sagen, die Michelle«, rief sie hinauf, »die kommt nicht zurück, was? Ich weiß, dass sie nicht zurückkommt.«

Abel machte seine Augen schmal und sah sie an.

»Woher?«, fragte er und begann langsam, die Stufen wieder hinunterzugehen. Anna folgte ihm.

»Ich könnt's schon erzählen. Aber ich tu's nicht«, sagte Frau Ketow, leiser. »Ich weiß 'ne Menge.«

Abel stand jetzt genau vor ihr. Sie reichte ihm bis zur Brust. Ihr Trainingsanzug war fleckig, das strähnige Haar hatte sie zu einem straffen Pferdeschwanz zusammengezwungen, der ihr breites, formloses Gesicht bloßstellte. Vorn war eine Strähne rot gefärbt. Anna fragte sich, wie sie aussehen würde, wenn sie zwanzig Kilo abnahm. Ob sie dann hübsch wäre. Ob sie es gewesen war, früher einmal. Aus der Wohnung hinter ihr drang Kindergeschrei.

»Ich weiß auch, dass das Sozialamt jetzt dauernd bei euch vor der Tür steht«, fuhr Frau Ketow fort. »Die wollen die Kleine, was? Du kannst die Kleine nicht behalten, Abel, ist dir doch klar, oder? Ich wollt nur sagen, du musst dir keine Sorgen machen. Ich hab schon meine drei Pflegekinder, aber das macht nichts. Ich könnt noch ein viertes nehmen. Die Kleine, die könnt im Haus bleiben, du könntst sie immer sehen, ich hätt nichts dagegen. Sie könnt bei mir wohnen, die is ja größer wie die andern, das geht schon, ich würd das dem Sozialamt auch sagen, weißt du, ich hab keine Probleme mit denen, ich nicht …«

Abel trat noch einen Schritt näher und Frau Ketow wich zurück.

»Richten Sie Ihren Freunden vom Sozialamt einen schönen Gruß aus«, sagte er kalt. »Und sagen Sie ihnen, Michelle kommt zurück.« Er sah jetzt wieder gefährlich aus, ein großer grauer Wolf im Hausflur, er fletschte die Zähne, und obwohl man es nicht sehen konnte, sah Frau Ketow es.

»Die … die war nie so zu mir«, sagte sie und wich weiter zurück. »Wir haben uns verstanden, die Michelle und ich, wir haben manchmal eine zusammen geraucht …«

»Ich bin nicht Michelle«, sagte Abel. »Und jetzt gehen Sie und kümmern Sie sich um die Pflegekinder, die Sie schon haben. Dafür bezahlt Sie das Sozialamt.«

Damit drehte er sich um und ging die Treppen hinauf, diesmal ohne stehen zu bleiben. Oben schloss er die Wohnungstür auf, streifte die Schuhe ab und legte im Flur einen Moment die Hände vors Gesicht. Anna stand hilflos daneben, sie wollte etwas tun, etwas sagen, irgendetwas Hilfreiches, doch ihr fiel nichts ein. Ihr fiel nur ein, dass sie Frau Ketow heute schon gesehen hatte. An Bord eines schwarzen Schiffes.

Abel nahm die Hände herunter und sah sie an. »Pfannkuchen?«, fragte er.

Sie nickte.

Und dann saß sie zusammen mit Micha in der Küche auf dem schmalen Fensterbrett, während Abel Pfannkuchenteig rührte. Die

Küche füllte sich mit dem Geruch nach Pfannkuchenteig und heißem Öl, die Scheibe des schmalen Fensters beschlug von innen. Anna malte ein Schiff in die Millionen winziger Tropfen, und Micha malte einen Hund, der auf dem Bug stand. Aus dem alten Kassettenrekorder auf dem Küchentisch klang Leonard Cohen.

Oh, the sisters of mercy, they are not departed or gone.

They were waiting for me when I thought that I just can't go on.

And they brought me their comfort and later they brought me this song.

Oh, I hope you run into them, you who've been travelling so long …

Frau Ketow war weit weg.

»Siehst du, und wenn sie sich am Rand von selbst lösen, dann muss man die Pfanne schütteln und den Pfannkuchen werfen«, sagte Abel. »Guck, hier …«

Anna glitt vom Fensterbrett und stellte sich hinter ihn, um sich die Pfannkuchen genau anzusehen, und einen Moment lang ruhte ihr Kinn auf seiner Schulter. Sie hätte gerne länger dort gestanden. Aber Abel trat zurück und warf den Pfannkuchen, er fing ihn tatsächlich wieder auf, und Micha klatschte.

»Abel«, sagte sie, »kann nämlich alles, weißt du?«

Und Anna dachte: Wenn man sich nur mit Pfannkuchen durchs Abitur werfen könnte!

»Wartet«, sagte Micha. »Ich glaube, ich habe was gehört. Vielleicht …«

Anna folgte ihr in den Flur. Es klingelte. Es klingelte jetzt zum zweiten Mal.

»Vielleicht ist sie das«, flüsterte Micha.

»Wer?«, fragte Anna.

»Michelle«, sagte Micha. »Sie mochte Abels Pfannkuchen immer so gerne. Vielleicht hat sie sie gerochen und ist nach Hause gekommen.« Sie rannte zur Tür und riss sie auf, ehe Anna überhaupt etwas sagen konnte. Und beinahe wollte Anna glauben, Michelle stünde jetzt vor der Tür und alles würde gut werden. Wenn man nur stark genug daran glaubte.

Vor der Tür stand ein Mann, den Anna noch nie gesehen hatte. Er trug eine Wildlederjacke mit Schaffell innen, einen Islandpullover und Jeans. In seinem linken Ohr glänzte ein silberner Ring und in seinem Dreitagebart hing ein breites Lächeln. Unter dem Arm trug er eine schwarze Aktenmappe.

»Das ist aber schön, dass du mir doch einmal aufmachst«, sagte der Mann zu Micha und stellte seinen Fuß in die Tür, ehe Micha sie wieder schließen konnte. Er schüttelte ihr die Hand, dann schüttelte er Anna die Hand, und dann schloss er die Tür hinter sich.

»Ich weiß nicht, wer Sie sind«, sagte er zu Anna, »aber mein Name ist Sören Marinke. Ich komme vom Sozialamt. Ich war schon hier, aber bisher hat niemand mich hereingelassen. Ich denke, es ist höchste Zeit, dass wir uns unterhalten.«

Das Sofa im Wohnzimmer war zu weich, es fiel Anna zum ersten Mal auf, wie wenig Halt es bot. Sie hörte Abel in der Küche mit Geschirr klappern. Aber sie wusste, dass er lauschte.

Marinke saß auf dem Sessel, Anna und Micha gegenüber.

»Tja, also«, sagte er, rutschte auf dem Sessel nach vorne und stützte seine Hände auf die Knie, wie jemand, der etwas auf sehr effektive Weise besprechen und dann anfangen will zu handeln. »Du bist Micha, nicht wahr? Micha Tannatek? Ich bin Sören Marinke. Du kannst Sören zu mir sagen …«

Micha schüttelte den Kopf. »Warum sollte ich das sagen?«, fragte sie, und Anna verkniff sich ein Lachen. Marinke sah etwas irritiert aus.

»Micha ... ich bin wegen deiner Mutter hier.«

»Die ist verreist«, sagte Micha. »Sie heißt Michelle. Sie kommt bald wieder.«

Marinke nickte. »Wir haben uns nur gefragt, ob es vielleicht gut wäre, wenn du woanders wohnen könntest, bis sie wiederkommt.« Er sah zu Anna hinüber. »Sind Sie irgendwie verwandt?«

Anna schüttelte den Kopf. »Ich bin nur ... eine Freundin.«

»Sie ist Abels Freundin«, erklärte Micha, und obwohl die Situation denkbar unpassend dafür war, hüpfte etwas in Anna ein wenig, als sie das sagte. Sie war – war sie? War sie Abels Freundin?

»Abel«, sagte Marinke und nahm einen Zettel aus seiner Mappe, um etwas darauf nachzusehen. »Abel Tannatek ... das ist der Halbbruder von Micha, ist das richtig?«

Anna nickte. Marinke fand noch eine Notiz und fügte rasch hinzu: »Dass ihr Vater kürzlich ... verstorben ist, das tut mir furchtbar leid. Aber wir müssen eine Lösung finden. Michas Mutter ... kennen Sie sie? Wissen Sie, wo sie ist?«

»Nein«, sagte Anna. »Keiner scheint das genau zu wissen.« Sie fragte sich, ob sie hätte lügen sollen. Ob sie hätte sagen sollen: Ja, ich kenne sie gut, sie ist nur für ein Weilchen verreist, das tut sie häufiger ...

»Dieser ... Abel ... er ist siebzehn, nach meinen Angaben ... wenn Frau Tannatek wirklich wiederkommt ... mit siebzehn kann man sicher gut ein paar Tage alleine wohnen, was? Es wäre Unsinn, auch etwas für ihn zu suchen ... wir würden ... ich meine, ich würde ein Auge zudrücken, wenn es darauf ankommt, sonst gibt es noch mehr Aufstand ... aber die Kleine braucht jemanden, der sich um sie kümmert.«

»Abel kümmert sich doch um sie«, sagte Anna. Sie fragte sich, ob Marinke das Geschirrgeklapper in der Küche nicht gehört hatte. Vermutlich schon. Vermutlich wusste er ganz genau, dass Abel da war und dass er ihn genauso gut selbst fragen konnte. Hoffte er, dass er irgendetwas aus Anna herausbekommen würde, was Abel ihm verschwiegen hätte?

»Wenn meine Angaben stimmen, steht er kurz vor dem Abi. Er kann sich nicht rund um die Uhr um ein kleines Mädchen kümmern.«

»Doch!«, rief Micha und sprang auf. »Das kann er wohl! Ich will nirgendwo anders hin! Nirgendwann nirgendwo zu nirgendwem!«

»Setz dich wieder«, bat Herr Marinke. »Lass uns mal zusammen überlegen. Hast du nicht noch irgendwelche anderen Verwandten?«

»Wir haben Onkel Rico und Tante Evelyn«, antwortete Micha, und ihre Stimme klang ganz hohl und dumpf, als sie das sagte. »Ich mag sie aber nicht. Ich geh da nicht hin, außer im absoluten Notfall. Wir waren mal bei ihnen, für die Ferien. Ich glaube, sie mögen Kinder nicht. Sie wollen nicht, dass man laut ist, und alles. Onkel Rico ist wegen irgendwas sehr böse geworden, und er gibt manchmal Ohrfeigen und schreit rum, und die wohnen ganz weit weg, da will ich nicht hin. Die wollen das sicher auch nicht.«

»Es gibt auch noch die Möglichkeit einer Pflegefamilie«, sagte Marinke. »Weißt du, Micha, wenn deine Mutter irgendwie doch nicht so bald wiederkommt, dann darfst du einfach ... bis sie wiederkommt ... bei einer anderen netten Familie wohnen. Aber das ist zweitrangig. Zuerst müssen wir feststellen, wer eigentlich gesetzlich für sie verantwortlich ist ...«

Er merkte, dass Anna und Micha ihn beide anstarrten, und rutschte unruhig auf dem Sessel herum. Dann warf er einen Blick in Richtung der Küche.

»Ich meine, die Sache ist die«, sagte er leise. »Sehen Sie … ich habe das so verstanden, dass der Bruder nicht wirklich daran interessiert ist, dass wir uns hier einmischen. Ich könnte Michelle … ich meine: Micha … ganz einfach hier rausholen, ich könnte sie sogar mit der Polizei von der Schule abholen lassen, rechtlich ist das möglich, aber ich möchte das nicht. Mein Beruf reicht ein wenig über das Berufliche hinaus, ich … ich würde gerne die beste Lösung finden, für alle … und die beste Lösung scheint mir, herauszufinden, wo ihre Mutter sich aufhält, vielleicht können Sie mir behilflich sein … ich …«

»Weshalb sind Sie hier?«, fragte Anna.

»Um zu helfen«, sagte Marinke mit einem erstaunten Ausdruck.

Anna suchte seine Augen. Sie waren grün wie der Wald im Sommer. Sie sahen aus, als meinte er es ernst. Sie fragte sich, ob man ihm Dinge erklären konnte. Nein. Er würde nicht verstehen. Niemand verstand.

»Uns braucht überhaupt keiner zu helfen«, sagte Micha. »Ich habe Abel und Abel hat mich und wir haben beide Anna und wir brauchen sonst keinen.«

Himmel, dachte Anna, lass mich jetzt nicht anfangen zu heulen.

»Man braucht Geld, um zu leben«, sagte Marinke.

»Wir haben genug Geld«, sagte Micha. »Wir gehen sogar manchmal Kakao trinken. Und wir haben ein Buch gekauft, neulich, um zu feiern.«

»Woher habt ihr Geld?«, fragte Marinke.

»Woher wissen Sie überhaupt, dass Michelle Tannatek ... verreist ist?«, fragte Anna schnell.

»Wir ... wir hatten einen Anruf. Von einer Nachbarin, die sich Sorgen macht. Und sie hat das Arbeitslosengeld zwei seit einiger Zeit nicht ... in Anspruch genommen.« Er seufzte. »Vielleicht wäre es doch besser, ich spräche mit ...« Er sah in Richtung Tür.

In diesem Moment öffnete sich die Tür, und Abel kam herein, einen Teller Pfannkuchen in der Hand. Anna verstand nicht, was er mit diesem Auftritt bezwecken wollte. Marinke klarmachen, dass Micha keineswegs verhungerte? Es wirkte seltsam, wie er da mit dem Berg Pfannkuchen in der Tür stand, ein großer Bruder aus einem Märchen, aber abgesehen von der Tatsache, dass er die Pfannkuchen trug, sah Abel herzlich wenig nach Märchenbruder aus. Er hatte die Ärmel hochgekrempelt, als wollte er zeigen, dass er durchaus die Muskeln dazu hatte, jemanden wie Sören Marinke an die Luft zu setzen. Anna sah die runde Narbe auf seinem linken Arm rot leuchten, und er wirkte, als hätte er Probleme, seine Gesichtszüge zu kontrollieren. Bedrohlich, das war das Wort. Er sah wieder bedrohlich aus – wie damals im Kollegstufenraum, wie im Mittendrin, als er Bertil gegenübergestanden hatte. Der Teller mit den Pfannkuchen wurde zu einem lächerlichen Theaterutensil in seiner Hand.

»Abel ... Tannatek«, sagte Marinke und stand auf. »Ich bin ...«

»Ich weiß. Sie sind vom Sozialamt«, sagte Abel. »Das war nicht zu überhören. Aber dies ist ein völlig überflüssiges Gespräch. Ich habe eben mit Michelle gesprochen. Sie hat angerufen. Sie kommt zurück. Ich schicke sie bei Ihnen vorbei, sobald sie auftaucht. Morgen schon.«

»Sie hat ... jetzt gerade angerufen?«, fragte Marinke und runzelte die Stirn. »Verzeihen Sie, wenn ich Ihnen das nicht glaube.«

»Ich kann Sie nicht zwingen, mir zu glauben«, sagte Abel kalt, »aber morgen werden Sie mit unserer Mutter sprechen. Sie haben ja sicher ein Büro mit einer Zimmernummer.«

Marinke suchte in der Aktenmappe, suchte in den Taschen seiner Jacke und fand eine Visitenkarte, die er Abel in die freie Hand drückte.

»Meine Telefonnummer ist auch darauf«, sagte er. »Rufen Sie mich an. Falls … Ihre Mutter aus irgendeinem Grund verhindert ist. Wir können uns unterhalten. Wir können über alles reden.«

Abel legte die Karte auf den Tisch und stellte den Teller mit den Pfannkuchen daneben.

»Worüber?«, fragte er. »Über Micha und darüber, wie sie ohne ihre Mutter hier vor die Hunde geht?«

»Nein, ich …«

»Sie wollen natürlich die Wohnung sehen«, sagte Abel mit schneidender Höflichkeit. »Sie wollen wissen, ob wir in einem völlig verwahrlosten Haushalt leben. Sie wollen nur sichergehen, dass in Greifswald keine Kinder vergessen werden, so wie anderswo, eingesperrt, misshandelt … Die Zeitungen sind ja voll davon. Interessant ist, dass die Mütter der Zeitungskinder meistens anwesend waren. Bitte.« Er machte eine Geste zum Flur. »Sehen Sie sich um. Stecken Sie Ihre Nase in unsere Schränke. Suchen Sie nach den Zeichen der Verwahrlosung.«

»Abel …«, begann Anna. Doch der Blick, mit dem er sie ansah, ließ sie verstummen.

»Ich bitte Sie«, sagte Marinke. »Wenn Sie schon unbedingt Klischees bedienen wollen, dann kann ich Ihnen gleich sagen: Ich bin natürlich der böse Beamte, der Familien auseinanderreißt und Kinder bei Wasser und Brot in ungeheizte Heime steckt.« Er sah Abel an und schüttelte den Kopf. Seine Stimme war noch immer freundlich. »Ich bin da, um zu helfen«, wiederholte er und wollte Abel eine Hand auf die Schulter legen, doch Abel machte einen Schritt zurück.

»Sehen Sie sich die Wohnung an«, sagte er. Es war beinahe ein Befehl.

»Von mir aus«, sagte Marinke. Er ging in den Flur und Abel, Micha und Anna folgten ihm.

»Was soll das?«, flüsterte Anna. »Abel, das nützt doch nichts ...«

Marinke öffnete jede Tür einen Spaltbreit, man konnte sehen, dass er nicht in die Zimmer sehen wollte. Die Situation war seltsam. Schließlich riss Micha ihre Zimmertür weit auf und sagte: »Das ist mein Zimmer, das können Sie ruhig mal angucken, so ein Hochbett haben Sie sicher nicht.«

Anna sah ein Lächeln über Marinkes Gesicht huschen.

»Abel hat es gebaut«, fügte Micha schnell hinzu. Das Lächeln auf Marinkes Gesicht wurde traurig. Vielleicht, dachte Anna, fühlt er wie ich. Vielleicht ist das die gleiche Traurigkeit, die ich selbst kenne. Vielleicht geht auch Sören Marinke manchmal durch seine eigene Wohnung und ist traurig darüber, wie schön sie ist ...

Er drehte um und ging langsam den Flur entlang, zurück zur Wohnungstür. Jetzt, dachte Anna, jetzt geht er und wir sind allein, und Abel kann aufhören, bedrohlich auszusehen, und ich kann ihn fragen, was das mit dem plötzlichen Anruf von Michelle soll, und ... In diesem Moment meldete sich ihr Handy. Es war ein Reflex, in die Tasche zu greifen und den Anruf anzunehmen. Ein dummer Reflex, sie hätte es klingeln lassen sollen.

»Anna«, sagte Magnus. »Wo bist du?«

Sie sah Abels Blick. Sie wusste nicht, was er bedeutete. »Warum?«, fragte sie.

»Querflöte«, sagte Magnus knapp. Er fragte nichts.

»Mist!«, sagte Anna.

»Sag mir, wo du bist, ich hole dich ab«, meinte Magnus. »Wir schaffen es noch.«

Da war noch immer Abels Blick, der auf ihr lag.

»Nein«, sagte sie. »Ich komme nach Hause. Jetzt sofort. Kannst du mich von zu Hause hinfahren? Es wird zu spät, ich weiß das, aber kannst du?«

»Komm«, sagte Magnus. »Ich warte.«

Anna steckte das Handy ein.

»Ich habe völlig vergessen, dass ich noch Unterricht habe«, sagte sie. »Meine Flötenlehrerin wartet in einer Viertelstunde auf mich. Ich glaube … ich muss gehen, ich …« Sie drehte sich hilflos zu Abel um. »Ich will gar nicht, ich würde …«

»Wenn du gehen musst, musst du gehen«, sagte Abel. Marinke hielt ihr die Haustür auf. Warum nahm er nicht einfach seine Aktenmappe und sein Lächeln und verschwand, ließ sie allein, wenigstens für einen Moment? Hauen Sie doch ab!, wollte sie schreien, hauen Sie ab, sind Sie denn blind, blind wie die weiße Katze an Bord des grünen Schiffes, sehen Sie nicht, dass Sie stören, begreifen Sie nicht, begreifen Sie nichts?

Sie streckte eine Hand nach Abel aus, doch er wich zurück, genauso wie er vor Sören Marinke zurückgewichen war.

»Geh«, sagte er knapp. »Dein Unterricht ist wichtiger.«

Er schob Anna nicht zur Tür, er beförderte sie mit seinem Blick dorthin wie schon einmal, vor langer Zeit, und dann schloss er die Tür hinter ihr. Das Letzte, was sie sah, war Michas kleine Gestalt, die zaghaft aus dem Flur winkte.

Sie ging die Treppen schweigend hinter Marinke hinunter. Es

war, als bildete sie plötzlich eine Einheit mit ihm, eine feindliche Einheit, die in Abels Welt nicht erwünscht war. Ihr Gehen war wie ein Verrat, und sie sah, was er gesehen hatte: Sie verbrachte den halben Tag mit ihm und Micha, dann bekam sie einen Anruf von einer Minute und verließ ihn. Ein Teller frischer Pfannkuchen stand irgendwo auf einem Wohnzimmertisch und wurde langsam kalt.

Unten sah Frau Ketow durch ihren Türspalt. Anna ignorierte sie und trat hinter Marinke nach draußen. Sie musste sich beeilen. Sie hatte keine Zeit, mit ihm zu sprechen.

Sie sprach mit ihm.

»Wollen Sie wirklich helfen?«, fragte sie. »Ich meine ... wenn Sie das wollen ... warum vergessen Sie nicht einfach, dass Michelle Tannatek verschwunden ist?«

»Weil das keine Lösung ist«, sagte Marinke. »Sie glauben die Sache mit dem Anruf auch nicht, hm?«

Anna zuckte die Schultern. »Es ist nicht wichtig, was ich glaube«, erwiderte sie. »Wichtig ist, dass die beiden zusammenbleiben, Micha und ihr Bruder.«

»Ich werde mich bemühen«, sagte Marinke ernst. »Aber dazu muss ich ein paar Dinge herausfinden.« Er kramte noch eine Visitenkarte aus der Tasche seiner Lederjacke und gab sie Anna. »Vielleicht rufen Sie mich auch einmal an. Wenn Sie ein wenig nachgedacht haben. Vielleicht gibt es Dinge, die Sie mir erklären können.«

»Das klingt wie aus einem billigen Krimi«, sagte Anna und stieg auf ihr Rad.

Marinke lachte. »Leider ist es ein ziemlich teurer Krimi«, sagte er. »Mein Job, meine ich. Jedenfalls, was den Arbeitsaufwand betrifft. Und – sagen Sie Ihrem Freund, dass er mich so schnell nicht einschüchtert. Ich habe mit Leuten zu tun, die weitaus gefährlicher aussehen. Diese Kneipe, vor der sie Rainer Lierski erschossen haben … der Admiral … ich kenne die Stammgäste dort ganz gut. Leider.«

»Warten Sie«, sagte Anna. »Sie kannten Rainer Lierski?«

Marinke nickte. »Auch so ein Kunde von uns. Eine Weile war er verschwunden, aber dann ist er wieder aufgetaucht, und es gab sofort Probleme. Ich kann nicht sagen, dass ich sehr um ihn trauere.« Zum ersten Mal war sein Lächeln nicht freundlich. Es war grimmig. Zum ersten Mal schien es echt. Er zuckte die Lederjackenschultern. »Am Ende hat er sich wohl mit den falschen Leuten angelegt.«

»Oder mit den richtigen«, sagte Anna. Sie dachte die ganze Wolgaster Straße über Marinkes Bemerkung nach. Sie dachte darüber nach, ob sie ihn anrufen sollte. Ob sie mit ihm reden sollte. Ob er vielleicht trotz seines zu freundlichen Lächelns und trotz Du-kannst-Sören-zu-mir-sagen hilfreich sein konnte. Wenn Abel Geld hätte, dachte sie, wenn er nicht mehr nachts arbeiten müsste, wenn er nicht mehr seine Kurse ausfallen ließe, um mehr Zeit für Micha zu haben … wäre dann nicht alles besser? *Nein,* sagte Abel in ihrem Kopf. *Halt dich da raus. Haltet euch alle raus. Wir wollen keine Almosen. Lasst uns endlich in Ruhe.*

Magnus wartete mit laufendem Motor vor dem Haus, ihre Querflöte und die Noten im Auto. Sie kam viel zu spät. Sie war unkonzentriert. Sie verspielte sich dauernd. Sie schlief auf der Heimfahrt im Auto ein, den Kopf auf einen Arm gestützt. Sie träumte von Sören Marinke.

Im Traum saß er an einem Kneipentisch im Mittendrin und spielte Karten mit Hennes und Bertil. Es war völliger Unsinn, sie selbst kam im Traum durch die Tür und wusste, dass es Unsinn war. Hinter der Theke lehnte der Knaake und sah den drei Kartenspielern zu, und ganz hinten im Raum, auf einem länglichen Tisch, stand ein offener Sarg. Anna sah, dass eine Menge Blumen darin lagen, lauter kleine weiße Frühlingssterne zwischen grünen Buchenästen: Buschwindröschen. Es war wie in einem kitschigen italienischen Mafiafilm.

Und da war Musik in diesem Film, Musik, die aus den Lautsprechern des Mittendrin quoll, natürlich wusste sie, wer da sang, das Lied passte durchaus zu einer Beerdigung …

And draw us near
And bind us tight
All your children here
In their rags of light
In our rags of light
All dressed to kill
And end this night
If it be your will – if it be your will.

Micha stand in ihrer rosa Daunenjacke neben dem Sarg und drückte Frau Margarete an sich. Anna reckte sich, doch sie konnte nicht erkennen, wer in dem Sarg lag. Rainer Lierski, nahm sie an. Oder war es jemand anders? Zeichnete sich unter den Blumen nicht eine Frauengestalt ab? Im Traum ist alles möglich. Sie sah sich um. Wenn alle hier waren, die in dieser Geschichte eine Rolle spielten – wo war Abel?

»Wir sind da«, sagte Magnus und strich ihr durchs Haar, und sie zuckte zusammen. »Anna, wir sind zu Hause.«

Sie blinzelte. Er saß am Steuer, machte aber keine Anstalten, auszusteigen.

»Wollen wir nicht hineingehen?«, fragte Anna unbehaglich.

»Nein«, sagte Magnus. »Gleich. Ich wüsste zuerst gern ein paar Dinge.« Er sah sie nicht an, er hatte den Blick auf die Schneeklumpen an der Straße gerichtet. »Wo du warst, zum Beispiel. Wo du dauernd bist. Ich gebe es auf, keine Fragen zu stellen. Es führt nirgendwohin.«

»Und wenn ich jetzt nichts sage?«

»Anna. Deine Mutter macht sich Sorgen.«

Sie schwiegen eine Weile. Eine lange Weile. Dann stieg Anna aus. Er hätte das Auto von innen verriegeln können, sie zum Antworten zwingen, doch das wäre lächerlich gewesen. Sie spürte seinen Blick, als sie die Haustür aufschloss.

»Ich gehe direkt ins Bett«, murmelte sie. »Es war gestern Abend zu spät. Ich glaube, ich bin zu müde zum Abendessen.«

Als sie im Bett lag, fiel ihr ein, dass sie am Freitag die letzte Geschichtsklausur schrieben. Und dass sie diesen Tag damit hätte verbringen sollen, den Stoff zu wiederholen. Sie holte den Hefter mit ihrer Zusammenfassung aus ihrem Rucksack und nahm ihn mit ins Bett. Die Buchstaben verschwammen vor ihren Augen. Wie feuchte Tinte, wie das eisige Wasser eines Wintermeeres, wie das Blaue eines Augenpaares, das sehr kalt sein konnte.

Wenn du gehen musst, musst du gehen. Dein Unterricht ist wichtiger. Geh.

Sie gab es auf. Sie suchte die Nummer vom Knaake heraus und rief ihn an. Es war halb neun, um halb neun sollte man einen Deutschlehrer anrufen können. Und einen Leuchtturmwärter sowieso.

»Hier ist Anna«, sagte sie. »Tut mir leid, dass ich so spät noch anrufe … ich wollte nur … Sie haben doch die Nummern aller Leute vom Deutschkurs 1, oder?«

»Schon«, sagte der Knaake.

Er klang müde, so als säße er irgendwo tief in einem Sessel verschüttet und hätte genug von seinen Schülern. Im Hintergrund lief Musik. Die Melodie kam Anna bekannt vor … »Ich brauche die Nummer von Abel Tannatek.«

»Bitte?«

»Seine Handynummer. Haben Sie die?«

»Ja, schon, aber … warte, ich suche … ich muss erst mal nach oben gehen …« Die Musik entfernte sich. »Wieso hast du seine Nummer nicht? Ich meine, gewöhnlich hat man die Nummer seines Freundes …«

»Meine Güte!«, sagte Anna beinahe ärgerlich. »Seit heute bin ich wohl offiziell mit ihm verheiratet, oder wie? Ich lebe nicht in seiner Jackentasche.«

»Anna … warum seit heute?«

»Seit ich mich auf dem Schulhof neben ihn gestellt habe. Seitdem alle reden. Seitdem er sich gestern Nacht beinahe mit Bertil geprügelt hätte.« Wie gut es tat, all diese Sätze auszuspucken!

»Hat er das getan?«

»Hören Sie nicht zu, wenn in der Schule geredet wird?«

»Nein«, sagte der Knaake, »ich glaube nicht. Ich dachte einfach, dass ihr beiden … dass ihr schon länger … vergiss es. Es geht mich nichts an. Ich habe die Nummer hier. Schreibst du mit?«

Sie schrieb mit, und sie merkte, dass sie dabei in sich hineinlächelte.

»Gut«, sagte der Knaake. »Anna … pass auf diesen Kerl auf, ja? Ich mache mir Sorgen.«

»Ich auch«, sagte Anna.

»Wenn er so weitermacht wie bisher, schafft er das Abi nicht. Und ich glaube, es ist wichtig, dass er es schafft. Oder nicht?«

»Doch«, sagte Anna, »ich denke schon. Wie gut kennen Sie ihn denn?«

»Gar nicht«, antwortete der Knaake. »Er wollte, dass ich ihm einen Job besorge … nach sieben Uhr abends … Ich habe mal irgendetwas davon erzählt, wie ich früher an der Uni Hiwi war und Papierkram erledigt habe … vielleicht hat er sich vorgestellt, er könnte so was tun, aber er ist kein Student … Ich weiß nicht, manchmal träumt er von Dingen, die es so nicht gibt. Es ist wichtiger, dass er sich auf die verdammten Prüfungen vorbereitet.«

»Wie steht er denn in Deutsch?«, fragte Anna.

»Das darf ich dir eigentlich gar nicht sagen … Redet ihr nicht über Noten?«

»Nein«, sagte Anna.

Der Knaake seufzte. »Wegen Deutsch mache ich mir keine Sorgen. Es sind die anderen Fächer. Wenn er nie da ist, kann er keine Punkte bekommen, die Logik ist einfach. In Deutsch … in Deutsch hat er 15 Punkte.«

Anna schluckte. »Er hat gesagt, er will schreiben. Später. Bücher vielleicht.«

»Später«, sagte der Knaake. »Aber jetzt, jetzt muss er das Abi schaffen.«

»Ja«, sagte Anna. Mehr gab es nicht zu sagen.

Sie holte tief Luft und wählte die Nummer, die der Knaake ihr gegeben hatte. Ich wollte heute nicht einfach davonlaufen, wollte sie sagen. Es war blödes Timing. Und: Hat Michelle wirklich angerufen? Und: Was ist morgen, wenn wir uns auf dem Schulhof begegnen, kennst du mich dann wieder nicht? Und: Was soll ich meinen Eltern sagen? Was sollte das Ganze mit dem Sozialarbeiter? Und: Ich habe geträumt, von Marinke und von einem Sarg voller Buschwindröschen ... Aber eigentlich, dachte sie, wollte sie vielleicht auch überhaupt nichts sagen. Vielleicht wollte sie einfach Abels Stimme hören und wissen, dass alles in Ordnung war.

Sie ließ das Telefon siebenundfünfzig Mal klingeln. Er hob nicht ab.

Seltsam, erst nachdem Anna es aufgegeben und das Licht gelöscht hatte, erst als sie ganz still und sehr allein unter der Decke lag, fiel ihr die Melodie wieder ein, die sie im Hintergrund durch Knaakes Telefon gehört hatte. Und auch die Worte, die sie von Lindas alter Schallplatte kannte.

Yes you who must leave everything that you cannot control.

It begins with your family, but soon it comes around to your soul.

Well I've been where you're hanging, I think I can see how you're pinned:

When you're not feeling holy your loneliness says that you've sinned.

»*Sisters of Mercy*«, flüsterte sie, halb im Schlaf schon. »Leonard Cohen.«

Die Frage, ob Abel sie am Donnerstag kennen würde oder nicht, stellte sich gar nicht. Abel war nicht da. Sie sah alle fünf Minuten aus dem Fenster und wartete darauf, eine dunkle Gestalt bei den Fahrradständern zu sehen, die Hände tief in den Taschen, die schwarze Mütze in die Stirn gezogen, weißes Rauschen in den Ohren. Da war niemand. Ein paar andere Leute aus der Kollegstufe schienen in der

Pause ebenfalls Ausschau nach ihm zu halten und drückten sich auffällig unauffällig bei den Rädern herum. Kunden, nahm Anna an und musste beinahe lächeln. Sie lächelte nicht.

Abel hatte gesagt, er würde Michelle heute bei Sören Marinke im Büro vorbeischicken. War Michelle wirklich zurückgekommen? Und wenn ja, wo war sie gewesen? Sie versuchte zweimal, ihn anzurufen. Beim dritten Mal war sein Telefon tot.

»Was ist los?«, fragte Gitta mittags. »Du siehst aus, als wäre dir kotzübel.« Sie legte Anna beide Hände auf die Schultern und sah sie an. »Liebes Kind«, sagte sie, »erzähl mir, was los ist. Du redest seit gestern Morgen beinahe kein Wort. Ich schlage vor, wir gehen heute Nachmittag nicht zu irgendwelchen unsinnigen Kursen, sondern wir trinken einen Kaffee in der Bäckerei drüben, und du kotzt dich aus. Verbal, meine ich.«

Anna ließ sich von Gitta am Arm wegführen. Tatsächlich tat es gut, heißen Kaffee zu trinken, auch wenn er nach Zitrone mit Farbstoff schmeckte.

»Okay«, fing Gitta an. »Alle reden. Lass sie reden. Lass sie sich das Maul zerreißen.«

»Ich habe mich gewundert, dass du es nicht tust«, sagte Anna, weniger boshaft als ehrlich erstaunt. »Dass du nicht redest und dir das Maul zerreißt.«

»Liebes Kind«, sagte Gitta. »Es mag dich nicht interessieren, aber ich bin zurzeit glücklich genug, ohne über andere zu reden. Mit Hennes … läuft alles ganz gut, weißt du. Und außerdem bin ich deine Freundin, remember?«

»Hm«, machte Anna.

»Also«, sagte Gitta leise und beugte sich über den Tisch. »Was ist passiert?«

»Er ist weg«, antwortete Anna, und sie hörte, wie kläglich sie klang. »Abel ist weg.«

»Seid ihr denn nun zusammen oder nicht? Habt ihr …?«

»Darum geht es nicht«, sagte Anna. »Es geht nicht um Zettel mit Willst-du-mit-mir-gehen-kreuz-an-ja-nein-vielleicht. Es geht auch nicht darum, wer mit wem was hat. Begreift ihr das denn alle nicht? Es geht um ganz andere Dinge! Abel ist verschwunden!«

»Unsinn«, sagte Gitta sachlich. »Nur weil er heute nicht in der Schule war, ist er noch lange nicht verschwunden. Irgendwo wird er schon sein.«

»Er geht nicht an sein Handy.«

»Vielleicht will er einfach seine Ruhe haben.«

»Gitta«, sagte Anna. »Seine Mutter ist seit einer Weile weg, und gestern hat er gesagt, sie hätte angerufen, sie käme wieder, und nun ist *er* weg. Und jemand hat …«

Nein, dachte sie, Rainer Lierski ging Gitta wirklich nichts an.

»Mal ganz der Reihe nach«, sagte Gitta. »Gibt es denn nun diese kleine Schwester oder nicht? Oder ist die auch verschwunden?«

Anna verkippte beinahe ihren Kaffee. Natürlich. Micha. Etwas war mit Micha passiert.

»Vielleicht«, sagte sie leise. »Vielleicht ist es das.«

Sie stand auf und schlüpfte in ihren Mantel. »Gitta, es tut mir leid«, sagte sie. »Wir reden ein andermal darüber. Ich muss los.«

Sie klingelte dreimal unten an der Haustür mit der Nummer zwölf, wartete und klingelte noch weitere drei Male. Niemand öffnete. Anna legte die Hände vors Gesicht, atmete tief durch und versuchte, klar zu denken. Dann wurde ihr bewusst, dass sie tat, was Abel sonst tat. Und es half. Sie wusste jetzt, was sie tun konnte. Sie nahm die

Hände wieder herunter und klingelte im Erdgeschoss. Der Summer ließ Anna in den Hausflur und in der Tür unten stand Frau Ketow in demselben Trainingsanzug wie beim letzten Mal. Sie trug wieder ein Kind auf dem Arm, ein schreiendes und überfüttertes Kleinkind mit stumpfem Blick. Als sie Anna sah, steckte sie dem Kind einen Schnuller in den Mund, und das Kind war still.

»Was für ein süßes Kind!«, sagte Anna und fand das überhaupt nicht.

Frau Ketow nickte. »Ich kümmer mich gut um die Kleinen. Der Älteste, der ist drei, hab sie alle für die Pflege.« Sie schaukelte das Kind und musterte Anna. »Und? Warum sind Sie hier?«

»Wissen Sie, wo Abel und Micha sind?«

»Die sind weg«, sagte Frau Ketow. »Mich wundert das nicht. Ich hab das immer gewusst, dass das nicht gut geht mit den Tannateks. Die Kleene kann natürlich nichts dafür, die ist ein ganz liebes Kind, aber der Kerl, der Ältere, wie ist das, Sie gehen zur Schule mit dem, ja? Von dem würde ich die Finger lassen, na, jetzt sind sie weg.«

»Was bedeutet *weg*?«, fragte Anna.

»Bei Nacht und Nebel abgehauen«, sagte Frau Ketow, und Anna war für einen Moment erleichtert, denn wo immer Abel und Micha waren, sie waren zusammen dorthin gegangen. Niemand anders hatte Micha abgeholt. Das Kind spuckte den Schnuller aus und begann wieder zu schreien, und Anna hob ihn auf, doch diesmal ließ es sich nicht mit dem Schnuller beruhigen.

»Der braucht die Flasche«, sagte Frau Ketow. »Wollen Sie reinkommen?«

Anna trat hinter ihr in den engen Flur. Die Wohnung war exakt so geschnitten wie die von Abel und Micha und die Tapete war fast die gleiche. Die dunklen Schränke waren neuer als die im vierten

Stock, aber genauso hässlich. Dennoch war alles ganz anders. Die Wohnung atmete nicht. Sie war tot. Vielleicht, dachte Anna, lag es daran, dass hier keine Kinderbilder an den Wänden hingen, vielleicht lag es an dem teilweise kaputten Plastikspielzeug, das auf einer Kommode im Flur lag. In Frau Ketows Wohnung gab es keine Unordnung, aber da war etwas wie … Anna suchte nach einem Wort. Gleichgültigkeit, dachte sie. Diese Wohnung war noch viel trauriger als die Wohnung oben. Sie war so traurig, dass Anna die Luft wegblieb. Das Sozialamt hätte vermutlich nichts an der Wohnung auszusetzen gefunden, alles war so, wie es sein musste, wenn ein Amt hereinkommt. Im hinteren Teil der Wohnung stritten sich die anderen beiden Kinder. Frau Ketow fand die Flasche und steckte sie dem brüllenden Kind in den Mund wie zuvor den Schnuller. Dann zündete sie sich eine Zigarette an und öffnete das Fenster.

»Der Rauch ist nicht gut für die Kinder«, sagte sie. »Das haben sie mir gesagt. Ich mache das, was sie sagen, die zahlen ja für die Kinder, ich kümmere mich gut.«

»Ich bin nicht vom Sozialamt«, sagte Anna. »Mir ist es egal, was Sie machen. Ich will nur wissen, wohin Abel und Micha gegangen sind.«

»Wenn Sie mich fragen, die sehen Sie nicht wieder«, meinte Frau Ketow. »Ich hab sie gesehen, er hat einen Rucksack gehabt, wie wenn er eine Reise macht, und die Kleene, die auch. Das war heute Morgen um sieben oder so rum. Wo die hin sind, weiß ich nicht, aber ich war schon auf, ich steh früh auf, wegen der Kinder. Ist eine Menge Arbeit mit drei Kindern, das können Sie mir glauben … Wollen Sie mal Kinder? Oder was wollen Sie vom Leben?«

»Ich will Abel und Micha finden«, sagte Anna, drehte sich um und ging.

Doch sie konnte Abel und Micha nicht finden, es gab keine Spur, sie war kein Detektiv, und wer nicht gefunden werden will, wird nicht gefunden.

Zu Hause wich sie Lindas Blicken aus, murmelte etwas von »Geschichte noch mal wiederholen« und ging hinauf in ihr Zimmer. Sie wusste, dass Magnus sauer war, weil sie sich weigerte, ihrer Mutter irgendetwas zu erklären. Aber hätte sich Linda nicht noch mehr Sorgen gemacht, wenn sie ihr die Dinge erklärt hätte? Und überhaupt drehte es sich jetzt nicht um Linda.

Die blaue Luft, durch die Anna ging, war so durchsichtig und leicht wie immer, aber es kam ihr jetzt vor, als müsste sie darin ertrinken. Fast sehnte sie sich zurück in das graue, hässliche Treppenhaus der Amundsenstraße 18. Sie holte die Visitenkarte von Sören Marinke heraus und legte sie vor sich auf den Schreibtisch.

War es doch keine Lüge gewesen? Hatte Michelle wirklich angerufen? Waren Abel und Micha jetzt dort, wo Michelle war? Oder war Abel einfach mit Micha davongerannt, weil er wusste, dass Marinke ihm Micha früher oder später wegnehmen würde? Wenn Marinke davon wusste, dass sie abgehauen waren, würde er ihnen die Polizei auf den Hals hetzen. Wo immer sie hinwollten, sie brauchten einen Vorsprung. Anna durfte auf keinen Fall die Nummer auf der Visitenkarte anrufen. Sie nahm das Telefon und wählte.

Sie musste anrufen. Sie musste herausfinden, ob er etwas wusste. Sie legte sich einen komplizierten Einleitungssatz darüber zurecht, dass sie mit ihm sprechen wollte und ob er noch einmal bei den Tannateks gewesen wäre oder nicht … sie würde sich verhaspeln, ihr Herz raste. Doch als sich schließlich jemand meldete, war es eine Frau, deren Namen Anna noch nie gehört hatte.

»Ich … ich möchte Sören Marinke sprechen«, sagte sie.

»Das ist zurzeit nicht möglich«, sagte die Frau.

»Ist es später besser?«, fragte Anna. »Ich kann später noch mal anrufen. Es ist so, er hat mich gebeten, ihn anzurufen …«

»Herr Marinke ist heute nicht im Büro«, sagte die Frau.

»Wann kommt er denn wieder?«, fragte Anna. Verflixt. Ihre Strategie funktionierte nicht.

»Das … kann ich Ihnen leider nicht sagen«, antwortete die Frau.

»Ist er krank?«, fragte Anna. »Es ist wichtig, wissen Sie, es geht um einen seiner … wie sagt man das … Fälle? Vielleicht kann mir ja jemand weiterhelfen, der ihn vertritt …«

»Ich fürchte, nein. Er wird sich um seine Sachen kümmern, wenn er wieder da ist. Wir hoffen, dass er morgen wieder da ist. Die Akten werden nur übernommen, wenn jemand wirklich länger fehlt, sonst lohnt sich die Einarbeitung nicht, denn …«

»Auf seiner Karte steht eine Handynummer«, sagte Anna. »Wäre es sehr unhöflich, wenn ich ihn auf dem Handy anriefe?«

Die Frau am anderen Ende der Leitung schien zu seufzen.

»Sie können es versuchen«, sagte sie. »Aber Sie werden kein Glück haben. Das haben wir hier auch schon versucht.«

»Ich … verstehe nicht …«

»Ich auch nicht«, sagte die Frau und gab ihre Geheimniskrämerei auf. »Hören Sie, es ist so: Herr Marinke ist heute nicht im Büro erschienen, und er geht nicht an sein Handy, und daher *nehme* ich *an*, dass er krank ist. Gedulden Sie sich bis morgen. Dann wissen wir sicher mehr.«

Anna wählte die Handynummer auf der Visitenkarte. Die Frau ohne Namen hatte recht. Sie bekam nur die Stimme einer Mailbox in kaltem Knistern serviert.

Hatte denn die ganze Welt beschlossen, zu verschwinden? Michelle, Abel, Micha, Sören Marinke? Wenn alle verschwanden, würde dann am Ende nur sie selbst übrig bleiben, sie selbst und das blaue Licht und die Rotkehlchen im Garten?

Am nächsten Morgen wachte sie auf und wählte sofort Abels Nummer. Sie konnte sie inzwischen auswendig. Niemand meldete sich. Sie fuhr zur Schule, ohne zu frühstücken. Vielleicht war er da. Vielleicht stand er plötzlich wieder ganz hinten bei den Fahrradständern, die Hände in den Jackentaschen, die Walkmanstöpsel in den Ohren … Er war nicht da. Bei den Fahrradständern war nicht nur niemand. Dort schien sich ein Loch in Form einer Person zu befinden, Abels Abwesenheit war beinahe sichtbar.

Die anderen redeten über Geschichte. Jahreszahlen surrten über ihren Köpfen durch die Luft wie merkwürdig gestaltlose Winterbienen.

Sie stellte sich zu Gitta, und Gitta sagte: »Lass uns später reden, mein Kind, die alte Gitta muss sich vor der dritten Stunde noch den Kopf mit Fakten vollstopfen.«

Anna hatte sich den Geschichtsstoff am Vortag irgendwie doch noch in den Kopf gehämmert, es würde schon alles gut gehen. Sie musste sich auf die Dinge verlassen, die sie in der Woche vorher gelernt hatte. Nichts war unwichtiger als eine Geschichtsklausur. Der silbergraue Hund im Märchen war auf das Schiff der Jäger gesprungen – war er aus Annas Welt gesprungen? In ihrem Kopf lief ein Satz von links nach rechts wie bei einem altmodischen Bildschirmschoner, immer und immer wieder: *Und wenn ich ihn nie wiedersehe? Und wenn ich ihn nie wiedersehe? Und wenn ich ihn nie …*

Als in der dritten Stunde die beiden weißen Doppelblätter mit dem Schulstempel vor ihr lagen, musste sie sich zusammenreißen, um nicht anstelle ihres Namens diesen Satz in die obere Ecke zu schreiben. Sie schrieben die Klausur in der Sporthalle, zur Übung, an lächerlich abschreibsicheren Einzeltischen – eine Vorübung für den Ernstfall, das Abitur. Das Abitur, dachte Anna, und sie hörte wieder Knaakes Stimme am Telefon: Pass mir auf den Kerl auf. Wenn er so weitermacht, schafft er es nicht … und im Hintergrund Cohens uralte, weltalte Stimme. Die Tür öffnete sich noch einmal; jemand kam zu spät zur Klausur, kam gerade noch rechtzeitig, um mitzuschreiben – sie hob den Kopf. Es war Abel.

Gitta sah von Anna zu Abel und zurück. Natürlich war er nicht verschwunden. Sie hatte es Anna ja gesagt. Einer wie Tannatek verschwand nicht, er war mal eine Weile unauffindbar, aber dann tauchte er wieder auf. Oder täuschte sie sich? Verschwand einer wie Tannatek doch? Eines Tages? Für immer?

Sie versuchte, Annas Blick aufzufangen, doch Anna sah sie nicht an. Auch Anna war verschwunden, auf eine seltsame Art weit fort; sie war so weit fortgedriftet, dass sie den Weg zurück vielleicht nicht mehr finden würde. Irgendwann würde sie es merken, und dann würde sie dastehen, verdammt, irgendwo im Nichts, und Gitta könnte sie nicht mehr erreichen.

Gott, sie war nicht der Messias, und es war nicht ihre Aufgabe, hier irgendjemanden zu retten. Überhaupt konnte man niemanden vor sich selbst retten. Ach, Scheiße.

Vor dem Fenster, draußen in der klausurlosen Freiheit, stand Hennes im Hof und rauchte. Gitta sah sein rotgoldenes Haar im Winterlicht leuchten, sah ihn plötzlich den Kopf drehen und durch die Glasscheibe ihren Blick auffangen. Sah ihn lächeln und ihr zuzwinkern. Heute Nacht (und warum eigentlich nachts?) würde sie vergessen, dass sie Anna verloren hatte. Sie fragte sich, ob sie die Einzige hier war, die sich genug da draußen herumtrieb, um die Wahrheit über Tannatek zu kennen. Und ob er ahnte, dass sie die Wahrheit kannte. Sie würde den Mund halten und alles würde irgendwie seinen Lauf nehmen. Ach, Scheiße. Ach, Scheiße. Ach, egal.

11

Sören

Anna ballte ihre Hände zu Fäusten, um nicht aufzuspringen. Nie hatte sie sich so gefreut, jemanden zu sehen. Sie senkte ihren Blick auf das Blatt vor ihr, verbarg ihr Lächeln hinter ihrem Haar. Sie hörte den Geschichtslehrer etwas zu Abel sagen, ihm den letzten freien Platz ganz hinten anweisen, und als sie wieder aufsah, ging Abel nach hinten, an ihrem Tisch vorbei. Einen Moment lang sah sie in seine Augen. Und sie erschrak.

Das Eis seines Blicks hatte sich verändert, es schien dunkler geworden zu sein, wie die Eisfläche eines Sees, dessen Tiefe man plötzlich ahnt, wenn der Wind den Schnee von der Oberfläche gefegt hat: eine unendliche Tiefe, bodenlos und beinahe völlig schwarz. Sie wusste nicht, was am Grund dieses dunklen Gewässers lag, welche Gedanken und Gestalten dort durch die Tiefe schwammen, und sie machten ihr Angst. Es war, als könnte sie zusehen, wie Abel in seinem eigenen Inneren ertrank. Sie schüttelte den Kopf, um diese verwirrend abstrakten Gedanken loszuwerden. Was war geschehen? Wo war er gewesen?

Sie sah sich nach Gitta um und Gitta zuckte die Schultern. Der Geschichtslehrer teilte die Prüfungsblätter aus, dicht bedruckt mit bedrohlichem Fragentext. Konzentrier dich, dachte Anna, konzentrier dich auf die verdammte Klausur. Lies den Text. Funktioniere.

Und sie funktionierte. Die Fakten waren in ihrem Kopf gespeichert, zuverlässig und sicher, sie war trotz allem noch immer Anna Leemann, sie war eine gute Schülerin, ihr Hirn ließ sich mit Stoff füllen und spuckte ihn wieder aus, wenn es von ihm erwartet wurde. Sie musste nur zwei von drei Texten bearbeiten, sie beeilte sich, ihr Stift glitt beinahe von selbst über das Papier, und es war, als sähe sie ihren kleinen, ordentlichen Buchstaben von außen dabei zu, wie sie entstanden. Sie sah erst auf, nachdem sie mit der ersten Aufgabe fertig war: mit der Hälfte der Klausur. Alle anderen waren über ihre Blätter gebeugt und schrieben hektisch. Der Geschichtslehrer stand vorne am Pult. Es gab eine zweite Aufsichtsperson, es gab immer eine zweite Aufsichtsperson, in diesem Fall einen Lateinlehrer, den Anna nie gehabt hatte und den sie nur vom Sehen kannte. Genau in diesem Moment sah er auf die Uhr und verließ die Turnhalle, er wurde durch eine andere Aufsichtsperson abgelöst, die durch ebenjene Tür hereintrat. Der Knaake. Anna sah seinen Blick suchend über die Reihen gleiten. Sie wusste, wen er suchte. Sie sah, wie er ihn fand, sah ihn nicken und durch die Reihen gehen, die Hände auf dem Rücken, in Gedanken. Und jetzt, endlich, wagte sie es, sich umzudrehen und ganz nach hinten zu sehen.

Abel schrieb nicht. Er hielt einen Stift in der Hand, er hatte geschrieben, aber jetzt sah er sie an. Und sie las seinen Blick. Diesmal war er einfach zu lesen. Es ging nicht um dunkle Tiefen unter dem Eis oder darum, was gestern geschehen war. Es ging um eine Geschichtsklausur. HILF MIR, las Anna in seinen Augen. HILF MIR. ICH HABE KEINE AHNUNG, WAS ICH SCHREIBEN SOLL. Und sie nickte kaum merklich. Sie schloss die Augen, sie dachte an Gittas Geschichten. Es gab eine klassische Lösung. Sie griff in ihre Tasche, fand irgendein Stück Papier – gut. Sie holte statt des Papiers ein Taschentuch heraus und putzte sich die Nase, als hätte sie nur deshalb in die Tasche gegriffen. Überflüssige Vorsicht, dachte sie, der Geschichtslehrer sah sie nicht an, und ob der Knaake sie ansah, war eventuell nicht von Bedeutung. Sie ließ einen Stift in ihre Tasche gleiten, stand auf und ging nach vorne. Der Geschichtslehrer sah auf die Uhr, notierte ihren Namen und die Zeit, nickte ihr zu, sie hatte die offizielle Erlaubnis, aufs Klo zu gehen. Ihr Puls raste. Natürlich konnte er ihre Gedanken nicht lesen. Sie hatte nichts Verbotenes getan, noch nicht.

Minuten später saß sie auf einem weißen Toilettendeckel und schrieb. Das Papier in ihrer Tasche war kein Papier. Es war ein Geldschein. Egal. Sie schrieb winzig klein, sie beschrieb den ganzen Geldschein von oben bis unten mit ihren winzigen, ordentlichen Buchstaben, ihre Finger flogen. Sie schrieb die Lösung der ersten Aufgabe in knappen Stichpunkten auf, notierte Jahreszahlen, Daten, Hinweise auf Hintergründe. Das Denken – »Interpretieren Sie den folgenden Text im geschichtlichen Zusammenhang und diskutieren Sie folgende Fragen …« – musste Abel selbst erledigen. Sie hatte den zweiten Text bereits gelesen, sie notierte auch zu diesem Text Zahlen und Satzfetzen, die ihm vielleicht halfen, sich zu erinnern. Irgendwann musste er den Stoff gelernt haben, bestimmt – sie war nicht schnell genug. Sie hatte nicht genug Platz auf dem Geldschein. Sie erwog, das Toilettenpapier zu benutzen. Sie sah auf die Uhr. Sie musste zurück, sie saß schon zu lange hier. Sie riss ein Stück Toilettenpapier ab, klemmte den Geldschein unter dem Metalldeckel auf der Papierrolle fest, betätigte für alle Fälle die Spülung und verließ die Mädchentoilette. Ihre Knie waren weich. Sie schloss die Tür zu den Mädchentoiletten so, dass der Klopapierabschnitt darin feststeckte, man sah von außen nur eine Ecke, eine winzige weiße Fahne, eine Fahne aus Schnee …

Sie musste sich zwingen, nicht zurückzurennen, sie versuchte, so auszusehen, als wäre ihr übel und als hätte sie deshalb so viel Zeit auf der Toilette verbracht. Ihr *war* übel. Sie wusste nicht, was passieren würde, wenn diese Sache aufflog. Die Klausur würde nicht zählen, das auf jeden Fall, das war das Unwichtigste, aber was würde noch geschehen?

Als sie die Turnhalle wieder betrat, waren dreizehn Minuten vergangen. Dreizehn Minuten auf der Toilette. Natürlich fiel es auf, natürlich, natürlich, verdammt. Am Pult vorne saß nicht mehr der Geschichtslehrer, sondern jetzt der Knaake.

Er sah zu Anna auf und sagte leise: »Herr Meyer ist einen Kaffee trinken gegangen.« Und dann sah er auf seine Armbanduhr und notierte die Zeit, zu der Anna zurückgekommen war. »Hoffentlich geht die Uhr richtig«, murmelte er. »Ich muss sie mal wieder stellen …«

Sie wollte ihn umarmen. Sie nickte nur. In der Liste stand, dass Anna fünf Minuten gebraucht hatte.

Sie warf Abel einen sehr kurzen Blick zu, ehe sie sich setzte. Sieben Minuten später stand er auf. Eventuell waren es in der Liste mehr als sieben Minuten. Sie versuchte, sich auf die zweite Aufgabe zu konzentrieren, die sie eben schon in Stichpunkten auf einem Zehneuroschein gelöst hatte. Während sie schrieb, sah sie Abel vor sich. Er musste die richtige Toilette finden. Er musste die Zahlen auswendig lernen oder sich an sie erinnern, er konnte den Schein nicht mitnehmen. Er musste den Schein vernichten. Was würde er damit tun? Ihn ins Klo spülen? Sie hätte niemals gedacht, dass dies funktionieren könnte … Abel kam kurz nach dem Geschichtslehrer zurück. Der Knaake notierte die Zeit. Abel setzte sich, ohne sie anzusehen. Sie wagte nicht, nachzusehen, ob er schrieb.

Nach der Klausur stand Anna mit Gitta und den anderen draußen im Hof und sah ihnen beim Rauchen zu. Sie hatte lange nicht mehr so mit ihnen im Hof gestanden, aber es erschien ihr zu auffällig, zu Abel zu gehen. Die anderen schienen Anna und die ganze Geschichte vom Mittwoch vergessen zu haben, sie redeten über die Klausur. Hennes, der nicht mitgeschrieben hatte, hatte einen Arm um Gittas schwarze Lederjackentaille gelegt, Frauke diskutierte mit Gitta an ihm vorbei, und schließlich stellte sich Bertil zu ihnen.

»Wie ist es gelaufen?«, fragte er.

Anna sah ihn an. Sie wollte nicht mit ihm sprechen. Aber seine Frage war ehrlich, und es schien Jahrmillionen her zu sein, dass er nachts im Mittendrin Dinge gesagt hatte, die er besser nicht gesagt hätte. Sie suchte in ihrem Inneren nach der Wut, die sie auf ihn hatte, doch sie fand sie nicht mehr.

»War schon okay«, sagte sie. »Irgendwie bin ich ein bisschen krank … mir ist zwischendurch schlecht geworden …«

»Armes Kind«, sagte Gitta. »Deshalb warst du so lange draußen. Du bist auch ganz blass.«

Anna hoffte, dass Bertil sie nicht zwinkern sah. Er sah es nicht. Er legte ihr eine Hand auf den Arm, besorgt. »Vielleicht solltest du nach Hause gehen.«

»Geht schon«, sagte Anna. »Ich denke, ich bleibe. War sicher nur der Stress mit der Klausur.«

»Manchmal hilft es, sich vom Wind durchwehen zu lassen«, fuhr

Bertil fort. »Man bekommt einen klareren Kopf. Der Bodden ist jetzt völlig zugefroren. Ich habe sowieso überlegt, ob ich später rausfahre … wir könnten zusammen fahren. Wenn du willst.«

»Der Bodden ist zu?«, fragte Frauke. »Meinst du, man kann schon rüberlaufen nach Ludwigsburg?«

Bertil nickte. »Ich denke. Ich war gestern mit unserem Hund am Strand. Er läuft gern über das Eis. Es ist schön, allein am Strand zu sein, im Winter, in der Dämmerung …«

»Ich dachte, der Hund lebt nicht mehr«, sagte Frauke mit einem Schaudern. »Ich dachte, den habt ihr erschossen.«

»Das ist eine Weile her«, erwiderte Bertil und sah in die Ferne. »Wir haben einen neuen. Dinge sind ersetzbar. Hunde, Freunde, Menschen. Was denkst du, Anna? Kommst du mit? Ich weiß, dass du manchmal auch da draußen spazieren gehst.«

»Heute nicht«, erwiderte Anna schnell. »Ich glaube, heute ist es mir zu kalt da draußen am Wasser. Heute ist mir nicht nach Eis und Schnee.«

Sie dachte an die schwarze Tiefe in Abels Augen. Er hatte seinen gewöhnlichen Platz eingenommen. Sie sah ihn ganz leicht den Kopf schütteln. Komm nicht her. Nicht jetzt. Später, wenn die Klausur nicht mehr so direkt in der Luft hängt. Er hatte recht.

»Jetzt, wo ihr Geschichte hinter euch habt«, sagte Hennes, »könnte man mal wieder dafür sorgen, dass unser Kurzwarenhändler was verdient. Ich meine, wo er schon extra aufgetaucht ist. Gitta … was machen wir Samstagabend?«

»Wenn du dich und mich meinst, morgen Abend hüten wir das Haus bei mir«, antwortete Gitta. »Weil meine Mutter Nachtdienst hat. Es muss ja jemand aufpassen, dass das Ledersofa nicht gestohlen wird, und alleine kann ich das wohl schlecht. Frauke, hör auf zu kichern.« Sie zündete sich eine neue Zigarette an. »Zum Haushüten brauchen wir keine polnischen Kurzwaren«, fuhr sie fort.

»Nein?«, fragte Hennes und pustete sein Haar aus der Stirn. »Schade eigentlich.«

»Ich habe noch irgendwo einen Vorrat«, sagte Gitta. »Lass Abel in Ruhe.«

Hennes pfiff durch die Zähne. »Neuerdings haben die erstaunlichsten Leute Vornamen. Hör mal, ich wollte nur sein Gehalt aufbessern.«

Gitta nickte. »Ihre soziale Ader in Ehren, Herr von Biederitz, aber manche Leute wollen manchmal nicht mit manchen anderen Leuten reden. Ich erkläre es Ihnen später. Und jetzt begleiten Sie mich lieber nach drinnen, zu zwei unglaublich langweiligen weiteren Stunden angeblicher Abiturvorbereitung.«

Drinnen fand sich Anna auf der Treppe zum ersten Stock im Gedränge neben dem Knaake wieder.

»Danke«, sagte sie leise.

»Danke wofür?«, fragte der Knaake.

»Für … nichts«, sagte sie und begriff, dass sie besser den Mund hielt, wenn sie ihn nicht in Gefahr bringen wollte. Es waren zu viele Ohren in der Nähe. Sie dachte zurück an ihr Telefonat, und dann fiel ihr etwas ein, kurz vor dem Ende der Treppe.

»Kennen Sie Michelle Tannatek?«, fragte sie völlig ohne Übergang.

Er hob die ergrauenden Augenbrauen. »Wen?«

»Abels Mutter.«

Er blieb am Kopf der Treppe stehen, ließ die anderen Leute weitergehen und schüttelte den Kopf.

»Sie war nie bei mir in der Elternsprechstunde, wenn du das meinst.«

»Das meine ich nicht«, sagte Anna und sah ihm fest in die Augen. »Kennen Sie sie? Vielleicht – von früher?«

»Nein«, sagte der Knaake und begann, in seiner Tasche nach etwas zu suchen, das er vermutlich nicht dort verloren hatte. Womöglich eine Erinnerung. Sie ließ ihn stehen, ließ ihn allein mit seinem Nein und fragte sich, was es bedeutete.

Nach der sechsten Stunde stand draußen bei den Fahrradständern eine Gestalt, die nicht Abel war und die ganz offensichtlich fror – eine kleine Gestalt in einer rosa Daunenjacke. Als sie Anna sah, rannte sie auf sie zu, und Anna fing sie in ihren Armen auf. Die rosa Daunenjacke roch nach Wind und Meer und ein wenig vielleicht nach billigem polnischem Tabak.

»Micha«, sagte Anna, »Micha, wo wart ihr? Ich war bei euch … ich habe versucht, euch anzurufen … was ist passiert?«

»Wir haben einen Ausflug gemacht«, antwortete Micha, aber sie schien zu wissen, dass es nicht ganz normal war, an einem Schultag plötzlich einen Ausflug zu machen. »Abel hat gesagt, wir müssen früh los, wir sind Bus gefahren und dann Zug. Wir waren auf Rügen. Ich musste nicht zur Schule, weil man auf Ausflügen nicht zur Schule muss, und wir haben uns den Strand angeguckt, der war ganz lang und voller Schnee … wir haben auch Kakao getrunken, und ich bin ganz weit gewandert, richtig mit Rucksack, und wir hatten ein Picknick mit … Wo ist Abel?«

»Hier«, sagte Abel hinter Anna, schob sie sanft beiseite und legte einen Arm um Micha. »Was tust du auf diesem Schulhof?«

»Oh, ich hatte früher Schule aus«, erklärte sie eifrig, »aber ich wollte nicht da warten. Frau Milowicz fragt immer Sachen, das ist meine Lehrerin, weißt du, Anna. Ich mag sie, aber sie fragt so wie … wie der Herr Matinke. Über Mama und alles. Da bin ich lieber hergekommen. Obwohl es ganz schön weit ist zu Fuß.«

»Ich glaube«, sagte Abel, »wir gehen heute nicht in die Mensa. Wir hatten ja gestern den Ausflug, das reicht erst mal. Der Zug und alles, das war ja schon teuer. Wir gehen jetzt einfach nach Hause und denken an den Ausflug von gestern, ja?«

»Ja«, sagte Micha und sah auf ihre Füße. »Aber können wir nicht irgendwo anders hingehen? Zu Hause ist es gar nicht mehr so schön. Ich denke immer, jetzt steht dieser Herr Minke vor der Tür, und dann will er mich mitnehmen und alles. Gestern Nacht konnte ich nicht schlafen, weil ich das die ganze Zeit denken musste. Ich habe geträumt, dass er ein Netz hatte, wie für Schmetterlinge, nur war es für mich. Es war alles ein bisschen wie in unserem Märchen. Er wollte mich mit dem Netz fangen.«

Abel kniete sich vor sie und sah ihr in die Augen.

»Das wird er nicht tun«, sagte er leise. »Ich verspreche dir, dass er das nicht tun wird. Wir erzählen das Märchen so weiter, dass er verschwindet.«

»Ich könnte euch mitnehmen«, sagte Anna zögernd. »Zu mir nach Hause. Du siehst ziemlich kalt aus. Wir haben einen Kamin, zum Aufwärmen. Und irgendwo finde ich sicherlich ein Mittagessen.«

»Nein«, sagte Abel.

»Meine Eltern sind nicht da«, meinte Anna. »Nicht heute. Sie kommen erst am Abend wieder. Ihr könntet …«

»Nein«, sagte Abel noch einmal fest.

»Einen Kamin«, sagte Micha und sah ihn an. »Das wäre furchtbar gemütlich, meinst du nicht? Wenn draußen Schnee ist und drinnen ein Feuer, wie in dem Buch, das wir haben, und wir könnten bestimmt Kakao kochen …«

»Nein«, sagte Abel.

»Das ist ungerecht!«, rief Micha. »Gestern, da wolltest du mit dem Zug nach Rügen fahren, und ich bin mitgefahren, obwohl es ganz kalt war, und wir sind gewandert, und heute will ich mit Anna zu ihrem Kamin, und wir können ja wohl auch mal was machen, was ich will!«

Sie stampfte mit dem Fuß auf und sah ihn an, und ihre Augen blitzten so kampfeslustig, dass Anna beinahe lachen musste.

»Du kannst ja nach Hause gehen und warten, dass Herr Minke wieder vor der Tür steht«, fügte Micha hinzu und verschränkte die rosa Daunenarme. »Und ich gehe alleine mit Anna mit.«

Abel legte die Hände vors Gesicht, atmete tief durch und sah Anna an. Das Dunkle, Beunruhigende in seinen Augen war ein wenig weiter weggerückt, als hätte er es mit aller Gewalt fortgedrängt.

»Gut«, sagte er. »Gut. Von mir aus.«

Anna blickte sich nicht um, als sie den Schulhof zu dritt verließen. Vermutlich sahen ein paar Leute ihnen hinterher. Bertil zum Beispiel. Sie sah vor sich, wie er mit dem Hund seiner Familie am leeren Strand spazieren gehen würde, die rutschende Brille alle paar Schritte hochschiebend, allein, so wie am Tag zuvor und alle Tage, in der Eiseskälte, im Wind, am gefrorenen Meer.

»Du hast recht«, sagte Abel im Flur. »Die Luft ist blau. Ich hätte nicht gedacht, dass es stimmt.« Er lächelte.

Er hatte auf dem ganzen Weg nichts gesagt, aber jetzt lächelte er.

»Ja«, sagte Anna, »gestern wäre ich beinahe darin ertrunken.«

Micha betrachtete die Jackenhaken im Flur, lange, kleine hölzerne Tierköpfe aus irgendeinem Reiseland, Anna hatte vergessen, aus welchem. Schließlich fand sie etwas, das ein Hund sein konnte, fuhr mit dem Zeigefinger darüber und hängte ihre rosa Jacke an den Haken daneben. »Wolltest du nicht den Hund?«, fragte Anna.

»Wenn ich die Jacke über ihn hänge, kann er nichts mehr sehen«, erklärte Micha ernst. »Und das muss er doch, oder, wenn die Geschichte jetzt weitergeht. Er ist doch auf das schwarze Schiff gesprungen.«

»Hast du auf eurem Ausflug nicht weitererzählt?«, fragte Anna.

Abel schüttelte den Kopf.

»Aber wir haben einen Schneemann gebaut«, sagte Micha. »Oh, ist das euer Wohnzimmer? Das ist aber schön.«

»Hm«, sagte Anna. Sie sah zu, wie Micha die Socken auszog und mit bloßen Füßen über den türkischen Teppich ging, immer den Mustern nach, kreuz und quer, durch ein endloses Labyrinth. Dann gab sie das Spiel auf und lief zur Terrassentür, um in den kleinen Garten hinauszusehen.

»Da sind lauter Rotkehlchen!«, rief sie. »Und zwei echte Rosenblüten! Wie auf dieser Insel in unserer Geschichte, aber da waren keine Rotkehlchen. Die Rotkehlchen sind gekommen, um sich die Rosen anzugucken, oder? Oh, Abel, sie sind so hübsch!«

Anna sah Abel an. Er lächelte noch immer.

»Es ist sehr anders … als bei euch«, sagte sie. »Ist das schlimm?«

Abel griff nach ihrer Hand.

»Danke«, sagte er. »Für Geschichte. Und alles. Du hast mich gerettet. Ich hatte … ich wusste nichts mehr. Ich habe mich erinnert, als ich deinen Zettel las.«

Er griff in die Tasche und holte den Zehneuroschein heraus, den sie von oben bis unten mit ihrer Schrift gefüllt hatte.

»Bist du wahnsinnig?«, flüsterte Anna erschrocken. »Du hast das Ding aufbewahrt?«

Er zuckte die Schultern. »Ich wollte ihn vernichten, aber ich konnte nicht. Ich denke, ich werde den Schein behalten. Er ist das Einzige …« Er brach ab. »Micha, ich weiß nicht, ob du hier auf dem Sofa herumhüpfen solltest.«

»Doch«, sagte Anna. »Das sollte sie. Ich bin früher auch darauf herumgehüpft. Ich tue es heute noch manchmal. Es ist dazu da.«

»Und deine Eltern?«

»Hüpfen nur in Ausnahmefällen«, sagte Anna grinsend und kniete sich vor den Kamin. »Ich habe euch ein Feuer versprochen, oder? Und ein Mittagessen …«

»Die Holzscheite in diesem Korb sehen ganz lecker aus«, sagte Abel. »Sie sind nur noch nicht ganz durch.«

Als die Flammen im offenen Kamin prasselten, war es Anna, als verbrannten alle Sorgen, die sie sich in den letzten vierundzwanzig Stunden gemacht hatte. Sie saßen zusammen vor dem Feuer und sprachen über die genaue Zubereitung von Holzscheiten, und Micha beobachtete die Funken, die das Kiefernholz schlug, und alles war gut. Sie wollte Abel fragen, warum er mit Micha nach Rügen gefahren war, warum er nicht ans Telefon gegangen war, warum er ihr nichts gesagt hatte, doch sie tat es nicht. Sie ging in die Küche und wärmte den Rest eines Auflaufs auf, den Linda am Vortag gemacht hatte. Sie hatte ihnen gesagt, dass sie keine Hilfe wollte. Sie pfiff, während sie Teller suchte. Als sie zurück ins Wohnzimmer kam, saßen Abel und Micha zusammen auf dem Fußboden. Sie waren beide über einen Bildband gebeugt, den Magnus Linda zu Weihnachten geschenkt hatte, einen Band mit Fotos von der Wüste.

»Ich … wir …«, sagte Abel und schlug das Buch zu.

»Ihr könnt es ruhig ansehen«, sagte Anna. »Das hier ist kein Museum, sondern eine Wohnung. Die Wüste gehört meiner Mutter. Sie liebt Wüsten. Wenn ich nach England gehe, nach dem Abi, dann fährt sie in irgendeine Wüste, hat sie gesagt, zum Ausgleich.«

»Kann ich mitkommen?«, fragte Micha sofort. »Ich will auch mal so eine Wüste sehen. Da sind ganz viele Bilder von Sand in dem Buch, bestimmt ist er warm und man kann ihn durch die Hände rieseln lassen. Vielleicht gibt es eine Insel mit einer Wüste in unserer Geschichte, oder, Abel? Warum sind wir noch nie in eine Wüste verreist?«

»Man muss sehr weit mit dem Flugzeug fliegen«, sagte Abel. »So lange willst du sicher nicht in einem Flugzeug sitzen.«

»Doch, ich will dringend in einem Flugzeug sitzen!«, rief Micha. »Ich bin noch nie geflogen! Können wir mal fliegen, Abel?«

»Wenn wir den Auflauf gegessen haben, fliegen wir zu Fuß die Treppe hinauf, und du kannst dir mein Zimmer ansehen«, sagte Anna schnell. »Wenn du willst, kannst du versuchen, einen Ton aus meiner Querflöte herauszubekommen, das ist gar nicht so einfach.«

Micha bekam keinen Ton aus der Querflöte, aber sie hielt sie lange in den Händen. Sie setzte sich in die Hängematte in Annas Zimmer und sah zur Decke und sagte, sie wollte gerne hier einziehen, aber ihr Hochbett würde natürlich fehlen, und ob sie die Bücher im Regal angucken dürfte, wenn sie ganz vorsichtig wäre, was sie durfte, und Anna und Abel standen einfach daneben und sahen ihr zu.

»So wird es nie«, sagte Abel leise, »so wird es bei uns nie.«

Da legte Anna ihre Arme um ihn und flüsterte: »So ist es schon lange. Nur sieht man es nicht auf den ersten Blick. Weißt du, dass ich mich manchmal bei euch wohler fühle? Gestern dachte ich das. Aber, Abel … was ist mit dem silbergrauen Hund passiert, nachdem er auf das schwarze Schiff gesprungen ist? Was ist passiert? Geht es ihm gut?«

Er strich durch ihr Haar, einen Moment nachdenklich, und ließ seine Hand dort ruhen, die Finger in eine Strähne verwickelt. Er hatte ihr Haar noch nie zuvor berührt. Es gab eine Menge Stellen an ihrem Körper, dachte sie, die er noch nie berührt hatte. Ihr war auf einmal sehr warm.

»Der Hund«, sagte sie. »Er hat sich an der Reling entlanggeschlichen, auf lautlosen Pfoten …«

Micha sah von dem alten Bilderbuch auf, das sie auf den Knien hatte. »Erzählst du weiter?«, fragte sie und vergaß ganz offensichtlich alle Bilderbücher und alle Hängematten der Welt. »Lass uns runtergehen, zum Kamin. Du musst am Kamin erzählen, das gehört sich so für Märchen.«

»Der silbergraue Hund schlich sich auf lautlosen Pfoten an der Reling entlang bis zum Heck des schwarzen Schiffes«, sagte Abel, während Anna Holz nachlegte. »Dann verlor die kleine Königin ihn aus den Augen.

›Er soll nur schön auf sich aufpassen‹, brummte der Leuchtturmwärter.

›Wer sind die Leute dort?‹, fragte die kleine Königin ängstlich. ›Auf dem schwarzen Schiff?‹

›Ein paar von ihnen habe ich erkannt‹, antwortete der Leuchtturmwärter. ›Da ist zum Beispiel der Juwelenhändler. Er sammelt alle Juwelen ein, die er finden kann, aber er sperrt sie nicht ein, so wie der rote Jäger. Er handelt mit ihnen, verkauft sie weiter, zerstreut sie in alle Welt, über die Meere ... Dann sind da noch die Hasser. Die Hasser treten immer zu zweit auf, sie sind ein Paar, und sie hassen alles Schöne. Sie wollen den Diamanten zerstören. Zuletzt ist da die dicke Frau im Trainingsanzug ... weißt du, weshalb sie so dick ist?‹

›Nein‹, sagte die kleine Königin, und sie zitterte am ganzen Körper, als sie das sagte.

›Sie frisst die Edelsteine‹, sagte der Leuchtturmwärter, ›die der Juwelenhändler ihr bringt.‹

›Dann ... dann wird sie auch mein Herz fressen, wenn sie mich in die Finger bekommt‹, flüsterte die kleine Königin.

In diesem Augenblick fegte ein Windstoß über den Ozean, peitschte das Wasser zu hohen Wogen auf und ließ die kleinen Eisstücke aneinanderklirren. Alle fielen durcheinander, und die blinde weiße Katze beschwerte sich, dass jemand auf ihren Schwanz getreten war.

›Die Segel runter!‹, schrie der Leuchtturmwärter. ›Das ist ein Sturm!‹

Der Fragende und der Antwortende klammerten sich ängstlich aneinander fest und riefen unsinnige Fragen und Antworten in das Heulen des Windes.

›Wo ist Michelle?‹ ›Vielleicht der Leuchtturmwärter!‹ ›Woher kommt er?‹ ›In der Kiste auf dem Badezimmerschrank!‹ ›Wer ist sein Vater?‹

Das Rosenmädchen half dem Leuchtturmwärter, die weißen Segel herunterzuholen, alle bis auf eines. Das schwarze Schiff nahm seine

Segel nicht herunter. Und dann sahen sie, wie sich mitten im Sturm ein seltsamer Mechanismus in Gang setzte – einer der schwarzen Masten drehte sich und daran hing ein riesiges schwarzes Netz. Ein hölzerner Arm schwenkte aus, sodass das Netz genau über dem kleineren grünen Schiff schwebte. Und nun begann es sich langsam auf sie herabzusenken – ein tödliches Schmetterlingsnetz.

›Nein!‹, schrie die kleine Königin und schlug die Hände vor die Augen. Aber sie blinzelte durch die Finger.

Der Juwelenhändler stand auf dem schwarzen Schiff und steuerte das Netz über Hebel und Räder. Er hatte die Ärmel seiner Lederjacke aufgekrempelt, sodass man das weiße Lammfellfutter sah. Neben ihm stand die Diamantenfresserin in ihrem Trainingsanzug. Vorn hatte sie eine blutrote Haarsträhne. Direkt hinter ihr klammerten sich die beiden Hasser an die Reling, in ihren Augen erwartungsvolle Zerstörungswut. Und hinter den Hassern drückte sich der silbergraue Hund an die Reling. Er war nur ein heimlicher Schatten.

›Das Luftschiff!‹, rief das Rosenmädchen. ›Noch können wir es vielleicht schaffen!‹

Die kleine Königin nahm die Hände vom Gesicht. Ihre Augen waren groß und dunkel vor Furcht. ›Aber der Sturm wird uns in die falsche Richtung treiben!‹, rief sie.

Das Netz senkte sich noch tiefer – und dann geschah etwas Unerwartetes. Ein Schrei ertönte, ein durchdringender, schrecklicher, trommelfellzerfetzender Schrei, der das Meer für eine Sekunde stillstehen ließ, als wäre es plötzlich in seiner Gesamtheit gefroren. Gleichzeitig hob sich das Netz urplötzlich wieder, der hölzerne Apparat fuhr seinen Arm zurück, und die riesigen Maschen fielen auf die dunklen Segel. Das schwarze Schiff hatte sich selbst gefangen.

Es schien mit dem Netz zu kämpfen, bäumte sich auf, legte sich auf die Seite – die Wellen standen nicht mehr still, sie beutelten das Schiff jetzt, schlugen es hin und her –, Taue rissen, Segel fielen von den Masten wie welke Blätter. Eines begrub die Diamantenfresserin unter sich, ein anderes die beiden Hasser, die sich mit ärgerlichem Gestrampel zu befreien versuchten. Doch wo war der Juwelenhändler?

Das grüne Schiff segelte mit seinem einen weißen Segel davon, mitten durch den Sturm, und das schwarze Schiff blieb zurück, gefesselt wie ein großer Käfer in einem Spinnennetz.

›Der silbergraue Hund!‹, rief die kleine Königin. ›Wir müssen ihn von dem schwarzen Schiff holen!‹

Sie wollte das gelbe Steuerruder drehen, das Schiff wenden, doch auf dem Weg zum Steuerrad stolperte sie über die weiße Katze, die wieder eingeschlafen war, und fiel der Länge nach hin. Das Rosenmädchen zog sie auf die Beine. Das Schiff schwankte und schaukelte nun nur noch leicht. Der Sturm legte sich.

Und in einer letzten hohen Woge schwamm etwas heran. Ein Körper. Einen Moment lang sahen sie ihn deutlich, ehe das Meer ihn hinabzog in seine unergründlichen Tiefen.

›Der Diamantenhändler!‹, flüsterte das Rosenmädchen. ›Er ist tot!‹

›Wie der rote Jäger‹, sagte die kleine Königin. Sie schlang ihre Arme um das Rosenmädchen und weinte, und ihr diamantenes Herz stach in ihrer Brust. ›Müssen denn alle sterben?‹, schluchzte sie.

Als das Wasser wieder ganz still war, trieb im Sonnenuntergang noch etwas heran. Noch ein Körper. Es war der Körper eines Seelöwen. Der Fragende und der Antwortende fischten ihn mit ihren langen Armen aus dem Meer. Sie legten ihn behutsam an Deck, wo er sich in den Körper des Hundes verwandelte, und die kleine Königin kniete sich neben ihn. Er atmete, doch er öffnete die Augen nicht.

›Mein armer Hund!‹, rief die kleine Königin. ›Was ist auf dem schwarzen Schiff geschehen?‹

›Lass ihn schlafen‹, sagte das Rosenmädchen. ›Er braucht Ruhe.‹ Sie trug den Hund hinunter in die Kajüte und bettete ihn auf die Eisbärfelle. An einer Stelle auf seinem linken Vorderlauf fehlte das Fell an zwei kreisrunden, glänzenden Stellen. Als hätte er sich dort verbrannt.«

»Zwei?«, fragte Anna.

Micha war auf dem Sofa neben ihnen eingeschlafen.

Anna schob behutsam Abels linken Ärmel hoch. Wirklich, es gab jetzt eine zweite runde Narbe neben der ersten.

»Was ist das?«, flüsterte sie. »Ist es, was ich denke?«

Er nickte. »Zigaretten. Sie sind ziemlich heiß an der Spitze.« Er schob den Ärmel hinunter.

»Aber wer … wer hat das getan?«

»Ist das wichtig?« Sie sah ihn an und er seufzte. »Ich. Zufrieden?«

»Nein«, sagte sie. »Warum? Warum tust du das?«

»Schläft Micha schon lange?«

»Du hast meine Frage nicht beantwortet.«

»Ich beantworte keine Fragen«, sagte er und lächelte. »Ich bin kein Antwortender von der Insel der Antwortenden. Ich bin ein Märchenerzähler.«

Sie stand auf und ging hinüber zu dem alten Plattenspieler und legte eine der Platten auf, die sie in Lindas Cohen-Sammlung gefunden hatte. Sie stellte die Musik ganz leise, um Micha nicht zu wecken, kehrte zum Sofa zurück und lehnte sich an Abel.

Trav'ling lady, stay awhile
Until the night is over.
I'm just a station on your way,
I know I'm not your lover.
Well, I lived with a child of snow
When I was a soldier,
And I fought every man for her
Until the nights grew colder.
She used to wear her hair like you
Except when she was sleeping
And then she'd weave it on a loom
Of smoke and gold and breathing …

»Was bedeutet das?«, flüsterte Anna. »Was bedeutet das alles?«

Abel strich ihr wieder durchs Haar und seine Hand wanderte an ihrem Hals hinab und blieb dort liegen.

»Es bedeutet alles«, wisperte er. »Und nichts.«

And why are you so quiet now
Standing there in the doorway?
You chose your journey long before,
You came upon this highway.
Trav'ling lady, stay a while
Until the night is over.
I'm just a station on your way,
I know I'm not your lover.

»Ich habe darüber nachgedacht, nicht zurückzukommen«, sagte Abel plötzlich. »Unterzutauchen. Irgendwo.«

Anna nickte. »Es war kein Ausflug. Du bist weggelaufen. Vor Marinke. Michelle hat nie angerufen. Natürlich nicht.«

»Bist du sicher?«, fragte er.

»Hat sie denn angerufen?«

»Ich beantworte keine Fragen.«

Sie nahm seine Hand in ihre und ließ sie tiefer gleiten, von ihrem Hals abwärts, unter ihr T-Shirt, es war eine erstaunlich zögernde Hand, und beinahe sträubte sie sich. Dann lag die Hand auf ihrer linken Brust, und sie fragte sich, ob sie es irgendwie schaffen konnte, den BH auszuziehen, ohne die gesamte Situation zu zerstören. In Filmen geschahen solche Dinge von selbst, die Leute hatten nie umständliche Kleider an, hatten niemals Haken oder Knöpfe oder Ösen, die ihnen in den Weg kamen.

»Anna«, flüsterte Abel. »Ich bin mir nicht sicher …«

»Reicht es nicht, wenn ich mir sicher bin?«

»Aber Micha …«

Er gab auf und ließ seine Hand, wo sie war. Und dann küsste er sie, und sie dachte, dass dies der dritte Kuss war, und fragte sich, ob es möglich war, alle Küsse im Leben zu zählen, oder ob es irgendwann zu viele wurden. Mit Abel schien man nicht Gefahr zu laufen, die Übersicht über die Anzahl zu verlieren. Sie schmeckte Blut in ihrem Mund, ihre Lippen mussten von der Kälte aufgesprungen sein – oder bildete sie sich das ein? Sie schmeckte das Meer, in dem er bewusstlos getrieben war, als Seelöwe, in einem Märchen, sie schmeckte das Bild des schwarzen Netzes und das der Segel, die herabfielen wie welke Blätter … Sie fragte sich, ob sie ihn jemals ohne Micha treffen würde.

Mit dem kann man nur eine Fickbeziehung haben, hörte sie Gitta sagen. Weit gefehlt, dachte sie, weit gefehlt, Gitta.

Und dann hörte sie die Haustür – und Stimmen im Flur. Nie hatte ein Kuss so abrupt geendet. Anna öffnete die Augen, sah Abel an und lächelte. Er lächelte nicht. Er sprang auf. Sie stand ebenfalls auf, langsamer, und griff nach seiner Hand.

»Warte«, bat sie leise. »Renn nicht weg. Bitte. Sie beißen nicht, weißt du?«

»Ich sollte nicht hier sein«, sagte er.

»Doch«, sagte Anna.

Micha blinzelte, streckte sich und gähnte. »Was ist passiert?«, fragte sie verschlafen.

»Wir müssen los«, sagte Abel.

Er sah sich um, gehetzt, als wollte er in den Garten hinausstürzen und über die Dächer fliehen. Er zog seine Hand aus Annas Hand. Er wirkte völlig verloren in dem großen Wohnzimmer, in der blauen Luft, verloren wie in einem Ozean voller klirrender Eisstückchen.

Die Wohnzimmertür öffnete sich und Magnus und Linda kamen beinahe gleichzeitig herein. Linda blieb stehen, erstaunt. Dann lächelte sie.

»Ach so«, sagte sie, und jetzt lächelte sie nicht mehr, sie lachte, ein leises und blaues Lachen. »Ist es das?«

»Was?«, fragte Anna.

»Deine Geheimnistuerei«, sagte Magnus, schüttelte den Kopf und legte seine Tasche auf einen Sessel. »Ja, sieht so aus, als wäre es das. Als wäre *er* das.«

Abel sagte nichts, er sah von Linda zu Magnus und zurück wie ein Tier, das man in die Enge getrieben hat, mit flackerndem Blick. »Das ist Abel«, sagte Anna. »Und das ist seine Schwester, Micha.«

»Hallo, Micha«, sagte Linda.

Magnus streckte die Hand aus, und Abel begriff mit einer minimalen Verzögerung, was er wollte, und schüttelte sie. Er hatte noch immer nichts gesagt.

»Schön, dich kennenzulernen«, sagte Magnus mit seiner tiefen, dröhnenden Stimme. »Bist du mit Anna auf der Schule?«

Abel nickte.

»Ich brauche dringend einen Kaffee«, erklärte Magnus und machte sich auf den Weg in die Küche. »Trinkt ihr auch einen mit?«

»Micha trinkt sicher keinen Kaffee«, sagte Linda. »Vielleicht ist Kakao die bessere Wahl.«

»Kakao ist gut«, sagte Micha. »Sie haben ein furchtbar schönes Haus. Und so viele Bücher. Ich habe in Annas Hängematte geschaukelt …«

»Micha«, sagte Abel und nahm sie an der Hand. »Wir müssen jetzt gehen.«

»Warum müssen wir gehen?«, fragte Micha. »Ist es schon so spät? Wir haben doch gar nichts vor, wir können gut noch …«

»Komm«, sagte Abel und zog sie in Richtung Haustür.

»Abel …«, sagte Anna.

»Vielen Dank für das Angebot mit dem Kaffee«, sagte Abel, während er in seine Jacke schlüpfte. »Aber wir haben tatsächlich noch etwas vor. Wir haben die Zeit ganz vergessen.«

Er half Micha in ihre rosa Daunenjacke, und ehe sie noch mehr sagen konnte, schob er sie zur Tür hinaus. Dann schloss sich die Tür hinter ihnen.

Anna öffnete sie wieder.

»Was soll denn das?«, rief sie. »Komm zurück, du Idiot!«

Aber Abel hatte Micha bereits auf seinen Gepäckträger gehoben.

»Nein«, sagte er. »Versuch, es zu verstehen. Da sind zu viele Dornen auf der Insel der Rosenleute.«

»Bis eben waren keine da!«, rief Anna verzweifelt. »Bis eben …«

»Denk an das, was im Mittendrin passiert ist«, sagte Abel, und jetzt war seine Stimme scharf wie die Kanten einer Eisscholle auf dem Meer. »Komm mit, hast du gesagt, sie haben sicher nichts dagegen, all deine feinen Freunde, und dann? Was war dann? Mit deinen Eltern wird es das Gleiche sein.« Er schüttelte den Kopf und stieg auf sein Rad.

»Worüber redet er?«, fragte Micha.

»Das weiß er selbst nicht«, sagte Anna und ging zurück nach drinnen. Sie warf die Tür hinter sich zu und versuchte, ruhig durchzuatmen. Magnus kam aus der Küche, eine Tasse in der Hand.

»Himmel«, sagte er, stellte die Tasse auf die Flurkommode und fand ein Taschentuch in seiner Tasche, das er Anna reichte.

»Was soll ich damit?«, schnaubte Anna.

»Ich dachte, dir die Tränen abwischen.«

»Komisch«, erwiderte Anna, das Taschentuch in der Hand. »In letzter Zeit passiert mir das dauernd … dass ich heule und es gar nicht merke.«

»Komm mit ins Wohnzimmer«, sagte Magnus in einem seltenen Befehlston. »Und trink einen Kaffee oder von mir aus einen Schnaps. Aber jetzt erzählst du.«

»Ja«, sagte Anna.

Sie erzählte bis weit in die Nacht. Sie war eine Verräterin. Sie wusste, dass sie eine Verräterin war. Es ging Magnus und Linda nichts an, wie Abel und Micha lebten. Doch plötzlich war es, als bräche ein Damm, ein Damm, hinter dem noch mehr Tränen lagen, eine Flut von Tränen, eine Flut von gestotterten, ertränkten Worten und halben Beschreibungen.

Linda machte Butterbrote, um den Tränen Halt zu geben. Magnus verwarf den Schnaps, den keiner mochte, und öffnete eine Flasche Wein.

Und am Ende sagte er: »Anna.«

»Ja?«, sagte Anna.

»Was sollen wir tun?« Er sah sie an, ernst, es war eine wichtige Frage. »Sag uns, was wir tun sollen. Um zu helfen. Ich bin ein kritischer Mensch, vernunftorientiert, ich weiß nicht, ob ich dies alles gut finde, aber in der Liebe … du findest es vielleicht dumm, dass ich das sage … in der Liebe gibt es keine Kritik. In der Liebe gibt es keine Vernunft. Ich würde dir Geld geben, wenn du welches bräuchtest. Ich kann mit Ämtern reden. Sag mir, was wir tun sollen.«

»Das weiß ich nicht«, sagte Anna. »Wenn ich das wüsste, wäre alles einfach. Er nimmt kein Geld an. Er will nicht, dass man sich einmischt. An manchen Tagen kennt er mich nicht mal. Und nach heute … ich …«

»Fang nicht wieder an zu weinen«, bat Linda leise und streichelte ihren Rücken. »Es wird alles gut.«

Am Samstag fanden sie in Eldena die Leiche eines Mannes unter dem verschneiten Sand. In der Lederjacke des Toten steckte ein Portemonnaie und darin ein Personalausweis mit dem Namen Sören Marinke. Er war vierundvierzig Jahre alt gewesen. Sein Wollpullover und das Lammfellfutter der Jacke waren steif von gefrorenem Blut. Genickschuss, sagte der Radiosprecher.

12

Drei Tage Sonnenschein

»Anna?«

Sie blinzelte. Das Licht, das durchs Fenster fiel, brach sich in der Querflöte auf dem Notenständer und fiel auf den Boden wie in Splittern. Die altmodische kleine Uhr auf der Ecke des Regals zeigte zehn vor vier. Sie hatte das Handy halb im Schlaf ans Ohr gehalten, sie musste über ihren Büchern eingenickt sein. Das Radio sprach leise vor sich hin. Wenn man die halbe Stunde abzog, die sie eventuell mit dem Kopf auf dem Schreibtisch geschlafen hatte, und davon ausging, dass sie um sieben Uhr aufgestanden war, dann hatte sie die Meldung von Sören Marinkes Tod jetzt acht Mal in den Lokalnachrichten gehört. Die Nachricht war seitdem detaillierter geworden, jedoch nicht sehr. Ein Spaziergänger hatte Marinke in den frühen Morgenstunden gefunden, oder besser gesagt, sein Hund, und Anna hatte sich sofort unwillkürlich gefragt, welche Farbe dieser Hund gehabt hatte: War es ein silbergrauer Hund gewesen, einer mit goldenen Augen? Natürlich nicht ... Später hatten sie gesagt, Marinke hätte schon eine Weile dort unter Schnee und Sand begraben gelegen, einen Tag vielleicht. Der Körper war völlig gefroren, eine merkwürdige Vorstellung, und offenbar war es unmöglich, völlig zu gefrieren, wenn man nur ein paar Stunden dort draußen lag.

»Anna?«

Acht Mal hatte sie nachgerechnet, acht Mal hatte sie die Luft angehalten und acht Mal zögernd aufgeatmet: Denn sie war acht Mal zu dem Ergebnis gekommen, dass Abel nichts mit Marinkes Tod zu tun haben konnte. Sein Alibi für den ganzen gestrigen Tag war sie selbst. Und am Tag davor, am Donnerstag, war er mit Micha auf Rügen gewesen. Wenn es stimmte, dass sie dort gewesen waren. Wenn ...

»Anna, bist du da?«

»Ja, ja, ich glaube, ich bin hier«, sagte sie, aber ihre Stimme hörte sich tatsächlich an, als wäre sie anderswo. »Ich war ... in Gedanken ... ich muss über meinen Büchern eingeschlafen sein. Ich habe den ganzen Tag damit verbracht, einen sinnlosen Lernplan auszuarbeiten ...«

Nein, dachte sie, nein, das ist nicht wahr. Ich habe den ganzen Tag damit verbracht, dich nicht anzurufen. Denn natürlich war er es. Abel.

»Anna«, sagte er, zum vierten Mal, als hätte er jetzt, da sie geantwortet hatte, eigentlich nichts mehr zu sagen, nichts als ihren Namen. Als hätte er nur sichergehen wollen, dass sie existierte. Sie stand auf und trat mit dem Handy ans Fenster, ihren Namen im Ohr wie einen Spiegel.

»Abel«, sagte sie. »Dies ist ein roter Tag in meinem Kalender.«

Er schwieg ein Fragezeichen durch die Leitung. »Du rufst mich an«, sagte sie. »Gewöhnlich bin ich es, die dir nachläuft.«

»Hast du Radio gehört?«, fragte Abel, ohne darauf einzugehen. Dies ist nicht die Zeit für Koketterien, sagte sein Ton.

»Ja«, antwortete Anna. »Euer Sozialarbeiter ist tot. Ein Wolf hat ihn totgebissen und ihn unter dem Strandsand von Eldena verscharrt.«

»Nein«, sagte Abel gequält. »Nein, das hat er nicht. Der Wolf war nicht dort. Sie waren hier, Anna. Die Polizei. Sie ... sie haben alle Leute abgeklappert, deren Fälle Marinke auf seinem Schreibtisch hatte. Es scheint eine Menge Leute zu geben, die nicht glücklich darüber waren, dass er sich eingemischt hat ... Donnerstag. Es sieht aus, als wäre er schon Donnerstag gestorben, aber sicher sind sie sich nicht, wegen der Kälte.«

»Du hast ein Alibi«, sagte Anna. »Für Donnerstag. Du warst auf Rügen.«

»Ein Alibi, ja«, meinte Abel. »Ein wunderschönes. Ein sechsjähriges Mädchen. Sie werden zurückkommen. Sie brauchen einen Schuldigen. Und ich habe eine Verbindung zu Rainer *und* zu Marinke. Alles passt zusammen.«

»Aber du warst es nicht.«

»Glaubst du, dass ich es war?«

Sie schwieg einen Moment, dann sagte sie: »Aber die Busfahrer, Abel? Seid ihr auf Rügen nicht Bus gefahren? Und der Schaffner im Zug? Die sind doch alle älter als sechs.«

»Das will ich hoffen.« Er lachte.

»Kannst du nicht versuchen, an einen von denen heranzukommen?«

»Ja«, sagte er. »Vielleicht. Vielleicht ist es möglich. Eine Menge Telefoniererei. Morgen. Morgen ist Montag.«

Und jetzt legt er auf, dachte Anna, und ich sitze wieder da mit meinen Büchern und meinem Radio und der leicht variablen Nachricht von Marinkes Tod und mit mir selbst.

»Eigentlich habe ich angerufen, weil ...«, sagte Abel und stockte. Anna hörte im Hintergrund Micha etwas sagen, ungeduldig, es klang, als wollte sie das Telefon haben. »Weil wir dachten, wir könnten mal wieder im Café draußen einen Kakao trinken«, sagte Abel, »und weil wir fragen wollten, ob du Zeit hast.«

Nein, dachte Anna. Nein, ich habe keine Zeit. Ich habe ein Abitur vor mir und ein Gespräch mit Linda hinter mir, in dem sie mich zu Recht gefragt hat, ob es schlau ist, eine Beziehung zu führen, in der der eine nur einen Mucks machen muss und der andere springt.

»Gib mir mal!«, verlangte Micha, und dann, in atemlosem Tempo, in Annas Ohr: »Anna, hör mal, ich habe eine Idee gehabt, die geht so: Du musst die Querflöte mitbringen, weil, Abel hat mir die Geschichte von gestern zu Ende erzählt, von wo ich eingeschlafen bin, und den ganzen Tag haben wir versucht, den Seelöwen aufzuwecken, nachdem die beiden Polizisten weg waren, aber der liegt an Deck und rührt sich nicht. Er atmet bloß, hat Abel gesagt, und wer weiß, vielleicht stirbt er, davor habe ich Angst, und da dachte ich, wenn du Querflöte spielst, dann wacht er auf, das könnte doch gehen, oder meinst du nicht? In einem Märchen könnte das doch so sein. Kommst du und spielst für unser Märchen? Und wir könnten zum Abendessen zusammen Spaghetti kochen und …«

»Eins nach dem anderen«, sagte Anna und lächelte. »Ja. Ja, ich komme.«

»Schluss mit Lernen für heute?«, fragte Linda, die in der Küche in einer blauen Schürze Zwiebeln schälte. Anna nickte und umarmte sie. »Es wird vielleicht spät«, sagte sie. »Wenn ich mir etwas wünschen kann, wünsche ich mir, dass es spät wird.«

Linda wischte sich mit dem Ärmel eine Zwiebelträne aus dem Auge. »Dann soll es spät werden.«

»Warte«, sagte Magnus, sie war schon halb in der Tür. »Hier.

Wenn du zum Abendessen dort bist … man sollte etwas mitbringen, wenn man zum Abendessen irgendwo ist.«

Er hielt eine Flasche Rotwein in der ausgestreckten Hand, eine Flasche Jahrgangswein, halb auf dem Weg zur wundersamen Wandlung in Salatessig, jedoch noch nicht ganz dort angekommen, wertvoll. Anna schüttelte den Kopf. Magnus steckte die Flasche in ihren Rucksack und nickte.

»Sprich mit ihm«, sagte er. »Vielleicht ist es leichter, wenn man eine Flasche guten Wein hat. Sprich mit ihm über mein Angebot. Versuch es.«

Da umarmte Anna auch ihren Vater, weil er glaubte, eine Flasche Jahrgangswein könnte die Dinge so einfach klären, aber vielleicht glaubte er das gar nicht. Sie stieg auf ihr Rad.

Aus irgendeinem Grund hatte sie gedacht, alles würde so sein wie beim ersten Mal: Abel und Micha würden ganz hinten an einem Tisch sitzen, im gläsernen Bug des Utkieks, ein Stuhl wäre frei, und sie würde darauf zugehen, ein unbestimmtes helles Glücksgefühl im Bauch. Doch natürlich ist nichts je so wie beim ersten Mal. Das Café war voll, sie sah es gleich an den Rädern im Fahrradständer, an den drei geparkten Autos davor, wo eigentlich niemand parken durfte, an den Spaziergängern, die ihre Hunde, Kinder, Tanten, Rollstühle, Großväter am Hafen ausführten. Die Leute saßen sogar draußen auf der Caféterrasse, draußen im kalten Wind, die Kragen der Jacken hochgeschlagen, die Hände Wärme suchend um ihre Teetassen geschlungen. Und als Anna diesmal Abel und Micha entdeckte, die im Aus und Ein der Gäste neben der Treppe warteten, da hatte sie kein helles Glücksgefühl im Bauch, sondern eine nagende, beunruhigende Art von Sorge. Sie hatte im Vorbeifahren Fetzen einzelner Gespräche aufgeschnappt, blutige, rohe Wortfetzen voll von angenehmem Schauer. Sie wusste, warum all diese Leute hier waren: um in der Nähe des Ortes zu sein, wo *es passiert* war. All diese Leute hatten Radio gehört. Manche kamen vom Strand, der drüben auf der anderen Seite der Flussmündung lag, sie waren schon dort gewesen, und Anna hörte: »Absperrband Grube abgesteckt Hunde Spuren Schnee aufgewühlt Hast du gesehen, wo er lag?« Andere wollten noch hingehen und sprachen von »näher ansehen vielleicht zu einem Schluss kommen gruselig die Vorstellung allein vielleicht in der Nacht und dann von hinten der Schuss«.

Sie gingen schweigend zu dritt auf die Mole hinaus. Auf der Mole war es leer, dort gab es kein Absperrband zu sehen.

»Warum hier?«, fragte Anna. Es war das Erste, was irgendeiner von ihnen sagte, selbst Micha hatte bisher geschwiegen. »Gerade hier, zwischen all den Leuten?«

»Weil wir immer herkommen, natürlich deshalb«, antwortete Micha, doch Abel schüttelte langsam den Kopf.

»Nicht nur deshalb«, sagte er leise. »Da ist noch etwas. Du ... wirst das vielleicht für dumm halten ... aber ich wollte wissen, wer hier ist. Hier laufen alle Gerüchte zusammen ... ich könnte mir vorstellen, dass er hier ist, weil ihn die Gerüchte auch interessieren.«

»Wer?«, fragte Anna.

»Der Mörder«, antwortete Abel und sah aufs Meer hinaus. Sie waren ganz vorne am Geländer der Mole angekommen, dort, wo das grüne Leuchtfeuer den Schiffen den Weg wies, ganz ohne Leuchtturmwärter. »Sie werden mir diese Sache anhängen, Anna. Und es gibt nur einen Weg, sie davon zu überzeugen, dass ich es nicht war. Einen besseren Weg als den, mit tausend Busfahrern und Schaffnern zu telefonieren. Wenn ich herausfinde, wer es in Wirklichkeit war, wenn ich ihnen den eigentlichen Mörder liefere … verstehst du? Dann müssen sie mir glauben. Dann müssen sie mich gehen lassen.«

»Aber es hält dich doch niemand fest«, sagte Anna. »Haben sie gesagt, sie glauben, dass du …?«

Abel schüttelte den Kopf. »Noch nicht«, murmelte er.

Damokles war zurückgekehrt.

Er stützte beide Arme auf das runde weiße Metallgeländer und sah hinab aufs Eis, wo unzählige Spuren durch die dünne Schneeschicht liefen: Spuren von Blesshühnern und Enten, Schwänen und Sägern. Gab es irgendwo auf dem Eis, irgendwo im Schnee am Strand auch die Spur eines Mörders?

»Es ist jemand, der etwas mit mir zu tun hat«, flüsterte Abel. »Es kann nur so sein. Warum sonst … warum hätte jemand erst Rainer Lierski erschossen und anschließend Sören Marinke? Und wer kommt als Nächstes?«

Anna schüttelte sich. »Gar niemand. Weil wir vorher herausfinden, was … was hier geschieht. Ich helfe dir. Ich kann mich auch umhören … wenn du mir sagst, wo und wann …«

Er drehte sich abrupt nach ihr um. Das Eis in seinen Augen funkelte im Sonnenlicht.

»Nein«, sagte er. »Tu das nicht. Versprich mir, dass du dich aus dieser Sache heraushältst. Das hier ist kein Spiel und auch keine Geschichtsklausur. Ich will nicht, dass dir etwas passiert.«

»Danke«, sagte Anna ärgerlich. »Ich bin gerade letzte Woche fünf geworden.«

Abel packte sie an den Schultern und sah sie noch eindringlicher an, als wollte er mit seinem Blick ein Loch in ihre Netzhaut brennen. »Sie sind tot, Anna«, flüsterte er. »Sie sind beide tot. Tot, mausetot! Begreifst du das nicht?«

»Doch«, sagte Anna und sah zu Boden.

»Also, wenn ihr jetzt aufhören könnt, euch zu streiten«, sagte Micha, »dann wäre das ganz gut, weil jetzt gerade keiner hier ist, und wir wollten doch mit der Flöte den Seelöwen wecken, und vielleicht geht es ja nur, wenn wir alleine auf der Mole sind.«

Sie hatte bis jetzt Purzelbäume um ein anderes Stück des weißen Geländers gemacht und kam jetzt neben ihnen zum Stehen, die Wangen gerötet, die blassblonden Zöpfe halb aufgelöst. Nichts an ihr erinnerte auch nur entfernt an das Wort »Tod«.

Anna schob alle Gedanken an Marinke beiseite und holte die Querflöte aus ihrem Rucksack. Sie war natürlich kalt geworden und verstimmt, aber ein Seelöwe hörte womöglich keinen Unterschied. »Was soll ich spielen?«

»Irgendetwas«, meinte Micha leichthin. »Etwas Schönes.«

Abel nickte, lehnte sich an den grün gestrichenen Pfosten, auf dem oben die Kammer mit dem Leuchtfeuer saß wie ein Ampelkopf, und begann, eine Zigarette zu drehen.

»Wir müssen sehen, ob wir den Seelöwen wecken können«, sagte er. »Es geht ihm nicht gut. Seine Wunden sind tief und sein Schlaf ist noch tiefer. Beinahe hatte er schon aufgegeben, als sie ihn aus dem Wasser gezogen haben …«

Anna überschlug im Kopf alle Stücke, die sie spielen konnte, vom einfachsten bis zum schwierigsten, dem, das sie jetzt übte und das sie im Abitur zusammen mit zwei anderen vorspielen würde. Sie dachte an alle Triller und Melodien, und keine schien ihr gut genug, um einen verwundeten Seelöwen aus einem Märchen zu wecken. Schließlich schloss sie die Augen und stellte sich vor, sie stünde an Deck des grünen Schiffes. Am Horizont sah sie die schwarzen Segel ihrer Verfolger, die noch immer nicht aufgegeben hatten. Die kleine Königin stand neben ihr. Vor ihnen in der Kajüte lag der reglose Seelöwe. Aber nein, hier war er ja ein Hund, und daneben saß die blinde weiße Katze und gähnte gelangweilt. Da wusste sie auf einmal, was sie spielen musste. Sie setzte die Querflöte an die Lippen und bat das kühle Silber um eine einfache Melodie, eine Melodie ohne Schlenker und Kringel und Triller, eine Melodie, deren Text man in der Luft mitlesen konnte, wenn man ihn kannte:

There's a concert hall in Vienna
Where your mouth had a thousand reviews.
There's a bar where the boys have stopped talking,
They've been sentenced to death by the blues …

Sie hörte Abel summen und war sich beinahe sicher, dass sie auch die Worte gehört hatte; es war eines jener Lieder auf Lindas Schallplatte und vermutlich auf Michelles Kassette: der alte Kanadier mit seiner undurchschaubar dunklen Poesie.

Ah, but who is it climbs to your picture
With a garland of freshly cut tears?
Ay, Ay, Ay, Ay
Take this waltz, take this waltz,
take this waltz, it's been dying for years.

»Die kleine Königin beugte sich hinunter, um den silbergrauen Hund zu streicheln«, sagte Abel. »Und in diesem Moment blinzelte er. Er hob den Kopf, sah sie mit seinen goldenen Augen an und schlug mit dem Schweif. Und dann stand er auf, schlich langsam hinauf an Deck – und sprang ins Wasser. Kurze Zeit später schwamm wieder ein Seelöwe neben dem grünen Schiff auf den Wellen. Aber die Wellen hoben und senkten sich nur noch schwerfällig, und der Leuchtturmwärter kratzte sich mit seinem Brillenbügel hinterm Ohr und sagte: ›Bald … bald friert das Meer. Dann gibt es endgültig kein Vorwärtskommen mehr. Und was tun wir dann?‹«

Anna hatte die Flöte abgesetzt. Einen Moment lang war es ihr, als sähe sie draußen im Wasser der Fahrrinne, die für die Fischerboote frei gehalten wurde, etwas auftauchen – einen dunklen, runden Kopf mit glänzenden schwarzen Augen –, Unsinn! Später dachte sie, dass es nicht der Kopf eines Seelöwen gewesen war, sondern der eines Menschen, eine Vision von dem, was noch geschehen würde, aber das war natürlich noch größerer Unsinn.

Abel nahm sie an der freien Hand und führte sie über die Mole zurück zum Utkiek, während Micha eifrig neben ihnen herlief.

»›Noch ist das Meer ja nicht gefroren‹, sagte die kleine Königin. ›Aber was ist das dort? Ist das nicht eine weitere Insel? Sollten wir sie nicht ansteuern?‹

›Nein, das sollten wir nicht‹, erwiderte der Leuchtturmwärter, ›denn das, meine kleine Königin, ist die Insel des Mörders.‹

›Das glaube ich nicht‹, sagte die kleine Königin und schüttelte Frau Margarete, dass ihr blau-weiß geblümter Kleidersaum nur so flog. ›Frau Margarete schüttelt den Kopf, sie glaubt es auch nicht. Ich möchte hinfahren und nachsehen, wer dort wohnt.‹

Da seufzte der Leuchtturmwärter tief und steuerte das Schiff auf die Insel zu. Es war eine ganz kleine Insel, kleiner als alle, die sie bisher besucht hatten. An einer Seite hatte jemand ein Schild aufgestellt und mit schwarzer Farbe daraufgeschrieben: INSEL DES MÖRDERS. ›Huh!‹, rief die kleine Königin. ›Wer schreibt denn solche Schilder? Haltet an! Ich möchte an Land gehen!‹

›An Land?‹, fragten der Leuchtturmwärter, das Rosenmädchen,

die blinde weiße Katze und der Fragende im Chor. Nur der Antwortende murmelte etwas von ›sieben Mal täglich‹.

›Du kannst doch keine Insel betreten, auf der ein Mörder wohnt‹, sagte das Rosenmädchen.

›Oh doch‹, sagte die kleine Königin. ›Eine Königin mit einem Herzen aus Diamant kann jede Insel betreten. Vielleicht möchte der Mörder kein Mörder mehr sein, sondern lieber etwas anderes werden, ein Gegenteil, zum Beispiel ein Retter. In diesem Fall braucht er jemanden, der ihm sagt, dass er sich verwandeln kann.‹

Damit kletterte sie über die Reling und sprang auf die Klippen der Insel hinunter.

›Warte!‹, rief das Rosenmädchen, und auch der Leuchtturmwärter, der Fragende und der Antwortende kamen mit. Nur die weiße Katze blieb an Bord sitzen, um ihre Pfoten zu lecken, und auch der Seelöwe war nirgendwo zu sehen, in welcher Gestalt auch immer.

Die kleine Gesellschaft begann, über die winzige Insel zu wandern. Es war nicht nur die kleinste, sondern auch die kahlste Insel, die man sich vorstellen konnte. Kein Baum stand dort, kein Strauch – kein Haus. Aber der Mörder, der dort wohnte … wo war der Mörder? Drückte er sich irgendwo flach an den Boden, lag er auf der Lauer? Oder schlief er im Schatten zwischen den Zeilen? Sah man ihn nur, wenn man die Beschreibung seiner Insel rückwärtslas?

›Er ist irgendwo‹, flüsterte die kleine Königin. ›Ganz nah. Er sieht uns, ich kann seinen Blick spüren. Aber er will nicht mit uns sprechen. Wie soll ich ihm helfen, etwas anderes zu werden als ein Mörder, wenn er sich nicht zeigt?‹

›Gehen wir‹, sagte der Leuchtturmwärter. ›Verlassen wir diese unheimliche Insel, ehe jemand von uns umgebracht wird.‹

›Nein‹, sagte das Rosenmädchen da. ›Nein, ich glaube, der Mörder ist gar nicht mehr hier. Er muss vor langer Zeit fortgegangen sein. Oder fortgeschwommen.‹

›Aber wo ist er dann?‹, flüsterte die kleine Königin unbehaglich. ›Vielleicht … vielleicht ist er längst an Bord?‹

›Wo – an Bord?‹, fragte der Fragende.

›Am dreizehnten März‹, antwortete der Antwortende, aber das passte natürlich mal wieder nicht. ›Auf dem schwarzen Schiff zum Beispiel‹, antwortete die kleine Königin stattdessen. ›Er ist jemand anders geworden. Wir erkennen ihn nicht.‹

Da sahen sich alle an, der Leuchtturmwärter sah das Rosenmädchen an, das Rosenmädchen sah den Fragenden an, der Fragende sah den Antwortenden an. Der Antwortende sah zurück zum Schiff, wo die blinde weiße Katze schlief.

Als das grüne Schiff wieder in See stach, kroch das Misstrauen übers Deck wie ein zusätzlicher Passagier. Vielleicht, dachte jeder von ihnen, war einer hier ein Mörder, einer, dem sie vertraut hatten. Einer, der nur mordete, weil er auf einer Insel geboren war, auf der ›INSEL DES MÖRDERS‹ stand.

Die Wellen glichen jetzt dunkelgrünem Honig. Es musste am Misstrauen liegen. Sie kamen kaum noch voran. So würden sie das Festland nicht erreichen.«

Abel verstummte, und Anna musste sich zwingen, aus dem zähen dunkelgrünen Honigmeer aufzutauchen, um zu sehen, wo sie waren. Sie standen vor dem Utkiek. Aber das war nicht der Grund, weswegen Abel aufgehört hatte, zu erzählen. Der Grund war die Gestalt, die am Hafen entlang auf sie zukam: eine Gestalt, die die Hände tief in den Taschen ihrer Jacke vergraben hatte und sich jetzt mit dem Bügel ihrer Brille im Backenbart kratzte.

»Der Knaake«, sagte Abel leise. Anna nickte.

»Gehen wir hinein«, sagte Abel.

»Warum? Willst du ihm nicht begegnen?«

»Ich will sehen, was er tut«, antwortete Abel. »Wo er hingeht und wie er sich benimmt. Nur … so. Kommt.«

»Geht die Geschichte drinnen weiter und gibt es Kakao und kann ich ein Stück Kuchen?«, fragte Micha und flitzte voraus, die Stufen hinauf, ohne die Antwort abzuwarten. Sie war eine Königin. Selbstverständlich gab es Kakao und Kuchen.

Anna dachte nicht, dass sie einen Tisch fänden, aber sie hatten Glück. Direkt an der gläsernen Wand, die auf die Flussmündung hinaussah, stand gerade ein Pärchen auf, und Micha schnappte sich den Tisch wie eine Katze eine Maus. Der Junge half dem Mädchen in einen schwarzen Ledermantel und schlüpfte selbst in einen Mantel, bei dessen Anblick Anna die Worte »geschmeidig« und »Kaschmir« dachte. Er trug einen grauen Seidenschal und einen Helm aus rotblondem Haar … Dann drehte er sich um und natürlich, natürlich war es Hennes. Und natürlich war das Mädchen Gitta.

»Heute ist aber auch jeder hier«, sagte Abel leise.

Es war eine seltsame Situation, wie sie sich ansahen, zwei und zwei, diesseits und jenseits.

»So, mein Kind«, sagte Gitta schließlich, »da habt ihr unseren Tisch. Wart ihr schon drüben? Am Strand, bei der Absperrung? Ihr habt doch Radio gehört?«

Anna nickte langsam. »Wir waren noch nicht dort, nein. Ihr?«

»Oh ja«, sagte Gitta. »Es ist schon eine gruselige Sache, wenn man sich vorstellt, wie der Typ da die Leiche gefunden hat, heute Morgen erst, und dass sie da einen ganzen Tag herumlag, oder zwei … Bei uns fährt jetzt alle naselang die Polizei vorbei, ich habe schon überlegt, ob ich eine Würstchenbude im Neubauviertel aufmache, für die Schaulustigen, aber ich fürchte, meine Mutter wird dagegen sein, wenn es sich nicht um hundert Prozent steril abwaschbare Würstchen handelt … Hennes wollte unbedingt an den Strand, er dachte, er findet noch irgendwelche Spuren, die nicht völlig zertrampelt sind … der große Spurensucher …«

Sie drückte sich in ihrem schwarzen Mantel an Hennes, und er versuchte, sie mit sich fortzuziehen. »Komm jetzt, wir wollten doch …«

»Im Wald findet er auch Spuren«, fuhr Gitta fort und zwinkerte Anna zu. »Mitten im tiefen Wald … huuhuuuh … ich werde es früher oder später lernen müssen, das Spurensuchen, und vielleicht lerne ich sogar irgendwann das Schießen. Die Hochsitze, auf denen man dazu herumsitzen muss, können jedenfalls sehr gemütlich sein …«

»Moment«, sagte Anna, »das hört sich nach Bertil an, nicht nach Hennes. Hennes, jagst du *auch*?«

Hennes verdrehte die Augen, aber er schaffte es tatsächlich, auf eine charmante Art die Augen zu verdrehen.

»Komm jetzt, Gitta«, wiederholte er.

»Söhne aus besserem Hause«, sagte Abel. »Die von Biederitz haben ihr Revier draußen bei Hanshagen, wusstest du das nicht?«

»Nein«, sagte Anna und sah Hennes nach, der Gitta etwas zu entschlossen am Arm in Richtung Ausgang führte. Gitta in ihrer schwarzen Motorradkluft, Gitta, die sich trotzdem nur ein Moped leisten konnte, Gitta mit ihrer steril abwaschbaren Mutter passte im Grunde genauso wenig in Hennes' Familie wie Abel in Annas Familie. Sie stellte sich vor, wie Gitta in ihrer Lederjacke still auf dem Ansitz saß, einen majestätischen Hirsch vor sich auf einer Lichtung …

dann hob sie das Gewehr, die Lederjacke knirschte, und der Hirsch floh. Oder er lachte sich tot. Oder Gitta schlich sich stattdessen an und machte dem Hirsch ein unmoralisches Angebot …

»Warum lachst du?«, fragte Abel.

Anna schüttelte den Kopf. »Wirre Gedankengänge«, antwortete sie. »Es ist gut, zu lachen.«

»Ich habe ganz alleine drei Kakao und Kuchen bestellt«, sagte Micha. »Ich sage es nur, weil ihr es nicht gemerkt habt. Und hier, seht mal! Hier ist schon Frühling.«

Sie hatte recht. Auf den Tischen des Cafés standen einzelne rote Tulpen in schmalen, weißen Vasen.

»Ja, hier ist schon Frühling«, sagte Abel. »Manchmal frage ich mich, ob es draußen eigentlich nie mehr Frühling wird.«

Draußen, im ewigen Winter, ging der Knaake mit nachdenklichen Schritten ganz alleine auf die Mole hinaus. Beim Leuchtfeuer blieb er stehen, und es sah aus, als lauschte er einer vergangenen Melodie, die dort in der Luft hängen geblieben war. Dann zog er etwas aus der Tasche und hielt es an die Augen. Ein Opernglas.

»Habt ihr nicht gesagt, das ist der Leuchtturmwärter?«, meinte Micha und verrenkte sich den Kopf. »Der guckt jetzt nach dem Schiff. Nach dem schwarzen. Und danach, wer die letzte Person ist, die da noch drauf ist. Außer Frau Ketow und Onkel Rico und Tante Evelyn. Ich glaube nämlich, die drei sind gar nicht gefährlich. Onkel Rico sowieso nicht, der will mich ja gar nicht haben. Der muss mich nur nehmen, weil er mein einziger nächster Verwandter ist. Wenn noch mal ein Sozialdings kommt, weil …«

Sie redete weiter von dem Schiff und Sozialdingern, aber Anna hörte nicht zu. Sie sah, wie der Knaake sich mit seinem Opernglas umdrehte, und jetzt suchte er nicht mehr den Horizont ab, sondern den Strand von Eldena, gegenüber der Flussmündung. Konnte er durch das Opernglas das Absperrband dort erkennen? Und die Leute, die neugierig herumstrichen wie Katzen? Als Nächstes richtete der Knaake sein Opernglas auf das Café. Vielleicht sah er sie. Wen sah er noch? Und was für eine Oper war es, die hier gegeben wurde?

Anna folgte seinem Blick zur Caféterrasse, wo die Leute jetzt aufgaben und gingen, weil es einfach zu kalt wurde. Jemand mit einem großen grauen Hund ging gerade an der Terrasse vorbei. Anna legte Abel eine Hand auf den Arm und deutete hinaus.

Der Spaziergänger mit dem Hund blieb beim Beginn der Mole stehen, sah aufs Wasser hinaus, machte kehrt und führte seinen Hund zurück, am Fluss entlang. Er schob mit der einen Hand ein Fahrrad.

»Bertil«, sagte Anna.

Abel nickte. Hatte er sie gesehen? Er hatte den Knaake gesehen, der immer noch draußen auf der Mole stand, so viel war sicher – er hatte den Knaake gesehen und war umgekehrt.

»Ist das Meer so zäh geblieben?«, fragte Micha und strich mit einem behutsamen Zeigefinger die Blätter der frischen Tulpe entlang. »Oder ist es wieder flüssiger geworden? Haben sie herausgefunden, wer der Mörder war?«

Abel trank einen Schluck Kakao, legte die Hände vors Gesicht und atmete tief durch.

»Das Meer«, sagte er, nachdem er die Hände wieder heruntergenommen hatte. »Das Meer blieb grün und zäh. Schlimmer noch, es wurde zäher und zäher. Und schließlich stand es still. Die Wellen rührten sich nicht mehr. Das Schiff blieb stehen.

Dann brach eine Woge vor dem Bug des grünen Schiffes auf, es gab ein Klirren wie von Glas, und in einem Regen aus Splittern robbte der Seelöwe auf die starre, grün glänzende Oberfläche des Ozeans.

›Das Meer‹, verkündete er, und sein Ton hatte etwas sehr Endgültiges, ›das Meer ist gefroren.‹

›Wie … wie kommen wir jetzt weiter?‹, fragte die kleine Königin verzweifelt.

›Zu Fuß‹, antwortete das Rosenmädchen. ›Wir müssen zu Fuß gehen.‹

So kletterten sie alle über die Reling, einer nach dem anderen: der Fragende, der Antwortende, der Leuchtturmwärter, das Rosenmädchen, die kleine Königin mit Frau Margarete im Arm und zum Schluss die blinde weiße Katze. Sie gingen ein Stück in die Richtung, in der sie das Festland glaubten, nur ein kleines Stück, dann blieben sie unschlüssig stehen – ein elendes Häufchen in der dunkelgrün glänzenden Unendlichkeit.

›Was tun wir, wenn wir uns in diesem unendlichen, eisigen Winter verlaufen?‹, fragte die kleine Königin zaghaft. ›Wenn wir uns verlieren? Wo finden wir uns wieder?‹

›Dort, wo der Frühling ist‹, antwortete das Rosenmädchen.

Und dann wanderten sie los. Noch einmal drehten sie sich um und sahen zu ihrem grünen Schiff mit dem gelben Steuerrad zurück, und diesmal holte der Leuchtturmwärter sein Opernglas hervor, dessen Existenz er bis dahin vergessen hatte, und blickte hindurch.

›Jetzt sehe ich es!‹, rief er. ›Ich sehe den Namen des Schiffes! Er ist ganz unten an den Bug gepinselt, wir haben es bisher nur nicht gemerkt!‹

Er reichte der kleinen Königin das Opernglas und da sah auch sie die blauen Lettern auf dem grünen Grund.

›Wie heißt es?‹, fragte der Fragende.

›Danke, ebenfalls‹, antwortete der Antwortende.

›Es heißt HOPE‹, sagte die kleine Königin. ›Wie *Hoppe, hoppe, Reiter.*‹

›Nein‹, sagte das Rosenmädchen. ›Das ist ein englisches Wort. Unser Schiff hieß *Hoffnung*. Und jetzt lassen wir es zurück.‹«

Abel trank einen Schluck Kakao und lehnte sich zurück.

»War es das?«, fragte Micha.

»Für heute ja. Bis zum nächsten Mal muss die Mannschaft erst ein Stück zu Fuß weitergehen, zu Fuß über das Eis.«

»Da draußen gehen sie zu Fuß über das Eis, wie in der Geschichte!«, rief Micha. »Schau, das will ich auch machen! Da ist sogar eine Frau mit einem Kinderwagen! Die ist aber ein bisschen zu nah an dieser Fallrinne, was? Will die von da drüben hier rüber, vom Strand aus? Das geht doch nicht, die muss über die Brücke gehen!«

In diesem Moment merkte die Frau, dass sie sich der Fahrrinne näherte, wo das dunkle Wasser unter dem Eis hervorschimmerte. Sie blieb einen Moment unentschlossen stehen und machte schließlich kehrt, um ihren Kinderwagen zurück in Richtung Strand zu schieben. Zwei Kinder von vielleicht zwei und drei Jahren rannten um sie herum wie junge Hunde und versuchten, sich gegenseitig umzuschubsen. Die Frau selbst war eingemummt und trug ein Kopftuch über dem Haar, ein wenig sah sie aus, als wäre sie samt ihrem Kinderwagen aus einem Flüchtlingsfilm über das Kriegsende entsprungen. Aber vermutlich gehörte auch sie zu den Schaulustigen, die die Absperrung am Strand bewundert hatten.

»Ich glaube«, sagte Abel und sah in seine Kakaotasse, »es wird langsam Zeit, nach Hause zu fahren. Muss irgendjemand vorher noch aufs Klo?«

Micha nickte, und als sie fort war, beugte sich Abel ein wenig näher zu Anna.

»Frau Ketow«, sagte er. »Micha hat sie nicht erkannt, aber ich bin mir ziemlich sicher, dass das eben Frau Ketow war.«

»Jetzt haben wir sie alle versammelt«, meinte Anna. »Alle, die irgendetwas mit der Geschichte zu tun haben.«

»Nein«, sagte Abel leise. Dann zog er etwas aus der Tasche und legte es auf den Tisch. Es war ein Kontoauszug von der Sparkasse. »Du hattest recht«, sagte er und schob das Papier zu ihr hinüber. Anna glitt mit den Augen die Spalten entlang. Die Eingänge und Abbuchungen dieses Kontos waren kläglich, kaum mehr als das, was ein Kind an Taschengeld ausgibt. Nur ganz unten gab es einen etwas größeren Betrag. 100 Euro, abgehoben beim Sparkassenautomaten in Eldena.

»Das war nicht ich«, sagte Abel. »Das war sie. Jetzt fängt sie tatsächlich damit an, unser Geld auszugeben.«

»Michelle«, sagte Anna.

Abel nickte. »Sie ist die einzige andere Person, die eine Karte zu diesem Konto hat. Ich frage mich, ob ich es sperren lasse. Die Zugangsdaten ändere. Aber vermutlich kann ich das nicht mal, verdammt, ich bin immer noch nicht achtzehn. Das kann nur sie. In jedem Fall … ist sie nicht sonst wohin gefahren, um neu anzufangen.« Er sah sich um, blickte über die Köpfe im Utkiek und hinaus, zu den Spaziergängern auf dem Eis, am Hafen, drüben am Strand. »Sie ist ganz in der Nähe. Ich habe sie nur noch nicht entdeckt.«

Es ergab sich ganz wie von selbst, dass Anna mit Abel und Micha nach Hause ging. Oder womöglich hatte die kleine Königin es einfach bestimmt, womöglich hatte sie in den Dreck irgendeiner unsichtbaren Scheibe geschrieben: NIM SIE MIET NACH HAOSE, so wie KüsT eUCh. Frau Ketows Tür stand nicht offen, aber Anna spürte eine gewisse lauschende Präsenz dahinter. Abel kochte Spaghetti.

Und an diesem Abend dachte Anna, dass Linda recht hatte. Dass wirklich alles gut werden würde. Dass es schon beinahe gut war. Abel stand in der winzigen Küche und summte, ein Küchenhandtuch in den Hosenbund gesteckt, wie ein Hinterhofkoch, Micha malte im Wohnzimmer ein Bild für die Schule, Was-ich-an-diesem-Wochenende-gemacht-habe, und Anna schnitt Tomaten. Auf dem Bild Was-ich-an-diesem-Wochenende-gemacht-habe erschienen nach und nach eine Querflöte, aus der ein Stück Kuchen herauszuquellen schien, eine rote Tulpe und ein gestreiftes Absperrband. Dann jemand, der Abel sein sollte, und jemand, der Anna war – beide unterschieden sich durch die Haarfarbe, und schließlich ein grünes Viereck mit der Beschriftung HOPPE und einem gelben Kreis: ein Schiff mit einem Steuerrad. Mitten im Bild flog ein graues Tier mit vier Beinen, das vielleicht einen Hund darstellte, mit der gleichen Wahrscheinlichkeit aber einen Elefanten. Abel und Anna küssten sich in der Küche und die Tomatensoße kochte über und tropfte zischend auf die Herdplatte. Sie wischten sie weg und lachten. Wie gut alles war!

»Wie kann ich nur so glücklich sein«, fragte Anna leise, »wenn da draußen irgendwo ein Mörder frei herumläuft?«

»Sei weiter glücklich«, sagte Abel und malte ihr mit Tomatensoße einen Kreis auf die Wange. »Vielleicht ist es ja ansteckend.«

Sie aßen die Spaghetti an dem kleinen Wohnzimmertisch, und Abel sagte nichts, als Micha fand, mit den Händen ginge es besser.

»Jetzt gibt es noch eine Sache zu erledigen, ehe du ins Bett gehst«, sagte Abel am Ende. »Weißt du, was wir heute noch machen wollten?«

Micha wickelte eine blassblonde Haarsträhne um ihren Zeigefinger. »Haare schneiden«, sagte sie und stöhnte ein bisschen.

»Ja«, sagte Abel. »Heute ist Haarschneidetag. Sonst laufen wir am Ende alle herum wie die Räuber, und keiner erkennt uns mehr, und stell dir vor, du kommst eines Tages in die Schule, und deine Lehrerin fragt: ›Wer ist denn dieses wilde Kind?‹«

»Das fragt sie gar nicht«, meinte Micha und kicherte. »Frau Milowicz fragt immer bloß, wann sie mal mit meiner Mama reden kann.«

»Bald«, sagte Abel. »Bald, Micha.«

Dann holte er die Haarschneideschere und einen Kamm aus dem Bad, und Anna sah zu, wie er Michas blonde Haare kämmte.

»Schneehaar«, sagte er, »Eishaar. Wenn sie im Sommer in der Sonne herumläuft, ist es fast weiß.«

Anna sah seine Hände durch Michas Haare gleiten, sah ihn mit der Schere hantieren und stellte sich diese Hände in ihrem eigenen Haar vor, stellte sich vor, wie diese Hände mit anderen Dingen beschäftigt waren. Heute, dachte sie, heute, wo alles gut ist, vielleicht … vielleicht gehe ich heute Nacht nicht nach Hause. Wird er fortgehen, wenn Micha im Bett ist? Muss er noch jemanden treffen, in der Stadt? Oder hat er heute Zeit? Und will er, was ich will?

»Stillhalten«, sagte Abel mit gespielter Strenge. »Du weißt, wie scharf diese Schere ist. So scharf, dass man jemandem damit den Hals durchschneiden kann.«

Die Blätter der Schere glänzten im Licht der niedrig hängenden Wohnzimmerlampe mit ihrem museal hässlichen Sechzigerjahre-Schirm. Micha wand sich unter Abels Händen, sie hatte keine Lust mehr, stillzuhalten.

»Hör auf!«, rief sie. »Du kitzelst mich und ich hab jetzt genug abbe Haare! Jetzt bist du dran, gib mal die Schere her ...«

Sie drehte sich halb um, um nach Abels Hand zu greifen, und da geschah es. Abel rutschte mit der Schere ab. Er schrie auf und Micha schrie ebenfalls, sie sah das glänzende Metall der Schere durch die Luft segeln, sah es auf dem Teppichboden landen und sah Abels Finger an. An seinen Fingern klebte Blut.

»Scheiße!«, rief er. »Micha, was sollte denn das?«

»Du hast meinen Hals durchgeschnitten!«, schrie Micha. Abel fand ein Taschentuch und drückte es auf die Stelle, von der das Blut kam. Es war ein winziger Ritz in ihrem Nacken, ein Kratzer der Scherenspitze, nichts Schlimmes, und er nahm Micha ganz fest in die Arme und drückte das Tuch weiter auf die Wunde. Anna atmete auf. Sie hatte hinter dem Sofa gestanden, aber plötzlich musste sie sich in einen der Sessel setzen, ihre Knie waren ganz weich. Es war nichts geschehen, und dennoch erschien ihr das Ganze wie ein Symbol, der Glanz von dunklem Blut im Nacken eines Menschen – Blut wie das Blut aus einer Einschusswunde –, und sie dachte an Rainer Lierski und an Sören Marinke in seinem eiskalten Grab unter dem Sand.

»Heile, heile Segen«, sang Abel leise, »drei Tage Regen, drei Tage Sonnenschein, und alles wird vergessen sein ... heile, heile Segen ...« Er wiegte Micha in seinen Armen wie ein viel kleineres Kind, wie das kleine Kind, das sie einmal gewesen war, und sie zog die Nase hoch und befreite sich schließlich aus seinen Armen.

»Kommt noch Blut?«

»Nein«, sagte Abel. »Das Singen hilft, das weißt du doch.«

Micha nickte. »Früher, wenn ich hingefallen bin, haben wir auch immer gesungen«, erklärte sie und wischte sich ein paar Tränen des Schrecks aus dem Gesicht. »Und es hat immer aufgehört zu bluten. Krieg ich ein Bärenpflaster?«

Abel hob sie hoch, auch dies eine Geste aus früheren Zeiten, in denen sie kleiner gewesen war, und trug sie ins Bad, um sie zu verarzten, und plötzlich dachte Anna: Sie wird groß. Eines Tages wird sie zu groß sein, um herumgetragen zu werden. Eines Tages wird sie ihm entgleiten, so wie die Schere ihm entglitten ist. Eines Tages wird er sich nicht mehr an ihr festhalten können und er wird ganz alleine zurückbleiben. Vielleicht ist die Verantwortung für Micha weniger eine Bürde als ein Anker. Ein Rettungsboot. Eine Holzplanke, an die man sich klammert, um nicht unterzugehen. Sie schüttelte den Kopf, um den Gedanken loszuwerden. Sie hörte Abel und Micha im Bad lachen, sie hörte Wasser laufen, der Unfall mit der Schere war vergessen und alles wieder in Ordnung. Als Micha noch einmal ins Wohnzimmer kam, um Gute Nacht zu sagen, steckte sie in einem türkisfarbenen Schlafanzug mit schielenden Mickymäusen und trug stolz ein grünes Pflaster mit einem Bären im Nacken wie eine Trophäe. Und dann schloss sich die Kinderzimmertür endgültig hinter ihr und Abel ließ sich aufs Sofa fallen.

Anna stellte Magnus' Weinflasche auf den Tisch. »Auf den Schreck«, sagte sie.

Er las das Etikett und pfiff durch die Zähne.

»Mein Vater wollte ihn loswerden«, erklärte Anna.

Abel schüttelte den Kopf, ging in die Küche und kam mit einem Korkenzieher und zwei Wassergläsern wieder. »Sieht aus, als hätten wir keine Weingläser.«

»Von mir aus können wir den Wein auch mit dem Strohhalm aus der Flasche trinken«, meinte Anna. »Aber ich brauche jetzt einen Schluck davon.«

Sie schlug die Beine auf dem Sessel unter und hielt sich an ihrem Glas fest. Der Wein war noch nicht zu Essig geworden. Ein Glück.

»In letzter Zeit sind wir vom Unglück verfolgt, was?«, murmelte Abel. »Seit Michelle verschwunden ist, scheint ein Unglück das andere zu jagen. Man kann so schnell laufen, wie man will, das Unglück ist schneller.« Er hob etwas auf, das auf dem Tisch gelegen hatte, und inspizierte es, ein Gerät, das einem Rasierapparat glich.

»Ist das … ein Kurzhaarschneider?«, fragte Anna misstrauisch.

Abel nickte. »Haarschneidetag. Mal sehen, was für ein Unglück geschieht, wenn ich dieses Ding anmache.«

»Drei Millimeter«, sagte Anna.

Er nickte wieder. Da stand Anna auf und nahm ihm den Haarschneider aus den Händen.

»Wenn ich verspreche, dir nicht den Hals durchzuschneiden und erst hinterher weiterzutrinken«, begann sie, »würdest du mir die Haarschneideschere anvertrauen? Ich möchte nicht, dass du wieder aussiehst wie jemand, der du nicht bist.«

»Wo ist eigentlich der Pullover?«

Sie griff in ihren Rucksack und grinste. »Linda hat ihn gewaschen. Ich habe es erst gemerkt, als er auf der Leine hing.«

Abel schüttelte den Kopf. »Sieh du bloß zu«, sagte er ernst, »dass du nicht versuchst, jemanden aus mir zu machen, der ich nicht bin.«

Aber dann gab er ihr die Schere trotzdem und sie trat hinter ihn und fuhr mit dem Kamm durch sein Haar wie er zuvor durch das von Micha. Ronja und Birk beim Läusekämmen, dachte sie und lächelte. Schneehaar, Eishaar, war auch sein Haar im Sommer weiß? Sie konnte sich nicht erinnern, sie hatte ihn im letzten Sommer nicht angesehen, er war da gewesen, ohne zu existieren. Das Geräusch der schneidenden Schere machte ihr Angst.

»Ich soll dir etwas von Magnus ausrichten«, sagte sie. Es war ganz gut, dachte sie, dass er stillhalten musste, denn so musste er auch zuhören. »Von meinem Vater, weißt du. Wir haben über ein paar Dinge gesprochen. Nicht über alles, nicht über Sören Marinke zum Beispiel. Aber darüber, dass eure Mutter weggegangen ist ... und dass das Geld nicht vom Himmel fällt. Ich weiß, dass ihr keine Almosen wollt ... Halt still, ich bin gefährlich! Aber er hat gesagt, er würde dir gerne ein Angebot machen. Etwas, das ähnlich funktioniert wie BAföG. Er würde das Geld auslegen, das ihr zum Leben braucht und das du zum Studieren brauchst, und später, wenn du fertig wärst, wenn du einen Job hättest ... dann könntest du es ihm zurückgeben. Es wäre nicht eilig. Du könntest alles zurückgeben, nach und nach, egal, wie lange es dauern würde. Aber jetzt, jetzt könntest du dich aufs Abi konzentrieren und auf Micha. Es wäre ein Darlehen ohne Zinsen, nicht wie bei einer Bank, das wäre der Vorteil ...«

Abel sagte nichts. Eine Zeit lang war nur das Geräusch der Haarschneideschere zu hören. Draußen fuhren irgendwo in der Ferne Autos vorüber. Anna hörte ihren eigenen Atem. Sie hörte das Klopfen ihres Herzens. Schließlich legte sie die Schere und den Kamm auf den Tisch.

»Fertig. Das war's. Keine drei Millimeter, aber kürzer.«

»Danke«, sagte er.

Sie folgte ihm ins Bad und sah hinter ihm in den Spiegel. Er lächelte.

»Du könntest dir überlegen, Friseurin zu werden. Klar, dafür machst du Abi. Anna … ich weiß nicht … dieses Angebot deines Vaters … ich kenne ihn nicht.«

»Nein«, sagte Anna. »Ich im Übrigen auch nicht. Ich weiß nur, dass er gerne die Vögel in unserem Garten füttert und dass er meine Mutter liebt. Das ist alles.«

»Mehr, als ich je über meinen Vater wissen werde«, sagte Abel. »Ich weiß nicht einmal seinen Namen. Das Studium … ich habe dir gesagt, wir hätten nur ein Konto, aber das stimmt nicht. Wir haben noch eins. Eins, das genau dafür da ist. Ein Ausbildungskonto. Michelle hat keinen Zugriff darauf. Ich arbeite nicht nur, damit wir etwas zum Leben haben. Ich arbeite auch für dieses Konto. Damit später alles anders wird, für Micha … das ist das Wichtigste. Dass für Micha alles anders wird, als es für mich war. Es reicht natürlich nicht, was auf diesem Konto ist. Noch lange nicht. Ich werde über das Angebot deines Vaters nachdenken. Lass mich nachdenken.«

»Ja. Natürlich.« Sie legte ihre Arme um ihn und sah ihn weiter im Spiegel an. »Musst du heute Abend weg?«

»Nein«, sagte er. Er sah hinab auf ihre Arme, und sie dachte, er würde sie wegnehmen, doch er tat es nicht. »Aber ich möchte noch mal zum Strand rausfahren«, sagte er. »Man sagt, sie kehren zurück, nicht wahr?«

»Wer?«

»Mörder. Sie kehren zurück zum Ort des Mordes. Jetzt, nachts, wenn niemand anders am Strand ist … vielleicht treffen wir jemanden dort. Vielleicht nicht, vielleicht ist es Quatsch. Wahrscheinlich ist es Quatsch.«

»Ist es«, sagte Anna. »Aber ich komme mit. Und weißt du, wen wir noch mitnehmen? Die Weinflasche. Wenn wir keinen Mörder treffen, können wir uns immer noch im Schnee an den Strand setzen und Wein trinken. Mir ist danach, etwas Unsinniges zu tun.«

Der Strand lag lang und grau im Licht eines vagen Halbmondes. Am Himmel jagten sich Wolken. Es war windig und eiskalt. Anna trug unter ihrem Mantel wieder einen von Abels Pullovern, nicht den mit den Onkelz, einen dunkelblauen mit Reißverschluss und ohne Aufschrift, Aldi-Sonderangebot, hatte Abel gesagt. Sie gingen nebeneinander über den Strand, Abel hatte die Hände tief in den Taschen des Militärparkas, und Anna wusste, dass sie ihn jetzt nicht anfassen durfte. Es gab zu viele ungeschriebene Regeln. Sie trug die Weinflasche im Rucksack, wieder fest verkorkt. Sie würde versuchen, die ungeschriebenen Regeln auszulöschen, neu zu schreiben, zu lockern … Das Absperrband, sinnlos geworden bei Nacht, sang im Wind wie eine verstimmte Geigensaite, ein hoher, unwirklicher Ton. Das Viereck, das es abgrenzte, war wie ein Grab. Sie blieben dort stehen, am Rand einer Grube, die nichts mehr enthielt. Wie lange würden sie die Absperrung hier lassen? Wozu war sie noch gut? Der Schnee hatte längst alle Spuren zugedeckt und die Leute hatten den Strand an diesem Tag mit neuen überzogen. Vielleicht zögerten sie aus einem gewissen Respekt heraus, Respekt vor dem Toten, als wäre er erst dann wirklich unwiderruflich tot, wenn auch dieses letzte Zeugnis seines Mordes schwand, das sinnlose Band zwischen den sinnlos in den Strand gerammten Metallstäben. Die Absperrung, das Grab, dachte Anna, befand sich ganz am rechten Ende des Strandes, nahe bei dem Häuschen, in dem der Studentenkurs im Sommer seine Surfbretter aufbewahrte. Dahinter lag der diesseitige Eingang zum Strandbad, denn der Strand von Eldena war abgezäunt und kostete im Sommer Eintritt. Und hinter diesem Eingang hatte einst der Elisenhain begonnen, der Buchenwald mit seinen hohen Bäumen. Jetzt standen dort nur noch wenige Bäume, und stattdessen führte ein Weg zum Neubaugebiet, wo Gitta wohnte. Der Wald war vor den Menschen zurückgewichen, er begann erst jenseits des Neubaugebiets wieder, jenseits der Wolgaster Straße.

Anna fragte sich, ob der Mörder von dort gekommen war. Ob er durchs Neubaugebiet gegangen war, vorbei an dem steril abwaschbaren, modernen Kasten mit den großen Glasfenstern, vorbei an den letzten verbliebenen Bäumen ... er war durch das Eingangstor im Strandzaun getreten und hatte sich vielleicht im Schatten des verschlossenen Surferhäuschens versteckt, um auf sein Opfer zu warten.

»Nachts«, sagte sie laut. »Ich stelle mir vor, dass es nachts geschehen ist. Sonst hätte doch jemand etwas gesehen?«

Abel nickte. »Es ist sicher eine Menge Arbeit, einen Menschen im Sand zu begraben. Jemand hätte etwas gesehen.«

Anna sah den Strand entlang. Einen Moment lang glaubte sie, am anderen Ende jemanden zu entdecken, doch dann war niemand da. Sie musste sich getäuscht haben. Und wenn hinter dem Surferhäuschen jemand kauerte, in diesem Moment, jemand mit einer Waffe? Und wenn jemand im Schatten der Bäume hinter dem Zaun wartete? Wenn jemand bei den ersten Häusern des Neubaugebiets stand, ein Fernglas vor den Augen, den Blick in ihre Richtung gewandt? Die Insel des Mörders war leer. Er war hier, ganz nah. Es war, als könnte sie seinen Blick auf sich fühlen.

»Abel«, flüsterte sie. »Was denkst du?«

Er hatte die Finger um das Absperrband gekrallt und starrte hinab in die Grube, aus der sie Sören Marinke gezogen hatten.

»Ich frage mich, ob er Kinder hatte«, sagte Abel. »Seltsam. Ich frage mich das erst jetzt.«

»Im Radio haben sie nichts davon gesagt. Ich denke nicht.«

»Oder eine Frau. Eine Freundin. Irgendwen. Ich frage mich, wer weint.« Er schüttelte den Kopf. »Lass uns gehen. Hier ist niemand. Es war eine dumme Idee, herzukommen.«

Die Pfützen aus Schatten, die in den Senken und Spuren am Strand lagen, schienen nach ihren Füßen zu schnappen, als sie über den Strand zurückgingen. Beim vorderen Eingang nahm Abel Annas Hand. Ihre Räder standen neben dem verwaisten Haus, das im Sommer die Eintrittskarten verkaufte, doch sie ließen sie stehen und gingen hinüber zu dem kleinen Fischerhafen an der Flussmündung. Nur ein paar streunende Katzen strichen dort zwischen den Baracken und Schuppen umher, vielleicht war eine von ihnen blind. Das Halbmondlicht spiegelte sich auf dem zugefrorenen Fluss, dort, wo der Wind das Eis blank gefegt und den Schnee fortgetragen hatte. »Manchmal kann ich nicht mehr unterscheiden«, flüsterte Anna, »zwischen Schönheit und Trostlosigkeit. Ist das nicht merkwürdig? Manchmal weiß ich gar nicht, ob ich glücklich bin oder traurig. Wenn ich an dich denke, ist es so.«

Sie setzten sich auf eine der Bänke hinter den Fischbaracken und tranken Magnus' Wein aus der Flasche. Es war zu kalt, um sich nicht nah zu sein, und die ungeschriebenen Regeln wichen ein wenig zurück. Sie saßen ganz dicht aneinandergedrängt wie Wintervögel auf einer Stromleitung. Der Wein wärmte ein wenig von innen.

Sie dachte, dass sie vielleicht zu viel davon trank. Und dass es vielleicht egal war.

»Wenn dieses Abi vorbei ist, werde ich schreiben«, flüsterte Abel. »Über alles. Nicht nur ein Märchen für Micha. Über die Schönheit und die Trostlosigkeit. Über die Kälte dieser Nächte. Man kann Worte für alles finden. Ich möchte an einem Schreibtisch sitzen, der so groß ist, dass man darauf schlafen könnte, und ich möchte das Meer sehen. Später, viel später, gibt es womöglich einen solchen Schreibtisch. Er wird so groß sein, dass Micha sich daraufsetzen und mir zugucken kann, wie ich schreibe. Oder sie kann ein Bild malen zu den Worten.«

»Und ich?«, fragte Anna. »Habe ich auch Platz auf dem Schreibtisch?«

»Du hast deinen eigenen Platz in der Welt«, antwortete Abel. »Du wirst fortgehen und uns vergessen. Wolltest du nicht nach England? Du brauchst uns nicht. Du hast die Musik und … alles … da ist gar kein Raum für uns.«

»Unsinn«, sagte Anna. »Ich weiß gar nicht, ob ich überhaupt noch nach England will. Vielleicht bleibe ich hier. Richte mir eine Schublade in deinem Schreibtisch ein, damit ich irgendwo schlafen kann, wenn es regnet, ja?«

Sie stellte die Flasche auf den Boden und küsste ihn, die Flasche war leer, und Anna fühlte sich leicht, sie schob die ungeschriebenen Regeln weit, weit fort, sie löste die Knöpfe ihres Mantels, den Reißverschluss seines Pullovers, sie wollte seine Hand wieder nehmen, so wie damals auf dem Sofa – er befreite sich und stand auf.

»Gehen wir zurück zu den Rädern. Es ist spät.«

Aber sie gingen Arm in Arm, sie gingen nicht schnell, sie gingen einen Umweg, um den großen Bootsschuppen herum, wo die Boote des Uni-Segelklubs lagen. Anna ließ eine Hand an den Stäben der Umzäunung entlanggleiten. Und dann blieb sie stehen.

»Die Tür«, flüsterte sie. »Die Tür ist offen. Und die Tür der Bootshalle auch, siehst du? Ist jemand dort, jetzt, nachts?«

Sie lauschten gemeinsam in die Dunkelheit. Es war nichts zu hören.

»Jemand hat vergessen, abzuschließen«, sagte Abel. Anna zog ihn mit sich durch den Zaun, auf das Gelände des Segelklubs.

»Komm!«, wisperte sie. »Wir können uns ihre Boote ansehen! Vielleicht ist ein grünes dabei, mit gelbem Steuerrad …«

»Da drinnen liegen nur Jollen«, sagte Abel. »Was willst du dort, wir …«

»Komm!«, bat Anna noch einmal. »Lass uns irgendetwas Dummes tun! Wann findet man schon mal einen Bootsschuppen, der nicht abgeschlossen ist?«

Sie ließ ihn los, drehte sich auf dem leeren Platz vor dem Schuppen im Kreis, ihr offener Mantel flog um sie herum wie ein Kleid, und über ihr fraßen die Wolken sich gegenseitig auf. Es war wie ein Tanz, sie drehte sich mit zum Himmel erhobenem Gesicht, so lange, bis ihr schwindelig war. Sie lachte. Sie wollte nicht ernst sein, nicht jetzt. Sie strauchelte, und Abel fing sie in seinen Armen auf und lachte auch, jedoch ein wenig zögernd.

»Du bist ja betrunken.«

»Und wenn?«, fragte Anna. Sie zog ihn weiter, zur angelehnten Tür der Bootshalle, zog ihn hindurch.

»Wir können nicht …«, begann er, doch sie legte ihm einen Finger auf den Mund.

»Niemand ist hier. Ich möchte die Boote sehen. Vielleicht lerne ich später segeln. Kannst du segeln?«

»Nein.«

»Hier muss doch ein Lichtschalter sein …«

»Wenn du den findest, weiß auf jeden Fall jeder, dass wir hier sind. Ich möchte keinen Ärger kriegen. Bitte, lass es! Wenn du dir unbedingt diese Boote ansehen willst, ich habe eine Taschenlampe …«

Das weiße Licht der Lampe tauchte in der Dunkelheit auf und begann, über die Leiber der Boote zu gleiten. Abel hatte unrecht gehabt, es waren nicht nur Jollen, es gab auch aufgebockte Kielboote, kleine und große, und an einem war jemand offenbar dabei, den Rumpf auszubessern. Kabel kringelten sich auf dem Boden, eine Handschleifmaschine stand neben einer Leiter. Vielleicht war es der Besitzer dieses Bootes gewesen, der vergessen hatte, die Türen abzuschließen. Sie wanderten eine Weile an den Booten entlang und Anna ließ ihre Hand über die hölzernen und die Kunststoffrundungen gleiten.

»Mit diesem hier würde ich gerne einmal hinausfahren«, sagte sie, »oder mit dem da … aber keines ist wie das Hoffnungsschiff der kleinen Königin, oder?«

Abel schüttelte den Kopf. Dann legte er plötzlich den Finger an die Lippen und löschte die Lampe. Anna lauschte. War da ein Geräusch gewesen? Das Geräusch von rennenden Füßen? Plötzlich wurde ihr kalt. Die Insel des Mörders war leer. Sie hatte ihn ganz vergessen. Was hatte sie heute am Strand gedacht? Er ist hier, ganz nahe … Sie drängte sich dicht an Abel, klammerte sich an ihn wie ein Kind, als hätte sie sich in Micha verwandelt, eine panische, sechsjährige Micha. Sie spürte seinen Herzschlag, der sich mit ihrem vermischte.

»Abel, wir sind nicht alleine hier«, wisperte sie, so leise sie konnte, »oder?«

»Ich weiß es nicht«, wisperte er zurück. Die rennenden Schritte näherten sich jetzt hinter den Booten, etwas fiel krachend um. Anna drückte sich noch dichter gegen Abel. Und Abel machte die Taschenlampe wieder an. Anna schloss die Augen.

Im nächsten Moment hörte sie ihn lachen, erleichtert.

»Du kannst die Augen öffnen«, sagte er. »Es ist nicht unser Mörder. Es ist eine Ratte.« Da sah Anna sie auch, eine große braune Ratte, die unter einem der Boote saß, neben einem umgekippten Eimer, und benommen ins Licht blinzelte. Schließlich verschwand sie mitsamt ihren eiligen Schritten wieder in den Schatten.

Aber Abel und Anna standen noch immer eng aneinandergedrückt zwischen den aufgebockten Booten. Und Anna spürte noch immer Abels Herz, das abwechselnd mit ihrem eigenen schlug. Sie ließ ihn nicht los. Sie öffnete mit einer Hand den Reißverschluss seiner Jacke. Vielleicht war dies, und nur dies, die Gelegenheit, die sie brauchte. Die einzige Gelegenheit, die sich bieten würde. Sie wünschte, es wäre Sommer gewesen. Der Sommer ist verschwenderisch mit Gelegenheiten, mit warmen Abenden, lauen Nächten … mit Orten wie Stränden und Parkbänken und weichem Gras auf blühenden Wiesen. Aber in dieser Geschichte war Winter, ewiger, eisiger Winter. Und eine Bootshalle, dachte sie, war immerhin ein Ort ohne Schnee …

Sie küsste ihn wieder und merkte, dass er die Lampe auf das Boot legte, neben dem sie standen. Ihre Hand fand einen Weg unter seinen Pullover, unter sein T-Shirt, und lag auf warmer, bloßer Haut, zunächst noch unverfänglich in Höhe des Herzens, das sie jetzt durch die Haut hindurch spürte. Sie spürte auch seine Hand, seine Hand hielt ihre fest, wollte sie nicht freilassen, hielt sie gefangen, wo sie war, doch sie entschlüpfte ihm, sie hatte die Augen geschlossen, mit geschlossenen Augen kann man besser tasten …

Ja, dachte sie, noch immer schwindelig, vielleicht vom Wein. Ja. Jetzt. Später werde ich dies nie mehr wagen. Aber in diesem Moment bin ich nicht Anna Leemann, sondern jemand ganz anders, jemand Mutigeres.

Sie waren noch immer in jenem Kuss miteinander verbunden, und Annas Hand fand den Weg abwärts von selbst, fand einen Gürtel, den sie löste, fand mehr und lebendigere Körperwärme. Ihr Mantel war von ihren Schultern geglitten, sie dachte praktische Dinge wie: Man könnte den Mantel als Unterlage benutzen, der Boden ist verdammt hart … aber dann wiederum auch nicht nur der Boden … ihre zweite Hand entdeckte irgendwo eine Hand von Abel und zog sie unter ihre eigenen Kleider … und dann endete der Kuss abrupt. Abel flüsterte ihren Namen.

»Anna, bitte«, flüsterte er. »Bitte, tu das nicht, das geht nicht gut … du willst ein Abenteuer erleben … ein kleines Mädchen, das ein Abenteuer erleben will, aber das geht nicht gut …«

»Natürlich geht es gut«, flüsterte Anna, ihre Lippen so nah an seinen, dass sie sie beim Sprechen streiften. »Mach dir keine Sorgen …«

Sie ließ ihn los und schlüpfte aus dem Pullover, aus ihrem T-Shirt, es war eine einzige fließende Bewegung, einfacher, als sie gedacht hatte, sie löste die Haken ihres BHs, und dann war sie nackt, von der Hüfte aufwärts nackt. Sie fror nicht. Ihr war nie wärmer gewesen. Himmel, sie war wirklich betrunken. Irgendwo in ihrem Kopf sagte eine kleine Stimme: Was tust du da? Du bist doch sonst nicht so – was ist in dich gefahren? Sie hörte nicht auf die Stimme.

Sie sah, dass das Licht der Taschenlampe merkwürdige Schattenmuster auf ihre Brüste malte. Sie war ein Kunstwerk, das Kunstwerk dieser Nacht. Sie sah Abel an. Schau, wollte sie sagen, schau, es ist alles ein Teil des Märchens. Aber er löste seinen Blick beinahe gewaltsam und sah weg.

»Mach dir keine Sorgen«, wisperte sie noch einmal. »Du … du müsstest doch mehr darüber wissen als ich.«

»Nein«, wisperte er, und da war eine gewisse Verzweiflung in seiner Stimme, die sie nicht wahrnahm, erst später, erst zu spät, oder die sie durchaus wahrnahm und ignorierte. Er sah noch immer weg. »Hör auf damit. Ich will das nicht, ich …«

Ich fange gerade erst an, dachte sie mit einem Lächeln, ich fange gerade erst an zu leben, ich fange mit allem auf der Welt erst an. Sie gab seine Finger frei, und ihre Hände kehrten zurück zu seinem Körper, in noch nicht ausgelotete Tiefen, wo sie durchaus spürte, dass sein Körper wollte, was sie wollte, es war nur allzu klar. Sein Atem neben ihrem Ohr war stockend, mühsam beherrscht, und auch darüber lächelte sie. Er sprach wieder mit ihr, er presste Worte hervor, die sie nicht begriff.

»Das … das hat bei mir nichts mit … Zärtlichkeit zu tun, nur mit … Gewalt … zwing mich nicht …«

Sie zwang ihn nicht. Zwang sie ihn? Sie schloss ihre Finger voller Behutsamkeit um seine Erektion wie um etwas Neues, das ihr gehörte, das sie in Besitz nahm, sie wusste ja nichts, sie lernte erst, sie zwang ihn zu nichts, nein …

Und dann gab es eine Art Klick. Etwas wie das Umklappen eines Schalters. Ganz plötzlich.

Die Passivität fiel von Abel ab, seine Hände rissen ihre Hände hoch, er befreite sich, und sie dachte, er würde sie von sich wegschubsen, doch stattdessen packte er sie an den Schultern und drehte sie um, so rasch, dass sie nicht reagieren konnte.

»Warte!«, sagte sie.

Sein warmer Körper war ganz dicht an ihrem, zu dicht plötzlich, und die Bewegungen seiner Hände, die ihre Hose, ihren Slip herunterstreiften, waren nicht vorsichtig und nicht behutsam. Sie wollte noch immer das Gleiche wie er, aber es ging jetzt zu schnell … oder mussten die Dinge so sein? Sie war sich nicht sicher, sie kannte sich nicht aus. Er wusste besser, wie was zu geschehen hatte, sie kooperierte, natürlich, aber –

»Warte!«, wisperte sie noch einmal. »Können wir nicht … bitte … du musst mir zeigen, wie …«

Aber es war, als hörte er sie nicht. Nicht mehr. Er drückte sie hinunter auf den Boden, sie stürzte und fiel auf die Knie, schmerzhaft, auf den harten Betonboden. Sie verstand nicht, was geschah. Aber sie verstand, dass es verkehrt war. Später, in ihrer Erinnerung, würde sie die Szene immer wieder und wieder erleben: Sie versucht, wieder auf die Beine zu kommen, doch da ist sein Gewicht auf ihr, und seine Hände, seine Hände halten sie fest, er ist zu stark für sie. »Nein!«, flüstert sie, sie windet sich jetzt. »Hör auf! Nicht so … so war es nicht gemeint … dann lassen wir es ganz … hör auf, hör auf! Ich schreie …« Sie schreit nicht. Sie kann nicht schreien. Er hält ihr die Hand vor den Mund. Und das ist der Moment, in dem sie begreift, dass es kein Zurück gibt. Dass sie verloren hat. Sie hat jetzt nur noch Angst, Angst vor dem, was er nicht mehr kontrollieren kann. Alle menschlichen Drüsen haben ihre Sekretion eingestellt, dies kann überhaupt nicht funktionieren: zu viel Reibungsfläche, zu wenig gleitende Flüssigkeiten. Sie wehrt sich, sie versucht, um sich zu schlagen, aber sie trifft ihn nicht, sie ist hilflos, sie ist ein Bündel aus dummer, hilfloser Angst, kniend auf dem Betonboden einer verlassenen Halle, kniend wie in einem absurden Gebet. Alles geht zu schnell, viel zu schnell, sie presst die Beine zusammen, er zwingt sie mit einem Knie auseinander, und dann ist da ein jäher Schmerz, das Eindringen eines Fremdkörpers, ja, das ist es, was sie denkt: Fremdkörper. Gewalt funktioniert auch ohne Sekretion. Das hinter ihr, das ist nicht mehr Abel, das ist niemand, den sie kennt, das ist etwas, das ihr nur noch Furcht einflößt, etwas, das ihr wehtut und, schlimmer noch, das ihr wehtun will. Ein Tier. Der Schmerz reißt sie in der Mitte auseinander, er ist überall, er kehrt ihre Eingeweide von innen nach außen, das Licht der Taschenlampe scheint fahl und unwirklich auf den Betonboden, sie kann Schemen von Booten ausmachen, sie versucht, die Schatten anzusehen, um sich von dem Schmerz in ihrem Inneren abzulenken, doch es gelingt nicht. Sie spürt das Tier tief, tief in sich, es bewegt sich, es stößt sie hinab auf den kalten Stein, wieder und wieder, und das Schlimmste ist die Hand vor ihrem Mund, die sie am Schreien hindert. Sie schließt die Augen, um den Betonboden nicht mehr zu sehen, es hilft nichts, der Schmerz wird größer, wenn man nicht mehr sieht, der Schmerz zerreibt sie wie zwei Mühlsteine, sie wird dies nicht aushalten, sie wird aufgeben, sie wird einfach aufgeben, denkt sie, und sterben. Sie will nur noch, dass es vorbei ist.

Und dann ist es vorbei. Es hat nur Sekunden gedauert. Die Hand befindet sich nicht mehr vor ihrem Mund, das Gewicht des anderen Körpers lastet nicht mehr auf ihr. Sie rührt sich nicht. Sie bleibt auf dem Boden sitzen, auf den Knien, vornübergebeugt, den Kopf auf den Armen. Ein Klirren, ein Splittern wie das Splittern von Geschirr bei einer Prügelei in einer Küche. Glas zerbricht. Als sie den Kopf hebt, ist es dunkel. Die Taschenlampe, es war die Taschenlampe, die zerbrochen ist. Sie hört Schritte, die sich entfernen, die davonlaufen, rennen, fliehen. Dann ist es still.

Sie wusste nicht, wie lange sie so auf dem Boden gekauert hatte. Lange. Einmal hörte sie die Ratte wieder huschen. Sonst hörte sie nichts. Da war niemand in der Bootshalle. Kein versteckter Mörder. Da war nur sie und die Erinnerung an das, was passiert war.

Sie spürte, dass sie blutete. Das Blut sickerte zusammen mit der Zeit aus ihr heraus, Stücke von Leben, aber natürlich war es nicht nur Blut, nicht nur Zeit, es war auch etwas anderes, an das sie jetzt nicht denken wollte, ein Teil eines Tieres – oder eines Menschen, den sie nicht kannte. Sie versuchte, »Abel« zu denken, doch der Name wollte sich in ihrem Kopf nicht formen, die Buchstaben weigerten sich, sich sinnvoll oder auch nur aussprechbar aneinanderzureihen.

Sie weinte nicht. Diesmal nicht. Und schließlich stand sie auf, fand ein Taschentuch und wischte das Blut zwischen ihren Beinen ab, es war nicht so viel, wie sie gedacht hatte. Sie zog sich wieder an. Sie merkte, dass sie zitterte, ihre Finger waren eiskalt, sie bekam die Knöpfe der Hose kaum zu. Als sie zum Eingang der Bootshalle hinüberging, kehrte der Schmerz zurück, und ihr wurde bewusst, dass sie hinkte.

Auf dem Weg zu ihrem Rad versuchte sie, den Schmerz auszublenden und so zu gehen, dass niemand ihr etwas ansah. Es war niemand da, aber morgen, morgen würden Leute da sein … Magnus … Linda … die Leute in der Schule. Bei dem Gedanken an die Schule drehte sich ihr der Magen um. Sie würde nie, nie im Leben mit jemandem über das hier sprechen. Auch nicht, vor allem nicht mit Magnus und Linda. Und weil sie mit niemand anderem darüber sprechen konnte, sprach sie mit sich selbst.

»Dummes kleines Mädchen!«, sagte sie zu sich. »Dummes kleines Mädchen, du wolltest ein Abenteuer erleben. Da hast du dein Abenteuer.« Und dann, während sie ihr Rad aufschloss, begann sie ganz leise zu summen, eine lächerliche alte Melodie.

Heile, heile Segen, drei Tage Regen,
drei Tage Sonnenschein,
und alles wird vergessen sein …

Er hatte sie verloren!

Verdammt, er hatte sie verloren. Er wusste, dass sie hier gewesen war, am Strand, er hatte sie gesehen, sie und ihn, sie hatten ihn nicht gesehen, die Schatten hinter dem Surferhäuschen waren tief. Und nun wusste er nicht, wo er sie suchen sollte. Und er würde sich nach Hause schleichen, am Zimmer seiner Eltern vorbei, heimlich, wie ein Dieb, etwas, das er oft tat in letzter Zeit. Der Hund würde ihn nicht verraten, der Hund schlief fest, dafür hatte er gesorgt.

Er hatte sie verloren.

Irgendwo zwischen den Lagerhallen der Fischer, irgendwo beim Segelgelände. Er war zu vorsichtig gewesen, hatte ihnen zu viel Vorsprung gegeben, ängstlich darauf bedacht, nicht entdeckt zu werden. Der Schnee machte die Nächte zu hell.

Er kehrte zurück zum Strand, sah in der Ferne das Viereck des Absperrbandes, das im Nachtwind knatterte, und merkte, wie er zitterte. Er wollte jetzt nicht daran denken, nicht an den Körper des Mannes denken, der dort gelegen hatte, nicht an das Blut denken, das aus der Wunde in den Schnee gelaufen war. Oder an die Frage, was Sören Marinke im letzten Augenblick gedacht hatte. An wen. Vielleicht hatte auch Sören Marinke geliebt.

Er fand sich auf dem Eis wieder, er ging hinaus, weit hinaus, es war nicht wichtig, wann er nach Hause fuhr, sie merkten es oder sie merkten es nicht, und wenn sie es merkten, konnte er immer noch etwas von ausgedehnten Kneipentouren mit seinen Freunden erzählen und schuldbewusst und verkatert aussehen. Kneipentouren mit seinen Freunden? Er hatte keine Freunde.

Nicht einmal sie wollte mit ihm befreundet sein. Nicht einmal Anna.

Er zog die Handschuhe aus und griff mit bloßen Händen in den Schnee, der die Eisfläche bedeckte. Der Schnee war sehr kalt. Manchmal dachte er, es müsste sich gut anfühlen, sich einfach hineinzulegen und liegen zu bleiben, für immer.

13

Schnee

Am Montagmorgen war das Licht im Haus der Leemanns nicht mehr auf die gleiche Weise blau wie zuvor. Es hatte einen Sprung bekommen, etwas wie eine schmutzige Farbe hatte sich hineingemischt, vielleicht die Farbe von Blut.

Anna duschte lange und ausführlich und wusch ihr Haar mehrmals aus. Sie hatte nachts nicht geduscht, es war solch ein Klischee, und wenn sie geduscht hätte, hätte Linda etwas geahnt. Als sie nach Hause gekommen war, hatte sie befürchtet, Linda im Wohnzimmer zu finden, schlaflos, wartend, das wäre ihr Ende gewesen, sie wäre einfach in ihren Armen zerflossen. Einen Moment lang hatte sie es sich beinahe gewünscht. Doch Linda war nicht da gewesen. Anna hatte gehört, wie sie sich neben Magnus im Bett hin und her gewälzt hatte, sie hatte dort gewartet, sie wurde erst ruhig, wenn sie wusste, dass ihre Tochter zu Hause war. Wovor fürchtete Linda sich? Fürchtete sie sich vor genau dem, was geschehen war?

Anna hatte nicht geschlafen. Sie hatte still im Bett gelegen, an die Decke gestarrt, gewartet, dass der Morgen kam. Sie saß still beim Frühstück. Sie aß nichts.

»Ist etwas passiert?«, fragte Magnus. Sie schüttelte den Kopf. Sie nickte. Sie zuckte die Schultern.

»Habt ihr euch gestritten?«, fragte Linda.

»Ja«, sagte sie, erleichtert über diese Möglichkeit der Erklärung, »ja, so ähnlich. Ich brauche ein wenig Zeit, um darüber nachzudenken.«

Auf dem Boden vor dem Briefkastenschlitz in der Tür lag ein weißer Umschlag mit ihrem Namen. Abels Schrift. Als sie den Umschlag aufhob, glühte er in ihrer Hand wie die Spitze einer Zigarette. Sie zerriss ihn in sehr kleine Fetzen und warf ihn draußen in die Mülltonne.

Sie stieg auf ihr Rad und fuhr zur Schule wie jeden Tag; noch zwei Wochen Kurse, ehe das große, endgültige Lernen fürs Abi begann. Der Schmerz war noch da, beim Radfahren kam er zurück und riss und zerrte an ihr. Sie fuhr an der Abzweigung zur Schule vorbei. Sie konnte nicht hingehen. Sie hielt den Gedanken nicht aus, Abel zu sehen, ihm im U der Tische in Deutsch gegenüberzusitzen, sie wollte seine eisblauen Augen nicht sehen. Sie fragte sich, was nachts darin zu lesen gewesen war, nachts in der Bootshalle. Sie fuhr in die Stadt, stellte das Rad ab, ging ziellos durch die Straßen.

Irgendwann fand sie sich auf der Fußgängerbrücke wieder, die hier über den Fluss führte, hier, wo im Sommer die großen alten Boote im Stadthafen lagen. Auch hier war der Fluss gefroren, nur die offenen Wasserlöcher der Eisangler in seiner Mitte glänzten wie feuchte Flecken undefinierbarer Körperflüssigkeit. Sie stützte sich auf das Brückengeländer und sah zum Restaurantschiff hinüber.

»Wenn ich denken könnte«, sagte sie laut, »wenn ich klar denken könnte. Vielleicht muss ich sprechen, um zu denken. Was ist geschehen? Und was bedeutet das, was geschehen ist?«

Sie sah sich um, es war niemand da, der sie hören konnte.

»Ich habe Angst«, sagte sie zu sich. »Ich habe wieder Angst. Ich muss die Fragen und die Antworten zusammenbringen. Die erste Frage lautet: Wer ist Abel Tannatek?«

Ein Schwan ging unten über das Eis, schmutzig weiß, Schwäne sind nicht schön, dachte Anna, sie sind es nie gewesen, genauso wenig wie die eitrig-schlierigen Sonnenuntergänge über dem Meer.

»Wenn es diesen Schalter gibt, der umkippt«, fuhr sie fort, »dann kippt er vielleicht nicht nur in solchen Momenten wie gestern … vielleicht ist er schon früher gekippt, an einem Strand, im Schnee … Der Mörder kehrt zurück zum Ort des Mordes. Und wenn er gestern Nacht zurückgekehrt ist? Wenn er da war, an meiner Seite? Der Wolf in der Geschichte hat seine Opfer alle mit einem Biss in den Nacken getötet, von hinten, ohne ihnen ins Gesicht zu sehen. Wenn er ihnen ins Gesicht gesehen hätte, hätte er vielleicht Mitleid empfunden, und das wusste er. Der Wolf kennt sich selbst genau.«

Sie spürte das warme, schwer atmende Gewicht noch immer auf sich, sie spürte seinen Atem im Nacken und den Schmerz, sie krümmte sich am Geländer der Fußgängerbrücke zusammen und hatte das Gefühl, sich übergeben zu müssen, aber ihr Magen war zu leer.

Der Wolf kannte sich selbst genau und er hatte sie gewarnt. Es war ja ihre Schuld, es war alles ihre Schuld gewesen. War es das?

Und dann hörte sie Gittas Stimme in ihrem Kopf, klar und deutlich. *Nein,* sagte Gitta. *Den Schuh musst du dir wirklich nicht anziehen, mein Kind. Das ist es doch, was sie alle hinterher behaupten. Die Männer. Du bist doch viel zu intelligent, um zu glauben, was sie sagen. Sie hat es so gewollt, sagen sie …*

»Aber ich habe es gewollt«, flüsterte Anna.

Unsinn, sagte Gittas Stimme. Sie klang direkt wütend. *Du wolltest mit ihm schlafen, klar, mein Kind, das verstehe ich, Zeit wird es ja, dass du mit diesen Dingen anfängst, was? Ich verstehe sogar die Bootshalle, das war deine Chance, immerhin ein Ort ohne Schnee und ohne Micha. Aber du konntest nicht wissen, dass er so austickt. Ich meine, es ist ja nicht so, dass PSYCHO auf seine Stirn tätowiert ist …*

»Ich hätte auf ihn hören sollen. Ich …«

Verdammt noch mal! Du hast gedacht, er ist schüchtern. Er traut sich nicht. Das hast du doch gedacht, erzähl mir nichts … Hätte ich auch. Jetzt hör auf mit dieser Scheiße von wegen Ich-bin-schuld … Anna schüttelte den Kopf, schüttelte Gittas Stimme heraus, aber es nützte nichts. Sie erinnerte sich jetzt an Worte, die Gitta schon viel früher gesagt hatte, damals, in ihrer absichtlich rauen Art, auf einem steril abwaschbaren Sofa.

Da holst du dir höchstens was weg.

Und wenn sie recht hatte? Sie fragte sich, ob es schlau wäre, einen Bluttest zu machen, irgendwo, anonym, aber sie konnte sich nicht vorstellen, was sie sagen sollte, denn auch das Blut für anonyme Tests nimmt eine nicht anonyme Person ab.

Was ist denn geschehen, Frau Leemann? Handelt es sich hier um eine …

»Nein«, sagte sie laut, »nein, was Sie denken, ist das falsche Wort, ich weiß, was Sie denken, Sie denken, Vergewaltigung, das Wort ist so hart … aber es ist nicht so, dass er mir irgendwo aufgelauert hätte. Ich habe damit angefangen … er ist … er war … vielleicht … mein Freund. Aber das ist er nicht mehr und vielleicht ist er ein Mörder und es ist alles vorbei. Es ist vorbei.«

Ihr wurde bewusst, dass sie im Schnee auf der Brücke kniete, sie kniete schon wieder, verdammt.

Vorbei. Das war ein viel schlimmeres, viel härteres Wort als das andere. Es war ein Wort, das sie zum Weinen bringen wollte. Sie ließ es nicht.

Da war noch etwas – etwas, das ihr plötzlich einfiel.

»Und ich frage mich«, flüsterte sie, noch immer im Dialog mit einer nicht existenten Person, die ihr in einer nicht existenten (steril abwaschbaren) Praxis Blut abnahm und Fragen stellte. »Ich frage mich plötzlich ... er hat eine kleine Schwester, und ich frage mich, wie sehr er sie liebt und auf welche Weise. Ob er sie ... ob er mit ihr ...«

Die Luft wurde ein paar Grad kälter, als sie ohnehin schon war. »Vielleicht ist das der Grund«, sagte sie, »weshalb er niemanden an Micha heranlässt. Was, wenn Sören Marinke diesen Verdacht auch hatte? Und wenn er deshalb sterben musste?«

Sie dachte an Micha in ihrer rosa Plastikjacke mit dem Kunstfellkragen, an ihre blassblonden fliegenden Zöpfe, an Abels Finger in ihrem Haar. An das Hochbett. Wir passen zu zweit hinein, hatte Micha zu ihr gesagt, oder so ähnlich. Abel und ich haben auch beide Platz darin. Micha in ihrer unschuldigen Art, Micha, die noch nicht wusste, was richtig und was falsch war. War Abel das, was er Rainer Lierski vorgeworfen hatte?

Sie zog sich an den Stäben des Brückengeländers hoch.

»Ich muss etwas tun«, sagte sie, doch sie sagte es leise, sie hörte sich kaum. »Ich muss die Wahrheit herausfinden. Ich muss mit jemandem über alles sprechen, mit jemand Realem. Womöglich mit der Polizei, mit demjenigen, der Marinkes Tod untersucht ...«

Als sie die Brücke verließ, schloss sie kurz die Augen und sah wieder vor sich, wie Abel über einen grauen Schulhof flog und Micha durch die Luft schleuderte, und sie spürte wieder, wie er sie in die Arme nahm, im Raum des Deutschkurses 1, in einem Turm aus

Zeitungspapier. Sie konnte mit niemandem sprechen. Am allerwenigsten mit der Polizei.

Sie konnte es nicht. Sie liebte ihn noch immer. Sie würde vielleicht nie aufhören, ihn zu lieben.

Anna hatte nicht nur den Kontakt zur Realität verloren, sondern seltsamerweise auch den Kontakt zu ihrer Querflöte. Sie hatte die Flöte im Rucksack gehabt, dumm genug in der Kälte, die Flöte war stummer Zeuge dessen, was in der Bootshalle geschehen war. Sie wickelte sie in den dunkelblauen Strickpullover aus dem Aldi-Sonderangebot und legte sie in ihren Schrank. Sie rief ihre Lehrerin an und sagte die Stunde für diese Woche ab, ohne einen Grund zu nennen. Zum ersten Mal seit Langem setzte sie sich wieder an das Klavier im Wohnzimmer, früher hatte sie viel gespielt, sich dann aber für die Silbertöne der Flöte entschieden. Für den LK hatte sie nur ein Instrument gebraucht. Jetzt schien ihr das Klavier sicherer, ein Ort des Rückzugs, den weder Abel noch Micha mit ihrer Anwesenheit berührt hatten. Sie übte die Stücke, die sie üben musste, auf den Tasten. Unsinn, natürlich, sie konnte die Flöte nicht auf ewig im Kleiderschrank vor sich selbst verstecken.

Die immer gleichen Atemzüge des Hauses schienen ihr auf einmal weit fortgerückt: Sie sah Magnus die Rotkehlchen füttern. Sie sah zu, wie Linda Gemüse klein schnitt. Es waren Handlungen auf einem Bild, das sie von außen betrachtete. Sie selbst, Anna Leemann, befand sich auf der anderen Seite, sie hatte keinen Anteil an den Dingen, die auf der Leinwand geschahen.

Am Dienstagmorgen lag ein weiterer Umschlag im Flur, durch den Briefkastenschlitz eingeworfen. Weiß wie Schnee, weiß wie weißes Rauschen, mit ihrem Namen darauf. Sie zerriss auch diesen Umschlag zu winzigen Flocken und ließ sie in die Mülltonne rieseln. Sie ging wieder zur Schule: Vier Stunden Besprechung mit dem Musikkurs, sie erwähnte nicht, dass sie ihre Flöte nicht mehr anrührte. Sie sah Abel unten über den Hof gehen. Er hob den Kopf, vielleicht wusste er, hinter welchem Fenster sie saß, und sie sah weg. Ihr war auf einmal schwindelig.

In ihrem Kopf flüsterte Gitta, die gar nicht da war, wieder Worte, wütende Worte: *Denk jetzt nicht schon wieder Dinge über Schuld, die du haben könntest, mein Kind. Weißt du, was man mit Männern machen sollte, die solche Dinge tun? Ich hätte da ein paar Ideen …*

Anna dachte, sie würde es nicht schaffen, in der Pause das Kollegstufenzimmer zu betreten, in das Frauke sie nach der Musikstunde drängte. Sie hatte Angst, dass Abel dort war. Er war dort. Er saß auf der Heizung, hinten in einer Ecke, und drehte eine Zigarette, die er draußen würde rauchen müssen. Er sah auf, als sie hereinkam, ganz kurz, und wandte den Blick ab. Er konnte nicht fliehen, er saß dort in seiner Ecke gefangen, zwischen der amorphen Masse anderer Kollegstufler, und Anna konnte nicht wieder gehen, nicht Hals über Kopf, nicht ohne dass Frauke fragen würde, was los wäre … Es war eine unmögliche Situation.

Anna schaffte es, zu bleiben. Sie schaffte es, mit Frauke einen ungenießbaren Kaffee aus der ewig kaputten Maschine zu trinken und geschlagene fünf Minuten lang über Nebensächlichkeiten zu reden, was vielmehr hieß, dass Frauke redete und sie so tat, als hörte sie zu. Sie hatte Abel den Rücken zugewandt und spürte seine Anwesenheit.

Mittags stand er wieder draußen an seinem gewöhnlichen Platz, sie sah ihn vom Fenster aus, er hatte die Mütze über die Ohren gezogen und die Hände in den Taschen vergraben, die Stöpsel des Walkmans in den Ohren, alle Fenster zur Außenwelt geschlossen. Einmal sprach er kurz mit zwei Typen aus dem Bio-LK, vielleicht gab er ihnen etwas, sie konnte es nicht sehen.

Er war nicht mehr Abel. Er war wieder Tannatek, der polnische Kurzwarenhändler, von dem keiner wusste, was er auf der Schule wollte, und vor dem Leute wie Anna ein wenig Angst hatten.

Sie fragte sich, ob es dabei bleiben würde. Ob alles wieder so war wie früher, ob sie so tun konnte, als hätte sie Abel nie gekannt.

Nein. Es war nicht alles wie früher. Rainer Lierski war tot. Sören Marinke war tot. In einer Bootshalle war nächtliches Blut auf den Boden getropft. Und ein kleines Mädchen mit blassblonden Zöpfen und rosa Jacke wanderte irgendwo über das Eis eines Märchens, hilflos in Wind und Wetter. Im Radio sagten sie einen Schneesturm vorher.

»Liebes Kind«, sagte Gitta und stand einfach vor der Tür, diesmal ganz real und greifbar. Natürlich, dachte Anna, sie hatte all die Dinge gar nicht gesagt, die Anna sich vorgestellt hatte. »Liebes Kind, was ist los?«

»Ich lerne«, antwortete Anna und blieb in der Tür stehen, ohne Gitta hereinzulassen. »Was soll los sein?«

»Erzähl mir nichts«, sagte Gitta. »Irgendetwas ist doch passiert. Zwischen Abel und dir. Ihr redet nicht mehr. Denkst du, alle anderen sind blind? Wir machen uns Sorgen.«

»Wer ist *wir*?«, fragte Anna.

Gitta wischte die Frage mit einer Handbewegung weg und kramte ihre Zigaretten hervor. »Wenn du mich schon nicht hereinlässt, musst du damit leben, dass der Rauch durch die offene Haustür hereinzieht«, sagte sie und zuckte die Achseln. »Aber so schnell wirst du mich nicht los. Es ist schiefgegangen, oder? Mit Abel? Spektakulär schiefgegangen.«

»Und wenn?«, fragte Anna.

Gitta blies einen Rauchkringel in die Luft. »Was weißt du über ihn?«

Anna kniff die Augen zusammen. »Wie meinst du das – was weiß ich über ihn?«

»Das meine ich so, wie ich es sage. Was weißt du über Abel Tannatek?«

»Vielleicht«, sagte Anna, »ist die Frage eher: Was weißt *du* über Abel Tannatek? Gibt es etwas, das du mir mitteilen willst? Bist du deshalb gekommen?«

Gitta rauchte einen Moment schweigend.

»Nein«, sagte sie schließlich. Und dann: »Ich denke manchmal an das Absperrband am Strand. Es taucht einfach so in meinen Gedanken auf …«

»Ach was«, sagte Anna, plötzlich defensiv, »und weißt du, wer manchmal einfach so in meinen Gedanken auftaucht? Hennes von Biederitz zum Beispiel. Und Bertil Hagemann. Der eine gibt damit an, dass er schießen kann, und der andere versucht, nicht darüber zu reden. Söhne aus besserem Hause … Bertil war an den beiden Tagen vor Marinkes Tod am Strand draußen. Er hat es selbst gesagt. Und wo Hennes war, weißt du wahrscheinlich besser als ich. Oder vielleicht nicht?«

Gitta starrte sie an, perplex. »Was haben die beiden mit der Sache zu tun?«

»Das«, sagte Anna, »frage ich mich auch.« Und dann schloss sie die Tür.

Am Mittwoch lag ein dritter weißer Umschlag im Flur. Als sie ihn anfasste, glühte er nicht. Sie würde ihn zerreißen wie die beiden vorigen. Sie würde … sie öffnete den Umschlag. Das Papier darin war eng beschrieben mit kleinen, gehetzten Buchstaben. Da war ihr Name. *Anna. Anna, liest Du dies? Ich werde nicht aufhören, Dir zu schreiben.*

Ich habe nichts, nur die Worte. Ich bin der Märchenerzähler.

Ich möchte Dir etwas erklären. Aber ich kann es nicht. Später, später vielleicht.

Die Worte, die ich dazu finden muss, sind scharfkantig und verletzend, schlimmer als Rosendornen. Es gibt einen Grund für das, was geschehen ist. Es kann nicht verziehen werden und ich bitte Dich nicht darum. Wir haben uns verloren, wir werden uns nicht wiederfinden. Rosenmädchen, das Meer ist kalt und …

Sie steckte den Brief zurück in den Umschlag und zerriss beides, in noch winzigere Stücke als die Umschläge zuvor. Der eisige Wind nahm ihr die Stücke aus den Fingern und trug sie mit sich davon, hoch hinauf in den Himmel, als würde es in umgekehrter Richtung schneien. In ihren Augen brannten Tränen. Wir werden uns nicht wiederfinden. Nein, dachte sie, das werden wir nicht. Nie mehr.

Ich kann die Hand nicht nach dir ausstrecken. Was geschehen ist, kann nicht verziehen werden.

An diesem Tag wurde die Situation in der Schule noch unmöglicher. Anna zwang sich, zum Deutschkurs zu gehen. Abel schien sich ebenfalls gezwungen zu haben. Er war sogar pünktlich. Er saß schon da, als sie hereinkam. Wer war damals auf die gloriose Idee gekommen, die Tische in U-Form zu stellen? Sie saßen sich gegenüber und sahen sich nicht an, sie sahen überallhin, nur nicht zueinander. Zwischen ihnen lagen drei Meter aus Taschenlampensplittern, fortrennenden Schritten, Schmerz, Blut, einer Hand vor jemandes Mund, dem Gewicht eines Körpers, dem Atem eines Tieres. Zwischen ihnen lagen zwei Tote. Einmal sah sie doch zu ihm hinüber. Er hatte den Pullover ausgezogen, er saß im T-Shirt da, und sie sah die beiden runden Narben auf seinem linken Oberarm. Es waren nicht mehr nur zwei. Da war eine dritte, größere, lang gezogene, ein breiter Strich. Sie sah weg und sah wieder hin. Der Strich war kein Strich, es war eine Aneinanderreihung von runden Flecken wie die beiden ersten, eine Spur glühender Zigarettenspitzen. Sie versuchte zu zählen, doch Abel wandte den Kopf, und sie senkte den Blick auf ihren Tisch.

Der Schmerz, dachte sie. Der Schmerz ist der gleiche wie meiner, nur an anderer Stelle.

Sie wartete nach der unerträglichen Doppelstunde, bis alle gegangen waren. Abel ging als Erster. Schließlich saß nur noch der Knaake an seinem Pult. Er sah Anna an, stand auf, schloss die Tür und setzte sich wieder. Er sagte nichts. Er holte eine Thermoskanne mit Tee aus seiner Tasche und goss den Thermosbecher voll. Er hatte es nicht eilig.

»Ich muss mit jemandem reden«, sagte Anna.

Er nickte. Er fragte nicht: Was ist passiert?

»Nehmen wir an, es wäre etwas passiert«, sagte Anna. »Etwas … Schlimmes, zwischen Abel und mir. Etwas, das zu tun hat mit … Vertrauen …« Sie legte ihre Hände an die Wangen und merkte, dass sie glühten. Sie hasste sich dafür, dass sie rot wurde. »Etwas, über das man nicht sprechen kann … Nehmen wir an, ich wäre eigentlich schuld, auf einem Umweg. Auch wenn Gitta findet, dass das Unsinn ist. Vielleicht ist es ja Unsinn. Vielleicht … nehmen wir an, ich wäre also nicht schuld …«

»Nehmen wir das an«, sagte der Knaake und trank einen Schluck Tee.

»Ich meine, ich *habe* ihm vertraut«, sagte Anna leise, ohne den Knaake anzusehen. »Aber jetzt weiß ich nicht mehr, was ich denken soll. Sie wissen von den beiden Morden ... Lierski ... das war der Vater von Abels kleiner Schwester. Abel hat ihn gehasst. Er hatte Angst, dass er Micha ... dass er ihr etwas tut. Ich glaube, er war bekannt dafür, dass er ... eine Vorliebe für kleine Mädchen hatte. Vielleicht stimmt es nicht, aber Abel war so sicher. Sie haben jemanden für den Mord an Lierski eingesperrt, jemanden, der die richtige Waffe besitzt und der Lierski kannte, aber ich weiß nicht, ob er es war ... Und dann Sören Marinke, am Strand, Sie haben es ja im Radio gehört. Das war der Sozialarbeiter, der kurz vorher bei Abel und Micha vor der Tür stand. Abel ist noch nicht achtzehn, aber das wissen Sie, und theoretisch müsste Micha zu irgendwelchen Verwandten, weil ihre Mutter weggegangen ist, oder in eine Pflegefamilie, aber er weigert sich, das zuzulassen ... ihre Mutter, Michelle, die Sie ja nicht kennen ...« Sie sah auf.

Er schüttelte den Kopf. »Nein, Anna. Ich kenne sie nicht.«

Und woher hatte Michelle die alten Cohen-Kassetten?, dachte Anna. Wie viele Leute gibt es, die so was hören? Sie kannte bis jetzt drei: Michelle, ihre Mutter ... und den Knaake.

»Michelle ist verschwunden«, schloss Anna. »Seit ein paar Wochen. Sie ist allerdings irgendwo in der Gegend. Sie hat Geld vom Haushaltskonto abgehoben. Am Sparkassenautomaten in Eldena.«

Der Knaake sah in seinen Thermosbecher, als könnte er Michelle Tannatek darin finden, wenn er nur lange genug hineinstarrte. Als wüsste er genau, wie die Frau aussah, nach der er suchte.

»Es gibt dieses Märchen«, flüsterte Anna. »Das Abel seiner

Schwester erzählt. Manchmal kommen Leute darin vor, die es wirklich gibt. Manchmal erkenne ich sie zu spät. Sören Marinke habe ich zu spät erkannt. Er ist auch im Märchen gestorben. Die Bösen müssen alle sterben. Aber wer bestimmt, dass sie böse sind? Ich … ich habe Angst. Angst, dass noch jemand tot unter dem Schnee gefunden wird. Noch jemand mit einem Genickschuss.«

»Aber du gehst nicht zur Polizei.«

»Nein. Ich …« Sie sagte nicht: … liebe ihn. Es hätte so abgedroschen geklungen.

Der Knaake stand auf und ging zum Fenster, den Thermosbecher in der Hand.

»Es gibt so viele Möglichkeiten«, sagte er. »Unendlich viele Möglichkeiten. Ich bin kein Detektiv. Aber vielleicht gibt es mehr Möglichkeiten als die, die du siehst.«

Sie hob den Kopf. »Ja?«

»Möglichkeit eins ist die einfachste«, sagte der Knaake. »Abel Tannatek hat beide Männer erschossen, den ersten, weil er ihn gehasst hat, und den zweiten … warum hat er den zweiten erschossen? Macht es Sinn, einen Sozialarbeiter zu erschießen? Ein Sozialarbeiter ist eine Mensch gewordene Funktion des Staates, er wird ersetzt. Wenn du einen erschießt, kommt der nächste.« Er lachte. »Es ist wie ein Computerspiel.«

»Und die zweite Möglichkeit?«

»Möglichkeit zwei: Jemand anders hat die beiden erschossen. Und hier haben wir wieder zwei Möglichkeiten. Jemand hat die beiden erschossen, um Abel zu helfen. Oder … jemand hat es getan, um ihm die Morde in die Schuhe zu schieben. Aber das klingt alles ein bisschen zu sehr nach einem schwarz-weißen Mafiafilm.«

»Gibt es denn noch eine Möglichkeit?«

»Sicher. Dutzende. Warum zum Beispiel glauben wir, dass es beide Male der gleiche Mörder war? Wegen des Genickschusses? Übrigens eine unschöne Methode, jemanden umzubringen. Man braucht ihm nicht in die Augen zu sehen. Die Nazis waren bekannt für solche Exekutionen.«

Anna schnappte nach Luft.

»Sie glauben ... es waren zwei unterschiedliche Personen?«

»Es ist nicht ausgeschlossen, oder? Der Zweite hat die Methode des Ersten kopiert.«

»Sie sind doch ein Detektiv«, sagte Anna und lächelte. Sie stand auf und trat zu ihm ans Fenster. Der Knaake lächelte.

»Ein schlechter. Ich leite einen Deutschkurs der Abiturklasse, aber ich lese durchaus meinen Teil an Schundkrimis. Nimm an ... nimm an, Abel hat Rainer Lierski erschossen. Dazu hatte er einen Grund, wenn es so ist, wie du sagst.«

»Und jemand anders hat Marinke erschossen? Damit es so aussieht, als wäre es Abel gewesen?«

»Zum Beispiel. Oder ... oder alles ist ganz anders. Vielleicht ist da draußen jemand unterwegs, der völlig irrational handelt. Der tatsächlich glaubt, ein Problem zu beseitigen, indem er einen Sozialarbeiter umbringt. Der Abel und Micha schützen will, aber nichts begreift. Eine Person, die selbst am Ende ist und glaubt, nur noch aus dem Hinterhalt helfen zu können, eine Person, die diesen Lierski vielleicht auch hasste für etwas, das er getan hat ... die sich ihren Verstand und ihren Charme vor langer Zeit weggesoffen hat ...«

Anna drückte ihre Nase an die kalte Scheibe. Unten im Hof stand eine dunkle Gestalt bei den Fahrradständern, die Hände tief in den Taschen, die schwarze Wollmütze über die Ohren gezogen.

»Jemand, der völlig irrational handelt«, wiederholte Anna flüsternd. Sie sah den Knaake an. »Wer?«

»Michelle«, sagte der Knaake.

Der Gedanke war neu und seltsam und der Knaake schüttelte auch sofort den Kopf.

»Natürlich sind das nur Spekulationen.« Er ging zum Pult zurück und schraubte die Thermoskanne zu. »Wie gesagt, ich kenne Abels Mutter nicht. Aber wenn du willst … ich könnte versuchen, etwas herauszufinden. Es wäre wie ein Spiel. Eine Abwechslung davon, zwischen Arno Schmidt und Schundkrimis langsam einzustauben.«

Er schüttelte sich, als müsste er den Staub aus seinem beinahe grauen Bart schütteln.

»Ein gefährliches Spiel«, sagte Anna leise.

»Besser, ich spiele es als du«, sagte der Knaake. Und dann legte er ihr eine Hand auf den Arm, ganz plötzlich. »Anna, ich mache mir ja nicht nur Sorgen um dich. Da unten im Hof steht jemand und leidet. Ja, das klingt jetzt nach Werther, entschuldige, furchtbar – ich weiß nicht, was passiert ist zwischen euch. Ich weiß nicht, ob es vergeben werden kann. Womöglich nicht. Am schwierigsten ist es immer, sich selbst zu vergeben.«

»Und das klingt nach Laotse«, sagte Anna. »Tausendundein Kalenderspruch.«

Der Knaake nahm seine Aktentasche unter den Arm und ging zur Tür. »Pass auf dich auf«, sagte er. »Ich bin nicht sicher, ob morgen jemand zur Schule kommt. Sie haben Schneechaos angesagt.«

»Ich denke«, murmelte Anna, »ehe das Chaos da ist, fahre ich noch einmal hinaus nach Ludwigsburg. Vielleicht kann man dort besser über Kalendersprüche nachdenken.«

Schneechaos? Es taute. Vor dem Fenster des Kollegstufenzimmers fielen tausendundein Tropfen leise in den schmelzenden Schnee, tausendundein Sonnenreflex glitzerte an den feuchten Scheiben. Und der tausendunderste Kalenderspruch setzte sich in Anna fest. Am schwierigsten ist es, sich selbst … Unsinn.

Abel stand nicht mehr bei den Fahrradständern. Es war, als wäre auch er weggetaut, mit dem Schnee verschwunden. Sie stieg auf ihr Rad, spürte noch immer den Schmerz zwischen den Beinen, der sie vielleicht nie wieder verlassen würde, und fuhr nicht nach Hause. Der Wind frischte auf, es war ein warmer Tauwind, er trieb sie aus der Stadt, den Radweg an der Wolgaster Straße entlang, weit über das Ostseeviertel hinaus, an der Abzweigung nach Wieck vorbei, am Elisenhain und dem Neubaugebiet in Eldena – hinaus nach Ludwigsburg. Im Sommer war es voll dort, der Strand war wilder und länger als in Eldena, ein Strand voll versteckter Nischen und Winkel im hohen Gras. Anna ließ ihr Rad bei dem lang gestreckten, alten Café stehen, auf dessen Reetdach sich der Schnee gesammelt hatte.

Sie ging zwischen den windgebeugten Kiefern hinab zu dem schmalen Strand. Draußen auf dem Eis drängten sich die hellen Schwäne und die schwarzen Blesshühner zu seltsam beweglichen Klumpen zusammen. Man konnte über die Bucht bis nach Wieck laufen, das Café lag genau gegenüber. An diesem Tag war niemand dort unterwegs.

Sie wanderte den Strand entlang, den Wind im Rücken, stieg über die Eisschollen, die das Meer hier zu seltsamen Kunstwerken übereinandergetürmt hatte, die Hände tief in den Taschen ihres Mantels, die Mütze tief ins Gesicht gezogen. Als wäre sie er, dachte sie, alles, was sie brauchte, waren Walkmanstöpsel, voll mit weißem

Rauschen. Aber nein, nein, sie brauchte sie nicht, das weiße Rauschen lieferte der Wind, sie befand sich mitten darin.

Die Küstenlinie bog sich nach rechts, von der Bucht weg, dem offenen Meer zu, und sie folgte ihr, bis der Strand zu schmal war und sie durch die Bäume hinaufkletterte, wo ein Weg durch den Kiefernwald zurückführte. Aber sie wollte nicht zurückgehen, noch nicht. Sie fand eine Bank zwischen den Bäumen, eine kalte, halb verschneite Bank, auf die sie sich setzte, um über das Eis zu sehen.

Sie war gekommen, um nachzudenken, aber ihr Kopf fühlte sich mit einem Mal leer an.

Als sie die Augen schloss, wurde es rings um sie Sommer. Der Schnee war lange fort, die dünne Linie des Strandes lag goldgelb im Sonnenlicht unter ihr, die Kiefern hatten neue, frische grüne Nadeln, das Strandgras wiegte sich im Wind. Und dort, dort unten in einer der verborgenen Nischen, baute jemand eine Sandburg mit Türmen voller Muscheln und Seetang, mit bunten Fahnen aus Papier, mit Kiefernzapfen als Bewohner – es war ein kleines Mädchen mit blonden, salzwassernassen Zöpfen in einer rosa Badehose und einem viel zu großen dunkelblauen Strickpullover, dessen Ärmel sie mehrere Male aufgekrempelt hatte. Anna hörte sie lachen, es mussten noch andere Personen dort unten sein, die sie von hier aus nicht sah, da war die Stimme einer Frau … Michelle, dachte sie, Michelle ist auch hier, sie ist zurückgekommen, alles ist in Ordnung, dies ist der nächste Sommer und auf irgendeine Weise ist alles in Ordnung gekommen. Es gab noch eine andere, letzte Erklärung für alles: Weder Abel noch Michelle hatten etwas mit den Morden zu tun, denn sonst wären sie nicht hier, und Abel hat Micha immer nur als eine kleine Schwester geliebt oder vielleicht wie ein Vater, nicht mehr. Und ich bin auch dort unten, ich bin mit ihnen zusammen dort, habe ich nicht eben meine eigene Stimme gehört? Sie öffnete die Augen und die Vision verschwand. Der Strand lag still unter dem Schnee.

Aber all das, dachte sie, diese Sommerszene, würde ja bedeuten, dass ich ihm verziehen hätte. Dass ich vergessen hätte, was in der Bootshalle geschehen ist. Die Hand. Den Schmerz. Die weglaufenden Schritte.

Weißt du, was man mit Männern machen sollte, die so etwas tun?, fragte Gitta.

Am schwierigsten ist es immer, sich selbst zu vergeben, sagte der Knaake.

Du konntest nicht wissen, dass er so austickt …, flüsterte Gitta.

Ich weiß nicht, ob es vergeben werden kann. Vielleicht nicht …, sagte der Knaake.

Doch da waren noch die Worte einer dritten Stimme, Abels Stimme: *Es kann nicht verziehen werden und ich bitte dich nicht darum. Rosenmädchen, das Meer ist kalt.*

Und plötzlich merkte sie, dass die Temperatur fiel. Sie fiel rasant. Es taute nicht mehr, der Wind war jetzt eisig, er trieb neue Schneeflocken heran, vereinzelt noch, aber am Himmel rückte eine weiße Wand näher heran. Einen Moment spürte sie noch die Sonnenwärme ihres Tagtraums auf der Haut, dann merkte sie, dass sie überhaupt nichts mehr spürte. Die Kälte machte die Haut auf ihren Wangen taub, völlig gefühllos, und ihre Finger in den Handschuhen schienen jemand anderem zu gehören. Wie lange saß sie schon hier? Wie lange hatte sie vom Sommer geträumt? Sie hatte gedacht, es wären Sekunden gewesen, doch plötzlich war sie sich nicht mehr sicher. Es dämmerte bereits. Sie stand auf, und beinahe gelang es ihr nicht, sie war steif gefroren. Sie musste zurück, zurück zu ihrem Fahrrad, zurück nach Hause, in die Wärme.

In dem Moment, als sie den Weg betrat, der durch die Kiefern führte, begann der Schneesturm. Es war natürlich kein wirklicher Schneesturm, in Deutschland gibt es keine wirklichen Schneestürme, aber dafür fühlte er sich verdammt echt an. Der Wind kam jetzt von vorne, er peitschte Anna seinen Schnee ins Gesicht, und sie duckte sich unter ihm, sie hörte die Kiefern ächzen, und irgendwo brach ein Stamm mit einem lauten Krachen. Sie duckte sich noch tiefer. Sie kam nicht voran. Der Sturm füllte die Schneise des Weges mit Schnee auf wie eine Rinne; in den letzten Wochen war es kontinuierlich kalt gewesen, aber es hatte nie wirklich viel Schnee gelegen. Auf einmal schien der Winter dies aufholen zu wollen. Die Schneewehen wuchsen so rasch, dass man zusehen konnte. Der Schnee drang oben in Annas Stiefel und in die Ritze zwischen Mütze und Schal. Sie fluchte lautlos, sie stemmte sich mit gesenktem Kopf gegen den Wind, sie spürte jetzt auch ihre Füße nicht mehr.

Der Weg zurück zu dem alten Café war endlos geworden, ein Spaziergang, der sich zu einer Wanderung ausdehnte, es war, als würde sie gegen eine Strömung schwimmen. Aber waren das überhaupt Schneeflocken, die der Wind ihr ins Gesicht peitschte? Waren es nicht winzige Stücke zerrissener Briefumschläge?

Sie hörte wieder Abels Worte: Es kann nicht verziehen werden … Und da begriff sie, dass sie hier im Schneesturm auch einen Kampf mit sich selbst kämpfte: den Kampf darum, ob sie verzeihen konnte. Ob das absolut Unmögliche möglich war. Die Flocken, die die Böen ihr entgegenschleuderten, waren getränkt mit dem Blut einer vergangenen Nacht, die eisige Kälte, die ihr den Atem nahm, fühlte sich an wie eine Hand vor ihrem Mund. Konnte sie all dies hinter sich lassen? Etwas finden, das jenseits lag? Die Nacht und ihren Schmerz vergessen? Sie kämpfte ihren Kampf gegen sich selbst ganz allein. Selbst Gittas raue Stimme hatte sie verlassen.

Und dann sah sie, dass jemand ihr folgte. Da war jemand, eine dunkle Gestalt zwischen den dunklen Stämmen der Bäume, sie sah sie nur aus dem Augenwinkel im wirbelnden Schnee. Sie drehte sich um, mühsam im Sturm das Gleichgewicht haltend. Nein. Da war niemand. Sie musste sich die Gestalt eingebildet haben, es war irgendetwas anderes gewesen, ein sich biegender Baum, ein Busch, ein Schatten. Sie kämpfte sich weiter voran, Schritt für Schritt, und der Schatten kehrte zurück an den Rand ihres Blickfelds, ein beweglicher Schatten, geduckt wie sie – wieder drehte sie sich um, und wieder war niemand da.

Sie wusste, dass die Gestalt zurückkehren würde, wenn sie sich wieder umdrehte.

Auf einmal hatte sie Angst. Panische Angst.

Angst vor dem Sturm, der zu stark für sie war, Angst vor dem Schemen hinter ihr, Angst vor der Kälte und der Dunkelheit, die unweigerlich kommen würde, Angst, alleine hier draußen zu bleiben. Entsprang der Schemen nur dieser Angst, war er ein Gebilde ihrer Phantasie? Aber wenn nicht? Sie blieb stehen, hielt sich an einem Kiefernstamm fest, keuchend, frierend, zitternd. Sie konnte das Metall beinahe im Nacken fühlen, das Metall einer Waffe, die sich gegen ihren Hals drückte, obwohl da nur ihr nasser Schal war. Ich habe Angst, hatte sie zum Knaake gesagt, Angst, dass noch jemand tot unter dem Schnee gefunden wird.

Aber nie, keinen Augenblick lang, hatte sie daran gedacht, dass dieser Jemand sie selbst sein könnte. Sie zwang sich, weiterzugehen, aber sie kam nicht voran, sie sah sich zu oft um, vergeblich; der, der ihr folgte, verschmolz mit der Umgebung, wenn sie sich umdrehte. Sie dachte an Linda und ihre unsinnige Angst um ihre einzige Tochter.

Wie sinnvoll ihr Lindas Angst auf einmal erschien!

Die schlimmsten Dinge, bei deren Erwähnung man abwinkt und lacht, geschahen alle irgendwann wirklich. Mach dir keine Sorgen, ich komme schon rechtzeitig nach Hause, ich werde schon nicht überfallen und vergewaltigt werden. Mach dir keine Sorgen, ich lasse mich da draußen schon nicht umbringen. Mach dir keine Sorgen. Keine Sorgen.

Sie spürte, dass die Person, die ihr folgte, näher kam, sie spürte es genau. Und etwas in ihr sehnte sich danach, sich der Länge nach in den Schnee fallen zu lassen und einfach auf diese Person zu warten. Ihr Atem ging stoßweise, und es fühlte sich an, als atmete sie die Schneeflocken und den eisigen Wind bei jedem Atemzug mit ein und aus.

»Abel«, flüsterte sie. »Wenn du das bist, beeil dich. Komm her. Bring das hier zu Ende. Ich kann nicht mehr.«

Aber auf einmal wusste sie mit hundertprozentiger Gewissheit, dass es nicht Abel war. Es war jemand anders. Sie wusste nicht, woher sie es wusste, sie wusste es einfach. Es würde ihr, dachte sie, nichts mehr nützen. Und sie merkte, wie sehr sie sich nach Abels Anwesenheit sehnte. Wenn er da gewesen wäre, hätte sie sich nicht so sehr gefürchtet, nicht einmal vor dem Tod.

»Ich werde sterben«, wisperte sie, beinahe lautlos, während sie weiterstolperte, »ich werde sterben, und ich weiß, was dann geschieht. Dann werden sie ihm meinen Tod zuschreiben. Sie werden glauben, er wäre es gewesen, der mich umgebracht hat. Jemand wird dafür sorgen, dass sie das glauben. Es ergibt alles einen Sinn. Aber wer …«

Wer wusste, dass sie nach Ludwigsburg hinausgefahren war? Eigentlich nur der Knaake. Ihr wurde mit einem Schlag noch ein wenig kälter, obgleich das nicht möglich war. Was, dachte sie, wenn ich mit der verkehrten Person über alles gesprochen habe? Die Insel des Mörders ist leer, der Mörder ist vielleicht unter uns … Wie war das eigentlich damals mit dieser Brille des Leuchtturmwärters gewesen, die er angeblich auf dem Schiff vergessen hatte? Die kleine Königin war zurückgegangen, um sie zu suchen, und sie war dem roten Jäger direkt in die Arme gelaufen. Und warum hatte der Leuchtturmwärter im Sturm gesagt, sie sollten die Segel herunternehmen? Natürlich, es klang vernünftig, und dennoch hatte es das Schiff der kleinen Königin langsamer werden lassen, hatte das schwarze Schiff aufholen lassen. Aber war das nicht alles nur ein Märchen?

Sie sah die Gestalt jetzt ganz deutlich am Rand ihres Blickfeldes, sie glaubte, im Sturm etwas zu hören, ein Japsen, ein Atmen, weniger menschlich als tierisch, sie wirbelte herum – es war keine Gestalt. Es war ein abgebrochener Baum. Und dann erkannte sie den lang gezogenen Umriss des Cafés. Kurze Zeit später versuchte sie vergeblich, das Rad aufzuschließen. Das Schloss war vereist oder klemmte es nur? Sie schaffte es, das Rad ließ sich schieben, aber es ließ sich nicht fahren. Der Sturm war zu stark. Einen Moment lang hatte sie gedacht, sie wäre gerettet, aber das Rad nützte ihr absolut nichts. Auf dem Parkplatz des Cafés standen drei Autos, alle drei halb eingeschneit, sie erinnerte sich nicht, ob die Autos zuvor schon dort gestanden hatten, vielleicht ja, vielleicht waren ihre Besitzer auf einer so irren Wanderung wie sie selbst, aber vielleicht hatten sie die Autos auch vor Wochen hier stehen lassen. Sie schob ihr Rad gegen den Sturm an, die Straße entlang. Es war eine endlose schmale Straße, irgendwo würde sie auf die Wolgaster stoßen, doch bis dahin waren es mehrere Kilometer. Kilometer von weißem, eisigem Nichts, Kilometer, auf denen niemand ihr helfen konnte. Ein kilometerlanges Grab. Sie senkte den Kopf und klammerte sich am Fahrradlenker fest. Konnte sie sich notfalls mit dem Rad verteidigen? Es gegen ihren Angreifer fallen lassen, rennen? Unsinn, sagte sie sich, wohin wollte sie rennen? Sie ließ das Rad trotzdem nicht los.

Sie drehte sich nicht mehr um. Sie wusste, dass ihr Verfolger da war, es nützte nichts, sich umzudrehen. Er würde den Zeitpunkt selbst wählen, zu dem er sie einholte. Vielleicht gefiel es ihm, sie zu jagen, ihr Angst zu machen, vielleicht gefiel es ihm, wenn sie sich umdrehte, panisch die Landschaft nach ihm absuchend, vielleicht lachte er im Geheimen über sie. Sie würde ihm den Gefallen nicht mehr tun. Sie stapfte stur durch den Schnee geradeaus, am Ende ihrer Kräfte. Sie versuchte, ihren Tagtraum von dem warmen Sommertag zurückzurufen. Wenn dieser Schneesturm das Letzte war, was sie sah, wollte sie wenigstens an etwas Schönes denken. Sie wollte an den Sand denken und an die Burg mit den Muscheln, an das glitzernde Wasser …

Es begann jetzt, dunkel zu werden, sie bewegte sich kaum noch vorwärts, die Schneewehen an der Straße waren zu hoch, aber sie weigerte sich, das Rad loszulassen – da näherte sich das Motorengeräusch eines Autos hinter ihr. Sie blieb stehen. Das war er. Das musste er sein. Er oder sie. Die Person, die sie verfolgt hatte. Als das Auto neben ihr hielt, merkte sie, dass Tränen über ihr Gesicht liefen. Es war ein Wunder, dass sie die Tränen spürte, hatte sie nicht gedacht, sie könnte schon längst nichts mehr spüren auf ihren erfrorenen Wangen?

Sie ließ das Rad in den Schnee fallen. Sie ließ sich in den Schnee fallen. Jemand sprang aus dem Auto, kam auf sie zu, packte sie und zog sie hoch.

»Mein Gott, bist du verrückt?«, sagte Bertil. »Was tust du hier?«

Zehn Minuten später saß sie auf dem Beifahrersitz des alten Volvos und heulte noch immer. Sie konnte einfach nicht damit aufhören. Bertil hatte ihr Rad in den Kofferraum gepackt, wo es sich den Platz mit dem silbergrauen Jagdhund teilte. Das Auto hatte sich im Schnee festgefahren, und Bertil rangierte eine Weile, vorwärts, rückwärts, vorwärts, rückwärts, bis es sich schließlich wieder in Bewegung setzte. Die Heizung blies lauwarme Luft in den Innenraum.

»Es wird gleich noch wärmer«, sagte Bertil, und Anna fragte sich, ob er die Heizung vorher nicht angehabt hatte, aber sie vergaß den Gedanken gleich wieder. Sie hatte damit zu tun, sich die Tränen aus dem Gesicht zu wischen.

»Ich habe dich gesucht«, sagte Bertil. »Ich musste erst eine Stelle zum Wenden finden …«

»Eine Stelle … zum Wenden?«

»Natürlich. Ich bin vor fünf Minuten schon einmal an dir vorbeigefahren, da kam ich von der großen Straße. Aber ich konnte erst hinten beim Café drehen. Jetzt sag nicht, du hast nicht gemerkt, dass eben ein Auto an dir vorbeigefahren ist. Ich habe aufgeblendet, damit du mich siehst und weißt, dass ich da bin.«

»Ich hatte den Kopf gesenkt«, sagte Anna. »Ich habe dich nicht gesehen. Du hast … du hast mich gesucht? Woher wusstest du …?«

Da hielt er den Wagen an, obwohl er Gefahr lief, sich wieder im Schnee festzufahren, griff hinüber und nahm sie in die Arme, und sie sträubte sich nicht. Er roch ganz anders als Abel. Er roch nach Schnee und Pfefferminzbonbons und Hund.

Er war warm und lebendig. Er war da. Er hatte sie gesucht.

»Gitta hat gesehen, dass du hier rausgefahren bist«, sagte er. »Sie hat es mir gesagt. Sie hat gesagt, wenn du in diese Richtung fährst, fährst du höchstwahrscheinlich nach Ludwigsburg, sie kennt dich … Ich habe eine ganze Weile gewartet. Aber dann dachte ich, es wäre eine gute Idee, nachzusehen, wo du steckst.«

»Ja«, sagte sie zwischen den Schluchzern, die sie noch immer nicht unter Kontrolle bekam, »ja, es war eine gute Idee. Bertil, ich … ich hatte das Gefühl, dass …« Sie brach ab.

»Du bist eiskalt«, sagte er und stellte die Heizung noch höher. »Warum bist du da rausgefahren? Hast du keinen Wetterbericht gehört? Oder hast du einfach den Verstand verloren? Ich weiß nicht mal, ob wir mit dem Auto heil zurückkommen. Die Straßen sind ein einziges Chaos.«

»Ja«, sagte sie wieder, »ja.«

Sie hielt sich an ihm fest, an seiner lebendigen Wärme, sie wollte nirgendwohin fahren, sie wollte einfach hier im Auto sitzen und sich an jemandem festhalten. Egal an wem.

Irgendwann ließ er sie los und fuhr wieder an, diesmal ging es. Hinten im Kofferraum, auf den umgeklappten Rücksitzen, hechelte der silbergraue Hund. Anna drehte sich um. Er hatte goldene Augen, wirklich. Wie seltsam.

Die Scheibenwischer rasten. Bertil fuhr im zweiten Gang die Straße entlang, ganz am Rand, den Schneewehen ausweichend. An den Bäumen und den Leitpfosten türmten sie sich auf wie Sanddünen. An manchen Stellen musste er mit dem Auto Anlauf nehmen, dann streckte er einen Arm zu Anna hinüber, wie um sie festzuhalten, falls etwas passierte. Er fluchte zwischen zusammengebissenen Zähnen. Und zwischen den Flüchen fragte er:

»Was ist eigentlich passiert? Mit Tannatek und dir?«

Sie schluckte die letzten Schluchzer hinunter. »Nichts.«

»Natürlich ist etwas passiert. Und das ist der Grund, weswegen du hier rausgefahren bist, trotz der Unwetterwarnung, oder? Hat er dir etwas getan?«

Sie schluckte. *Ich möchte Dir etwas erklären. Aber ich kann es nicht. Später, später vielleicht. Die Worte, die ich dazu finden muss, sind scharfkantig und verletzend …*

»Nein«, sagte sie.

»Wenn er dir etwas getan hat«, sagte Bertil und manövrierte den Volvo schlingernd um eine weitere Schneewehe, »bringe ich ihn um. Ich bringe ihn um.«

Anna hielt sich am Türgriff fest und merkte, dass sie nicht angeschnallt war.

»Pass lieber auf die Straße auf. Sonst bringst du *uns* um.«

Aber im Stillen dachte sie, dass sie diesen Satz schon einmal fast genauso gehört hatte. Abel hatte das über Micha gesagt und über Lierski. *Wenn er Micha anfasst, bringe ich ihn um.*

Die Räder rutschten und drehten einen Moment lang durch, aber Bertil fing den Wagen wieder auf.

»Schneeketten«, sagte er, »was man jetzt bräuchte, sind Schneeketten. Verdammt, ich sehe nichts!«

Die Scheibenwischer rasten noch immer. Der Wind trieb die Schneeflocken stetig auf die Scheibe zu, Flocken, angestrahlt von den Frontlichtern wie irre Tänzer. Es hatte etwas Hypnotisches, das

Hin und Her der Scheibenwischer und das stetige Auftauchen neuer Flocken, die größer wurden, näher kamen und verschwanden.

»Wie kannst du bei diesem Wetter fahren?«

»Ich kann nicht«, sagte Bertil. »Ich muss. Du wärst da draußen erfroren. Da ist die Straße.«

Die Straße war die Wolgaster, und die Abzweigung war so glatt, dass das Auto wieder schlitterte. Hier gab es die Lichter von anderen Autos, und erst fühlte Anna sich sicherer, doch dann geriet das Fahrzeug vor ihnen ins Schleudern und kam zum Stehen, und Bertil fluchte wieder, diesmal lauter. Anna schloss die Augen, fühlte einen Ruck und öffnete sie wieder. Der Volvo hielt Zentimeter von der Stoßstange des anderen Wagens entfernt.

Es dauerte, bis sich beide Wagen wieder in Bewegung setzten, noch langsamer jetzt, im Kriechtempo.

»Jemand ist mir gefolgt«, sagte Anna. »Da draußen, in Ludwigsburg. Vielleicht der, der die beiden Männer umgebracht hat. Lierski und Marinke. Du weißt schon, wovon ich rede.«

»Weiß ich das?«, fragte Bertil. Irgendwo vor ihnen blinkten orange die Lichter eines Räumfahrzeugs oder Abschleppwagens. Der Wind und der Schnee kamen jetzt von links, die linke Seite der Straße war völlig zugeweht, sie ließ sich nur einspurig befahren. Bertil blieb stehen, um einen anderen Wagen durchzulassen.

»Hast du keine Angst?«, fragte Anna.

Er schüttelte den Kopf. »Das Schlimmste, was passieren kann, ist … was? Dass wir liegen bleiben? Dass wir einen Unfall haben?« Er sah sie an. »Das Schlimmste ist immer der Tod. Von mir aus. Dann sterbe ich mit dir zusammen in diesem Auto. Das hätte etwas … Wunderbares.«

»Bertil, bitte … guck auf die Straße.« Der Hund winselte hinter

Anna. Er hatte sich flach auf den Boden gelegt, halb unter dem Vorderreifen von Annas Rad verborgen.

»Die Straße!« Bertil lachte. Sein Lachen hatte etwas Verzweifeltes. »Die Straße gibt es ja fast nicht mehr. Ich liebe dich.«

»Ich weiß«, sagte Anna. »Aber jetzt guck auf die *verdammte Straße*!«

»Du weißt? Du weißt gar nichts«, murmelte Bertil, aber er sah zurück auf die Fahrbahn. »Ich bin der, der immer da ist, der immer da sein wird, ich hole dich raus, wenn es schneit und friert und wenn du allein bist, aber ich stehe immer in der zweiten Reihe. Ich bin der Freak mit der zu starken Brille, der zu Große, zu Schlaksige, zu Ungeschickte, der niemals cool sein wird, und die Lehrer sagen, der bringt es zu etwas, der ist intelligent, wenn ich das schon höre, intelligent! Ich wollte immer etwas anderes sein. Wenn ich es mir aussuchen könnte, würde ich aussehen wie Tannatek, das kannst du mir glauben. Ich kann es mir nicht aussuchen.«

»Bertil …«

»Leute wie du suchen sich Leute wie ihn, und später wundern sie sich, was geschieht … Mach, was du willst, Anna Leemann. Mach, was du willst, aber was immer du tust, ich werde da sein, im Notfall. Ich hasse es, das Rettungsnetz zu sein, nur das Rettungsnetz. Aber wenn ich nichts anderes sein kann, bin ich eben das.«

Da war eine weitere Schneewehe, er bremste zu scharf, der Hund jaulte und der Volvo verlor die Bodenhaftung. Als Anna die Augen diesmal wieder öffnete, stand der Wagen quer auf der Straße. »Scheiße!«, sagte Bertil zum soundsovielten Mal. »Die Räder drehen schon wieder durch. Wir müssen etwas unter die Vorderreifen legen. Ich habe eine Decke hinten im Auto …«

Er sprang hinaus und Anna blieb alleine zurück im winzigen,

windstillen Raum des Autos. Sie drehte sich zu dem silbergrauen Hund um.

»Er ist verrückt«, flüsterte sie. »Dein Herrchen ist verrückt, weißt du das? Ich müsste ihn lieben, dafür, dass er mich aufgesammelt hat, dass er auf mich aufpassen will, dafür, dass *er mich* liebt ... aber man kann sich nicht zwingen, zu lieben. Und es ist wahr, alles, was er über sich sagt. Die Welt ist so ungerecht. Wir ...«

Bertil riss die Fahrertür auf, und ein eisiger Windstoß blies eine Handvoll Schneeflocken ins Auto.

»Rutsch rüber!«, rief Bertil gegen das Heulen des Sturms an. »Auf den Fahrersitz! Ich schiebe, du fährst!«

»Ich kann nicht Auto fahren!«, rief Anna zurück, aber sie rutschte hinüber. Er beugte sich halb ins Auto, legte ihre rechte Hand auf die Kupplung. »Fuß aufs linke Pedal, ersten Gang rein, Gas ist rechts!«, schrie er. »Bist du noch nie gefahren?«

»Doch, mit Magnus ...«

»Wenn wir länger warten, schneien wir noch mehr ein! Los jetzt, ich schiebe!«

Er knallte die Tür wieder zu, und Anna ließ den Motor aufheulen, doch die Reifen griffen noch immer nicht, und draußen wirbelte der Schnee die ganze Welt durcheinander. »Abel«, flüsterte Anna.

»Abel, ich will hier nicht mit Bertil erfrieren! Wo bist du? *Wo bist du?*«

Und plötzlich wusste sie, was sie wollte. Ganz genau. Sie wollte zu ihm. Wenn sie heil aus diesem Schneesturm herauskäme, würde sie zu ihm gehen, fahren, sich wehen lassen, kriechen ... egal. Sie würde verzeihen. Sie hatte längst verziehen. Alles, alles auf der Welt. Wie nur, wie konnte das sein? Niemand würde es je verstehen, Gitta nicht und Linda nicht und nicht einmal sie selbst, doch das Unmögliche war möglich. Magnus hatte recht gehabt: In der Liebe gab es keine Vernunft.

Wo würde sie Abel finden? Natürlich, in der Schule, morgen, aber es war unmöglich, in der Schule mit ihm zu sprechen, wo die anderen waren. Sie gab noch einmal Gas, das Auto ruckte an, die Räder drehten wieder durch. Der Hund hinter ihr hatte wieder begonnen zu winseln.

Wenn wir uns in diesem unendlichen, eisigen Winter verlieren, wo finden wir uns dann wieder?, hörte sie die kleine Königin fragen. Und sie hörte auch die Antwort: *Dort, wo Frühling ist.*

Die Tulpen. Die roten Tulpen in den Vasen im Utkiek.

»Hier ist schon Frühling«, hatte Micha gesagt.

Anna trat das Gaspedal noch einmal durch und diesmal machte der Wagen einen Satz. Sie ließ ihn ein Stück rollen, bremste und kuppelte aus. Ich kann es, dachte sie, ich kann fahren. Wenn es sein muss, kann ich vielleicht alles – sie rutschte zurück auf den Beifahrersitz, und der Sturm wehte Bertil ins Auto zurück. Sein dunkles Haar war voller weißer Schneeflocken, seine Brille beschlug sofort im warmen Wagen.

»Cheers«, sagte er. »Der Führerschein ist dein.«

Er beugte sich hinüber, ganz nah, und Anna wusste, dass er auf einen Kuss hoffte, er wirkte einen Moment lang so zuversichtlich, so fröhlich – sie küsste ihn mit geschlossenen Lippen auf den Mund, rasch.

»Wir sollten machen«, sagte sie, »dass wir weiterkommen.«

Als sie die Lichter von Eldena erreichten, die Supermarktreklame von Norma, die Laternen des Neubaugebiets, atmete Anna auf. Die Schneeverwehungen des freien Feldes blieben hinter ihnen zurück, hier war die Straße wieder eine Straße. Anna sah auf die Uhr im Auto. Halb sechs. Es war so dunkel wie um Mitternacht.

»Kannst du mich bei der Brücke absetzen?«, fragte sie. »Linda … meine Mutter … sie trifft sich jeden Mittwochabend mit ein paar Freundinnen im Restaurant dort. Sie kann mich mit nach Hause nehmen.«

»Soll ich dich nicht bis ganz nach Hause fahren?«

»Das brauchst du nicht«, sagte Anna. »Wenn du mich bis zur Brücke fährst, das reicht völlig. Dann musst du nicht in die Stadt rein. Du wohnst doch auch außerhalb, oder? Auf der anderen Seite der Stadt?«

Er nickte. »Von mir aus. Du bist dir sicher, dass deine Mutter dort ist?«

»Ganz sicher«, sagte Anna. Und sie war sich sicher, dass ihre Mutter dort war. Die Frage war die Definition von »dort«. In Lindas Fall war »dort« das Haus in der Fleischervorstadt. Sie würde nie auf eine so abstruse Idee kommen wie die, sich mit irgendwelchen Freundinnen einmal wöchentlich in einem Restaurant in Wieck zu treffen. Bertil half ihr, das Fahrrad vor dem Restaurant bei der Brücke aus dem Auto zu zerren.

»Du bist klatschnass«, sagte er. »Sieh zu, dass du bald nach Hause kommst.«

»Ja«, sagte sie, und einen Moment standen sie sich im Schneetreiben gegenüber, frierend. Der Wind hatte nachgelassen, doch die Flocken fielen noch immer so stetig, als wollten sie die ganze Welt zudecken.

»Du hast gesagt, jemand wäre dir gefolgt«, sagte Bertil. »Weißt du das genau? Hast du jemanden gesehen?«

»Ja. Nein«, sagte Anna. »Immer wenn ich mich umgedreht

habe, war niemand mehr da … Was denkst du? Dass es Einbildung war?«

»Ich weiß es nicht«, sagte Bertil. »Ich denke, dass ich in der Nähe bleiben sollte. Das Rettungsnetz.«

»Danke«, sagte Anna, »danke, dass du mich mitgenommen hast. Aber ich brauche kein Rettungsnetz.«

»Ha!«, sagte Bertil.

Da nahm sie ihn in die Arme und drückte ihn ganz kurz ganz fest und dachte: Es tut mir leid es tut mir leid es tut mir leid, Bertil, aber es wird nie so werden, wie du willst. Und sie drehte sich rasch um und ging auf die Tür des Restaurants zu, wo sie das Rad an ein paar verwaiste Sommerklappstühle lehnte. Sie wartete im Vorraum des Restaurants, bis sie den Volvo abfahren hörte. Sie zählte bis hundert. Die Wärme des winzigen Vorraums war verlockend, ein Teil von ihr wollte bleiben, wollte ganz hineingehen, wollte einen heißen Tee bestellen und Magnus anrufen, damit er sie abholte. Sie blieb nicht. Sie trat wieder hinaus in die Kälte, hinaus in den Schnee. Sie rannte den ganzen Weg über die Brücke, schlitternd, rutschend, rannte den Fluss entlang bis zu seiner Mündung, bis zum Café dort auf der anderen Seite, ihre nassen Hosenbeine klebten an ihr, sie sah die Lichter des Cafés schon von ferne, die schwachen weißen Lichter eines nicht mehr geöffneten Cafés, sie hatten schon Feierabend dort, es war kurz nach sechs, vielleicht hatten sie gerade die Türen verschlossen. Das letzte Stück rannte sie noch schneller.

Die zusammengeketteten Stühle auf der Caféterrasse waren unter dem Schnee kaum noch zusehen. Die Glaswand ragte hoch auf wie ein Gletscher. Und dort, im Windschatten des Gletschers, kauerte jemand, geduckt. Sie sah die Glutspitze einer Zigarette. Ein einziges Fahrrad stand vor der Treppe des Cafés. Anna rutschte auf den metallenen Treppenstufen aus in ihrer Eile, kam wieder hoch und sah, wie die kauernde Gestalt sich aufrichtete. Einen Moment hatte sie Angst, es könnte jemand anders sein.

Es war niemand anders.

Es war Abel.

Er sagte nichts. Er trat seine Zigarette aus und stand da und wartete ab, bis sie zu Atem kam. Er sah zur Seite, aufs Eis, das ein Scheinwerfer von der Terrasse aus beleuchtete.

»Wenn wir uns verlieren, treffen wir uns dort, wo Frühling ist«, sagte sie schließlich. »Wie lange wartest du hier schon?«

»Seit Montag«, sagte er. »Seit Montag habe ich jeden Nachmittag gewartet.«

»Seit … Montag«, wiederholte sie. »Seit Montag warst du jeden einzelnen Nachmittag hier draußen?«

Er nickte. »Es war kalt.«

»Und … Micha?«

»Gestern und vorgestern war sie mit. Sie ist übers Eis geschlittert und hat den anderen Leuten beim Schlittschuhlaufen zugesehen. Seitdem liegt sie mir mit der fixen Idee in den Ohren, dass sie Schlittschuhe braucht. Heute ist sie bei ihrer Schulfreundin. Ich … ich habe sie lange nicht mehr dort hingehen lassen, aus Angst, dass jemand anders sie von dort abholt, jemand, der nicht ich ist … aber irgendwann müssen Erstklässler ihre Freunde besuchen … Ich werde sie jetzt holen gehen. Es ist Zeit.«

Er hatte sie die ganze Zeit über nicht angesehen. Seine Stimme sagte: Ich spreche von anderen Dingen, um nicht von dieser einen Sache zu sprechen. Aber um sich wiederzufinden, dachte Anna, mussten sie darüber sprechen. Sie mussten es zumindest versuchen.

»Was geschehen ist …«, begann sie.

»Was geschehen ist, kann man nicht wiedergutmachen«, sagte er. »Ich habe dir das geschrieben. Ich weiß nicht, ob du die Briefe gelesen hast?«

Sie schüttelte den Kopf.

Er nickte. »Gut. Es waren dumme Briefe. Dumme Worte. Nutzlos.« Und endlich sah er sie an. In seinen Augenbrauen war Schnee. Er musste sehr lange hier gewartet haben, hier in der Kälte, wo nur hinter den Scheiben Frühling war. »Ich bitte dich nicht um Verzeihung. Was geschehen ist, kann nicht verziehen werden. Es ist das Schlimmste … das Schlimmste von allen Dingen, die geschehen können. Es ist genau das, was ich nicht wollte.«

Und sie wusste, dass sie an dieser Stelle hätte fragen müssen, warum dies alles geschehen war, eine Erklärung verlangen, den Grund, er hatte in seinem Brief geschrieben, es gäbe einen Grund. In dem Brief, den sie beinahe doch gelesen hätte … Es war die logische Konsequenz der Ereignisse, jetzt zu fragen. Sie fragte nicht. Sie wollte nichts wissen, nichts erklärt haben. Nicht jetzt.

Sie fand seine Hände und nahm sie in ihre. Er trug keine Handschuhe. Wie viele Stunden hatte er auf sie gewartet, in all jenen Tagen? Wie viele eisige, unendliche Stunden?

»Auch das Schlimmste kann verziehen werden«, flüsterte sie. »Das Unmögliche ist möglich. Am schwierigsten ist es immer, sich selbst zu verzeihen …«

»Laotse?«, fragte er, und es kam ihr vor, als wäre da der Anflug eines Lächelns.

Sie nickte. »Tausendundein Kalenderspruch im *Brigitte*-Hausfrauenkalender.«

Und dann umarmte sie ihn, ganz anders als Bertil, sie fiel in diese

Umarmung wie in warmes Wasser, wie auf ein Sofa, wie in einen Sommertag, wie in die Tür eines Ortes, der Zuhause war.

»Komm zurück«, flüsterte sie. »Zu mir.«

»Das muss ich nicht«, flüsterte er. »Du bist zurückgekommen.«

»Ich habe niemandem von dieser Sache erzählt«, sagte sie und spürte, wie er nickte.

»Das … habe ich daraus geschlossen, dass ich noch lebe. Dein Vater wirkt nicht sehr zimperlich, wenn es darauf ankommt.«

Eine Weile standen sie so, schweigend, noch immer in einer Umarmung verfangen, die jetzt nichts mit anderen, weiterführenden Dingen zu tun hatte. Sie würde nie wieder irgendjemanden zu irgendetwas zwingen. Hinter der Glaswand des Cafés blühten die Tulpen in der Dunkelheit.

Irgendwann sagte Abel noch etwas, ein sehr kleines, sehr leises Wort, dicht an ihrem Ohr, sie hörte es kaum, spürte nur den Lufthauch der Silben wie einen warmen Wind aus einer Jahreszeit jenseits des Winters. *Danke.*

Sie wanderten gemeinsam zur Brücke zurück, er schob das Rad. Sie sagte nichts über Bertil, nichts über ihren wahnsinnigen Ausflug nach Ludwigsburg, nichts über ihr Gespräch mit dem Knaake, nichts über das Gefühl, verfolgt zu werden. Sie sagte, nach einer langen Zeit des Schweigens: »Lass uns Schlittschuh fahren. Morgen, nach der Schule. Mit Micha.«

Und dann stiegen sie in den Bus, samt den Rädern, weil es noch immer unmöglich war, zu fahren. Der Busfahrer sagte nichts, obwohl es verboten war, Räder im Bus mitzunehmen. Sie standen da und hielten ihre Räder fest und schwiegen und Anna lehnte sich ganz leicht an Abel. Er stieg nach einer Haltestelle aus.

Sie sang die ganze Busfahrt über, lautlos. Vergeben, dachte sie, war wie ein weiches dunkelblaues Tuch, und wenn es einem gelang, sich selbst zu vergeben, war das Tuch durchwirkt mit silbernen Fäden. Es gab keinen Schmerz mehr in ihr, nirgendwo, das weiche Tuch hatte alles zugedeckt, wie der Schnee und doch ganz anders.

Ein Tuch, was? Ein verdammtes blaues Tuch. Sonst geht's dir gut, ja? Du bist also wirklich zu ihm zurückgekehrt, nach alldem. Soll ich dir was sagen, mein Kind? Du hast sie nicht mehr alle.

»Mein Gott«, sagte Linda, als Anna durch die Haustür kam, gerade pünktlich zum Abendessen. »Du bist völlig durchnässt. Was ist passiert?«

»Alles«, antwortete Anna und schüttelte sich wie ein Hund. »Das Schlimmste und das Beste. Ich muss unter eine heiße Dusche. Und ich muss noch Querflöte üben. Linda ... kann ich dich etwas fragen? Etwas Wichtiges?«

»Ja«, sagte Linda und atmete tief ein. »Alles.«

»Gut«, sagte Anna. »Sind meine alten Kinderschlittschuhe noch im Keller?«

14

Kein Heiliger

Das Eis war glatt und weit, es lag unter dem Schnee verborgen wie ein geheimer Gedanke.

Nur ganz vorne hatten die Wellen die Schollen übereinandergetürmt, genau wie drüben, auf der anderen Seite, in Ludwigsburg, der geheime Gedanke war hier zu Splittern zerbrochen, und seine Teile hatten sich ineinander festgefressen: ein unlösbarer Wirrwarr, ein Rätsel. Sie waren zu dritt darübergestiegen, um das glatte Eis zu erreichen, aber es war Anna, als stünde sie noch immer zwischen den Schollen, im unerklärlich vielschichtigen Chaos …

»Anna? Anna!«, sagte Micha und zog sie am Ärmel. »Träumst du?«

»Ja«, antwortete Anna, »ich träume davon, dass ich eines Tages herausfinde, wie alles zusammenhängt.«

»Aber können wir jetzt losfahren? Du hast doch die Schlittschuhe dabei? Für mich?«

Sie nickte und kniete sich hin, um ihren Rucksack zu öffnen. Abel stand draußen bei der eingefrorenen orangefarbenen Nichtschwimmerboje, einem Relikt des Sommers, und sah zum Horizont. Vielleicht musste er einen Moment alleine sein.

Anna dachte an die Schule, während sie Micha half, auf dem Eis zwei Paar Socken und ihre alten Schlittschuhe anzuziehen. Sie dachte an die Gesichter der anderen. An Bertils Gesicht, als er ins Kollegstufenzimmer gekommen war und sie zusammen auf der Heizung in der Ecke gesessen hatten, Abel und sie, schweigend und zu zweit. Er hatte genickt und »Natürlich«, gesagt, »Natürlich«, und dann hatte er kehrtgemacht und war gegangen. Aber in der Tür hatte er sich noch einmal umgedreht.

»Pass bloß gut auf dich auf, Anna Leemann«, hatte er gesagt. »Denk an den Schneesturm und an den Schatten da draußen im Wald. Und glaub nicht alles.«

Und Abel hatte sie angesehen, fragend, doch sie hatte den Kopf geschüttelt. Sie würde es ihm später erzählen. Vielleicht.

Seltsam war nur, dass Gitta etwas Ähnliches gesagt hatte, nachdem Abel schon zu irgendeinem Kurs verschwunden war. »Schön, dass du wieder glücklich bist, mein Kind«, hatte sie gesagt. »Bertil hat erzählt, er hätte dich gestern aus dem Schneesturm gepflückt?«

»Er hat mich nur gefunden, weil du ihm erzählt hast, wo ich langgefahren bin. Hat er gesagt.«

Gitta hatte genickt. »Pass auf dich auf, Anna. Und glaub nicht alles.«

Sie hatten an diesem Tag kein Deutsch gehabt, aber sie hatte den Knaake auf dem Flur getroffen.

»Ich bin an der Sache dran«, hatte er im Vorbeigehen leise gesagt und gezwinkert. »Aber ich weiß noch nicht, was ich glaube. Man sollte nicht alles glauben.«

Hatten sie denn alle einen Pakt geschmiedet, um sie zu verwirren? Wem sollte sie was nicht glauben? Oder anders gefragt: Wem sollte sie glauben?

»So«, sagte Micha und schloss die letzte Plastikschnalle. »Mit denen bin ich jetzt so schnell, dass ich direkt vor dem dreizehnten

März beim Festland ankomme. In der Geschichte, du weißt schon.« Sie hielt sich an Anna fest, stand auf und stakste ein Stück übers Eis.

Dann machte sie längere Schritte und schließlich begann sie zu gleiten. Anna sah ihr nach. Sie hatte nicht gewusst, dass Micha Schlittschuh laufen konnte, sie hatte gedacht, sie müsste es ihr erst zeigen. Aber die rosa Daunenjacke flog nur so über die Eisfläche dahin, und Micha warf ihre Arme hoch und jauchzte und drehte sich um sich selbst, ohne zu fallen: eine wahre kleine Königin.

»Wir trauen den Kindern zu wenig zu«, murmelte Anna. »Sie können ganz gut auf sich selbst aufpassen … aber was ist am dreizehnten März?«

Sie ging langsam über das Eis zu Abel hinüber. »Ich wusste nicht«, sagte er, »dass sie Schlittschuh laufen kann. Wir trauen den Kindern wohl zu wenig zu.«

»Und du?«, fragte Anna. »Kannst du Schlittschuh laufen?« Sie bückte sich und holte ihre eigenen Schlittschuhe aus dem Rucksack und noch ein Paar: die von Magnus.

Abel schüttelte den Kopf. »Ich habe es nie versucht. Ich werde hier stehen bleiben und euch zusehen.«

»Oh nein«, sagte Anna, »ohne dich laufen wir nicht.«

Kurze Zeit später stand Abel neben ihr auf dem Eis, unstet auf den Beinen, hilflos wie ein neugeborenes Fohlen, und sie lachte über sein Gesicht. Sie nahm ihn an beiden Händen und fuhr rückwärts, zog ihn in weiten Schlangenlinien durch den Schnee, weit, weit hinaus aufs Eis.

»Beweg dich einfach mit!«, rief sie. »Die Knie! Du musst die Knie bewegen! Du hast Gelenke dort, weißt du? Es ist ganz leicht!«

»Nein!«, rief er. »Ich habe keine Kniegelenke! Ich …« Und sie landeten beide auf dem Eis, in einem unsinnig verknoteten Haufen, und Micha stürzte sich mit in den Haufen, weil es sich gerade so ergab, und irgendwie fanden sie ihre jeweiligen Arme und Beine wieder und begannen von Neuem. Sie nahmen Abel jeder an einer Hand, sie versuchten, ihn zu schieben und zu ziehen und ihm von ferne zuzurufen, was er tun sollte – es war unmöglich, Abel das Schlittschuhlaufen beizubringen. Es war katastrophal. Es war die wunderbarste Sache der Welt. Anna bekam Seitenstechen vor Lachen, sie hatte Schnee im Haar, Schnee im Mund, Schnee in den Schuhen, aber in ihrem Kopf schien die Sonne so hell, dass sie beinahe nichts erkennen konnte. Später würde sie denken, dass diese Tage ihre allerschönsten waren, dieser und der nächste. Sie würde immer das flirrende Eislicht in den blassblonden Haaren von Micha und Abel sehen, sie würde immer ihr Lachen hören, es war ein so unbeschwertes Lachen, ein Lachen aus einer Welt, in der es keine Leichen und keine Sozialämter gab und in der niemand jemals verschwunden war.

Irgendwann lagen sie alle drei nebeneinander auf dem Eis, flach auf dem Rücken, und Abel sagte: »Im Sommer, wisst ihr … im Sommer möchte ich hier mit euch im Wasser schwimmen. Wir schwimmen auf dem Rücken, so ähnlich wie jetzt, nur dass der Himmel eine ganz andere Farbe haben wird. Und das Wasser wird warm sein und blau und die Segler werden an uns vorbei nach Rügen hinausfahren.«

»Und wir essen Eis«, fügte Micha rasch hinzu.

»Natürlich«, sagte Abel und rollte sich auf den Bauch. »Und wir liegen im Sand herum und wir spielen Ball und bauen Burgen …«

»Mit Seetang als Verzierung und Kiefernzapfen als Bewohnern«, ergänzte Anna.

»Wenn der Sommer kommt, wird es kein schwarzes Schiff mehr geben, das uns verfolgt«, sagte Abel. »Und keine Probleme mehr. Wenn der Sommer kommt, werde ich achtzehn sein.«

»Der dreizehnte März …«, begann Anna.

»An diesem Tag erreichen wir das Festland«, sagte Abel und lächelte.

»Und wir feiern Geburtstag«, sagte Micha. »Abels Geburtstag. Dann ist er nämlich erwachsen, mit einem Schlag, weißt du, Anna, und dann kann er richtig wirklich mein Vater sein. Das ist schon nächste Woche. Am Mittwoch.«

Anna wollte sagen, dass sie sich mit dem Vatersein nicht sicher war und dass die Gesetzeslage vermutlich komplizierter war, als Abel und Micha sich das vorstellten. Sie sagte es nicht. Sie sagte: »In meinem Rucksack ist eine Thermoskanne Kakao.«

»Oh ja, und wir haben Kekse!«, rief Micha und sprang auf, und dann schoben und zerrten sie Abel zurück in Richtung Ufer und zogen die Schlittschuhe aus und machten ein Picknick zwischen den nachdenklich übereinandergetürmten Rätselschollen.

»Pass bloß auf mit dem Kakao«, sagte Abel. »Mach die Jacke lieber wieder zu. Wir müssen heute nicht noch einen Pullover verbrauchen. Du weißt, dass die Waschmaschine seit letzter Woche hinüber ist.«

»Du hast doch gesagt, wir können auch so waschen«, meinte Micha.

»Ja«, sagte Abel und seufzte. »Morgen ist Waschtag, wie in den alten Zeiten, in denen die wirklichen Märchen spielen. Aber es dauert, Micha, es dauert. Wir haben schon genug zu waschen.«

»Kann man … die Maschine nicht reparieren?«, fragte Anna.

Abel schüttelte den Kopf. »Das Ding ist museumsreif. Man müsste eine neue kaufen. Irgendwann mache ich das. Aber ich muss dazu das Ausbildungskonto benutzen, und ich brauche noch eine Weile, um mich dazu durchzuringen.«

Anna dachte an das Haus voll blauer Luft und die Waschmaschine im Heizungskeller, die einfach ausgetauscht wurde, wenn sie kaputtging. Durchs Kellerfenster konnte man die Rotkehlchen hören, wenn man unten auf dem großen alten Holztisch Hemden bügelte.

»Solange du dich durchringst«, sagte sie, »könntet ihr bei uns waschen. Es geht schnell. Wir haben einen Trockner. Ihr könntet morgen vorbeikommen und eure Wäsche einfach mitbringen, und wir jagen sie einmal durch die Maschine, und abends nehmt ihr sie trocken mit nach Hause. Es spart eine Menge Zeit. Zeit, die du fürs Lernen brauchen könntest.«

»Oh ja!«, rief Micha. »Und ich kann wieder Annas Bücher angucken und in die Flöte pusten und das Kaminfeuer ansehen und …«

»Und deine Eltern?«, fragte Abel.

»Sind vielleicht zu Hause«, antwortete Anna. »Und werden niemanden fressen.«

Sie sah ihn an und er wich ihrem Blick aus. Schließlich legte er die Hände vors Gesicht, atmete tief durch und nahm sie wieder herunter. »Gut«, sagte er. »Gut, wir kommen.« Er stand auf und klopfte sich den Schnee von der Hose. »Ich springe über tausend Schatten«, sagte er. »Es ist nicht so leicht, weißt du.«

»Solange du es besser kannst als Schlittschuh laufen«, meinte Anna und stand ebenfalls auf.

Sie wollte noch etwas sagen, aber das ging nicht, weil er sie küsste.

Die allerschönsten Tage. Es waren nur zwei. Ein Tag, an dem Abel nicht Schlittschuh laufen lernte, und ein Tag, an dem die Wäsche nicht trocknete.

Sie holten Micha am Freitag zu zweit von der Schule ab. Die Lehrerin, mit der Anna schon einmal gesprochen hatte, stand mit Micha auf dem Schulhof, als Abel und Anna mit den Rädern durch den Schnee geschlittert kamen. Es schneite noch immer, die Straßen waren so verstopft wie am Tag zuvor.

»Abel Tannatek«, sagte die Lehrerin zu Abel. »Mein Name ist Mirkowicz. Ich bin Michas Lehrerin. Und Sie sind ihr Bruder, nicht wahr?«

»Das bin ich«, antwortete Abel. »Und jetzt haben wir beide etwas zu tun.«

»Warten Sie.« Die Lehrerin streckte einen Arm nach ihm aus, wagte dann aber doch nicht, ihn wirklich festzuhalten. »Ich würde wirklich gern mit Ihrer Mutter sprechen. Ich bemühe mich schon so lange um ein Gespräch …«

»Gibt es denn Probleme?«, fragte Abel, Micha jetzt an der Hand. »Probleme im Unterricht?«

»Nein, das nicht, es ist nur … Micha hat erzählt, ihre Mutter ist verreist, und sie scheint mir schon so lange verreist zu sein … ist es wahr?«

»Ja«, sagte Abel. »Ja, sie ist verreist.«

»Und wer kümmert sich um Micha?«

»Der Weihnachtsmann«, knurrte Abel und half Micha auf seinen Gepäckträger.

Frau Mirkowicz starrte ihnen nach, als sie losfuhren, in ihrem Gesicht reines Unverständnis.

»Wie soll sie denn etwas verstehen?«, fragte Anna. »Du bist grausam. Sie kann doch nichts dafür! Sie ist nur eine Lehrerin, die sich Sorgen macht.«

»Sie ist eine Person, die zu viel schnüffelt«, sagte Abel. »Vielleicht hat sie uns das Sozialamt auf den Hals gehetzt. Vielleicht war es gar nicht die Ketow. Wir warten übrigens immer noch auf den nächsten Sozialarbeiter. Es sieht so aus, als hätten sie Marinkes Fälle erst mal auf Eis gelegt … womöglich haben wir Glück. Womöglich erinnern sie sich erst nach dem dreizehnten März an uns.«

Anna hätte sich gewünscht, dass Linda und Magnus erst später kämen, so wie am letzten Freitag, aber Freitage waren irreguläre Tage in dem Haus mit der blauen Luft, und sie waren beide da. Sie hatte sie natürlich vorgewarnt wegen der Wäsche. Sie fragte sich, ob sie deshalb da waren. Natürlich sagten sie, es wäre Zufall.

Anna sah Abel zusammenzucken, als er im Flur seine Schuhe abstreifte und Magnus' Stimme oben im Haus hörte, er zuckte zusammen wie ein Hund. Anna legte eine Hand auf seinen Arm. »Bleib«, sagte sie, wie zu einem Hund, und kam sich dumm vor. Sie dachte an den Hund von Bertils Familie, hinten im Volvo, jenen Hund, der exakt so aussah wie das Tier aus Abels Märchen. Sie hörte noch immer sein Winseln im Schneesturm.

»Schön, einmal Besuch zu haben«, sagte Linda. »Ich dachte, wir könnten zusammen zu Mittag essen …«

Abel saß am Tisch wie ein Tier auf dem Sprung. Alles, was er sagte, war destillierte, eiskalte Höflichkeit, und beinahe hätte Anna ihn unter dem Tisch getreten, doch sie ließ es. Micha hatte keine Probleme damit, am Tisch anderer Leute zu sitzen. Sie erzählte Linda alles über die Schule und über ihre Freundin, mit der sie am Mittwoch ein Iglu gebaut hatte, und dass sie später einen sehr großen Hund haben wollte, am besten aber auch ein Pferd, das musste dann in einem Apfelgarten stehen, das war völlig klar.

»Sieh mal an, im Apfelgarten«, sagte Linda, »ja, da gehören Pferde wohl hin, nicht wahr?«

Am Ende des Essens saß Abel ein wenig fester in seinem Stuhl, und seine Augen hatten aufgehört, im Wohnzimmer hin und her zu jagen, als wäre dies eine Falle.

»Und jetzt werft ihr am besten diese Wäsche in die Maschine«, sagte Linda. »Ich glaube, mit einem deiner Pullover habe ich schon Bekanntschaft geschlossen …«

»Und abgesehen von der Wäsche hat Linda noch eine Menge mit ihrem Unikram zu tun«, sagte Magnus und warf Linda einen Blick zu. »Und ich mit einem Berg alter Patientenakten.«

Anna verbiss sich ein Grinsen. Aber lauschen werdet ihr doch, dachte sie, lauscht ihr nur …

»Wir haben auch was zu tun, wir müssen noch eine Geschichte weiterhören«, meinte Micha.

Anna nahm die beiden mit nach oben in ihr Zimmer, wo vor dem Fenster der Schnee hing wie ein weißer Vorhang. Die Rosen an der Gartenmauer waren völlig darunter verschwunden und ein einziges einsames Rotkehlchen wartete auf der Spitze des Vogelhauses auf Magnus.

Sie setzten sich auf den Fußboden, den Rücken ans Bücherregal gelehnt, und sahen den Flocken draußen beim Fallen zu, und Abel sagte: »Ja. Die Geschichte. In der Geschichte beginnen die kleine Königin und ihre Schiffsmannschaft eben jetzt, übers Eis zu gehen.

Das Eis ist glatt und weit, es liegt unter dem Schnee verborgen wie ein geheimer Gedanke.

Nur am Ufer der Insel, wo der Mörder einst gewohnt hat, dort haben die Wellen die Schollen übereinandergetürmt, der geheime Gedanke ist hier zu Splittern zerbrochen und seine Teile haben sich ineinander festgefressen: ein unlösbarer Wirrwarr, ein Rätsel.«

Er legte einen Arm um Micha und einen Arm um Anna, und obwohl es eigentlich unbequem war, ließ Anna den Arm trotzdem dort liegen.

»Sie kamen nur mühsam voran«, fuhr Abel fort. »Immer wieder rutschten sie und schlitterten und manchmal fiel einer von ihnen hin. Als das grüne Schiff hinter ihnen klein geworden war wie ein Spielzeugschiff, blieben sie stehen und sahen einer nach dem anderen durch das Opernglas zurück. Es hatte zu schneien begonnen.

›Sind das dort nicht unsere Verfolger?‹, fragte der Fragende.

›Unter den Buchen, wo im Frühling die Buschwindröschen wachsen‹, antwortete der Antwortende, und es kam dem Rosenmädchen so vor, als hätte sie ihn diese Antwort schon einmal geben hören. Womöglich war sein Repertoire an Antworten begrenzt. Die Antworten auf dieser Welt sind in der Unterzahl, es gibt mehr Fragen, und wenn du mich fragst, warum das so ist, muss ich dir gestehen, dass es auch auf diese Frage keine Antwort gibt.

Die kleine Königin sah, wie ihre Verfolger in diesem Moment bei dem grünen Schiff ankamen. Denn auch das schwarze Schiff war im Eis stecken geblieben und nun waren die dicke Diamantenfresserin und die beiden Hasser ebenfalls zu Fuß unterwegs. Doch da war noch eine weitere Person bei ihnen, eine junge Frau mit blonden Haaren, die sie streng zurückgekämmt hatte wie eine Lehrerin. Sie trug auch die Brille einer Lehrerin.

›Wer ist das?‹, fragte die kleine Königin und hielt das Fernglas vor die goldenen Augen des Hundes.

›Das ist die Juwelierin‹, antwortete er. ›Siehst du das Werkzeug aus ihrer Manteltasche ragen? Sieh dich nur vor, kleine Königin, auch die Juwelierin ist hinter deinem diamantenen Herzen her. Sie will es schleifen und formen, nach ihren eigenen Ideen. Aber wenn ihr das gelingt, wird dein Herz nicht mehr deines sein …‹

›Sieh nur!‹, rief die kleine Königin. ›Sie klettern an Bord unseres Schiffes! Glauben sie, wir wären noch dort?‹

Aber kurz darauf erhob sich vom Deck des grünen Schiffes ein bunter Heißluftballon in die kalte Luft. Darunter hing eine Gondel, die Gondel, die für Notfälle gedacht gewesen war, und in der Gondel saßen die Diamantenfresserin und die beiden Hasser.

›Sie fliehen!‹, rief die kleine Königin und begann, vor Freude auf der Stelle auf und ab zu hüpfen. ›Sie haben Angst vor dem endlosen Eis! Seht nur, der Wind treibt sie fort von uns! Sie haben aufgegeben! Sie kehren zurück zu ihren eigenen Inseln!‹

›Ja‹, sagte der Leuchtturmwärter ernst, ›und ich weiß auch, weshalb. Sie glauben nicht, dass wir es schaffen. Sie glauben, dass der Diamant ohnehin verloren ist, verloren im ewigen Eis dieser Geschichte. Nur eine Person scheint noch daran zu glauben, dass der Diamant überlebt. Eine Person sitzt nicht in der Gondel.‹

›Die Juwelierin‹, flüsterte das Rosenmädchen.

Der silbergraue Hund nickte. ›Sie wird uns weiter folgen‹, sagte er. ›Wir sollten uns beeilen.‹

Da griff das Rosenmädchen in den Rucksack, den es bei sich trug, und holte ein Paar Schlittschuhe heraus. Und noch ein Paar und noch ein Paar … der ganze Rucksack war voller Schlittschuhe.

Nur für die blinde weiße Katze waren keine Schlittschuhe dabei.

›Das ist auch ganz gut so‹, sagte die Katze. ›Katzen sind nicht dazu gemacht, Schlittschuh zu laufen. Wer trägt mich?‹

Der Fragende fragte, ob er die Katze abwechselnd mit dem Antwortenden tragen sollte, und der Antwortende antwortete: ›In der Kiste auf dem Badezimmerschrank.‹ Auch eine Antwort, die er schon einmal gegeben hatte.

So fuhren sie los und der sanft fallende Schnee deckte ihre Spuren zu. Der silbergraue Hund rannte zu Fuß neben ihnen her. Er war gleich bei den ersten Versuchen so mit seinen vier Beinen durcheinandergeraten, dass er sie beinahe nicht wieder hätte entknoten können. Und im Allgemeinen zog er es vor, eine tragische und keine komische Figur zu sein.

Sie fuhren lange, sie fuhren weit, sie fuhren durch einen Schneesturm und hielten sich aneinander fest, um sich nicht im Schneetreiben zu verlieren. Sie fuhren durch klares Wetter und tranken Kakao aus einer Thermoskanne, die das Rosenmädchen ebenfalls im Rucksack fand. Danach war der Rucksack leer, und sie wollte ihn liegen lassen, doch der silbergraue Hund schüttelte den Kopf.

›Ein leerer Rucksack wäre eine Spur‹, sagte er. ›Und unsere Spuren müssen wir verwischen, damit die Juwelierin uns nicht findet.‹

Ja, sobald der Schnee aufhörte, zu fallen und sie zuzudecken, verwischten sie ihre Spuren gründlich. Und doch – jedes Mal, wenn sie durch das Opernglas des Leuchtturmwärters sahen, gab es hinter ihnen eine kleine, hartnäckige Gestalt, aus deren Manteltaschen glänzende, metallene Werkzeuge ragten. Die Juwelierin. Es sah nicht so aus, als hätte sie ein Fernglas, durch das sie sie sehen konnte. Woher wusste sie den richtigen Weg?

›Lass uns doch auf sie warten!‹, bat die kleine Königin. ›Vielleicht friert sie. Vielleicht hat sie Angst, alleine auf dem Eis. Sie ist eine und wir sind viele …‹

›Wenn sie uns findet, wird sie mehr sein als eine‹, sagte der silbergraue Hund. ›Kleine Königin, habe ich dir nie von den Ozeanreitern erzählt?‹

›Nein‹, sagte die kleine Königin. ›Frau Margarete, weißt du etwas von den Ozeanreitern?‹

Frau Margarete schüttelte den Kopf und hob hilflos die blau-weiß geblümten Arme.

›Aber ich weiß von ihnen‹, sagte der Leuchtturmwärter. ›Ich habe sie von meinem Leuchtturm aus in der Ferne vorbeistürmen sehen auf ihren Pferden. Ihre Pferde sind grün wie der Tang und weiß wie die Muscheln und schnell wie die Nacht. Sie laufen über das Wasser, sie fliegen über das Eis. Die Ozeanreiter bewachen die Meere und sorgen für Ordnung. Sie schlafen nie, und wenn sie gerufen werden, folgen sie dem Ruf quer über alle Wellen, durch Sturm und Gischt …‹

›Ja‹, sagte der silbergraue Hund, und er bleckte die Zähne ein wenig, als er das sagte. ›Ja, sie sorgen für Ordnung. Doch was Ordnung ist, was richtig ist und was falsch, was erlaubt und was verboten, das bestimmen diejenigen, die die Ozeanreiter bezahlen. Der rote Jäger hat sie bezahlt, der Diamantensammler hat sie bezahlt, und die Juwelierin bezahlt sie auch. Aber wir, kleine Königin, wir haben sie nie bezahlt. Was hätten wir ihnen geben sollen? Einen Apfel aus dem Garten der Insel?‹

›Einen Splitter des Diamanten‹, bemerkte die weiße Katze und gähnte, und die kleine Königin erschrak.

›Aber wenn wir sie mit einem Splitter meines Herzens bezahlt hätten, dann wäre mein Herz nicht mehr ganz gewesen!‹, rief sie. ›Und ich …‹

›Sorge dich nicht, meine kleine Königin‹, sagte der silbergraue Hund. ›Niemand bricht einen Splitter aus deinem Herzen. Für die Ozeanreiter ist unsere Flucht ein Unrecht und unser Weg verboten. Aber solange die Juwelierin sie nicht herbeiruft, brauchst du sie nicht zu fürchten. Sie wird sie erst rufen, wenn sie ganz sicher ist, dass sie den richtigen Wanderern folgt. Wenn sie uns eingeholt hat.‹

Sie liefen den ganzen Tag auf ihren Schlittschuhen weiter. Als es Abend wurde, war die Juwelierin noch näher gekommen. Nicht nahe genug, aber zu nahe.

›Kann ich noch einmal durch das Opernglas sehen?‹, fragte das Rosenmädchen, doch der Leuchtturmwärter sagte, er hätte das Opernglas verlegt.

›Ich habe auch ohne Opernglas ganz gute Augen‹, knurrte der silbergraue Hund. Er kniff die goldenen Augen zusammen und starrte ein Loch in die hereinbrechende Dunkelheit. ›Ich dachte die ganze Zeit über, ich bilde es mir ein‹, knurrte er. ›Aber jetzt bin ich mir sicher. Fäden. Rote Fäden. Wir tragen alle rote Mäntel. Einer von uns hat rote Fäden im weißen Schnee hinterlassen, um der Juwelierin den Weg zu zeigen. Einer von uns ist ein Verräter.‹«

Abel verstummte.

»Und? Wer ist es?«, fragte Micha atemlos.

Er zuckte die Schultern. »Ich weiß es nicht.«

»Die Katze kann es nicht sein«, sagte Micha, »die hat überhaupt keinen Mantel, nur ihr Fell. Oder glaubst du, sie hat Fäden aus dem Mantel von jemand anderem gezogen? Sie hat scharfe Krallen … der silbergraue Hund kann es auch nicht sein, der hat noch viel weniger einen Mantel, und überhaupt hat er das Ganze entdeckt …«

»Der Fragende und der Antwortende sind zu dumm«, sagte Anna. »Und außerdem sind sie erfunden.«

Abel hob die Arme. »Aber – alles ist erfunden!«

»Nein«, sagte Anna. »Nein, das ist es nicht. Als Verräter kommen eigentlich nur zwei Leute infrage. Der Leuchtturmwärter – und das Rosenmädchen.«

Abel stand auf. »Wir werden sehen«, sagte er. »Wir werden sehen, was geschieht und wie es weitergeht. Es wird sicher noch dauern, bis unsere Wäsche fertig ist … Sag mir, was würdest du jetzt tun, wenn wir nicht hier wären?«

Sie überlegte. »Ich fürchte, lernen. Was würdest du tun, wenn du zu Hause wärst?«

Er lächelte. »Ich fürchte, lernen.«

»Du kannst meinen Schreibtisch haben«, sagte Anna. »Ich setze mich mit meinen Büchern aufs Bett, das ist sowieso bequemer. Wir sollten wirklich etwas für dieses Abitur tun. Es schreibt sich nicht von selbst. Nicht ganz.«

»Hab ich ein Glück, dass ich kein Abitur machen muss«, sagte Micha. »Ich geh mal nach unten und seh nach, was Linda macht.«

»Linda«, wiederholte Abel, als sie Micha die Treppe hinunterpoltern hörten. »Linda. Als würde sie deine Mutter schon seit Jahren kennen.«

»Ich glaube«, meinte Anna, »sie verstehen sich ganz gut. Ich glaube … Linda hätte immer gerne noch ein zweites Kind gehabt, noch eines, das sie aufwachsen sieht …«

Vom Wohnzimmer klangen jetzt die Noten des Klaviers herauf, vereinzelte, nicht ganz zusammenpassende Noten, die jemand anschlug, der Dinge ausprobierte. Irgendwo dazwischen waren Michas und Lindas Stimmen.

»Ja, das verdammte Abitur«, sagte Anna und sammelte ihre Bücher ein, um sich aufs Bett zu setzen. Einen Moment lang dachte sie, dass sie hundert Dinge lieber täte, als sich jetzt mit diesen Büchern zu beschäftigen, aber als sie nach einer Weile aufsah, dachte sie, dass eigentlich alles genau so war, wie es sein sollte. Abel saß an ihrem Schreibtisch, den Kopf über ein anderes Buch gebeugt, vertieft, und es sah aus, als gehörte er dorthin. Sie waren in eine seltsam surreale Art von Alltag gerutscht, Anna auf dem Bett und er am Schreibtisch, sie lernten fürs Abi wie tausend andere Leute in diesem Land. Sie lächelte und las weiter, strich Dinge an, versuchte, Räume in ihrem Kopf zu schaffen, Schubladen herzustellen, Fakten einzuordnen. Eine ungefährliche und ganz und gar gewöhnliche Art von Beschäftigung, sicher und warm, meilenweit entfernt von Rätseln und Fragen und Verdächtigungen.

Das Klavier unten war verstummt, sie hörte Bleche klappern, der Geruch nach frischen Keksen kroch die Treppe hinauf. Linda und Micha waren in der Küche.

Irgendwann stand Anna auf und trat an den Schreibtisch hinter Abel und legte eine Hand auf seinen Rücken. Er sah auf und lächelte.

»Werd ich zum Augenblicke sagen …«, flüsterte Anna.

»… verweile doch, du bist so schön.«

»Ja.«

»Hängst du immer noch bei *Faust*? Ich bin bei Herta Müller angekommen …«

»Um Himmels willen«, sagte Anna. »Lehn dich nicht zu weit aus der Atemschaukel, da wird einem leicht schlecht.«

»Ich dachte immer, es handelte sich um ein modernes Musikinstrument«, meinte Abel.

»Du könntest eine einminütige Pause machen und mich küssen.«

»Könnte ich. Aber hinterher muss ich weiterlesen. Das Abitur.«

»Natürlich. Das Abitur.«

Später machte Abel noch eine Pause, eine längere, aber nicht, um Anna zu küssen. Er ging hinaus und half Magnus, die Auffahrt frei zu schippen. Sie stand am Badezimmerfenster, von wo sie die Auffahrt sehen konnte, und es war seltsam, ihnen zuzusehen: Magnus' breitem Rücken in der Skijacke, Abel in dem abgewetzten grünen Militärparka, der nicht für Schnee gemacht war. Sie schippten gleich schnell, aber nicht eilig. Es war kein Wettbewerb. Seit Langem dachte Anna wieder an Abels rechtes Handgelenk. Es schien geheilt zu sein. Rainer Lierski hatte es also doch nicht gebrochen. Anna sah, dass sie redeten. Sie fragte sich, worüber. Vielleicht über Magnus' Angebot eines zinslosen Darlehens. Vielleicht über den Schnee.

»Verweile doch«, wiederholte sie flüsternd, »du bist so schön …«

Und sie stellte sich vor, wie es später sein könnte, eine unsinnige Vorstellung, aber sie rutschte einfach in ihren Kopf: Sie sah Abel und Magnus zusammen Schnee schippen, in zwanzig Jahren, in dreißig – Magnus war alt geworden, sein breites Kreuz noch immer stark, doch gebeugt von der Zeit, sein Haar an den Schläfen schon fast weiß. Und Abel war ein anderer Abel, ein erwachsener, einer, der sich seiner selbst vollkommen sicher war und am Esstisch nicht mehr umhersah, als wäre er ein Gefangener.

»Quatsch!«, wisperte sie. »Dreißig Jahre … kein Mensch bleibt mit dem zusammen, den er mit siebzehn trifft … in was für einem Märchen lebst du, Anna Leemann?«

Und doch schien die Vorstellung ihr richtig.

»Sieh dir das an«, sagte Linda und trat hinter sie. »Sie verstehen sich ja doch.«

»Es gibt frische Kekse!«, rief Micha und hielt Anna einen Teller hin. »Und wir müssen dableiben. Nämlich Linda hat gerade gemerkt, dass der Trockner kaputt ist. Völlig kaputt, denk dir! Wir haben die Wäsche schon im Heizungskeller aufgehängt, ich habe auf einem Stuhl gestanden und geholfen, und morgen ist sicher alles trocken, aber heute Nacht dürfen wir hier übernachten! Was sagst du dazu?«

»Ich weiß nicht«, sagte Anna vorsichtig und drehte sich nach Linda um, »was Abel dazu sagt. Ist der Trockner *wirklich* kaputt?«

Linda zuckte die Achseln und nickte. Anna ging hinunter in den Keller und versuchte, den Trockner anzustellen, aber Linda und Micha hatten recht. Die Maschine schwieg, es tat sich absolut nichts. Sie steckte das Kabel ein und wieder aus – ohne Erfolg.

Als sie wieder aus dem Keller kam, klopfte sich Abel eben den Schnee von der Jacke. Micha tanzte um ihn herum, noch immer den Keksteller balancierend, und sang: »Wir bleiben hier und trocknen! Wir trocknen auf der Leine!«

Und Abel hob abwehrend die Arme.

»Bleib mal einen Moment stehen!«, sagte er. »Micha. Wir können nicht bleiben. Wir haben ein Zuhause und es ist nicht hier. Wir kommen morgen wieder und holen die verdammte Wäsche ab.«

»*Verdammt* darf man gar nicht sagen«, meinte Micha. »Und guck mal raus, es schneit schon wieder, und sicher kommt wieder ein Sturm! Bitte, Abel! Bitte!« Sie stellte den Teller auf den Boden und hängte sich an sein Hosenbein. »Bitte, bitte, bitte! Nur heute Nacht! Ich muss doch noch ein bisschen Klavier spielen und die Kekse verzieren und alles!«

»Musst du heute Abend noch weg?«, fragte Anna leise.

Abel legte die Hände vors Gesicht, diesmal länger als sonst, und sie sah, dass er versuchte, zu einer Entscheidung zu gelangen. Sie sah, dass er hinter seinen Handflächen lautlos fluchte.

»Am Ende sage ich doch wieder Ja«, sagte er leise. »Am Ende springe ich über so viele Schatten, dass ich keinen mehr habe, und was ist ein Mensch ohne Schatten?« Er sah Anna an. »Bewahr meinen Schatten für mich auf. Sieh zu, dass niemand ihn stiehlt. Vielleicht muss ich heute Abend wirklich noch weg. Ich weiß es nicht.«

Wartete er auf einen Anruf? Sie fragte nicht. Er war kein Antwortender. Er war alles andere. Katzenfellverkäufer. Märchenerzähler. Unbekannter, noch immer.

»Du kannst im Gästezimmer schlafen«, sagte sie. »Ihr beide, wir haben zwei Gästebetten.« Und, leiser: »Der Schlüssel steckt nachts innen in der Haustür. Du kannst ihn mitnehmen. Du bist kein Gefangener. Es ist keine Falle. Nur ein kaputter Trockner.«

Sie saßen beim Abendessen wie eine große Familie. Das Licht der Lampe war warm und die Küche roch nach Kartoffelauflauf. Eine Weile erzählte Micha mit vollem Mund vom Keksebacken und davon, dass sie jetzt schon beinahe Klavier spielen konnte.

Und Linda hatte so ein Lächeln um die Mundwinkel. Und Abel saß nicht mehr so auf dem Sprung. Einmal drückte Anna ganz kurz unter dem Tisch Abels Hand. Er drückte zurück.

»Abel macht auch manchmal Kartoffelauflauf«, sagte Micha schließlich und legte die Gabel auf ihren leeren Teller. »Er kann nämlich alles kochen, Pfannkuchen und Nudeln und Kuchen. Sogar Torte, für Geburtstage. Mit Kerzen. Demnächst gibt es wieder eine Torte, und vielleicht wird sie mit Erdbeeren, weil schon fast Frühling ist. Jedenfalls mit tiefgekühlten Erdbeeren. Abel kann das machen.«

»Dieser Bruder, den du da hast, scheint ja wirklich ein Heiliger zu sein«, meinte Magnus.

»Was soll das?«, zischte Anna. »Wozu der Sarkasmus?«

»Was ist Sackasmus?«, fragte Micha.

»Sarkasmus ist, wenn jemand das Gegenteil von dem meint, was er sagt«, sagte Abel leise. »Kein Heiliger also. Das Gegenteil. Das ist richtig. Und das Gegenteil von einem Heiligen gehört nicht hierher, nehme ich an …«

Er schob seinen Stuhl zurück, die Hände an der Tischkante, und Anna legte ihre Hand auf seine.

»Bleib sitzen«, sagte sie. »Bitte. Magnus macht nur dumme Bemerkungen. Weißt du, Micha, er kann gut Schnee schippen und Vögel füttern und Leute verarzten, mein Vater, aber er kann nicht mal ein Spiegelei kochen, und insofern ist jeder, der Kartoffelauflauf machen kann, sicherlich ein Heiliger. Ehrlich gesagt glaube ich, Magnus kann ein Spiegelei nicht mal von einer Schneeschippe *unterscheiden.*«

Micha lachte, und Magnus lachte auch, und Linda bemühte sich, mitzulachen, aber Abel lachte nicht. »Ich habe die Betten im Gästezimmer schon bezogen«, sagte Linda.

»Sollen wir was mit abwaschen?«, fragte Micha. »Ich kann prima abwaschen …«

Linda schüttelte den Kopf. »Unsere Spülmaschine kann auch prima abwaschen. Schlaf schön.«

Und Anna blickte Abel und Micha nach, wie sie die Treppe hinaufgingen, Hand in Hand wie ein rührseliges Abziehbild. Als wäre noch immer alles gut und alles schön. Aber es war nicht mehr gut, sie konnte es spüren. Und später fragte sie sich, ob Abel in diesem Moment entschieden hatte, dass er nachts noch wegmusste. Ob es gar nichts mit einem Anruf zu tun hatte. Ob er in dieser Nacht das Haus nicht verlassen hätte, wenn Magnus nicht eine dumme Bemerkung gemacht hätte. Und ob dann manche Dinge anders gekommen wären.

Sie lag lange wach und las. Einmal klingelte das Handy auf ihrem Schreibtisch, aber sie ging nicht dran. Gitta, dachte sie. Wer sonst? Sie hatten »Gute Nacht« zueinander gesagt, Abel und sie, »Gute Nacht« und nicht mehr, ein wenig wie Fremde. Sie hatte ihn noch mit Micha reden hören, aber nun war es still nebenan. Und schließlich tappte sie leise hinüber, ganz leise, und öffnete die Tür. Ein Streifen Licht von den Straßenlaternen fiel herein. Eines der Betten war leer. Micha lag zusammengekringelt auf dem anderen Bett in Abels Armen und schlief. Und Abel? Schlief er auch? Oder tat er nur so, als schliefe er? Die Sehnsucht, ebenfalls zu ihnen unter die Decke zu schlüpfen, brannte in Annas Kehle wie Tränen. Aber es war kein Platz mehr im Gästebett.

Sie blieb einen Moment stehen und sah Abel an, sein Gesicht war ganz nah und doch unendlich weit weg. Der Schatten, den das Gästebett und die Gestalten an die Wand warfen, war ein verzerrtes, seltsames Gebilde. Es sah aus wie etwas Geducktes, Lauerndes. Ein Wolf. Sie schloss die Tür lautlos und kroch zurück in ihr eigenes Bett.

Er blieb einen Moment auf der Fußgängerbrücke stehen und sah auf das Eis hinaus. Es fiel jetzt kein Schnee mehr, aber das Eis war verschneit, selbst die dünne Schicht in der Mitte des Flusses, wo die Eisangler es mit ihren Hacken durchlöcherten und das Wasser später wieder gefror, ein Netz aus trügerischen Fallen. Er wusste, wo das Eis dünn wurde, er brauchte es nicht zu sehen.

Er zog seinen Schal enger. Wie kalt es war! Dieser Winter war kälter als irgendeiner zuvor, an den er sich erinnern konnte, und er hatte eine Menge Winter erlebt. Um genau zu sein, dreiundsechzig.

Die Lichter des Restaurantschiffs strahlten über das Eis herüber, schwach, als kämen auch sie nicht gegen die Kälte an. Er sah auf die Uhr. Halb zehn. Er war zu früh. Sie würde erst in einer halben Stunde da sein. Sie hatte diesen unaussprechlichen Namen … Milowicz? Mirkolicz? Sie war erstaunt gewesen, als er sie angerufen hatte. Vielleicht wusste sie nichts, vielleicht nützte dies alles nichts. Aber vielleicht doch. Vielleicht konnten sie gemeinsam etwas herausfinden.

Etwas retten. Er hatte das Gefühl, dass die Situation dem Jungen entglitt. Jemand musste helfen.

Er war sich noch immer nicht sicher, was passiert war. Michelle, zum Beispiel. Er hatte das Gefühl, dass Anna recht hatte, dass sie wirklich in der Nähe war, so nah, dass sie gerade deshalb übersehen wurde. Nur wo? Er hatte ein paar Dinge herausgefunden, natürlich. Er hatte einen Verdacht. Doch er war sich noch nicht sicher. Eine Sache, die er jetzt wusste, hätte er lieber nicht herausgefunden. Sie machte ihn traurig. Viel zu traurig. Er ging über die Brücke zu dem Ufer, wo das Restaurantschiff lag, ging die Stufen hinunter und betrat das Eis. Hier am Rand war es fest. Er würde nur ein paar Schritte gehen.

Und dann hörte er, dass jemand hinter ihm war. Die Schritte wurden beinahe verschluckt vom Schnee, aber sie waren da. Irgendjemand, dachte er, der an einem Freitagabend vom Restaurantschiff kommt und sich die Füße vertritt, oder jemand, der wartet wie ich. Er drehte sich um, er sah eine Silhouette, verschwommen vor den blassen Lichtern des Schiffs. Hier auf dem Fluss war es zu dunkel. Er hatte keine Lust, jemanden zu treffen. Er drehte sich um und ging weiter, den zugefrorenen Fluss entlang, dort vorne würde er über die Stufen wieder hinaufgehen und dann zurück, und dann wäre es zehn … Die Schritte kamen näher. Vielleicht war sie das? Vielleicht war sie ebenfalls zu früh gekommen und hatte ihn gesehen? Er befand sich jetzt so weit außerhalb der Lichter, dass es völlig dunkel war. Er hatte gedacht, die Lichter der Straße am anderen Ufer würden an dieser Stelle aufs Eis fallen, aber die klobigen Körper der überwinternden Schiffe, jener antiken, hölzernen Ungeheuer, die hier lagen – sie schlossen das Licht aus.

Er spürte, wie die Angst in ihm hochkroch. Er glaubte nicht wirklich, dass sie es war. In den letzten beiden Tagen war er es gewesen, der gefolgt war, der verfolgt hatte, ungesehen hoffentlich, ungehört. Jetzt schien jemand den Spieß umgedreht zu haben. Die schemenhafte Gestalt hinter ihm kam näher. Sie schnitt seinen Weg zum Land ab, und er merkte, dass seine Schritte ihn weiter hinaus in die Flussmitte führten. Er erreichte die Stelle, wo das Eis bei den Löchern der Angler dünn wurde oder wo er glaubte, dass es dünn wurde, und blieb stehen.

Es war Unsinn, wegzulaufen. Er wollte jetzt wissen, wer ihm folgte. Er wollte mit dieser Person reden. Er hatte noch immer Angst, aber er war dreiundsechzig Jahre alt, es war nicht so, als hätte er noch nie Angst gehabt, und bisher hatte er seine Angst immer besiegt. Es war schließlich nicht so, dass er sich draußen an einem einsamen Strand befand. Er befand sich mitten im Museumshafen, mitten in der Stadt, das Restaurantschiff war ein paar Hundert Meter weit entfernt, die Straße noch weniger.

Er wandte sich um und wollte der Gestalt entgegensehen, die ihm folgte, doch die Gestalt war schon da. Sie stand direkt vor ihm. Er blickte nicht in ein Gesicht. Er blickte in die Mündung einer Waffe. Natürlich erkannte er das Gesicht dahinter. Auch hier im Dunkeln. So dunkel war es auch wieder nicht. Er merkte, dass er keuchte vor plötzlich aufwallender Furcht – und vor Erstaunen.

»Du?«

»Natürlich«, antwortete die Gestalt. »Wusstest du es nicht? Wusstest du es nicht längst?«

»Ich …« Er machte einen Schritt rückwärts und das Eis knirschte unter seinen Füßen. Direkt hinter ihm musste sich eines der überfrorenen Löcher befinden.

»Du hast angefangen herumzuschnüffeln«, sagte die Gestalt. »Wie ein mittelmäßiger Detektiv. Es ist nicht gut, wenn man zu viel wissen will.«

»Ich …«

Er versuchte zu denken. Wenn er schrie? Wenn er die Waffe wegschlug und aufs Ufer zurannte? Er war nicht schnell, er wusste es. Und er war wie gelähmt. Seine Beine waren auf dem Fluss festgefroren. Er konnte nicht rennen. Er konnte auch nicht schreien. Seine Stimmbänder waren eiskalt.

»Warum?«, hörte er sich flüstern. »Warum das alles?«

»Hast du je geliebt?«

Er nickte. »Ich denke schon …«

»Nicht so, vielleicht. Wenn man wirklich liebt, darf nichts und niemand dazwischenkommen. Verstehst du? Ich lasse nicht zu, dass ihr etwas passiert. Es geht nicht um mich. Es ist nie um mich gegangen. Dreh dich um.«

»Nein«, sagte er. »Und weshalb?«

»Weil ich niemandem in die Augen sehen kann, den ich erschieße.«

Da war etwas wie ein unterdrücktes Schluchzen, und zuerst dachte er, er wäre es selbst. Doch es war sein Gegenüber. Und er begriff eines: Er durfte sich nicht umdrehen. Auf gar keinen Fall. Es musste eine Lösung geben. Eine Lösung, wie er heil hier herauskam. Das Seltsamste war, dass er nicht einmal Hass für sein Gegenüber empfand. Er empfand, neben seiner eigenen Angst, nur Mitleid. Und vielleicht war er irgendwie mit schuld an der ganzen Sache, er hätte früher etwas begreifen sollen, früher eingreifen …

»Dreh dich um.«

Er drehte sich nicht um. Er machte einen Schritt zurück. Er spürte, wie das Eis unter ihm brach. Es ging ganz schnell. Im einen Moment stand er auf dem Fluss, im nächsten hatte er keinen Boden mehr unter den Füßen. Er fühlte die Kälte nicht. Die Welt verschwand.

Und irgendwo in der Stadt wanderte jemand ziellos durch die Nacht, die Hände tief in den Taschen vergraben, in den Ohren weißes Rauschen. Irgendwo weit entfernt vom Museumshafen und viel später. Irgendwo und irgendwann. Kein Heiliger.

Und irgendwo, aber wir wissen ja, wo: auf dem Restaurantschiff, dort wartete jemand vergeblich.

Und irgendwo bellte ein silbergrauer Hund mit goldenen Augen in einem Zwinger, und vielleicht hörte ein Junge mit einer Brille ihn, der das Hoftor öffnete. Vielleicht war er nur spazieren gegangen, schlaflos.

Und irgendwo bewegten sich zwei Körper auf einem steril abwaschbaren Sofa ineinander wie ein Puzzlespiel und das Licht fiel auf schwarz gefärbtes und auf rotblondes Haar, irgendwo und irgendwann, im Aschenbecher verglomm der Rest eines Joints – wie spät es sein mochte? Sie hatten nicht auf die Uhr gesehen, als sie wiedergekommen waren …

Und irgendwo, irgendwo ganz in der Nähe, lag eine verschwundene Person in tiefem, erschöpftem Schlaf.

Mitten in der Nacht erwachte Anna davon, dass sich ein eisiger Körper an sie drängte. Sie erschrak, aber sie war sich nicht sicher, ob sie wirklich wach war oder ob sie träumte. Der Körper roch nach Winterluft und nach Zigaretten und nach etwas Vertrautem.

»Abel?«, flüsterte sie. Er antwortete nicht, er war angezogen und er war kalt wie Schnee.

Sie rollte herum und legte die Arme um ihn, versuchte, ihn zu wärmen, doch es gelang ihr nicht, es war, als könnte er nie, nie wieder warm werden. Die Rollläden schlossen die Nacht aus und kreierten eine neue, dichtere Nacht im Zimmer, eine Art von absoluter Nacht ohne oben und unten, rechts oder links. Sie sah nichts, sie tastete, vergrub ihre Finger in seinem Haar, legte ihre Hände auf eiskalte Wangen. Und dann hörte sie einen seltsamen und Furcht einflößenden Laut. Es war wie das Winseln eines Hundes, ganz leise, es dauerte nur Sekunden, aber es war ein so verzweifelter Laut, ein so unendlich hilfloser Laut, dass sie erschauerte.

»Abel«, sagte sie noch einmal, sie wollte etwas fragen, doch sie wusste nicht, was, sie hielt ihn nur fest, und so schlief sie irgendwann wieder ein.

Als sie am Morgen erwachte, lag sie alleine im Bett. Sie ging barfuß hinüber zum Gästezimmer, wo Abel und Micha noch immer zusammen im selben Gästebett lagen. Sie musste die Sache nachts geträumt haben. Er war gar nicht fort gewesen.

15

Tauwetter

»Es taut«, sagte Magnus beim Frühstück und zeigte zum Fenster, wo Tropfen vom Dach fielen. »Meine Rotkehlchen kommen wieder.«

Die Sonne schien auf den Schnee. Es würde dauern, bis er völlig wegtaute, aber es war ein Anfang. Niemand sagte viel beim Frühstück. Es war eine gute Art von Samstagmorgen-Verschlafenheit, sagte Anna sich, es bedeutete nichts. Sie ging mit Abel hinunter in den Keller, um die trockene Wäsche abzunehmen. Oben hörte man Micha wieder auf dem Klavier klimpern.

»Sie würde direkt bleiben«, sagte Abel und lächelte. »Ich bin abgeschrieben, was?«

»Unsinn«, sagte Anna. »Du bist der Seelöwe, der sie auf dem Eis beschützt. Vergiss das nicht.« Und sie umarmte ihn mit einem Hemd in der Hand, was zu einer merkwürdigen Art von Verheddering führte. »Nachts«, flüsterte sie, »warst du nachts weg?«

Er zögerte. »Ja«, sagte er schließlich. »Nicht lange. Ich hatte etwas … abzugeben.«

»Und bist du danach zu mir gekommen oder habe ich das geträumt?«

Er strich ihr durchs Haar. »Das hast du geträumt«, sagte er.

»Es war kein schöner Traum«, flüsterte Anna. »In meinem Traum warst du unglücklich …«

»Komm«, sagte er, »bringen wir die Wäsche hoch. Wir sollten langsam machen, dass wir loskommen, sonst fängt Micha an zu denken, wir wohnen hier.«

»Warte«, sagte sie auf der Treppe. »Hast du eigentlich nachgedacht? Über Magnus' Angebot mit dem Geld?«

»Magnus …«, murmelte Abel. »Er ist der einzig Vernünftige hier, weißt du das? Er würde mich lieber heute als morgen zum letzten Mal sehen. Ich frage mich, welche Bedingung an sein Angebot geknüpft ist. Früher oder später wird er sie nennen. Vielleicht die Bedingung, zum Studieren sehr weit weg zu gehen.«

»Unsinn«, sagte Anna, aber sie hatte einen schlechten Geschmack im Mund, als sie das sagte.

Als sie Abels Bücher von ihrem Schreibtisch sammelte, waren ihre Finger schwer wie Blei. Bleib doch, wollte sie zu ihm sagen, bleib doch hier, mit Micha, geh nie mehr weg, geh nie mehr nachts fort, bleib hier. Du musst nicht mehr arbeiten, nachts, vergiss doch deine Anrufe und deine Kontakte, das Fell der weißen Katzen, wirf diese Nachtwelt fort, wirf sie in den Fluss. Ihr Handy lag noch immer auf dem Schreibtisch, und sie erinnerte sich an den Anruf von gestern und hörte die Mailbox ab, ohne wirklich hinzuhören, während Abel Dinge in seinen Rucksack packte.

Dann hörte sie doch hin. Es war nicht Gitta gewesen. Es war der Knaake.

»Anna«, sagte er. »Ich bin vielleicht auf dem Weg, etwas herauszufinden. Ruf mich an, sobald du kannst.«

Sie drückte die Rückruftaste. Es wäre besser, dachte sie, hinauszugehen, Abel stand noch immer hinter ihr – es wäre vielleicht sogar besser, gar nicht anzurufen. Vielleicht wollte sie nicht wissen, was er herausgefunden hatte. Ihr Herz raste mit einem Mal.

»Fischer?«, blaffte eine weibliche Stimme ins Telefon. Sie zuckte zusammen.

»Ich … ich dachte … ich muss mich verwählt haben.«

»Oder auch nicht«, sagte die Stimme, eine nassforsche Stimme, unangenehm. »Dies ist das Handy von Heinrich Knaake.«

»Ich … ja … ist er denn da?«, fragte Anna verunsichert. »Kann ich ihn sprechen? Ich bin eine Schülerin von ihm, er hat mich gebeten, ihn zurückzurufen …«

»Er ist da. Aber es wird etwas schwierig, mit ihm zu sprechen. Er liegt im Koma. Sie sind in der Uniklinik gelandet. Ich bin die behandelnde Ärztin.«

Anna schloss die Augen und öffnete sie wieder.

»Wie?«

»Das Handy war in seiner Jackentasche. Es ist ein Wunder, dass es noch funktioniert. Sagen Sie, wissen Sie irgendwen, den wir benachrichtigen können? Familie?«

»Nein«, antwortete Anna und schluckte. »Ich … kenne ihn nicht wirklich. Was … was ist passiert?«

»Er ist ins Eis eingebrochen«, sagte die Ärztin. »Wir wissen nicht, wie lange er im Wasser war. Sie haben ihn gestern Nacht aus dem Ryck gezogen, im Museumshafen. Hat Glück gehabt, dass jemand vorbeigekommen ist. Der, der vorbeigekommen ist, hat ihn allerdings nicht rausgezogen, er hat von einem öffentlichen Apparat aus die Feuerwehr angerufen. Die Feuerwehr! Auch eine Idee, auf die man erst mal kommen muss. Und dann hat er sich aus dem Staub gemacht, unser Anrufer.«

Sie lachte ein raues Lachen, bellend beinahe, wie ein Husten. Wenn man auf der Intensivstation arbeitete, dachte Anna, gewöhnte man sich vielleicht diese Art von Lachen an – über diese Art von Dingen.

Ihr war schwindelig. Sie setzte sich auf ihren Schreibtischstuhl.

»Können wir ihn besuchen?«

»Wenn Sie nicht erwarten, dass er mit Ihnen spricht, bitte. Intensivstation, Löfflerstraße. Sie finden uns schon.«

Sie legte auf und starrte das Handy an. Sie hätte am Abend abheben sollen. Wäre er dann nicht ins Eis eingebrochen? Was hatte er im Museumshafen auf dem Eis getan?

»Anna?«, fragte Abel. »Was …?«

Sie sah ihn an. Der Raum drehte sich noch immer um sie. »Der Leuchtturmwärter«, sagte sie. »Dem Leuchtturmwärter ist etwas passiert.«

Der Raum war weiß wie der Schnee draußen, viel zu weiß. Das Piepen und Quäken der Maschinen gab ihm etwas Unwirkliches. Micha tastete nach Annas Hand. An der anderen Hand hielt sie Abel. Sie hatten sie nicht mitnehmen wollen, aber sie hatte darauf bestanden.

»Ich bin doch mit ihm auf dem Eis!«, hatte sie gesagt. »Mit dem Leuchtturmwärter! In der Geschichte!«

Jetzt, als sie ihn in dem weißen Schneebett liegen sah, schüttelte Micha verwundert den Kopf. »Er hat gar keine Schlittschuhe an«, sagte sie. »Wir sind doch Schlittschuh gefahren.«

Die blaffende Ärztin ließ sie allein. Sie hatte mit anderen Patienten zu tun, mit anderen Maschinen, mit anderen Arten zu sterben und zu überleben und dann doch zu sterben. Es roch penetrant nach Desinfektionsmittel und Plastik.

Sie fanden drei Stühle, die sie heranzogen, und setzten sich neben das Bett, in dem der Knaake lag. Über den Monitor am Kopfende des Bettes lief die grüne Linie seines Herzschlags. Das Gesicht auf den Kissen war beinahe so weiß wie die Kissen selbst, die Augen geschlossen. Der Seemannsbart, der ihn zum Leuchtturmwärter gemacht hatte, wirkte auf seltsame Art vergilbt. Sie saßen eine lange Zeit da und schwiegen.

»Er hat Cohen gehört«, sagte Anna schließlich. »Wie Michelle. Wusstest du das?«

»Ja«, sagte Abel. »Und ich weiß, dass Michelle irgendwann was mit einem Lehrer hatte. Lange her, hat sie damals gesagt. Und dass er älter war als sie, ein ganzes Stück.«

»Er hat gesagt, er hätte sie nicht gekannt.«

Abel nickte. »Sagen kann man vieles. Und vielleicht erinnert er sich nicht.« Er beugte sich vor und berührte sachte die leblose Hand mit dem Infusionsschlauch. »Ich wollte ihn fragen. Geradeheraus. Ich hätte es tun sollen. Jetzt …«

»Frag ihn, wenn er aufwacht.«

Abel nickte. Aber in seinen Augen taute das Eis, Anna sah das Wasser darin, und sie wusste, dass er dasselbe dachte wie sie: Er wird vielleicht nicht wieder aufwachen.

Die Ärztin hatte nur die Schultern gezuckt. »Was wollt ihr hören?«, hatte sie gesagt. »Prozentzahlen? Chancen? Es ist verdammt kalt da im Wasser. *Verdammt* kalt.«

»Die Geschichte«, flüsterte Anna. »Erzähl die Geschichte weiter. Es ist wichtig. Der Dreizehnte ist schon am nächsten Mittwoch und bis dahin müssen wir das Festland erreichen. Ich nehme an, sie schliefen alle schlecht in dieser Nacht, denn sie schliefen auf dem Eis, mit einem Verräter in ihrer Mitte …«

»Sie schliefen schlecht in dieser Nacht«, wiederholte Abel, »denn sie schliefen auf dem Eis, mit einem Verräter in ihrer Mitte. Ein Verräter, dachte das Rosenmädchen, und ein Mörder – und war es ein und dieselbe Person? Oder war alles ganz anders? Einmal, nachts, glaubte das Rosenmädchen, einen Hund winseln zu hören, ganz nahe.

Aber am Morgen war der silbergraue Hund nirgends zu sehen. Auch der Leuchtturmwärter fehlte. Und es taute. Es gab jetzt Risse und tiefe Spalten im Eis, Löcher, in denen man das Wasser sah wie dunkle, lauernde Augen.

›Oh nein!‹, flüsterte die kleine Königin. ›Sie werden doch nicht nachts in ein solches Loch gestürzt sein?‹

In diesem Moment hörte sie den Schrei eines Vogels und kurz darauf landete eine große graue Raubmöwe neben ihr auf dem Eis. Dort begann sie, mit ihrem Schnabel auf das Eis einzuhacken. Nein, dachte die kleine Königin, *sie schrieb.*

›Ich habe ihn gefunden‹, las die kleine Königin laut. ›Den Leuchtturmwärter. Er muss nachts allein fortgegangen sein. Kommt mit. Beeilt euch.‹

Die Möwe legte den Kopf schief und nickte, und erst, als sie sich wieder in die Luft erhob, fiel der kleinen Königin auf, dass ihre Augen golden gewesen waren. Sie folgten ihr über das Eis, bis zu einem Loch, in dem man das dunkle Wasser sah. In dem Loch schwamm der Körper des Leuchtturmwärters. Das Rosenmädchen half der kleinen Königin, ihn aufs Eis hinaufzuziehen. Doch er rührte sich nicht. Er hatte eine Hand zur Faust geballt und aus seiner Faust hing das Ende eines roten Fadens.

›Er war es!‹, flüsterte die kleine Königin. ›Er hat der Juwelierin den Weg gezeigt!‹

Sie blickte auf und sah die dunkle Gestalt, die an der Spitze der nächsten Schneewehe stand. Aus dem Mantel der Gestalt ragten die Spitzen von glänzendem Werkzeug.

Die kleine Königin sah zurück zum Leuchtturmwärter. Eine Träne fiel auf seine Brust, eine königliche Träne, und da begann er wieder zu atmen.

›Aber wir können nicht bleiben‹, sagte das Rosenmädchen. ›Wir müssen weg hier! Rasch!‹

Kurz darauf glitten sie auf ihren Schlittschuhen so schnell übers Eis wie nie zuvor, um Eislöcher und Spalten herum … hinter ihnen aber glitt die Juwelierin auf ihren eigenen Schlittschuhen durch die zerklüftete weiße Wüste. Sie hatte die ganze Nacht an diesen Schlittschuhen geschmiedet, sie waren aus reinem Gold, und an den Spitzen hatte sie etwas Platz gelassen, um später die Stücke eines Diamanten dort einzufügen. Die Juwelierin blieb nicht stehen, als sie am Körper des Leuchtturmwärters vorüberkam.

Nur die graue Raubmöwe mit den goldenen Augen schwebte noch einen Moment über ihm, ehe sie ihre Flügel ausbreitete und der kleinen Gruppe von Flüchtlingen nachsegelte.

In der Ferne schimmerte ein grüner Streifen. Das Festland. Es war nah. Aber noch war es nicht nah genug.«

Abel verstummte.

»Der Leuchtturmwärter war also der Verräter«, sagte Anna leise.

Abel nickte. »Er ist mir nachgeschlichen. Er hat gedacht, ich merke es nicht. Es geht ihn nichts an, was ich in den Nächten tue … aber ich wollte nicht, dass ihm etwas zustößt. Anna, ich weiß nicht, wie er es angestellt hat, ins Eis einzubrechen. Ich … ich wünschte, er wäre mir gestern Nacht nachgeschlichen. Wenn er dort gewesen wäre, wo ich war, hätte er nicht ins Eis einbrechen können … und wenn ich dort gewesen wäre, wo er war, hätte ich ihn herausziehen können …«

»Es ist in Ordnung«, sagte sie und legte einen Arm um ihn. »Es ist in Ordnung.«

»Ich frage mich«, sagte Micha, »in was sich dieser Möwen-Wolfs-Seelöwen-Hund am Ende verwandelt. Vielleicht in einen Prinzen, der mich heiratet?«

»Ganz bestimmt«, flüsterte jemand kaum hörbar, und Anna zuckte zusammen. Sie stieß Abel an und zeigte auf das blasse Gesicht in den Kissen. Der Knaake hatte die Augen noch immer geschlossen. Aber jetzt bewegten sich seine Lippen.

»Ein Prinz«, wiederholte er.

Anna sprang auf und beugte sich ganz nahe über ihn, legte eine Hand auf seine Stirn.

»Herr Knaake«, flüsterte sie. Warum flüsterte sie? »Ich bin es, Anna. Können Sie mich hören? Was ist bloß passiert? Was haben Sie im Museumshafen auf dem Eis getan? Warum sind Sie da allein hinausgegangen?«

Er schüttelte langsam den Kopf.

»Ich war nicht allein«, antwortete er, kaum hörbar. »Da war noch jemand. Jemand mit … einer Waffe. Ich habe einen Schritt zurück gemacht, in die Fahrrinne … um der Kugel auszuweichen.«

Er öffnete die Augen, vorsichtig, als wögen seine Lider Tonnen, und sah Anna an – dann Micha und dann Abel. Und dann schloss er die Augen wieder.

»Wer?«, fragte Anna. »Wer war noch auf dem Eis?«

»Ich … weiß es nicht mehr«, antwortete der Knaake. »Ich weiß es wirklich nicht mehr …«

Er tastete nach Annas Hand. Sie fühlte seine kalten Finger, sie spürte, dass er ihr etwas mitteilen wollte, doch sie wusste nicht, was. Sie beugte sich noch tiefer über ihn.

»Anna, Anna«, flüsterte er, »pass auf dich auf.«

Da war er wieder, dachte sie: jener Satz, den so viele Leute in letzter Zeit zu ihr sagten.

»Erinnern Sie sich wirklich nicht, wer dort war?«, fragte sie. »Bitte, Sie müssen es versuchen …«

Doch der Knaake antwortete nicht mehr. Sie wusste nicht, ob er schlief, ob er abermals das Bewusstsein verloren hatte oder ob er schlicht und einfach nicht antworten wollte. Die grüne Herzschlaglinie lief ungerührt über den dunklen Monitor und ließ sie allein mit ihrer Angst. Sie drehte sich zu Abel um, der ebenfalls aufgestanden war. Als er sie in die Arme nahm, spürte sie seine Wange an ihrer, und diese Wange war nass. Nass vom Tauwasser.

»Er schafft es«, flüsterte er, seine Stimme weich vor Erleichterung. »Er stirbt nicht. Wer redet, stirbt nicht. Er schafft es. Anna, ich … kann es sein, dass er gestern Nacht dachte, er folgt mir, und jemand anderem gefolgt ist? Jemandem, der darüber noch etwas ärgerlicher war als ich?«

Micha drängte sich in ihre Umarmung und sah zu ihnen auf.

»Er schafft es, und wir schaffen es auch, oder?«, fragte sie. »Das Festland zu erreichen?«

Anna besuchte den Knaake am Sonntagvormittag noch einmal, ohne Abel. Er sprach nicht mehr mit ihr. Die Ärztin mit der Blaffstimme sah sie auf eine seltsame Art an, als sie erzählte, er hätte gesprochen. Als glaubte sie ihr nicht.

»Manchmal, wenn man sich etwas sehr wünscht«, murmelte sie, »stellt man es sich vor.«

»Aber er hat die Augen geöffnet!«, beharrte Anna. »Er hat mit uns geredet.«

»Hm«, sagte die Ärztin. »Mit uns redet er jedenfalls nicht. Und wenn ich ehrlich bin, weiß ich nicht, ob er jemals wieder reden wird.«

Anna versuchte den ganzen Sonntag, zu lernen und zu üben, doch ihre Gedanken wanderten auf die Intensivstation, wanderten an den Strand, wo vermutlich jetzt kein Absperrband mehr hing, wanderten zu der Kneipe, vor der Rainer Lierski auf der Straße gelegen hatte. Wanderten zu Abel. Mehr als irgendetwas sonst auf der Welt wünschte sie sich, sie könnte bei ihm sein, sie könnte zusammen mit ihm herausfinden, was hier geschah.

Einmal kam Linda herein und brachte Anna einen Stapel Wäsche, aber der Stapel Wäsche war nur ein Vorwand. Linda stand eine Weile am Fenster und sah hinaus.

Und Anna sagte lange nichts.

»Die Wäsche sieht nach Trockner aus«, meinte sie schließlich und drehte sich zu Linda um. »Irgendwie.«

»Ja«, sagte Linda. »Ist es nicht gut, dass er wieder heil ist?«

»Er war nie kaputt, habe ich recht? Du hast irgendetwas damit angestellt.«

Linda hob die Schultern. Sie sah Anna noch immer nicht an, sie sah aus dem Fenster.

»Was wolltest du damit bezwecken? Abel hier festbinden? Es ist nicht gut, Leute zu Dingen zu zwingen.«

»Ich musste Micha nicht zwingen, mit mir Kekse zu backen«, antwortete Linda leise.

»Micha?«

»Ich würde … ich dachte … es ist so schön, wieder ein kleines Kind im Haus zu haben«, flüsterte Linda. »Ein Kind, das Kekse backt und … das einem erlaubt, auf es aufzupassen. Das sich in den Arm nehmen lässt. Du bist … so weit weggerückt.«

Anna sah auf ihr Buch. Sie sah Linda. »Du weinst ja«, sagte sie.

»Unsinn …«

»Dann hast du es wegen Micha getan? Damit Micha bleibt?«

»Ich wünschte, sie wäre …«, flüsterte Linda und presste ihr Gesicht an die kühle Scheibe. »Ich wünschte, sie wäre geblieben.«

Zweimal an diesem Nachmittag klingelte Annas Handy und sie erkannte Bertils Nummer. Ausgerechnet Bertil. Sie nahm nicht ab. Am Abend rief sie Abel an. Sie sprachen nicht über Bertil, sie sprachen nicht über Absperrbänder und über Leute, die im Eis einbrachen. Sie sprachen über den Sommer. Darüber, was sie dann tun würden. Segeln vielleicht. Weit hinausschwimmen. Den Winter vergessen.

»Morgen«, sagte Anna, »morgen haben wir noch ein paar völlig lächerliche Kurse. Ich frage mich, ob es eine Vertretung in Deutsch gibt. Morgen … sehen wir uns.«

»Ja«, sagte Abel. »Micha lässt dich grüßen, und Linda, sag Linda, dass sie sie auch grüßen lässt.«

»Abel? Ist am Mittwoch nicht der dreizehnte März?«

»Doch.«

»Dann hast du am Mittwoch Geburtstag.«

»Ja.«

»Am Mittwoch erreichen sie das Festland.«

»Noch ist nicht Mittwoch.«

»Nein«, sagte sie und lächelte. »Bis morgen.«

»Bis morgen«, sagte Abel.

In dieser Nacht träumte Anna von blühenden roten Flammen, einem Inferno, einem brennenden Haus. Nein, einer Bootshalle. Die Flammen waren überall, die Hitze war unerträglich und sie selbst stand mitten darin. Sie sah sich von außen. Oder war das gar nicht sie selbst? War das Abel? Im Traum verschwammen die Grenzen.

Und dann kam der Montag. Und sie begriff den Traum zu spät.

16

Wahrheit

Sie saß in Mathe, als die Durchsage kam.

Noch eine Woche Erklärungen, die sie nicht verstand und die sie nicht interessierten, und dann nur noch Formeln, die sie in ihren Kopf zwingen musste. Sie wusste, dass sie zuhören musste, aber sie ließ Mathe nur über sich ergehen. Ganz hinten saß Abel, er war wieder einmal zu spät gekommen. Er sah müde aus, wie meistens, und sie überlebte Mathe dafür, hinterher mit ihm zu sprechen. Sie wusste nicht einmal, worüber. Sie wollte einfach mit ihm sprechen.

Und dann kam die Durchsage.

»Die Schultheatergruppe«, sagte die desinteressierte Stimme der Sekretärin, »bittet einen Moment um eure Aufmerksamkeit.«

Anna legte den Stift hin und lehnte sich zurück. Es gab jedes Jahr um diese Zeit eine solche Durchsage, einen Ausschnitt aus einem Stück, freundliche Reklame. Eine willkommene Unterbrechung des Unterrichts. Merkwürdig, das war Bertils Stimme. Seit wann war Bertil in der Schultheatergruppe? Sie warf einen Blick zu Gitta hinüber. Gitta zuckte mit den Schultern und begann, auf dem Rand ihrer Schreibunterlage herumzukritzeln. Und plötzlich, noch ehe Bertils Worte ganz zu ihr durchdrangen, dachte Anna mit erstaunlicher Klarheit: Ich habe Gitta verloren. Gitta war einmal meine Freundin, egal, wie verschieden wir sind. Aber ich habe sie verloren.

Erst danach hörte sie, was Bertil überhaupt sagte. Da war etwas im Hintergrund, redende Leute, zerhackte Musik, etwas wie die Geräuschkulisse einer Disco oder Kneipe. Die Stimmen, die Anna hörte, rauschten. Eine schlechte Aufnahme. Bertil schien etwas zu wiederholen, was er schon einmal gefragt hatte.

»Ich habe gesagt: Würdest du auch mit mir mitgehen?«

»Wohin überhaupt?«, fragte jemand anders. Und dieser Jemand war Abel.

Anna setzte sich abrupt auf.

»Du weißt genau, was ich meine«, sagte Bertil, »und es hat nichts damit zu tun, wohin. Zu einem von uns beiden. Oder bist du hier schon verabredet?«

»Bertil«, sagte Abel und lachte eine seltsame Art von Lachen, »ich verstehe nicht, was das soll. Du hasst mich.«

»Nein«, sagte Bertil. Es klang erstaunlich ehrlich, aber war es das? Wo befanden sich die beiden? Wann? Und worum ging es? »Hass und Liebe liegen nah beieinander«, sagte Bertil, und das war der einzige Satz, der zu einem Theaterstück passte.

»Quatsch«, sagte Abel, »erzähl mir nichts.«

»Ich hatte gedacht, es wäre eine Frage des Preises«, sagte Bertil, hektisch und leise jetzt. »Was nimmst du? Ich habe Geld, weißt du. Genug. Du bist die einzige Chance für mich, etwas über mich herauszufinden. Ob ich … ich dachte bisher … du verstehst.«

»Ja«, sagte Abel. »Ich verstehe. Aber ich werde das nicht tun.«

»Aber du gehst doch mit Leuten mit. Oder nicht?«

Einen Moment lang hörte man nur das Rauschen der Aufnahme und die Geräusche im Hintergrund.

»Es ist«, sagte Abel schließlich, »eine Frage des Preises.«

In diesem Moment sprang Gitta auf und rannte hinaus. Anna saß völlig steif da, sie war versteinert, sie konnte sich nicht rühren. Sie begriff nichts und sie begriff alles.

Gitta wusste, dass sie früher hätte aufspringen müssen. Die schiere Überraschung hatte sie gelähmt. Gelähmt wie Anna. Und wie Abel, der stumm hinten auf seinem Platz sitzen geblieben war, festgefroren. Gitta war nie so schnell die Schulflure entlanggerannt, aber sie wusste, dass es nicht schnell genug war. Wo war die verdammte Sekretärin? Hatte sie Bertil neben dem Mikrofon für die Durchsagen alleine gelassen? Es war die einzige Möglichkeit. Bertil war verrückt, verrückt, er war verrückt. Gitta zwang sich, noch schneller zu rennen. Warum tat niemand anders etwas? Warum rannte sie allein? Warum stoppte niemand diese Durchsage? Sie hallte aus allen Lautsprechern der Schule, und spätestens jetzt war jedem klar, dass diese Durchsage nichts mit einem Schultheaterstück zu tun hatte. Sie stolperte, fing sich, raste eine Treppe hinauf, einen weiteren Flur entlang …

»Bertil«, sagte Abels Stimme aus den Lautsprechern, verzerrt von der Aufnahme. Handy, dachte Gitta. Er hat es mit dem Handy aufgenommen. Unauffällig. Er ist nicht dumm.

»Bertil, ich weiß nicht, was du dir vorstellst. Dies ist nichts, was ich dauernd tue. Ich bin kein … wie sagt man das? Kein Professional. Für so was musst du nach Berlin gehen, oder was weiß ich, nach Rostock. Das, was ich tue, ist etwas, das sich … ergibt. Es sind gewöhnlich ältere Männer.«

»Was bist du?«, fragte Bertil. »Bi?«

»Das geht dich nichts an«, sagte Abel. »Aber: nein. Hundert Prozent hetero.«

»Du gehst nur mit Männern mit.«

»Es ist ein Markt. Und es ist eine Frage des Preises. Es ist gar nicht so schwer, die Zähne zusammenzubeißen. Auch wenn du das nicht verstehst.« Abels Stimme war bitter wie Galle.

»Schön«, sagte Bertil. »Ich bin genauso hundert Prozent hetero wie du. Das war eben … nicht ganz ehrlich, verzeih. Ich wollte es nur wissen. Ich meine, ich wusste es, ich habe dich beobachtet, aber ich wollte es von dir hören.«

»Bist du jetzt zufrieden, ja?«, fragte Abel. »Beinahe, weißt du, beinahe hättest du mir eben leidgetan. Verstehen wir uns richtig: Du wirst niemandem etwas von diesem Gespräch sagen.«

»Natürlich nicht«, antwortete Bertil. »Ich bin nicht lebensmüde.«

Aber offenbar war er das, dachte Gitta. Obwohl er sein Versprechen gehalten hatte. Er hatte niemandem etwas gesagt. Er hatte nur die Aufnahme abgespielt, von der Abel nichts gewusst hatte. Als Gitta die Tür zum Sekretariat aufriss, stand er alleine am Schreibtisch der Schulsekretärin, das Handy in der Hand, die lange Gestalt gebeugt, und sprach einen letzten Satz ins Mikro:

»Ich dachte«, sagte er, »irgendjemand muss es Anna doch sagen.«

Dann traf ihn Gittas Faust im Gesicht.

Aber sie wusste, dass es zu spät war. Viel zu spät.

Anna drehte sich um. Sie war die Letzte, die sich umdrehte. Alle anderen hatten es schon während Bertils Durchsage getan, sie sahen Abel an, alle. Die Mathelehrerin stand vorne und sah ebenfalls Abel an, sie wirkte völlig hilflos, als wüsste sie, dass sie etwas sagen musste. Was hätte sie sagen sollen?

Abel stand auf und ging. Ohne ein Wort. Er ging durch den Mittelgang zwischen den Tischen nach vorn, den Blick vor sich auf den Boden gerichtet, er schloss die Tür leise hinter sich, und irgendwo schloss er eine zweite Tür, die Schultür, womöglich für immer. Er ging über den Hof, sie sahen ihn fortgehen, fort aus einer Welt, in die er nie gehört hatte. Sie sahen ihn die Mütze über die Ohren ziehen und auf sein Rad steigen. Er vergaß die Walkmanstöpsel. Vielleicht, dachte Anna, brauchte er sie nicht mehr, vielleicht war das weiße Rauschen in seinem Kopf angekommen.

Sie warf ihre Sachen in den Rucksack und stand auf. Sie spürte, dass jetzt alle anderen sie ansahen. Manche von ihnen flüsterten. Frauke warf ihr einen Blick zu, in dem so viel Mitleid stand, dass sie hätte kotzen können. Sie legte einen Moment die Hände vors Gesicht und atmete tief durch. Dann ging sie ebenfalls, ging den gleichen Weg, den Abel gegangen war, aber sie sah nicht zu Boden. Sie bemühte sich, die anderen anzusehen, auch die Lehrerin, alle. Manche sahen jetzt weg. Sie ging sehr aufrecht. Sie ging sehr aufrecht die Flure entlang und sehr aufrecht hinaus, sie schob ihr Rad sehr aufrecht durch den Schneematsch vom Schulhof. Sie fuhr hinaus nach Wieck, bis über die Brücke, bis zur Flussmündung. Neben dem Café stieg sie ab und ging sehr aufrecht hinaus auf die Mole.

Sie sah das Eis tauen. Sie sah, dass die Blesshühner am Rand der Fahrrinne wieder schwammen, und die schmutzigweißen Schwäne. Und plötzlich hielten ihre Beine sie nicht mehr. Sie musste sich an dem weiß gestrichenen Geländer festhalten, um nicht zu fallen, sie krümmte sich über diesem Geländer zusammen, sie wartete auf die Tränen, doch es waren keine da. Sie weinte ein Weinen ohne Tränen.

Sie verstand jetzt. Sie verstand vieles.

Sie erinnerte sich, wie Abel ihr die Wohnungstür geöffnet hatte, im T-Shirt, wie er sie nicht hereingelassen hatte. Sie erinnerte sich an Worte. *Kann ich nicht mitgehen? Nein, Anna, dorthin, wo ich jetzt hingehe, kannst du nicht mitkommen. Ich muss noch weg …*

Das, was ich tue, ist etwas, das sich ergibt. Wie oft hatte es sich ergeben, seit sie ihn kannte? In welchen Nächten hatte er vor Kneipen gestanden und das Märchenfell weißer Katzen verkauft und in welchen sich selbst? An welchen Vormittagen hatte er in Deutsch geschlafen, den Kopf auf den Armen, weil er nachts mit jemandem mitgegangen war, der den richtigen Preis bezahlt hatte? Sie hätte nie gedacht, dass diese Dinge hier überhaupt existierten, hier, in dieser winzigen Stadt. Chicago, hörte sie Magnus sagen.

»Von allen Arten, Geld zu verdienen«, flüsterte sie, »Abel, warum musste es gerade diese sein? Weil es sich irgendwann so ergeben hat? Wann? Wann hast du damit angefangen, die Zähne zusammenzubeißen und …? Ist es ein Symbol? Dafür, wie weit du für die kleine Königin gehst? Wie weit du über das Eis gehst? Irgendwann … irgendwann hält es nicht mehr, weißt du …«

Sie dachte zurück an die Dunkelheit in der Bootshalle, die zersplitterte Taschenlampe. Sie begann zu begreifen, was in jener Nacht geschehen war. Es war eine Art Rache gewesen, eine späte Rache für all das Zähnezusammenbeißen. Eine Rache an der falschen Person. Vielleicht war sie tatsächlich die erste Frau für ihn gewesen. Ein erstaunlicher Gedanke.

Wenn sie jetzt die Augen schloss, sah sie Bilder, die sie nicht sehen wollte, Dokumentationen billiger Pornografie. Es sind gewöhnlich ältere Männer. Gewöhnlich. Konnte man sich an alles gewöhnen? Wurde alles irgendwann zur Routine? Sie öffnete die Augen.

Gitta, dachte sie, Gitta hatte es gewusst. Gitta hatte den Mund gehalten. Aber jetzt, jetzt wusste es also die ganze Schule. Und er war auf eine so endgültige Weise gegangen.

Sie musste ihn finden.

Bertil landete auf dem Boden zwischen dem großen Schreibtisch und der Wand, da lag er, eingekeilt. Gitta stand einen Moment über ihm und sah auf ihn hinab. Und er sah zu ihr auf. Da war etwas wie ein feines Lächeln in seinem Gesicht. Hinter ihnen öffnete sich die Tür, und die Sekretärin, die nie hätte weggehen sollen, kam wieder herein und blieb an der Wand stehen, verwirrt und ein wenig ängstlich.

»Mein Gott, du bist ja krank, Bertil«, sagte Gitta. »Völlig krank. Die einzige Person, die du bloßgestellt hast, bist du selbst.«

»Ich habe nur dafür gesorgt, dass die Wahrheit herauskommt«, antwortete Bertil.

»Ja, das hast du«, sagte Gitta. »Und die Wahrheit ist, dass du spinnst.«

Er lag noch immer vor ihr auf dem Boden, hilflos wie ein auf den Rücken gefallenes Insekt, und die Wut kochte in ihr über. Sie hob den Fuß – und hielt inne.

»Nein«, sagte sie, »ach was. Du bist ja nicht mal die Tritte wert. Ich hoffe für dich, dass sie dich von der Schule schmeißen.«

Sie knallte die Tür hinter sich zu und stand draußen vor dem Schuldirektor und mehreren Lehrern.

»Tun Sie das«, sagte sie zu ihnen. »Schmeißen Sie ihn von der Schule. Sparen Sie sich die Papierkosten für das Abiturzeugnis.«

Der Direktor hielt sie am Arm fest.

»Was ist hier eigentlich los?«, fragte er. »Stimmt diese ganze Geschichte? Und von wem reden Sie? Tannatek?«

»Abel?«, fragte Gitta und schnaubte. »Abel hat sich heute selbst von dieser Schule geworfen. Den sehen Sie nicht wieder. Ich rede von Bertil Hagemann.«

In der Wohnung im vierten Stock der Amundsenstraße 18 öffnete niemand. Nicht einmal Frau Ketow stand unten hinter ihrem Türspalt und lauschte. Sie hörte ihre Stimme inmitten von Kindergeschrei hinter der Wohnungstür. Natürlich, dachte Anna, Frau Ketow hatte es aufgegeben, ihre Hände nach Micha als einem weiteren bezahlten Pflegekind auszustrecken, sie war in einer Gondel unter einem Heißluftballon zurückgesegelt zu ihrer eigenen Insel, ihrer verblichenen und verbrauchten Insel mit dem Wald aus aufgeräumten Regalen und den Wiesen aus farbloser, trostloser und irgendwie würdeloser Auslegeware.

Hinter der Tür mit dem Namen Tannatek war alles still.

Abel ging nicht an sein Handy. Sie fuhr zurück in die Stadt, fuhr kreuz und quer die Straßen entlang, sie suchte, ohne eine Spur zu haben, sie fand ihn nicht. Einen Moment lang glaubte sie, er säße in einem Stuhl am Bett des Leuchtturmwärters in der Klinik, doch dort saß niemand. Der Knaake lag noch immer mit geschlossenen Augen unter seiner grünen Herzschlaglinie, stumm.

»Haben Sie das gewusst?«, flüsterte Anna. »Über Abel? War es das, was Sie herausgefunden hatten?«

Und was, wenn noch etwas anderes zwischen diesen beiden passiert war, zwischen Abel und seinem Lehrer? Nein. Oh nein, sicher nicht. Sie verließ die Klinik, um den Gedanken loszuwerden. Sie fuhr wieder hinaus, diesmal zu Michas Schule. Der Schulhof war leer. Idiotin, sie hätte früher kommen müssen, es war inzwischen halb zwei. Er ging noch immer nicht ans Telefon.

»Sie machen einen Ausflug«, flüsterte sie in die Tauluft des verlassenen Hofs. »Auf die Insel. Oder irgendwohin. Sie kommen wieder. Sie sind auch damals wiedergekommen. Sie tauchen schon wieder auf.«

Was damals noch aufgetaucht war, war Marinkes Leiche gewesen. Und bis jetzt wusste Anna nicht genau, wann er gestorben war. Er konnte genauso gut in der Nacht gestorben sein, ehe Abel und Micha auf die Insel gefahren waren. Warum fiel ihr das jetzt ein? Bertil, dachte sie. Was hatte Bertil gesagt? Ich bin doch nicht lebensmüde.

Sie hatte seine Nummer gespeichert – wozu? Sie zögerte. Aber dann rief sie doch an. Das Telefon klingelte lange und Annas Knie wurden weich. Eine Mailbox. Sie sprach nichts darauf. Sie stieg auf ihr Rad und fuhr langsam zurück nach Hause.

Ihr Handy klingelte, als sie das Rad vor der Haustür abstellte.

Sie riss es ans Ohr, ohne aufs Display zu sehen. »Ja?«

»Anna«, sagte Bertil. »Du hast angerufen, ich habe die Nummer gesehen …«

»Ja«, sagte sie und atmete auf. »Ich wollte nur wissen, ob …« Was sollte sie sagen? Ob du noch lebst?

»Es tut mir leid«, sagte Bertil. »Was ich getan habe. Es war vielleicht nicht der richtige Weg … es ging mir nur um die Wahrheit.«

»Mir geht es auch um die Wahrheit«, sagte Anna, und plötzlich fühlte sie sich leicht. »Und *eine* Wahrheit weiß ich jetzt. Ich weiß, wer Lierski und Marinke nicht erschossen hat.«

»Wie bitte?«

»Warst du es?«

»Ich? Bist du jetzt völlig übergeschnappt?«

»Das trifft wohl weniger auf mich zu«, sagte Anna. »Sag mir einfach nur, ob du es warst.«

»Klar, ich renne nachts herum und schieße auf Leute, die ich nicht mal kenne«, sagte Bertil mit einem merkwürdigen Lachen. »Logisch.«

»Woher weißt du, dass Marinke nachts erschossen wurde?«

»Ich dachte? Tagsüber ist es etwas auffällig, jemanden am Strand in Eldena zu erschießen. Aber Anna, ich habe nichts mit der ganzen Sache zu tun. Der einzige Mensch, den ich kenne, der etwas mit den dreien zu tun hatte, ist Tannatek.«

»Drei«, sagte Anna. »Du weißt also auch, dass es drei sind.«

»Das mit dem Knaake hat sich herumgesprochen.«

»Er ist ins Eis eingebrochen.«

»Ach so?«

»Bertil.« Sie lachte beinahe. »Ist das nicht seltsam? Mit allem, was du tust, bewirkst du immer das Gegenteil von dem, was du willst. Die Autofahrt im Schnee … du wolltest mir etwas beweisen, aber du hast mir Angst gemacht. Und jetzt … ich weiß jetzt, dass Abel niemanden erschossen hat. Ich war mir die ganze Zeit über nicht sicher, aber jetzt weiß ich es.«

»Warum?«

»Weil du in diesem Moment mit mir redest. Weil du nach dem, was du getan hast, noch lebst.«

Sie unterbrach die Verbindung und schloss die Haustür auf.

Aus dem Wohnzimmer kamen Stimmen. Sie blieb stehen und lauschte – eine der Stimmen gehörte Linda, aber die andere gehörte nicht in dieses Haus. Es war eine helle Frauenstimme, Anna kannte sie – sie kam nicht darauf, woher. Sie streifte Schuhe und Mantel ab und ging den Stimmen nach.

Auf dem Sofa neben Linda saß Michas Lehrerin mit dem unaussprechlichen Namen.

»Anna«, sagte Linda. »Das ist meine Tochter.«

»Ich weiß«, sagte Frau Mirkowicz. »Wir kennen uns bereits.«

Die Hand, die Annas Hand schüttelte, war kühl und glatt.

»Was ist passiert?«, fragte Anna.

»Setz dich doch«, sagte Linda.

»Nein!«, rief Anna, plötzlich panisch. »Ich will wissen, was passiert ist!«

Und dann setzte sie sich doch, oder ließ sich vielmehr in einen der Sessel fallen, und starrte Michas Lehrerin an. Sie war so jung, so blond, ihre grüne Bluse so frühlingshaft, und Anna fragte sich, wie Michelle eigentlich ausgesehen hatte. Sie hatte nie ein Bild von ihr gesehen.

»Warum sagen Sie denn nichts?«, fragte Anna. »Sagen Sie doch was! Bitte! Wo … wo sind sie?«

»Wo … wie?«, fragte Frau Mirkowicz.

»Micha hat ihr erzählt, sie wohnt hier«, sagte Linda. »Sie hat wohl ein bisschen geschwindelt. Ihre Lehrerin wollte endlich eine Adresse haben, um Michas Mutter zu besuchen, und nun ist sie bei uns gelandet.«

»Das … das ist alles?«, fragte Anna.

»Ja«, sagte Frau Mirkowicz und pustete einen Kekskrümel von der frühlingsgrünen Bluse. »Ich mache mir Sorgen um die Kleine, verstehen Sie? Ihr Bruder, der auf sie aufpasst, ist … er ist ein wenig Furcht einflößend, und die Art, wie er verhindert, dass irgendwer an seine Schwester herankommt, ist … ich weiß nicht, ich habe kein gutes Gefühl. Aber Sie wissen das besser. Sie kennen ihn. Ihre Mutter hat mir gesagt, dass … er vielleicht nur so wirkt. Und dass meine

Sorgen unbegründet sind.« Sie stand auf. »Ich möchte Sie nicht länger belästigen … wenn ich weiß, dass Sie sich auch alle ein wenig kümmern, ist ja alles in Ordnung.«

Anna sah Linda an. Danke, dachte sie. Danke, danke, danke.

Die grüne Frühlingsbluse wand sich im Flur in einen hellen Frühlingsmantel. Sie besaß sogar einen Frühlingshut, einen Hut aus Filz mit einer blauen Blume. Sie war hübsch in ihren Frühlingssachen. Anna dachte, dass sie sie gerne als Lehrerin gehabt hätte, früher, mit sechs Jahren. Jetzt nicht mehr.

»Eigentlich wollte ich auch mit Abels Lehrer sprechen«, sagte Frau Mirkowicz. »Wir waren verabredet, um miteinander zu sprechen. Er ist nicht gekommen.«

»Nein«, sagte Anna.

Und dann schloss sich die Tür hinter dem filzbehüteten Frühling.

»Danke«, sagte Anna zu Linda, laut jetzt, »danke, danke, danke.«

»Und was«, fragte Linda, »ist diesmal geschehen?«

Sie brauchte einen ganzen Nachmittag, um in ihrer Erzählung zur Wahrheit zu kommen, zu dem einen Fakt, den Bertils Durchsage enthalten hatte. Die Worte waren zu hart, sie wünschte sich beinahe Gitta her, damit Gitta Linda alles erklärte, Gitta hatte keine Probleme mit harten Worten.

»Gitta würde sagen«, flüsterte sie schließlich, »er ist ein Stricher.«

»Ich hätte ein anderes Wort«, bot Linda an. »Im Film heißt es ›Callboy‹ …«

»Nein«, sagte Anna und sah zu Boden. »Ein Callboy ist jemand, den du anrufst, als Frau, jemand, der das professionell macht und der kein Problem damit hat, sondern vielleicht sogar Spaß. Gerade im Film ist es nichts Negatives, oder? Dies hier ist etwas anderes. Es sind nur Männer, ältere Männer. Und wir reden von jemandem, der nicht schwul ist. Und ich weiß nicht, wann es angefangen hat. Vielleicht ist es eine ganze Weile her. Er ist siebzehn, Linda, wie ich … Es ist alles so verkehrt. Es ist gar nicht so schwer, die Zähne zusammenzubeißen, hat er gesagt, es ist gar nicht so schwer …«

Linda machte einen Versuch, sie in die Arme zu nehmen, aber Anna stand auf und trat einen Schritt zurück.

»Verzeih mir«, flüsterte sie. »Aber fass mich nicht an. Nicht jetzt. Ich muss ihn finden, Linda. Ich muss ihn irgendwo finden, aber ich weiß nicht mehr, wo ich suchen soll.«

Sie stand lange oben in ihrem Zimmer am Fenster und sah den Tropfen draußen zu. Im Wald, dachte sie, würden jetzt die ersten Buschwindröschen unter dem Schnee aufblühen. Sie hatte Linda nichts von der Bootshalle erzählt, sie würde ihr nie etwas von der Bootshalle erzählen.

Als es dunkel war, kam Linda herein, lautlos wie immer, beinahe unsichtbar.

»Anna«, sagte sie. »Eines nur. Dein Vater … ich werde ihm das nicht erzählen. Und es ist vielleicht besser, du tust es auch nicht.«

»Nein«, sagte Anna. »Ja. Danke. Linda, ich … ich werde jetzt gehen. Ich weiß nicht, wie viele Kneipen es in der Stadt gibt, aber ich muss es wenigstens versuchen. Vielleicht ist er irgendwo …«

»Soll ich mitgehen?«, fragte Linda. Sie meinte es ernst. Anna schüttelte den Kopf. »Sag Magnus, ich bin mit Gitta weg.«

Seltsam, dachte sie, als sie das Haus verließ. War es nicht sonst umgekehrt gewesen? Sag Linda, es geht mir gut, sag Linda, sie braucht sich nicht zu sorgen, lass uns Linda nichts davon sagen, sonst macht sie sich nur Gedanken. Kein Stein schien auf dem anderen zu bleiben, seit sie Abel kannte. Er ging noch immer nicht ans Telefon.

Er war nicht da. Er war nirgendwo. Er hatte sich aufgelöst, in Nichts, in Luft, in Tauwasser.

Sie war noch nie in einer Nacht in so vielen Kneipen gewesen. Sie hatte nicht einmal gewusst, dass es so viele gab. Studentenstadt, dachte sie. Sie würde niemals hier studieren, sie hatte es ohnehin nicht vorgehabt, aber an diesem Tag war es unmöglich geworden. Sie musste weg von hier, so bald wie möglich, weit weg.

Sie bekam eine gewisse Übung darin, in eine Kneipe zu gehen und suchend auszusehen. Sie zwang sich, zu fragen. Man kannte ihn, natürlich. Da war etwas wie ein mitleidiges Lächeln in den Mundwinkeln von manchen, die sie fragte. Armes kleines Mädchen, stand in ihren Gesichtern geschrieben, was hast du dir da für ein Abenteuer ausgedacht? Sie fragte sich, wie viele von ihnen was wussten. Wusste die ganze Stadt mehr, als sie gewusst hatte? Jener Teil der Stadt, der abseits von steril abwaschbaren, gut ausgeleuchteten Schultischen lag, abseits von der blauen Luft und den Rotkehlchen in Gärten alter Häuser? Abseits der restaurierten, geleckten Fassaden?

Es war nach zwei, als sie bei der Mensa ankam. Auch die Mensa hatte ein Nachtgesicht, samstags und donnerstags erwachte der Keller dort zum Leben, aber heute war Montag. Sie hörte die Musik auf der Straße. Sie mussten eine Party dort haben, irgendetwas außer der Reihe. Sie war müde. Sie wollte nach Hause. Sie wäre an der Mensa vorbeigegangen, aber jemand rief ihren Namen. Gitta. Und auf einmal war sie dankbar für Gittas Anwesenheit. Sie trieb durch die Nacht auf sie zu wie auf eine Rettungsboje.

Gitta stand in ihren schwarzen Sachen in der schwarzen Nacht und rauchte. Neben ihr stand eine Handvoll anderer Raucher, die Anna nicht kannte. Gitta sagte etwas zu ihnen, legte einen Arm um Anna und ging ein Stück mit ihr beiseite.

»Anna«, sagte sie. »Ich habe versagt. Ich war zu spät. Es tut mir leid.«

Hatte sie Gitta doch nicht verloren? Hatte Gitta ihr verziehen, dass sie sie nicht in die Wohnung gelassen hatte, dass sie die Tür vor ihrer Nase geschlossen hatte, dass sie kaum noch mit ihr sprach?

»Ach, das«, sagte Gitta. »Himmel, wir sind doch erwachsen genug. Heute … ach, Scheiße, ich hätte schneller sein müssen. Er hatte seinen letzten, salbungsvollen Satz gesagt, als ich ins Sekretariat kam. Ich habe ihn zu Boden geschlagen wie ein Kindergartenkind. Ich war so wütend. – Bist du nie wütend?«

»Doch«, sagte Anna. »Oft. Zu oft. Du hast es gewusst, oder?«

»Das mit Abel?« Sie zog an der Zigarette. »Kann sein. Ist es wichtig?«

»Ja«, antwortete Anna. »Es ist wichtig, dass du mir nichts gesagt hast. Danke. Aber ganz abgesehen davon ändert es nichts. Ich bin hier, weil ich ihn suche. Um ihm zu sagen, dass es nichts ändert.«

»Jetzt sag bloß nicht Ich-liebe-ihn, sonst kommen mir die Tränen«, sagte Gitta, und dann umarmte sie Anna, die Zigarette in einer ausgestreckten Hand. Und ihr Gesicht dicht neben Annas schien tatsächlich nass zu sein.

»Du hast ihn nicht gefunden, was?«, fragte sie, ihre Stimme ein wenig rauer als sonst.

»Nein.«

Gitta zeigte mit der Zigarette hinter sich, auf den eckigen schwarzen Klotz der nächtlichen Mensa. »Versuch's mal dadrin, m–, meine ich.«

Versuch's mal dadrin, mein Kind. Sie hatte *mein Kind* sagen wollen, wie sie es immer sagte, seit Jahren. Sie hatte es nicht gesagt. Sie würde es, dachte Anna, nie mehr sagen. Die Dinge hatten sich geändert.

Zuerst wollten sie sie nicht reinlassen, es gab Türsteher, sie wollten einen Ausweis sehen. Anna hatte keinen dabei, natürlich war sie achtzehn, lächerlich, sie suchte jemanden, verdammt, konnte sie jetzt durch? Nein, sie hatte keine mitgebrachten Getränke in ihrer Tasche, was war das für ein Aufstand? Sie legte die Hände kurz vors Gesicht, atmete tief durch und küsste einen der Türsteher auf die Wange. »Danke«, flüsterte sie. »Danke, dass du mich durchlässt.«

Sie spürte den Blick, mit dem er ihr nachsah, er hatte nicht geplant, sie durchzulassen; sie verschwand im Gedränge schwitzender, sich aus Jacken heraus- und in Jacken hineinwindender Körper. Es gab nur einen einzigen Raum, in dem getanzt wurde, an der langen Theke herrschte Chaos, die alten Tische und Bänke an den Wänden waren belegt, besetzt, beschlagnahmt von Jacken, Gläsern, Bierflaschen, noch mehr Körpern. Sie brauchte eine Weile, um sich an die Dunkelheit zu gewöhnen, die nur vom flirrenden Licht der Discokugel unterbrochen wurde. Die Musik war laut wie eine Baustelle, sie spürte den Bass in den Fußsohlen, in den Fingerspitzen, in den Haaransätzen. Die Umrisse der Körper im Raum schienen ineinanderzufließen, flimmerndes Schwarzlicht unterbrach und zerbrach die Bilder zu tausend Puzzlestücken, auf einer Bank knutschte ein Pärchen, das sie im nächsten Moment nicht mehr entdecken konnte; waren es nur zwei Jacken gewesen? Es war unmöglich, in diesem Durcheinander jemanden zu finden. Warum hatte Gitta gesagt, sie sollte es hier versuchen? War er hier? Hatte sie ihn gesehen? Warum war sie nicht mit Anna hereingekommen?

Nein, dachte sie. Wenn sie ihn fand, musste sie ihn allein finden.

Und dann fand sie ihn.

Er saß ganz hinten in einer Ecke, an einem Tisch, auf dem sich ein Stapel aus Jacken und Pullovern türmte. Es war lächerlich, aber sie erkannte ihn an der schwarzen Mütze. Zuerst dachte sie gar nicht, dass er es war, es gab Dutzende von Leuten mit solchen Mützen. Aber als sie sich um den Tisch herumzwängte und sich neben ihn auf die Bank setzte, da war er es doch. Er saß nach hinten an die Wand gelehnt, nein, sitzen war eigentlich das verkehrte Wort, er hing vielmehr, und einen Moment lang dachte sie, er schlief. Er schlief nicht, seine Augen waren offen, starr auf die Tanzfläche und die vom Schwarzlicht zerhackten Bilder der Körper gerichtet. Die Walkmanstöpsel wirkten, als wären sie aus seinen Ohren gerutscht, als hätte er auch hier versucht, das weiße Rauschen oder die unbegreiflichen Worte des alten Kanadiers zu hören, aber aufgegeben. Er trug nicht nur die Mütze, sondern auch den Militärparka, obwohl es unerträglich warm war. Er hielt eine halb volle Bierflasche in der Hand.

Sie legte ihre Hand auf seine, und erst, als sie das tat, bemerkte er sie. Er wandte den Kopf mit merkwürdiger Langsamkeit und etwas wie ein Lächeln tauchte auf seinem Gesicht auf. Es war ein bitteres Lächeln, bitter wie seine Stimme in Bertils verrauschter Aufnahme.

»Na?«, sagte er, und sie beugte sich näher, um ihn trotz des Lärms zu verstehen. »Na, bist du gekommen, um mit dem Outlaw zu reden?« Etwas stimmte nicht mit seiner Stimme, es war nicht nur die Bitterkeit. »Das ist es doch, was?«, fuhr er fort. »Eine … eine schöne Geschichte. Die Prinzessin und der Outlaw. Der Underdog. Der Paria.« Er spuckte ihr die Worte ins Gesicht und jetzt lachte er. »Haben wir dafür keine deutschen Worte?«

»Du bist es, der sich mit Worten auskennt, nicht ich«, antwortete Anna. »Und gerade jetzt redest du Unsinn! Abel! Ich habe dich gesucht! Ich suche dich schon den ganzen Tag!«

»Such … jemand anderen«, sagte Abel. Seine Stimme war noch immer merkwürdig schleppend, und dann sah sie, dass etwas mit seinen Augen nicht stimmte. Das Eis darin hatte die Pupillen gefressen, überall, dachte sie, taute es, und die Löcher im Eis wurden größer, aber in seinen Augen war das Gegenteil geschehen. Die dunklen Fenster der Pupillen waren beinahe ganz zugefroren.

»Scheiße!«, sagte sie. »Was hast du genommen?«

Seine Hand fuhr durch die Luft, in einer Geste, die nichts und alles bedeutete. Er stellte die Bierflasche auf den Tisch und die Übung schien ihm schwerzufallen.

»Spielt das … eine Rolle?«

Anna fasste ihn an den Schultern und schüttelte ihn, und er ließ sie einfach schütteln, da war keine Körperspannung unter ihren Händen, er war selbst wie ein Bündel Kleider.

»Du hast gesagt, du nimmst das Zeug nicht, das du vertickst!«, schrie sie gegen die Musik an. »Du hast gesagt …«

»Lass mich los, Prinzessin«, sagte er mit diesem Lächeln, das ihr nicht gefiel. »Gesagt, gesagt. Hast du das geglaubt?«

»Ja!«, schrie Anna. »Das habe ich geglaubt, du Idiot!«

»Es war auch wahr«, sagte er, und plötzlich fand er genug Kraft, ihre Hände wegzuschlagen. Die Bierflasche kippte um und lief aus, er schien es nicht zu merken, er legte die Arme auf die Tischplatte und den Kopf darauf, wie an den Vormittagen im Deutschkurs, an denen er geschlafen hatte. Schließlich drehte er das Gesicht zur Seite, wandte ihr seine veränderten Augen zu und wiederholte: »Wahr, es war wahr. Ich habe es dir gesagt … ich kann es mir nicht leisten, den Kopf zu verlieren … mit Micha … aber jetzt ist es egal. Völlig.«

Er verbarg sein Gesicht wieder in den Armen, als ginge er fort, doch sie ließ ihn nicht, sie schüttelte ihn schon wieder.

»Wo ist sie?«, schrie sie. »Wo ist Micha?«

»Zu Hause«, antwortete er. »Liegt im Bett. Wir haben … wir waren … auf einem Ausflug, mal wieder … und jetzt liegt sie im Bett und schläft. Was dachtest du denn? Dachtest du, ich kümmere mich nicht mehr um sie?«

»Wenn alles egal ist?«

Sie sah, dass er versuchte, sie zu fixieren, und es ihm nicht ganz gelang.

»Geh weg«, sagte er.

»Lass mich allein. Was willst du mit mir?«

»Dich nach Hause bringen.«

»Vergiss es«, sagte er und stand auf. Sie sah, dass er sich nicht auf den Beinen halten konnte, er hielt sich am Tisch fest. »Lass mich in Ruhe.« Er zeigte auf die Ansammlung leerer Flaschen und ließ sich zurück auf die Bank fallen. »Ich *habe* Gesellschaft. Ha!«

Sie rückte ganz nah zu ihm, so nah, dass ihre Schultern sich berührten. Sie wollte nicht mehr rufen. Er roch nach Bier. Sie wusste noch immer nicht, was er geschluckt hatte, aber natürlich hatte er recht, es war letztlich egal. Er hatte aufgegeben.

»Ich weiß nicht, ob das jetzt zu dir durchdringt«, sagte sie. »Wahrscheinlich nicht. Aber wenn du es morgen vergessen hast, sage ich es dir morgen noch mal. Ich habe dich gesucht, weil ich dir sagen wollte, dass Bertil nichts bewirkt hat. Er hätte sich die ganze Aufnehmerei und die Durchsage sparen können. Ich weiß jetzt etwas, das ich vorher nicht wusste, na und?«

»Aber alle wissen … alle wissen alles«, murmelte Abel. »Jetzt. Nein, alle wissen nichts. Niemand weiß irgendetwas. Niemand weiß alles …«

»Hörst du dir noch zu? Gibt das Sinn?«

»Was gibt denn überhaupt Sinn?«, fragte er. »Geh weg, Prinzessin. Lass deinen Outlaw allein. Du wirst … du wirst ihn nicht ändern.«

»Ich gehe nirgendwohin ohne dich«, sagte Anna fest.

»Mein Gott, sieh sie dir an, wie sie tanzen«, sagte er, als hätte er sie nicht gehört. »Wie sie tanzen! Ist das nicht irre? Die Welt dreht sich verkehrt herum, und sie merken es nicht, sie tanzen! Soll ich dir erzählen, wie das Märchen weitergeht?«

»Ja«, sagte sie, »bitte.«

Und sie legte ihren Kopf an seine Schulter, wo die Jacke nass war von vergossenem Bier, und vor ihnen tanzten sie, sie tanzten, es war irre, er hatte recht.

»Die kleine Königin und ihre Leute sahen das Festland … am Abend«, begann Abel, stockend, über die Worte stolpernd, fallend, wie ein Kind, das laufen lernt. Aber er stand jedes Mal wieder auf. »Und sie jubelten und umarmten einander.

›Bald sind wir da!‹, rief das Rosenmädchen.

›Heute Nacht noch!‹, rief die kleine Königin.

›Wo ist die Waffe?‹, fragte der Fragende. ›Bald‹, antwortete der Antwortende, aber diesmal war es wohl die falsche Frage und die richtige Antwort. Über ihnen schrie die silbergraue Möwe, ihr Schrei klang schrill und warnend, und zunächst begriffen sie ihn nicht. Sie liefen weiter auf ihren Schlittschuhen, auf die dunkle Masse des Landes zu. Und dann schrie die Möwe noch lauter und sie bremsten abrupt. Vor ihnen brach das Eis ab. Sie sahen jetzt, wie dick es war, einen halben Meter dick, doch es brach einfach ab. Zwischen dem Festland und der Kante floss ein breiter Strom, ein reißender Fluss aus Tauwasser, ein unüberwindliches Ungeheuer aus Wassermassen.

Sie schnallten die Schlittschuhe ab und standen stumm an der Eiskante. Die silbergraue Möwe landete vor ihnen, legte den Kopf schief und blinzelte mit ihren goldenen Augen. Die Pupillen in ihren Augen waren beinahe verschwunden, als wäre sie dabei, blind zu werden wie die weiße Katze. Vielleicht war der Wind in der Luft über dem Meer zu kalt gewesen. Die kleine Königin bückte sich, um der Möwe übers Gefieder zu streichen, doch es war wieder ein silbergrauer Hund, den sie streichelte. Er drückte sich an ihre Beine, als suchte er Schutz vor der Kälte, und dann bellte er laut und bleckte die Zähne. Er hatte scharfe Zähne, Reißzähne wie ein Wolf. Die kleine Königin folgte seinem Blick und auch das Rosenmädchen drehte sich um.

›Da kommt sie‹, flüsterte es. ›Da kommt die Juwelierin mit ihren blitzenden Werkzeugen. Wir müssen schwimmen.‹

Aber der Strom war zu reißend, die Wassermassen zu gewaltig.

›Wir *werden* schwimmen‹, sagte die kleine Königin. ›Aber wenn wir schwimmen, werden wir sterben. Und ich weiß noch immer nicht, wie der Tod ist. Wir sind so lange unterwegs gewesen und haben so viele Leute kennengelernt, und niemand, kein Einziger von ihnen, hat mir erklärt, was der Tod bedeutet.‹«

»Und?«, fragte Anna.

»Nichts und«, sagte Abel und drehte eine der Bierflaschen um, aus der ein letzter Tropfen auf den Tisch fiel.

»Das ist nicht das Ende«, sagte Anna. »Das Ende ist erst übermorgen. Bis dahin finden wir eine Möglichkeit, über den Strom zu kommen. Der Seelöwe kann doch schwimmen. Er kann hervorragend schwimmen. Komm.«

Sie nahm seinen Arm und zog ihn auf die Beine, wollte ihn weiterziehen, aus der Ecke, um den Tisch herum – und da fand er zum zweiten Mal seine Kraft wieder. Diesmal fand er sie wirklich. Er stieß sie von sich, sie taumelte und hielt sich am Tisch fest, sie sah, wie er ausholte, als wollte er sie schlagen. Sie duckte sich. Es kam kein Schlag. Er stand vor ihr, mit hängenden Armen, sank zurück auf die Bank und schloss die Augen.

»Geh weg, Anna«, sagte er noch einmal, zu leise, als dass sie es hätte hören können, sie sah die Worte auf seinen Lippen. »Geh jetzt weg. Weit weg. Und komm nie mehr wieder. Das Märchen geht nicht gut aus.«

Sie ging. Sie ließ ihn allein, allein mit der irren, tanzenden Masse, in deren Mitte man mehr allein sein konnte als irgendwo sonst.

»Mein Kind«, sagte Gitta, die sie im Vorraum der Mensa traf, »hast du ihn nicht gefunden?«

»Nein«, sagte Anna. »Ich werde ihn morgen finden. Morgen, wenn er wieder nüchtern ist und geschlafen hat.«

»Tu das«, sagte Gitta. Anna sah, dass Hennes hinter ihr stand.

»Tu das«, wiederholte er und strich sich mit dieser unerträglichen Geste das Haar aus dem Gesicht. Er hielt ein Glas in der Hand, und die Farbe der Flüssigkeit in dem Glas war schön, und das Glas war schön, und seine Hand war schlank und schön. Sieh nur, dachte sie, wie sie tanzen. Irre.

»Anna!«, sagte Hennes. »Warte! Diese Sache mit Bertil heute … das, was er aufgenommen hat … ich … es tut mir … wenn ich jetzt irgendetwas sage …«

»Dann kann es nur falsch sein«, sagte Anna. »Geh, Hennes. Nimm Gitta und geh mit ihr tanzen.«

In dieser Nacht träumte sie nicht von Flammen. Sie träumte von Ludwigsburg. Von den Kiefern im Schneesturm. Und sie wusste, wer ihr gefolgt war. Wer ihr Angst gemacht hatte.

»Ich bin eben schon einmal an dir vorbeigefahren«, hatte Bertil gesagt. »Ich musste nur erst einen Ort finden, um zu wenden …«

Und sie hatte ihn nicht gesehen, als er ihr entgegenfuhr, als er an ihr vorbeifuhr. Weil er nicht an ihr vorbeigefahren war. Im Traum sah sie die drei verschneiten Autos wieder vor sich, dort beim Restaurant hinter dem Strand, am Ende der schmalen Straße. Und plötzlich war sie sich sicher, dass eines davon ein alter Volvo gewesen war. Und plötzlich war ihr, als erinnerte sie sich an das Hecheln eines Hundes zwischen den Kiefern. Und plötzlich hörte sie Gitta wieder sagen: Glaub nicht alles. Gitta hatte Bertil nie gesagt, dass sie Anna hatte nach Ludwigsburg hinausfahren sehen, oh nein. Er war ihr gefolgt. Er war ihr damals zu Abels Wohnung gefolgt, jemand muss auf dich aufpassen, hatte er gesagt, und er war ihr weiter gefolgt, sie würde nie herausfinden, wohin überall. Er hatte ihr Angst gemacht, draußen, im Wald, um sie zu retten.

Er hatte sie vorausgehen lassen, hatte sie ihr Rad durch den Schneesturm schieben lassen, lange, lange, bis sie erschöpft genug war, um sich aufsammeln zu lassen, hatte gewartet, gelauert … Deshalb war die Heizung im Auto nicht warm gewesen. Natürlich. Natürlich. Natürlich.

Als sie aufwachte, war es schon spät am Vormittag. Sie musste geschlafen haben wie eine Tote. Vor dem Fenster im Garten lag kaum noch Schnee. Die Sonne schien auf eine neue, goldene Art. Sie beeilte sich mit dem Anziehen.

Sie wusste, was sie tun würde. Jetzt gleich.

Sie würde zum Elisenhain hinausfahren und nachsehen, ob die Buschwindröschen schon da waren. Und sie hatte das Gefühl, dass sie da wären. Dass sie auf sie warteten. Die Buschwindröschen und der Frühling. Sie würde einen Strauß aus winzigen weißen Blüten pflücken und bei Abel und Micha klingeln, und sie würden zusammen frühstücken, und Abel und sie würden über alles sprechen. Seit sie ihn kannte, verliefen die Dinge in einem ständigen Pingpong, auf und ab, himmelhoch jauchzend, zu Tode betrübt, und dies war ein Tag für himmelhoch jauchzend. Ein Tag, um alles zu klären und zu erklären. Um über die Zukunft zu reden, eine Zukunft, in der er nicht mehr tun musste, was er bis jetzt getan hatte, um Geld zu verdienen, ganz gewiss nicht, und wenn sie ihm Magnus' Geld um die Ohren hauen musste.

Sie wusste eine Stelle, wo mehr Buschwindröschen wuchsen als irgendwo sonst, es war ganz nah bei der Stelle, an der im dichten Gestrüpp die Unsichtbaren wohnten, von denen Micha erzählt hatte. Sie würde Micha sagen, dass die Unsichtbaren mit dem Schnee getaut waren. Dass es sie im Frühling nicht gab.

Es war längst Zeit für den Frühling. Dies war der zwölfte März.

17

Michelle

Der Wald blühte ja! Er blühte ja wirklich!

Da war noch Schnee zwischen den hohen grauen Stämmen der Buchen, silbergrau, dachte Anna, aber zwischen den letzten weißen Flecken an Kälte gab es jetzt neue weiße Flecken, und einige wenige gelbe und violette. Sumpfdotterblumen, Leberblümchen und ihre Buschwindröschen natürlich, so ein langes Wort für so eine winzige Blume.

Die Wege waren braun und matschig, sie sank an manchen Stellen bis zu den Knöcheln ein, ihre Stiefel saugten sich im Morast fest, und sie lachte. Der Winter war vorbei.

Sie verließ den Weg, sie stieg mitten hinein in den Matsch und drehte sich mit ausgebreiteten Armen unter den Bäumen, sie sah den Saum ihres Wintermantels fliegen wie den Saum eines Kleides. In ihrem Rucksack steckten alle alten Cohen-Platten von Linda. Und die Flöte. Sie hatte Pläne. Sie hatte große Pläne.

Micha konnte Flöte lernen, wenn sie wollte. Oder Klavier. Das Haus mit der blauen Luft war zu groß und die Wohnung in der Amundsenstraße im vierten Stock zu klein. Es könnte umgezogen werden. Und wenn Micha sich eingewöhnt hätte … Vielleicht ging Abel mit Anna zusammen weg, irgendwohin, irgendwohin zum Studieren, irgendwohin, wo keiner ihn kannte und wo keiner sie kannte, und sie konnten Micha besuchen, immerzu. Sie würde ihn nicht zwingen, zu nichts, sie hatte versprochen, ihn zu nichts mehr zu zwingen. Aber jetzt, wo der Schnee taute, sah er vielleicht ein paar Dinge ein. Und morgen war er achtzehn. Ab morgen brauchte er keine Angst mehr zu haben, dass jemand ihm Micha wegnahm. Sie hoffte, dass es stimmte, was er glaubte. Sie hätte Magnus fragen können, Magnus wusste solche Dinge, doch sie hatte ihn nicht gefragt, aus Angst vor der Antwort. Nein, sagte sie sich, Abel wird recht haben. Ab morgen ist alles gut. Sie erreichen das Festland. Es ist schon so nah.

Sie kam an einem Hochsitz vorbei, dessen vier hölzerne Stützen im Schlamm feststeckten wie die Beine eines riesigen Tieres, das nicht weiterkonnte, und plötzlich musste sie an Bertil denken. Dies war das Revier, in dem sein Vater jagte. Vielleicht hatte er vor Kurzem noch auf diesem Hochsitz gesessen, das Gewehr neben sich. Ließ sein Vater ihn schießen, obwohl er den Jagdschein noch nicht hatte? Jetzt, wo der Boden taute, kam das Wild sicher aus seinen Verstecken, sie sah die Hufabdrücke von Rehen im Schlamm, sie waren nicht scheu hier, Gitta hatte erzählt, sie kämen manchmal über die Wolgaster Straße, bis in die Gärten des Neubaugebiets, sie fraßen die jungen Triebe der Büsche. Der Garten von Gittas Mutter war selbstverständlich steril abwaschbar, da gab es für das Wild nichts zu holen, aber ihre Nachbarin, sagte Gitta, regte sich ständig darüber auf, dass die Wildschweine ihr Gemüse ausgruben.

Die Wildschweine. Anna sah, wo sie den Schlamm zerwühlt hatten, auf der Suche nach den Bucheckern des vergangenen Herbstes.

Etwas raschelte in der Nähe und sie fuhr herum. Sie hatte keine Lust, hier draußen einem Eber zu begegnen oder einer Bache –

wann hatten Wildschweine Junge? Jetzt war wieder alles still. Wahrscheinlich war es nur ein Vogel gewesen. Sie hörte die ersten Amseln und Meisen singen. Natürlich, ein Vogel.

Sie befand sich jetzt wieder auf dem Pfad, den sie mit Abel und Micha entlanggerannt war, sie duckte sich und schlüpfte zwischen den noch kahlen Ästen der Haselnussbüsche hindurch, die Knospen waren an den Spitzen schon beinahe grün. Hier war die Stelle, wo der Pfad sich gabelte, dahinter wohnten jetzt im Frühling keine Unsichtbaren mehr.

Im letzten Frühjahr hatte sie genau hier mit Gitta zusammen Blumen gepflückt, wirklich, mit Gitta, die niemals zugeben würde, dass sie im Wald Blumen pflückte wie ein kleines Mädchen. Hier war die beste Stelle im ganzen Elisenhain. Anna teilte das Gebüsch, der Pfad war jetzt wieder von Tierspuren übersät. Sie richtete sich auf und stand vor einem zerwühlten Stück Erde. Hier gab es keine Buschwindröschen mehr, nicht in diesem Frühjahr. Hier hatten tatsächlich die Wildschweine gewütet.

Aber warum, fragte sie sich, warum gerade hier, wo wenig Buchen standen und mehr Büsche? Sie würde anderswo Buschwindröschen pflücken, es gab genug. Sie wollte einen Bogen um die Stelle machen, um die Schweinesuhle herumgehen … und dann sah sie, dass die Wildschweine etwas ausgegraben hatten. Da steckte etwas im Schlamm fest, etwas Buntes, rot und blau, Stoff. Es raschelte wieder, ein Stück entfernt, sie sah auf – hatten sich dort die Zweige der Büsche bewegt? Nein. Sie fing an, sich Dinge vorzustellen, die nicht da waren. Ihre Einbildungskraft hing noch in Ludwigsburg fest, zwischen den Kiefern, im Schneesturm. »Aber das war noch tiefster Winter«, flüsterte sie, »das ist Jahrtausende her. Denn jetzt, jetzt ist Frühling. Damals hatte ich Angst … und jetzt …«

Jetzt hatte sie mit einem Mal wieder Angst. Sie trat näher an die Suhle heran. Kleidung, jemand hatte dort Kleidung vergraben, ein rotes Hemd, eine blaue Regenjacke … sie kniete sich hin, ganz nah, zu nah. Haare, da waren Haare zwischen dem Schlamm, lange Strähnen von Haar. Eine Puppe, bitte, lieber Gott, ich habe nicht mehr gebetet, seit ich ein Kind und es Weihnachten war, hör mich, bitte, lass es eine Puppe sein.

Sie merkte, dass sie zitterte. Ihre Zähne schlugen unkontrollierbar aufeinander, es war wie Schüttelfrost bei hohem Fieber. Sie zwang sich, einen Ast zu nehmen, Blätter und Erde zur Seite zu scharren. Hinsehen, hinsehen, nicht wegsehen, du musst jetzt hinsehen. Das waren keine Kleider. Natürlich nicht. Nicht nur. Dort, unter der Erde, lag der Körper einer Frau. Er hatte vielleicht schon lange dort gelegen, sie erkannte nicht viel, er war zu verschmiert von der Erde. Zum Glück, dachte sie. Zum Glück sehe ich das Gesicht unter der Erde nicht. Die Frau lag auf dem Rücken. Langes blondes Haar … Sie dachte an Michas Lehrerin. Michas Lehrerin, Frau Mirkowicz, die Juwelierin, die den Diamanten formen und zerstören wollte – oder von der Abel glaubte, dass sie das wollte. Frau Mirkowicz mit ihrem frühlingsgrünen Mantel, womöglich besaß sie auch einen blauen Mantel oder sie hatte einen besessen – sie war die Einzige, die der kleinen Königin bis zum Schluss gefolgt war. Die letzte Bedrohung. Alle anderen waren entweder umgekommen oder geflohen. Anna beugte sich vor, ihr Stock fand eine Hand, und diese Hand war, trotz des Frostes, kaum noch zu erkennen. Auch in der Erde unter dem Schnee arbeiteten Insekten, Mikroorganismen, die Zeit. Diese Leiche lag länger dort als einen Tag. Anna sah einen Moment weg. Ihr war kotzübel und noch immer sehr kalt. Da war noch etwas gewesen, etwas war ihr eben aufgefallen … sie sah wieder hin. Es war die Tatsache, dass die Leiche auf dem Rücken lag. Als hätte jemand sie nicht verscharrt, sondern begraben. Und dann bemerkte sie etwas anderes: Neben der Leiche lag noch etwas, etwas, das vielleicht einmal auf der Brust des Körpers platziert gewesen war, zwei dünne Sperrholzlatten wie Stücke einer Mandarinenkiste, zusammengehalten mit einem einfachen Stück Stoff, der jetzt halb zerfasert war. Es sah aus, als hätte jemand diesen Stoffstreifen irgendwo abgerissen. War er einst geblümt gewesen? Sie kannte dieses Blümchenmuster, blau und weiß, irgendwo hatte sie es schon gesehen ... der Stoff hielt die Latten zusammen zu einem Kreuz.

Anna streckte die Hand danach aus und zog das Kreuz aus der Grube, ohne den Körper oder die Kleidung zu berühren. Und auf einmal war ihr nicht mehr kalt, sondern heiß, viel zu heiß, ihr Kreislauf spielte verrückt, der Wald drehte sich um sie. Jemand hatte etwas auf das Holz der Latten geschrieben, mit schwarzem Edding, man konnte es kaum noch lesen. Aber das war ja gelogen, natürlich konnte sie es lesen, die Kälte hatte auch die Schrift konserviert, ordentliche Blockbuchstaben, als wäre es jemandem auf abstruse Weise wichtig gewesen, dass sie gut lesbar waren.

MICHELLE TANNATEK

12. 4. 1973 – 14. 2. 2010

Annas Kopf rechnete ungebeten wie eine Maschine: neunzehn. Sie war noch nicht ganz neunzehn gewesen, als Abel geboren wurde. Sie war sechsunddreißig Jahre alt geworden.

Anna schloss die Augen und sah vor sich, halb verdeckt von Erde und Blättern, keine Leiche mehr liegen, sondern eine weiße Katze. Sie war blind und sie schlief. Sie schlief sehr, sehr tief. Eine der sich wiederholenden Antworten des Antwortenden fiel ihr ein: *Unter den Buchen, wo im Frühjahr die Buschwindröschen wachsen.*

Irgendwann hatte der Fragende auch die richtige Frage gestellt, nur nicht zur richtigen Zeit: *Wo ist Michelle?*

Sie war nie verreist gewesen.

»Warum?«, flüsterte Anna. »Warum hast du das getan? *Hast* du das getan? Und warum … warum hast du es mir erzählt, in deinem Märchen? Wolltest du, dass ich sie finde? Wolltest du, dass alles endlich vorüber ist?«

Sie öffnete die Augen und stand auf, merkte, dass ihr immer noch schwindelig war, taumelte einen Schritt zurück, krümmte sich zusammen und übergab sich. In ihrem Kopf fiel alles durcheinander, Gedanken, Worte, Sätze aus dem Märchen. Es hatte mit der Puppe angefangen, der Puppe, die sie unter dem Sofa im Kollegstufenzimmer gefunden hatte. Frau Margarete. Frau Margarete trug ein weißes Kleid mit blauen Blumen. Der Saum von Frau Margaretes Kleid war ausgefranst, als hätte jemand den eigentlichen Saum abgerissen. Wozu? Als Erinnerung? Als Gruß? Und hatte er hinterher versucht, Frau Margarete zu verlieren, um Micha nichts erklären zu müssen? Michelle konnte den Gruß nicht mehr sehen, nicht mehr begreifen. Sie schlief zu tief, um jemals wieder aufzuwachen.

Was hatte der Antwortende noch gesagt? All diese unsinnigen Antworten … ein paar davon waren nicht unsinnig gewesen. Erinnere dich, Anna, erinnere dich, er hat dir die ganze Zeit über die Wahrheit gesagt, ohne die Wahrheit zu sagen. Da war noch eine Antwort, die er mehrfach gegeben hatte. *In der Kiste auf dem Badezimmerschrank.* Die letzte Frage des Fragenden fiel ihr ein, auch sie gestellt ohne Zusammenhang:

Wo ist die Waffe?

Sie sah Abel wieder im Bad stehen, Pflaster suchend, die Pappkiste in der Hand, unverhältnismäßig erschrocken darüber, dass sie hereingekommen war.

»Nein«, flüsterte sie. »Nein, das ... das will ich nicht. Ich will nicht, dass das wahr ist. Ich ... ich war mir so sicher ...«

Und dann dachte sie wieder an Michas Lehrerin. Die letzte Verfolgerin der kleinen Königin.

Sie wählte Lindas Nummer, während sie durch den Wald zurückging, halb stolpernd, halb rennend.

»Ja?«

»Linda, ich bin es. Hast du die Nummer von Michas Lehrerin? Hat sie eine Nummer hinterlassen?«

»Nein, ich ...«

»Linda, du musst sie herausfinden. Sofort. Es ist wichtig. Ruf sie an. Sag ihr, sie soll auf sich aufpassen. Nein. Sag ihr, sie soll sich nicht aus dem Haus rühren. Sag ihr ...«

»Anna, was ist los? Wo bist du? Wolltest du nicht zu Abel? Ist etwas passiert?«

»Ja. Nein. Ich bin immer noch auf dem Weg dorthin. Ruf diese Lehrerin an, Linda. Jetzt gleich.«

Ihre Hände zitterten so sehr, dass sie das Fahrradschloss beinahe nicht aufbekam. Man konnte es ohnehin leicht knacken, hatte Abel gesagt, aber sie, sie konnte das nicht, sie lebte in einer anderen Welt, und er hatte mit allem recht gehabt. *Geh weg, Prinzessin. Lass deinen Outlaw allein. Du wirst ihn nicht ändern ... Geh weg, Anna, weit weg, und komm nie wieder. Das Märchen geht nicht gut aus.* Er hatte sie gewarnt, er hatte sie die ganze Zeit gewarnt, genau wie damals in der Bootshalle, und sie hatte nicht auf ihn gehört. Da war sie wieder, die eine unbeantwortbare Frage: Warum hatte er sie gewarnt? Warum hatte er das Märchen erzählt? Hatte er sie trotz allem doch geliebt? Aber was hieß trotz allem? Konnte denn ein Mörder nicht lieben? Sie war nicht sicher. Sie war sich über nichts hundertprozentig sicher. Auch nicht, dass er ein Mörder war, noch immer nicht.

Sie konnte niemandem etwas erzählen, ehe sie sich sicher war.

Du bist wahnsinnig, sagte eine kleine vernünftige Stimme in ihr. *Du fährst da jetzt nicht hin, mein Kind. Du rufst jetzt die Polizei an und fährst nach Hause, so schnell du kannst.* Himmel, das war ja wieder Gitta, die da in ihrem Kopf die Stimme der Vernunft spielte. Gerade Gitta!

Was hast du überhaupt vor? Willst du ihn fragen? Geradeheraus?

Nein. Nein, so dumm bin ich dann doch nicht, Gitta. Ich werde eine Ausrede finden, um das Bad zu benutzen. Ich werde in der Kiste auf dem Badezimmerschrank nachsehen.

Und dann?

Diese letzte Frage beantwortete Anna nicht und Gitta war ohnehin gar nicht da. Ihr Kopf war merkwürdig leicht, als sie in die Amundsenstraße einbog und vom Fahrrad stieg, ihre Füße berührten den Boden nicht, es war wie ein Traum. Kein schöner Traum. Die Haustür unten stand offen. Sie stieß eine der leeren Bierflaschen im Treppenhaus um, damit Frau Ketow es hörte und ihren Kopf aus der Tür streckte, damit jemand wusste, dass sie oben war. Aber was versprach sie sich von Frau Ketow? Als Anna oben klingelte, war ihr wieder eiskalt, die Temperatur wechselte rasant zwischen heiß und eisig, hatte sie am Ende wirklich Fieber?

Die Tür ging auf. Annas Herz klopfte so sehr, dass das Dröhnen ihren ganzen Schädel ausfüllte.

»Hallo, Anna!«, sagte Micha. »Abel ist nicht da.«

Anna atmete tief ein und wieder aus.

»Kann ich trotzdem reinkommen?«

»'türlich«, sagte Micha. »Ich lese gerade ein Buch, ich kann jetzt schon richtig ein Buch lesen, oder fast, es ist schwierig, aber ganz spannend, es geht um einen Hund. Hör mal, hat er dir das erzählt, dass sie im Märchen jetzt vor diesem Wasser stehen? Ich frage mich, was sie machen werden. Ob es einen Weg gibt, rüberzukommen.«

»Ich weiß es nicht«, sagte Anna und nahm Micha in die Arme und drückte sie einen Moment ganz fest an sich. »Ich weiß es wirklich nicht.«

»Hey, du zerquetschst mich!«, sagte Micha und schlüpfte aus ihrer Umarmung und lachte.

»Ich muss jetzt weiterlesen.«

Und damit verschwand sie in ihrem Zimmer, verschwand zur Geschichte von einem Hund, einem anderen Hund, der nicht silbergrau war. Und Anna dachte daran, was Bertil über diese Sorte silbergrauer Hunde gesagt hatte: Weimaraner. Es war ein Weimaraner. Er war zu scharf geworden. Er hat einen Jogger angefallen. Hat gedacht, er müsste seine Familie schützen ... Das war es, was passiert war. Abel war wie dieser Hund. Wenn es wahr war.

»Micha?«, rief sie, während sie ihre Schuhe im Flur abstreifte. »Wo ist er denn?«

»Einkaufen!«, rief Micha zurück. »Er kommt sicher gleich wieder. Ich muss jetzt lesen!«

Anna behielt den Mantel an. Sie ging ins Bad und schloss die Tür hinter sich. Die Pappkiste stand auf dem Badezimmerschrank wie immer. Es war natürlich kein Beweis, dachte sie, wenn nichts darin war. Er konnte die Waffe immer noch bei sich tragen. Sie musste sich auf die Zehenspitzen stellen, um an die Kiste zu kommen. Sie stellte sie auf die Kommode neben dem Waschbecken, eine Kommode, die Abel grün angestrichen und auf die Micha eine gelbe Blume gepinselt hatte. Sie öffnete den Deckel der Pappkiste.

Medikamentenpackungen. Lauter Medikamentenpackungen. Nicht die, die er verkaufte … ASS. Vomex. Paracetamol-Saft für Kinder. Rohypnol. Vielleicht doch etwas, das er verkaufte? Ein Fieberthermometer. Beipackzettel. Sie atmete auf. Sie schob ein paar Blisterstreifen auseinander, die Pappkiste war tief. Und unter dem silbernen Metall der Blisterstreifen lag etwas Schwarzes.

Eine Pistole.

Ihr Herzschlag war wieder zu laut geworden, sie spürte ihn jetzt in den Zehenspitzen und in den Fingern wie den Bass nachts in der Mensa. Sie nahm die Pistole heraus. Sie hatte keine Ahnung von Pistolen. Von Waffen überhaupt. Sie stellte sich vor den Spiegel und versuchte, sie richtig zu halten. Es sah lächerlich aus. Sie legte sie in die Kiste zurück, obenauf.

Und sie hätte die Blisterstreifen wieder darüber verteilt.

Aber in diesem Moment öffnete sich die Badezimmertür.

Die Haustür musste sich vorher geöffnet haben, da mussten Schritte gewesen sein, ihr Herzschlag hatte sie übertönt. Sie machte einen Schritt zurück.

»Anna«, sagte Abel.

Bertil war selten so schnell von einem Hochsitz geklettert. Das Fernglas schlug bei jeder Leitersprosse gegen seine Brust. In seinem Kopf gab es nur ein Wort, und das war ein Name: Anna. Anna, Anna, Anna. Er hatte es beinahe aufgegeben, ihr zu folgen. Er hatte sich einen Idioten geschimpft. Die Aktion im Schneesturm war dumm gewesen, dumm und gefährlich. Er hätte ihr niemals Angst machen dürfen. Die Durchsage war noch dümmer gewesen.

Und plötzlich fragte er sich, warum er lebte.

Wenn das, was er die ganze Zeit über geahnt hatte, stimmte, dann hatte Tannatek kein Problem damit, Leute zu erschießen. Er konnte es sich nicht vorstellen. Wie das war, jemanden zu erschießen. Er hatte es keinem von ihnen gesagt, aber wenn er dabei war, wie sein Vater ein Tier schoss, sah er jedes Mal weg. Er war ein Feigling, er wusste es. Er konnte nur auf Zielscheiben schießen. Hennes war anders, Hennes war immer perfekt, Hennes ging wirklich mit auf die Jagd, er hatte den Schein, er hatte keine rutschende Brille, er konnte jedes Mädchen haben, das er wollte ... jedes bis auf Anna. Nicht dass Hennes Anna hätte haben wollen. Aber dass gerade einer wie Tannatek sie dann bekam, das war doch seltsam, nicht wahr? Er war ihr so lange gefolgt, ihm im Übrigen auch, er hatte so viel herausgefunden und doch nicht genug.

Und beinahe – beinahe hätte er damit aufgehört. Nun war er froh, dass er es nicht getan hatte, dass er ihr auch hierher gefolgt war. Ihm wurde übel, als er neben der Grube kniete, die die Schweine gescharrt hatten. Er hatte noch nie eine Leiche gesehen. Anna vermutlich auch nicht. Die Brille rutschte schon wieder. Er brauchte den Namen auf dem Holzkreuz nicht zu lesen, um zu wissen, wessen Leiche es war, er las ihn trotzdem. Dann wählte er die Nummer der Polizei. Aber wohin würde er sie schicken? Hierher?

Wo war Anna? Nach Hause gefahren? Selbst zur Polizei? Er war ihr dieses eine Mal nicht gefolgt, hatte sie gehen lassen, um sich anzusehen, was sie gefunden hatte. Ein Fehler, Bertil, sagte er zu sich, ein unverzeihlicher Fehler.

Also erst hierher. Sie würden ihm ohnehin nicht glauben, wenn sie dies hier nicht sahen.

Sie konnte nichts sagen. Sie stand einfach da, mitten in dem winzigsten aller Bäder, reglos. Sie sah, wie der Blick seiner blauen Augen wanderte. Die Pupillen darin waren jetzt wieder normal groß, aber er sah übernächtigt aus. Er sah aus wie jemand, der am Ende ist. Er trug eine Alditüte in einer Hand. Und sein Blick, sein übernächtigter, eisblauer Blick, glitt von Anna hinüber zu der Kommode neben dem Waschbecken, zu der offenen Medikamentenkiste, zum glänzenden Schwarz der Waffe darin. Seine Bewegung war so schnell, dass sie sie kaum wahrnahm. Er hatte die Tüte fallen lassen. Er lehnte jetzt im Türrahmen, die Waffe in den Händen, er spielte mit ihr, wie Leute in Filmen es taten.

Er sah die Waffe an. Er sah Anna an.

»So«, sagte er.

Sie bekam noch immer nichts heraus, keinen Laut. Schrei, Anna, dachte sie, schrei um dein verdammtes Leben! Unten lauscht Frau Ketow … Sie konnte nicht schreien.

Er nickte, als hätte sie etwas gefragt.

»Ja, Anna. Ja, ich kann schießen. Autodidakt, würde ich sagen. Der Kerl, den sie festgenommen haben, für den ersten Mord, erinnerst du dich? Der mit den Dingern gehandelt hat? Er hat sie mir verkauft, schon länger her, er hat es wohl vergessen. Das erklärt, dass er die gleiche noch einmal hatte, verstehst du?« Er hatte leise gesprochen, leise genug, damit Micha die Worte nicht verstand.

Sie merkte, dass sie ebenfalls leise sprach. Wo hatte sie ihre Sprache wiedergefunden, und wenn sie sie wiedergefunden hatte, warum redete sie nicht lauter?

»Ich habe Michelles Grab gefunden, Abel. Das Grab im Wald.«

Er nickte. »Es taut.«

»Die Wildschweine haben den Boden aufgegraben.«

Warum erzählte sie ihm das? Um Zeit zu schinden? Zeit wofür?

»Sie hat nie angerufen. Sie hat nie Geld abgehoben. Sie lag die ganze Zeit dort unter der Erde.«

»Natürlich«, sagte er. »Ich habe es dir gesagt. Die weiße Katze schläft.«

Er spielte noch immer mit der Waffe.

»Micha …«, begann Anna.

»… schläft im Übrigen auch«, antwortete er. »Sie ist über ihrem Buch eingeschlafen. Dem Buch mit dem Hund.« Er lächelte, es war kein böses Lächeln, es war ein Lächeln, das sie immer noch mochte. Da waren Zeilen eines Liedes in ihrem Kopf, eines der Lieder von Lindas Schallplatten:

It's written in the scriptures,
It's written there in blood.
I even heard the angels declare it from above,
There ain't no cure,
There ain't no cure,
There ain't no cure for love.
All the rocket ships are climbing through the sky,
The doctors working day and night
But they never ever find that cure,
That cure for love.

»Erzähl es mir«, bat sie, »erzähl mir die ganze Geschichte. Wenn du mich erschießt, will ich wenigstens vorher die Wahrheit wissen.«

»Bist du wahnsinnig?«, fragte er.

»Ja«, sagte sie.

»Glaubst du, dass ich dich erschieße?«

»Ja. Ich habe all das eine lange Zeit nicht geglaubt … jetzt glaube ich es.«

Er sah die Pistole an. »Hast du keine Angst?«

»Doch«, sagte Anna. »Natürlich. Aber das nützt nichts.«

Er schüttelte den Kopf. »Nein«, sagte er, »es nützt nichts, Angst zu haben. Die schlimmen Dinge geschehen immer trotzdem. Du hast recht.«

Er kam einen Schritt ins Bad hinein, sie wollte zurückweichen, doch da war nichts, wohin sie zurückweichen konnte. Es gab einen einzigen Stuhl im Bad, neben der Dusche, einen Stuhl, über dem Handtücher und Kleider hingen. Er ließ sich auf diesen Stuhl fallen, die Waffe noch immer in Händen, den Blick noch immer daraufgerichtet.

»Damals, als Lierski hier mit uns wohnte, war es genauso«, sagte er. »Ich war zehn, als er einzog, das war, bevor Micha geboren wurde. Ich wusste immer, dass er mich irgendwann allein erwischt. Ich hatte Angst, aber es hat nichts genützt, Angst zu haben. Michelle hat mir meine Angst nicht geglaubt. Sie hatte endlich einen Mann, der bleiben wollte … seltsam, es hat sich fast nichts in der Wohnung verändert seitdem. Das erste Mal war hier, im Bad. Genau hier. An manchen Tagen ist es mir unbegreiflich, dass das Bad danach einfach weiterexistieren konnte, als wäre nichts gewesen …«

»Er hat …«

»Natürlich. Du brauchst es nicht zu sagen. Es nützt auch nichts, Dinge zu sagen. Sie hat mir hinterher immer noch nicht geglaubt. Sie hat gesagt, ich lüge. Es hat gedauert, bis sie ihn rausgeschmissen hat. Als er ging, war ich zwölf.« Er sah auf, nur ganz kurz, und sah wieder weg. »Verstehst du das? Verstehst du, dass ich ihn erschossen habe? Es war kein Racheakt. Es war wegen Micha. Ich wollte nicht, dass ihr das Gleiche passiert. Er hatte, glaube ich, keine Präferenzen, was Jungen oder Mädchen anging. Es gab so viele, die davon wussten, alle haben geredet, frag mal nach im Admiral … aber niemand hatte einen Beweis, und niemand hat etwas getan. Und vielleicht wissen ein paar von denen dort, dass ich es war, der ihn erschossen hat, und haben den Mund gehalten. Man kennt sich hier draußen.«

Sie lehnte sich an die Wand. Die Wand war noch kälter als alles andere. Die Wand war damals schon da gewesen, Fliesen, dachte sie, steril abwaschbar. Alles Elend der Welt in einem winzigen Bad im vierten Stock. Dafür also die Bootshalle.

»Du hast etwas über das Zähnezusammenbeißen gesagt, zu Bertil …«

»Ja. Ergibt es für dich Sinn? Es hat etwas mit der Hemmschwelle zu tun, denke ich. Wenn Lierski mich nicht erwischt hätte, wäre ich nie auf die Idee gekommen, Ja zu sagen … Irgendwann hat mich einer gefragt, in einer Disco. Das war eine ganze Zeit nach der Sache mit Lierski. Ich weiß gar nicht, wie alt ich war. Fünfzehn? Frag jetzt nicht, warum ich mit fünfzehn nachts in einer Disco war. Der Ausweis gehörte vermutlich nicht mir. Du glaubst das vielleicht nicht, aber ich war ein ganz hübscher Junge. Die blauen Augen … und blonde Locken. Da waren sie noch länger, das war vor der Drei-Millimeter-Zeit.« Er lachte. »Damals habe ich plötzlich begriffen, dass du Geld dafür kriegen kannst. Dass du nicht ohne Gegenwert zu leiden brauchst. Es war eine Offenbarung. Was passiert war, war sowieso passiert, und ich hatte es überlebt, ich hatte zwei Jahre in dieser Wohnung mit Lierski überlebt, und ich wusste, dass ich auch alles andere überleben würde. Ich *habe* überlebt, siehst du? Später waren es keine Discos mehr, es gibt andere Orte, die jeder kennt ... die meisten fahren zum Parkplatz draußen an der B96. Verdammt weit mit dem Rad, aber es ist kein so schlechter Job, ab und zu. Es ist ...«

Er brach ab. Er tat, was er immer tat: Er legte die Hände vors Gesicht und atmete tief durch. Doch dazu musste er die Waffe loslassen. Sie lag jetzt neben ihm auf einer Ecke des Stuhls.

Das war Annas Chance. Sie brauchte nur einen Schritt nach vorne zu machen, dachte sie, die Waffe zu nehmen – sie blieb stehen, wo sie stand.

»Ich hasse sie«, sagte Abel, das Gesicht noch immer in den Händen. »Ich hasse sie alle. Jeden Einzelnen.«

Er sah sie wieder an, hob die Waffe auf – Chance verspielt, Anna Leemann.

»Marinke, dachte ich, wäre jemand, dem man einen Deal anbieten könnte«, sagte er. »Ich bin ihm gefolgt, meine Güte, wer geht schon nachts in Eldena spazieren? Es war beinahe, als forderte er es heraus. Vielleicht hat er das Abenteuer gesucht, abseits von seinem Schreibtisch, mit seiner Lederjacke und seinem Ich-verstehe-euch-ja-alle ... Er wirkte verdammt schwul. Und er wirkte bestechlich. Dachte ich. Ich habe mich getäuscht. Ich habe ihm angeboten, mit ihm mitzugehen, umsonst, ich hätte alles getan, verstehst du, alles, damit er verspricht, uns in Ruhe zu lassen ... Er hat mich nur angesehen, verächtlich, er hat vor mir ausgespuckt. So ist das also, hat er gesagt, auf dieser schlüpfrigen Ebene kann man wohl alles lösen? Vergiss es, mein Junge. Und wo wir schon dabei sind, was ist mit der Kleinen? Irre ich mich oder hast du deine Schwester ein wenig zu lieb? Das war der Moment, in dem ich entschieden habe, dass er sterben muss. Er hat wirklich geglaubt, dass ich Micha das antue. Es ... es war leichter beim zweiten Mal. Wie mit der anderen Sache.

Die Hemmschwelle sinkt. Wenn du einen Menschen erschießt, ist der zweite fast ein Spiel. Er war im Übrigen feige, er hat sich freiwillig umgedreht ...« Er stockte. »Nein, das stimmt nicht«, sagte er. »Das ist gelogen. Es war nicht leichter.«

Er krempelte seinen linken Ärmel hoch. Anna zählte neben der langen drei runde Narben. Eine mehr als beim letzten Mal.

»Für jeden von ihnen eine«, sagte Abel leise. »Das sind die Narben des Mitleids. Ich musste irgendetwas tun, hinterher. Irgendetwas, das ich spüre, vielleicht gar nicht aus Mitleid, sondern damit ich weiß, dass ich tatsächlich trotz allem noch vorhanden bin ... lächerlich, was? Wie ein Kind, das mit dem Kopf gegen die Wand rennt. Das ist Lierski. Und Marinke. Und das ist der Knaake.«

»Der Knaake«, wiederholte Anna tonlos. »Warum, Abel? Warum hast du das getan?«

»Er war dabei, die ganze Sache herauszufinden«, sagte er. »Er hat mir nachspioniert. Er hat einen Schritt zurück gemacht, auf das dünne Eis der Fahrrinne, um dem Schuss zu entgehen. Ich ... ich habe nicht geschossen. Ich sah ihn einbrechen ... ich habe die Feuerwehr gerufen, vom nächsten öffentlichen Telefon aus. Ich konnte das nicht mehr. Ich wollte nicht, dass er stirbt. Er war ein Verräter, aber ich mochte ihn. Ich ... Himmel, ich hoffe so sehr, dass er es schafft, ich ... ich wünschte ...« Er verstummte.

Einen Moment war es sehr still, die Stille hallte an den gefliesten Wänden des Badezimmers wider wie die Angst und der Schmerz eines kleinen Jungen vor langer Zeit.

»Bertil?«, fragte Anna.

»Was ist mit Bertil?«

»Lebt er noch?«

»Natürlich lebt er noch. Warum sollte ich Bertil etwas tun?«

»Nach gestern …«

»Du hast mich nicht verstanden, Anna. Es geht nicht um mich. Es geht um Micha. Bertil ist eine ganz andere Geschichte. Bertil war nie gefährlich für Micha. Wenn er angefangen hätte, die Wahrheit über die Morde herauszufinden … dann … aber es hat ihn gar nicht interessiert. Ihn hat nur die andere Sache interessiert und die hat er ja herausgefunden, Hut ab, ich war dumm, mit ihm zu reden. Aber ich bin müde, Anna. Ich kann nicht mehr.«

»Und … Michelle?«

»Michelle, Michelle. Mit ihr hat alles angefangen.«

»Aber es gibt keine Narbe auf deinem Arm für Michelle. Oder ist das die lange Narbe? Aber die kam erst später …«

»Die lange Narbe«, sagte Abel und lächelte wieder, »das bist du, Anna. Das, was in der Bootshalle passiert ist, war schlimmer als alles andere. Ich habe dir das angetan, was Lierski mir angetan hat. Ich wollte es nicht.« Er sah weg, sah die geflieste Wand an, an deren Muster er sich vielleicht schon als kleiner Junge mit den Augen festgehalten hatte, während Lierski …

»In dieser Nacht«, flüsterte er, »bin ich … wie sagt man das? Ausgetickt. Es passiert. Manche Dinge sind zu viel. Aber für Michelle gibt es keine Narbe, weil ich sie nicht umgebracht habe. Das ist alles.«

»Du hast sie … nicht? Aber wer dann?«

Abel stand auf, ohne die Waffe loszulassen, er stand vor ihr und sah zu ihr hinunter, er war größer als sie.

»Da war so viel Blut«, sagte er. »Ich erinnere mich … überall Blut. An meinen Händen, an ihren Händen, auf meinem Hemd, meinem Gesicht, auf den Fliesen, in Schlieren verschmiertes Blut, auf dem kleinen runden Teppich, ich habe ihn später weggeworfen, den

Teppich … auf den weißen Fliesen war es rot. Ich hatte bis dahin nicht gewusst, dass Blut so rot ist, so hellrot: große herabgefallene, zerborstene Blutstropfen gleich Mohnblumen. Ein Meer aus Blut, ein rotes, unendliches Meer, purpurne Wogen, karminrote Gischtkämme, spritzende Farbe … Ich weiß noch, dass ich das damals gedacht habe. Micha schlief schon. Ich habe Michelle gefunden.

Sie hatte sich die Pulsadern aufgeschnitten, lange, tiefe Schnitte an beiden Armen, sie wollte sichergehen. Blinde weiße Katze. Egoistisches Biest. Sie hat keinen Augenblick an uns gedacht, sie ist vor ihren eigenen Problemen weggelaufen, vor ihrem verpfuschten Leben, den falschen Männern, dem Alkohol, der Arbeitslosigkeit, den Drogen. Wir haben einen alten Fahrradanhänger im Keller, wir haben damit manchmal Sachen vom Sperrmüll geholt. Ich habe sie auf den Anhänger gelegt und bin mit ihr zum Elisenhain hinausgefahren. Sie mochte die Buschwindröschen so sehr, wir sind dort spazieren gegangen, als ich klein war, lange vor Rainer Lierski … ich dachte, jemand würde mich sehen. Ich war mir sicher. Beinahe wünschte ich es mir. Aber niemand hat mich gesehen. An diesem Tag ist die Insel gesunken und das Meer war rot.«

Er verstummte. Er hob die Pistole – und steckte sie in die Tasche.

»Du hast es wirklich geglaubt, ja?«, flüsterte er. »Dass ich meine Mutter erschossen habe? Dass ich dich erschießen würde?«

»Was tun wir jetzt?«, flüsterte Anna.

»Ich weiß es nicht. Sag du es mir. Alles ist zu Ende.«

»Nein!«, wisperte sie. »Nein. Nicht für mich. Alles fängt erst an. Wir sind siebzehn.«

Sie legte ihre Arme um ihn und drückte ihn so fest an sich, wie sie konnte. »Willst du damit sagen, dass du bleibst? Trotz allem?«, flüsterte er. »Ich bin ein Mörder, Anna. Ich bin ein Mörder und ein Stricher und ein Dealer. Ich bin alles, was nicht geht in deiner Welt.«

»Ich bleibe nicht bei dem Mörder«, sagte sie, ihre Worte halb erstickt an seiner Schulter. »Ich bleibe nicht bei dem Opfer Abel Tannatek oder dem Täter Abel Tannatek. Ich bleibe beim Märchenerzähler.«

Sie zog ihn mit sich aus dem Bad, hinüber ins Wohnzimmer. Sie zog ihn mit sich aufs Sofa. Sie merkte, dass sie schon wieder heulte. Sie konnte nichts dagegen tun. Sie wusste nicht, wer begann, wen zu küssen, es war ein verzweifelter Kuss, ein Kuss vor der scharfen Kante, wo das Eis abbrach und das Tauwasser in einem unüberwindbaren Strom vor dem Festland vorüberschoss.

»Wir finden eine Lösung«, flüsterte Anna. »Es gibt eine. Es muss eine geben.«

Aber zunächst erschien etwas anderes wichtiger und es geschah ganz von selbst. Die allerunwahrscheinlichste aller Sachen. Vielleicht geschah es, weil nichts mehr zwischen ihnen stand, keine Geheimnisse, keine Lügen, kein Misstrauen, gar nichts. Anna spürte Abels Hände unter ihrem T-Shirt, vorsichtig, tastend, zögernd, und sie zwang diese Hände diesmal zu nichts, sie ließ ihnen Zeit, sie dachte an ihren Traum von den weißen Segeln auf dem Deck des grünen Schiffs, dessen Namen sie erst so spät an der Bordwand gelesen hatten.

Sie wand sich aus ihren Kleidern, verhedderte sich und lachte, irgendwo glitt eine Pistole aus einer Tasche, und Anna sah weg, die Pistole war unwichtig geworden; und schließlich saßen sie nackt auf dem Sofa, sie auf seinem Schoß, auf eine nicht ganz jugendfreie Art, und sie hoffte wirklich, dass Micha schlief.

KüsT eUCh, dachte sie, Schrift an einer Scheibe.

»Warte«, flüsterte er, und einen Moment lang dachte sie, es wäre wieder etwas verkehrt. Seine Hand suchte in der Sofaritze neben ihm nach etwas. Eine viereckige Packung. Sie lachte wieder, lautlos. Das war also alles. Ein Kondom. Natürlich. Sie wollte nicht darüber nachdenken, wie es kam, dass er Kondome in Sofaritzen versteckte, und mit wem er auf diesem Sofa was getan hatte, es erstickte ihr Lachen, das zu denken, und gleichzeitig erweckte es in ihr den Wunsch, sich zu einer unendlich großen, starken Kreatur auszudehnen, die ihn für immer vor allem beschützen konnte. Nie wieder. Du musst dieses Sofa nie wieder mit jemandem teilen, der dir Geld dafür gibt. Du musst nie wieder …

»Jetzt wein doch nicht mehr«, flüsterte er und wischte ihre Tränen ab, und dennoch fielen sie weiter, fielen auf die Folie der Kondompackung, auf unromantisch lachsfarbenes Plastik. Sie saß noch immer auf seinem Schoß. Sie hatte keine Ahnung, wie man mit einem Kondom umging. Er hatte. Natürlich.

Aber dort endete sein Wissen.

Da ließ sie ihre Hände nach unten wandern und führte ihn, und es war jetzt ganz leicht, Gleiten wie auf Kufen übers Eis, alles war auf einmal leicht, es gab keinen Schmerz, es gab einen gemeinsamen Rhythmus. Sie führte noch immer, umgekehrt wie beim Tanzen, sie führte seine Finger an die richtige Stelle und zeigte ihm, was er zu tun hatte. Und er ließ sie führen. Das hat für mich nichts mit Zärtlichkeit zu tun, hatte er gesagt, nur mit Gewalt … aber hier gab es keine Gewalt mehr. Er hatte etwas begriffen. Er konnte es. Er konnte zärtlich sein. Sie brauchte seine Finger nicht mehr zu führen, sie schloss die Augen, und es war ein wenig wie ein elektrischer Strom, der sie durchfloss. Die Tränen waren versiegt. Vor ihren geschlossenen Lidern sang die Farbe Grün, nicht Blau, sondern Grün, grün wie der Ozean unter dem Eis. Sie hatte nicht gewusst, dass Sex eine Farbe hatte. Die Farbe schlug Wellen, schäumte und wirbelte empor, und alles war richtig, alles war gut, und vielleicht, dachte Anna, überdeckte diese Farbe alles andere, das Nicht-Richtige, Nicht-Gute, alles, was geschehen war: die Angst, die an den Fliesen im Bad klebte, die davonlaufenden Schritte in der Bootshalle, Bertils Durchsage und ihren Inhalt, Abels verzweifelte Furcht, dass Micha das Gleiche passieren könnte wie ihm. Die Welle aus grüner Ozeanfarbe würde sich überschlagen, jetzt gleich, sie spürte es …

»Anna«, sagte Abel.

Sie öffnete die Augen und sah ihn an, eingefroren mitten in der Bewegung.

»Wenn mir … wenn ich nicht mehr hier sein kann«, wisperte er, und Anna dachte an die kalten Mauern von Gerichtsgebäuden und Strafvollzugsanstalten und wollte nicht weiterdenken, nicht jetzt. »Wenn ich nicht mehr hier sein kann … was wird dann aus Micha? Sie versteht sich gut mit deiner Mutter …«

»Meine Eltern würden sie adoptieren«, sagte Anna. »Auf der Stelle.«

Er nickte und schloss die Augen, und sie schloss die Augen ebenfalls wieder, und die grüne Welle überspülte sie Sekunden später beide. Nicht genau gleichzeitig, genau gleichzeitig ist immer gelogen, aber die Wogen des Ozeans, in dem sie schwammen, lagen nahe genug beieinander, um sich von der einen zur anderen zuzuwinken.

Sie blieben lange so sitzen, ganz nah beieinander, sie atmeten den gleichen Atem ein und aus, sie wärmten einander im letzten Rest des Winters. Es würde eine Lösung geben, dachte Anna wieder, einen Ausweg, wenn dies möglich gewesen war, war alles andere auch möglich.

»Natürlich«, flüsterte Abel. »Es gibt einen Ausweg. Ich weiß ihn jetzt.«

Und sie fragte sich, ob er durch ihre Haut fühlen konnte, was sie dachte.

Ich bin vollkommen glücklich, dachte sie und hoffte, dass auch er diesen Gedanken spürte. In diesem Augenblick bin ich vollkommen glücklich, ist das nicht seltsam? Oder eigentlich ist es überhaupt nicht seltsam. Verweile doch, du bist so schön.

Sekunden später hielt unten vor dem Haus ein Auto, sie hörten das Motorengeräusch, sie hörten Stimmen, die von Frau Ketow und die von mehreren Männern, eilige Stimmen. In den Stimmen lag etwas Scharfes, Gefährliches: die Kante des Eises am reißenden Strom.

Sie lösten sich voneinander und gingen ans Fenster, noch immer nackt.

»Scheiße«, sagte Abel leise. »Ich hätte nicht gedacht, dass sie so schnell sind.«

Vor dem Haus standen zwei Autos. Das eine gehörte Magnus. Das andere war ein Polizeiauto. Grün-weiß, dachte Anna, die Ozeanreiter. Alles in Abels Märchen ergab einen Sinn.

Sie hatte sich noch nie so schnell angezogen. Es ging überhaupt alles zu schnell.

Abel umarmte sie noch einmal, ganz kurz.

»Es gibt einen Ausweg«, wiederholte er, und sie verstand nicht, verstand nichts – sie rannte ihm nach, auf den Flur hinaus, wo Micha verschlafen aus ihrem Zimmer kam, das Buch mit dem Hund in der Hand – sie sah Abel aus der Wohnungstür stürzen, er drehte sich nicht nach Micha um – auf der Treppe waren Polizisten, sie hörte ihre raschen Schritte, vielleicht rief jemand etwas, rief, dass sie stehen bleiben sollte oder Abel stehen bleiben sollte.

Sie stand vor der Wohnungstür, mit einem Arm Micha an sich gedrückt, und Abel rannte nicht nach unten, er rannte die Treppen nach oben. Nach dem vierten Stock kam nichts mehr, die Treppe endete blind an der Tür zu einem Dachboden, den niemand benutzte, es gab einen winzigen Absatz dort, und auf diesem Absatz blieb Abel stehen.

Anna registrierte, mehr aus dem Augenwinkel, hinter den Polizisten auf der Treppe ihre Eltern. Und Bertil. Sie sah nicht zu ihnen hinunter, sie sah hinauf zu Abel. Die Polizisten blieben neben Anna und Micha stehen und sahen ebenfalls hinauf.

»Abel Tannatek?«, rief einer von ihnen.

»Ja«, sagte Abel ruhig. »Ja, das bin ich.«

»Kommen Sie da runter«, sagte der Polizist. »Wir sind hier, um Sie festzunehmen wegen des Mordes an drei Menschen und des versuchten Mordes an einem vierten. Alles, was Sie von jetzt an sagen …«

»Mein Gott«, sagte Abel mit einem halben Lachen, »das sagen Sie wirklich so?«

Dann sah er Micha an. Und dann sah er Anna an. Sie bemerkte erst jetzt, dass er die Pistole in der Hand hielt. Sie hörte den Hahn einrasten.

»Anna«, sagte er. Und er hob die Waffe und zielte. Er zielte genau.

Sie war zu erstaunt, um zu reagieren.

Oder vielleicht war sie überhaupt nicht erstaunt.

Sie hörte den Schuss nicht, die Welt wurde seltsam still. So sah sie den Märchenerzähler zum letzten Mal: in einer vollkommen stillen Welt, in einem Treppenhaus. Er traf sein Ziel.

Und alles wurde schwarz um sie, schwarz wie der Ozean tief, tief unter dem Eis.

Sie wusste, als sie in die Schwärze fiel, dass sie ihn nie wiedersehen würde.

Sie hatte ihn bis zum Schluss geliebt.

18

Der Märchenerzähler

»Sie standen also an der Kante des Eises, weißt du, und sahen hinüber zum Festland. Es war so nah und doch so unerreichbar weit entfernt! Und hinter ihnen kam die Juwelierin näher und näher, sie hörten ihre goldenen Schlittschuhe jetzt über das Eis kratzen.

›Dann werde ich ertrinken‹, sagte die kleine Königin. Sie sprang kopfüber ins kalte Wasser, und die blinde weiße Katze, an deren völliger Blindheit inzwischen einige Leute zweifelten, schüttelte den Kopf.

›Tz-tz-tz‹, machte sie, rollte sich auf dem Eis zusammen und schlief ein.

Der Fragende und der Antwortende schlugen sich gegenseitig die Hände vors Gesicht, um nicht mitansehen zu müssen, wie die kleine Königin ertrank.

Nur das Rosenmädchen tat nichts dergleichen. Das Rosenmädchen sprang der kleinen Königin nach, ohne zu überlegen.

Sie bekam im reißenden Wasser ihre Hand zu fassen, eine kleine, hilflose Königshand, und sie hielten einander sehr fest. Aber sie konnten nicht gegen die Strömung anschwimmen und das Tauwasser war eisig. Da spürten sie, dass etwas sie zog – etwas zog sie gegen die Strömung. Das Rosenmädchen kam hoch und sah den Kopf des Seelöwen neben sich. Er hatte die Zähne in den Ärmel der kleinen Königin geschlagen und schwamm mit aller Macht gegen die Strömung an, und auf einmal kamen sie voran, sie bewegten sich in Richtung des anderen Ufers. Das Rosenmädchen sah, wie der Seelöwe kämpfte, er brauchte seine ganze Kraft, um sie und die kleine Königin zu ziehen, er war ein starker Schwimmer, doch die Strömung war stärker. Sie versuchte, ihm zu helfen, versuchte, mitzuschwimmen, aber er schüttelte den Kopf.

›Halt still‹, sagten seine goldenen Augen. ›Es ist leichter, wenn du stillhältst. Du kannst mir nicht helfen.‹

Da hielt sie still, und auch die kleine Königin hielt ganz still, und auf dem Eis sahen sie die Juwelierin stehen. Sie hob die Hand und machte eine Bewegung, als riefe sie jemanden herbei. Die kleine Königin und das Rosenmädchen wussten beide, wen sie rief: die Ozeanreiter auf ihren tanggrünen und schneeweißen Pferden, die kommen würden, um die Ordnung herzustellen, von der sie glaubten, sie wäre die richtige.

Die Strömung zog und zerrte an ihnen, riss und biss und geiferte, aber am Ende erreichten sie das Ufer doch. Der Seelöwe kroch mit letzter Kraft hinauf an den Strand, und dort blieb er liegen, reglos. Das Rosenmädchen richtete sich auf und begann, ihn zu streicheln, um das Leben zurück in seinen Körper zu holen, und die kleine Königin legte ihre Hand an seinen Hals, damit er wusste, dass sie da war und dass er es geschafft hatte, sie an Land zu bringen. Da hob er den Kopf.

Und auf der anderen Seite des Stroms preschten die Ozeanreiter heran. An der Kante des Eises zügelten sie ihre Pferde, die sich aufbäumten und schrill wieherten. Vielleicht stimmte es nicht, vielleicht war es nur ein Gerücht, dass die Ozeanreiter übers Wasser reiten konnten? Oder vielleicht war die Strömung hier auch für sie zu stark?

Die Juwelierin zeigte auf die kleine Gruppe auf dem Festland.

›Seht ihr den Seelöwen?‹, hörten sie sie fragen. ›Er hat sie hinübergebracht, der silbergraue Seelöwe mit den blauen Augen.‹

Das Rosenmädchen sah in die Augen des Seelöwen, und da waren sie nicht mehr golden, sondern zu blauem Eis gefroren. In diesem Moment jedoch hob einer der Ozeanreiter sein Gewehr, denn sie trugen allesamt Jagdgewehre, und ein Schuss löste sich daraus und hallte übers reißende Wasser zum Festland. Der Schall trug eine Kugel mit sich und diese Kugel traf den Seelöwen zwischen den Augen.

›Nein!‹, schrie die kleine Königin und sprang auf, und ehe der nächste Schütze eine tödliche Kugel schicken konnte, stiegen ihr die Tränen in die Augen und flossen, nein, stürzten in den Tauwasserstrom, und er erwärmte sich so sehr, dass innerhalb von Sekunden der ganze weite Ozean sich ebenfalls erwärmte. Denn wer ein Herz aus Diamant hat, dessen Tränen sind warm und mächtig wie das Sonnenlicht. Das Eis schmolz und die Schar der Ozeanreiter versank gemeinsam mit der Juwelierin im Meer. Die Strömung nahm sie mit, nahm auch den Fragenden und den Antwortenden mit und die schlafende weiße Katze und den Leuchtturmwärter, der noch irgendwo auf dem Eis gelegen hatte.

Die kleine Königin und das Rosenmädchen sahen ihnen allen lange hinterher.

Schließlich wandten sie sich ab und begannen, vom Meer fortzuwandern, ins Landesinnere. Das Rosenmädchen trug den Körper des Seelöwen auf ihren Armen. Und da war er kein Seelöwe mehr.

Er war ein Mensch geworden.

›Er hat mich gerettet‹, sagte die kleine Königin.

›Uns‹, sagte das Rosenmädchen.

›Aber er ist selbst dabei verloren gegangen‹, sagte die kleine Königin. ›Er wird nie wissen, dass er uns gerettet hat. Und ich werde weinen. Ich weine jetzt nicht mehr, denn meine Tränen sind versiegt, doch sie werden nachwachsen, und ich werde ein ganzes Leben lang weinen. Ich weiß noch immer nicht, was der Tod ist, aber mein Seelöwe weiß es jetzt …‹

›Weine nicht‹, bat das Rosenmädchen. ›Weine nicht ein ganzes Leben lang, kleine Königin. Er weiß, dass er uns gerettet hat. Er bleibt bei uns. Als Erinnerung. Siehst du das Haus dort auf den Klippen?‹

Die kleine Königin schluckte die nachwachsenden Tränen herunter. ›Ja‹, sagte sie, ›ich sehe es. Es ist schön. Da wachsen Rosen im Garten und jemand füttert die Rotkehlchen.‹

›Und hörst du die Musik, die aus den Fenstern dringt?‹, fragte das Rosenmädchen. ›Klavier und Flöte. Du könntest dort wohnen. Du könntest in diesem Haus wohnen und Musik machen, statt zu weinen.‹

Da nickte die kleine Königin.«

»Und dies ist das Ende des Märchens?«, fragte Micha.

»Dies ist das Ende des Märchens.«

»Nein«, sagte Micha und sprang auf. »Nein, das ist es nicht. Die kleine Königin hat nämlich noch etwas entschieden. Sie wollte kein Herz aus Diamant mehr haben. Sie hat es eingetauscht, gegen ein normales Herz. Das Herz aus Diamant hat sie dem Seelöwen auf sein Grab gelegt.«

»Das ist eine gute Idee.«

»Ja … ist es denn dann doch irgendwie gut ausgegangen?«

»Irgendwie ja. Es war der größte Wunsch des Seelöwen, dass die kleine Königin das Festland erreicht. Und sein Wunsch ist in Erfüllung gegangen. Ich glaube, er war am Ende glücklich.«

Anna stand ebenfalls auf, sie hatten auf Klappstühlen im Garten gesessen und die Rotkehlchen beobachtet, aber als Micha aufgesprungen war, waren alle Rotkehlchen davongeflogen.

»Ich höre das Klavier«, sagte Micha. »Linda spielt. Ich glaube, ich gehe hinein und helfe ihr. Ich muss jetzt schnell an etwas anderes denken, sonst …«

»Geh ruhig und hilf Linda mit dem Klavier«, sagte Anna. »Ich bleibe noch ein wenig hier draußen.«

Sie schloss die Augen und sah den Treppenabsatz im obersten Stock wieder vor sich.

Sie konnte nichts dagegen tun.

Sie sah Abel wieder dort oben stehen. Er lächelte. Sie bemerkte erst jetzt, dass er die Pistole in der Hand hielt. Sie hörte den Hahn einrasten.

»Anna«, sagte er. Und er hob die Waffe. Erst in diesem Moment begriff sie seinen Ausweg, und sie begriff, warum er sie gefragt hatte, was aus Micha würde. Er hatte nicht so gehen wollen wie Michelle, nicht ohne sich um alles zu kümmern. Er steckte den Lauf der Waffe in den Mund. Er zögerte keine Sekunde. Sie hörte den Schuss nicht, die Welt wurde seltsam still, und sie sank in eine kalte Schwärze, schwarz wie der Ozean tief, tief unter dem Eis.

Es dauerte nur Sekunden, vielleicht nicht einmal das, sie öffnete die Augen, und oben auf dem Treppenabsatz stand niemand mehr. Sie sah, dass Linda einen Treppenabsatz weiter unten die Hände vors Gesicht geschlagen hatte. Sie sah, dass Bertil die Treppe heraufkommen wollte, und sie sah, wie Magnus ihn mit eisernem Griff festhielt. Keiner der Polizisten bewegte sich. Sie dachte, dass sie hätte rennen müssen. Sie rannte nicht.

Es war Micha, die rannte.

Sie machte sich los und rannte die Treppe hinauf und Anna stieg sehr langsam die Stufen hinter ihr hoch. Sie sah ihn dort liegen, sie sah das Blut, in dem er lag, so unbegreiflich hellrot: große herabgefallene, zerborstene Blutstropfen gleich Mohnblumen. Ein Meer aus Blut, ein rotes, unendliches Meer, purpurne Wogen, karminrote Gischtkämme, spritzende Farbe … Micha kniete neben seinen Beinen und hatte die Arme und den Kopf auf seine Knie gebettet, wo kein Blut war. Und sie sang, sie sang ganz leise.

»Heile, heile Segen, drei Tage Regen,
drei Tage Sonnenschein, und alles wird vergessen sein.
Heile, heile Segen …«

Und Anna stellte sich die unsinnige Frage, ob die Worte mit dem Blut aus Abels Kopf herausliefen, all die Worte, die er zu Geschichten hatte verweben wollen, später, später, immer später. Worte, die in einem Sommer am Meer hätten geschrieben werden können, in Ludwigsburg, in einer Nische zwischen dem Strandgras oder in einer Studentenwohnung in einer anderen Stadt oder auf einer Weltreise. Musste sie die Worte nicht irgendwie auffangen, irgendwie retten? All die Worte … die Worte des Märchenerzählers. Sie stand ganz still dort neben Micha, und es brach ihr das Herz, wie Micha sang. Doch der Ort in ihr, an dem die Tränen entspringen sollten, war rau und trocken. Nein, sie fand keine Tränen in sich für den Märchenerzähler.

Der Märchenerzähler existierte nicht mehr.

Sie begruben ihn eine Woche nach dem dreizehnten März. Nach seinem achtzehnten Geburtstag. Anna legte einen Strauß Buschwindröschen auf das Grab, einen Strauß Frühling. Linda hielt die ganze Zeit über Michas Hand und Micha hielt die Hand von Frau Margarete in ihrem blau-weiß geblümten Kleid. Anna hielt niemandes Hand. Sie ging stumm neben Magnus her, ohne ihn anzusehen.

Michas Onkel war es herzlich egal, wo Micha wohnte. Er unterschrieb alle Papiere, die sie brauchten, mit einem irgendwie resignierten Schulterzucken. Sie würde also adoptiert werden, aus Micha Tannatek würde Micha Leemann, sie hatte das Festland erreicht, so wie Abel es gewollt hatte. Sie würde nie erleben, was er erlebt hatte.

Noch immer suchte Anna die Tränen in sich.

Über dem Kamin hing jetzt ein Bild von Abel, das einzige gute Foto, das Micha gefunden hatte. Sie hatte darauf bestanden, dass sie es dort hinhängten, damit Abel sehen konnte, was sie so tat. Damit er bei ihnen blieb. Und jedes Mal, wenn Anna an dem Bild vorüberging, dachte sie, sie würde die Tränen finden. Doch sie kamen nie. Sie schien all ihre Tränen verbraucht zu haben, als Abel gelebt hatte, jetzt, nachdem er tot war, waren keine mehr übrig.

Sie hatten lange miteinander geredet, länger als je zuvor, Magnus und Linda und sie. Alle wussten jetzt alles. Oder wussten alle nichts? Niemand wusste irgendetwas. Niemand wusste alles.

Anna spielte immer noch Querflöte, aber sie übte nicht die Stücke, die sie hätte üben müssen. Sie spielte die einfachen Melodien von Cohen. Sie wusste noch immer nicht, ob sie den Knaake jemals fragen konnte. Ob er wieder aufwachen würde. Und ob sie ihn, in dem Fall, dass er aufwachte, fragen *wollte.* Das Abitur war unwichtig geworden. Sie würde später entscheiden, ob sie es machte und wann. Linda und Magnus drängten sie nicht. Vielleicht, dachte Anna, würde sie gar nicht studieren. Vielleicht würde sie etwas ganz anderes tun, sie musste nur herausfinden, was. Sie würde mit Gitta darüber reden, wenn sie so weit war. Gitta war immer noch da. Sie hatte gedacht, sie hätte Gitta verloren, aber das war nicht wahr. Gitta ließ ihr Zeit.

Bertil rief eine Weile unaufhörlich an, ohne dass Anna ans Telefon ging. Er rief so lange an, bis sie ihre Nummer änderte. Er tat ihr leid. Sie konnte ihm nicht helfen.

Baby I've been here before, sang Leonard Cohen auf einer der verkratzten Platten,

I know this room, I've walked this floor
I used to live alone before I knew you
I've seen your flag on the marble arch
But love is not some kind of victory march
No it's a cold and a very broken Hallelujah
Hallelujah, Hallelujah …

Irgendwo in einer parallelen Welt sahen die Dinge anders aus.

Irgendwo in einer parallelen Welt hatte Abel jenen letzten Schuss nicht abgefeuert. Womöglich auch den davor nicht, den auf Sören Marinke. Und der Knaake war nie in die Fahrrinne gestürzt. Und selbst wenn diese beiden Dinge passiert sein sollten, jener letzte Schuss war nie gewesen. Irgendwo in einer parallelen Welt saß Abel eine Zeit lang im Gefängnis, vielleicht eine lange Zeit, vielleicht machte er eine Therapie, die nichts heilte, aber einiges ordnete – und Anna, Anna wartete.

Sie wartete auf ihn, als er den letzten Schritt zurück in die normale Welt ging. Sie stand dort und sah ihm entgegen, wie er auf sie zukam, mit einem Lächeln in seinen Wintereisaugen. Sie war lange erwachsen. Sie heirateten an einem glasklaren Februarmorgen. Micha war ihre einzige Zeugin. Sie schrieben ihr Karten von einer langen Reise, aus der Wüste und vom Ende der Welt. Später kam sie oft vorbei, um sie zu besuchen, eine Micha mit einem Mann und zwei Kindern, und auch in dem Haus, in dem Anna und Abel lebten, irgendwo am Ende eines stillen grünen Weges, gab es Kinder. Lachende Kinder, sich danebenbenehmende Kinder, dreckige und laute Kinder, die unbeschwert durch einen Garten rannten. In dem Garten wuchsen eine Menge Blumen, aber keine Rosen, und der einzige Singvogel, der sich niemals dorthin verirrte, war das Rotkehlchen.

Sie erzählte ihm von diesem Garten, wenn sie an seinem Grab stand. Er lag dort in der langsam sich regenden Märzerde, nichts weiter als ein totes Stück Materie, aber in jener parallelen Welt konnte sie mit ihm zusammen weiterleben. Sie würde jeden Teil der parallelen Welt einzeln ausbauen, minutiös im Detail; die Sonnenblumen in einer Vase, das Spätnachmittagslicht, das durch ein Fenster fiel, eine Brille, die er trug, als er älter war, ein Regal voller Bücher, ein Lehnstuhl.

Nichts war vollkommen, aber alles gut. Das Licht war niemals ausschließlich blau.

Und der Schnee, der im Winter aufs Dach fiel, fiel leise, leise und deckte das Haus zu, den Lehnstuhl, die Bücher, die Kinderstimmen, deckte Anna und Abel zu, deckte die Parallelwelt zu, und alles war endlich sehr, sehr still.